O PRIMEIRO DIA

SUMA de letras

MARC LEVY

O PRIMEIRO DIA

Tradução
Jorge Bastos

SUMA de letras

EDITORA OBJETIVA LTDA.
Rua Cosme Velho, 103
Rio de Janeiro – RJ – CEP: 22241-090
Tel.: (21) 2199-7824 – Fax: (21) 2199-7825
www.objetiva.com.br

Título original
Le Premier Jour

Capa
Fernanda Mello

Imagens de capa
© King Lawrence / Getty Images
© Jean Carneiro / Stock.xchng

Revisão
Tamara Sender
Fatima Fadel
Mariana Freire Lopes

Editoração eletrônica
Abreu's System Ltda.

PRISA EDIÇÕES

CIP-BRASIL. CATALOGAÇÃO-NA-FONTE
SINDICATO NACIONAL DOS EDITORES DE LIVROS, RJ

L65p

Levy, Marc
O primeiro dia / Marc Levy; tradução de Jorge Bastos. – Rio de Janeiro: Objetiva, 2012.

Tradução de: *Le premier jour*
Continua com: *A primeira noite*
367p. ISBN 978-85-8105-098-0

1. Ficção francesa. I. Bastos, Jorge. II. Título.

12-5068. CDD: 843
CDU: 821.133.1-3

"Somos todos poeira de estrelas."
André Brahic

Para Pauline e para Louis

Prólogo

— Onde começa a aurora?

Eu tinha apenas 10 anos quando, enfrentando minha timidez doentia, fiz essa pergunta. O professor de ciências se virou, desanimado, deu de ombros e continuou a copiar a matéria do dia no quadro-negro, como se eu nem existisse. Deitei a cabeça na minha carteira escolar, fingindo não ligar para os olhares maldosos e debochados dos colegas que, certamente, sabiam tanto quanto eu sobre o assunto. Onde começa a aurora? Onde termina o dia? Por que milhões de estrelas iluminam a abóbada celeste, sem que possamos ver nem conhecer os mundos a que pertencem? Como tudo começou?

Toda noite, durante a minha infância, assim que meus pais dormiam, eu me levantava e, pé ante pé, ia até a janela, colava o rosto no vidro e observava o céu.

Meu nome é Adrianos, mas há muito tempo me chamam Adrian, exceto no vilarejo onde minha mãe nasceu. Sou astrofísico, especializado em estrelas extrassolares. Minha sala fica em Gower Court, dentro da London University, no departamento de astronomia; mas quase nunca estou lá. A Terra é redonda, o espaço curvo e, para tentar penetrar nos mistérios do universo, é preciso gostar de se deslocar, percorrer sem parar o planeta, indo aos recantos mais isolados em busca do melhor ponto de observação, da escuridão total, longe das cidades grandes. O que me levou, há tanto tempo, a desistir de viver como a maioria das pessoas, com casa, mulher e filhos, acho que foi a esperança de um dia encontrar resposta à pergunta que nunca deixou de ser o centro dos meus sonhos: Onde começa a aurora?

Mas se agora eu me aventuro a escrever este diário é com outra esperança, a de que alguém eventualmente encontre estas páginas e se anime a contar a história.

A mais sincera humildade, para um homem com espírito científico, é aceitar que nada é impossível. Compreendo agora o quanto eu estava longe dessa humildade, até a noite em que encontrei Keira.

O que passei nesses últimos meses expandiu ao infinito o campo dos meus conhecimentos e sacudiu tudo que eu acreditava saber a respeito do nascimento do mundo.

Primeiro Caderno

O sol se levantava no extremo leste da África. O sítio arqueológico do vale do Omo já deveria estar recebendo os primeiros raios alaranjados da aurora, mas aquele amanhecer não se parecia com nenhum outro. Sentada numa mureta de terra seca, apertando uma caneca de café para aquecer as mãos, Keira observava a linha do horizonte, ainda às escuras. Umas poucas gotas de chuva salpicavam no solo árido, erguendo, aqui e ali, partículas de poeira. Um menino veio correndo em sua direção.

— Já está de pé? — Keira estranhou, passando os dedos pelos cabelos do garoto.

Harry concordou com a cabeça.

— Quantas vezes já disse para não correr dentro da zona de escavação? Se você tropeçar, pode estragar o trabalho de muitas semanas. O que quebrar "por acaso" não tem como substituir. Está vendo esses corredores demarcados com cordas? Muito bem, imagine que está numa enorme loja de porcelana, ao ar livre. Sei que não é o lugar ideal para um menino da sua idade brincar, mas é o que tenho.

— A única que brinca aqui é você! E essa sua loja mais parece um cemitério velho.

Harry apontou para o bloco de nuvens que vinha na direção deles.

— O que é isso? — perguntou.

— Nunca vi um céu assim, e não anuncia nada de bom.

— Vai ser legal se chover!

— Seria uma catástrofe, isso sim. Vai correndo procurar o encarregado, é melhor proteger a área de trabalho.

O menino já ia correr, mas deu uma parada brusca, a poucos passos de Keira.

— Dessa vez tem um bom motivo para correr. Rápido! — ela ordenou, fazendo um gesto com a mão.

A distância, o céu escurecia cada vez mais e a ventania arrancou a lona que protegia um monte de pedras.

— Era só o que faltava — resmungou Keira, descendo da mureta.

Tomou a trilha que levava ao acampamento e, no caminho, encontrou o chefe de equipe, vindo em sua direção.

— Se a chuva vier, precisamos cobrir a maior parte possível do terreno. Reforce os quarteirões,* mobilize todo o pessoal e peça ajuda na aldeia se for necessário.

— Não é chuva — respondeu, resignado, o chefe de equipe — e nada se pode fazer, pois todos já fugiram.

Uma gigantesca tempestade de poeira, carregada pelo *shamal*, vinha na direção deles. Esse vento poderoso, que corta o deserto da Arábia Saudita, normalmente toma a direção do golfo de Omã, a leste, mas nada tem de normal a época que atravessamos, e o vento destruidor tinha se voltado para oeste. Percebendo o olhar inquieto de Keira, o chefe de equipe continuou suas explicações.

— Acabo de ouvir o alerta transmitido por rádio, a tempestade já varreu o Eritreu, atravessou a fronteira e está vindo diretamente em nossa direção. Nada resiste a ela. A melhor coisa a fazer é correr para a montanha e nos protegermos nas cavernas.

Keira rejeitou a ideia, não podiam abandonar assim a área das escavações.

— Senhorita Keira, esses ossos de que tanto gosta estão enterrados aqui há milênios; voltaremos a desenterrá-los, prometo, mas precisamos estar vivos para isso. Não podemos mais perder tempo, nos resta muito pouco.

— Cadê o Harry?

— Não faço ideia — ele respondeu, olhando ao redor —, ainda não o vi hoje.

— Ele não foi avisá-lo?

— Não, como disse, ouvi a notícia no rádio, dei ordem de retirada e vim procurá-la em seguida.

---

* Enquadramentos da área de escavação, para facilitar a demarcação precisa das descobertas.

O céu já estava totalmente escuro. A poucos quilômetros deles, a nuvem de areia avançava como uma imensa onda, entre o céu e a terra.

Keira deixou de lado a caneca de café e saiu às pressas. Abandonou o caminho batido e despencou colina abaixo, até a margem do rio. Manter os olhos abertos era algo quase impossível. A poeira erguida pelo vento açoitava o rosto e, toda vez que gritava o nome de Harry, a garganta se enchia de areia, dificultando a respiração. Mas nem por isso desistiu. Conseguiu perceber, pelo véu cinzento que se tornava cada vez mais espesso, a tenda em que o menino vinha diariamente acordá-la pela manhã, para irem juntos assistir ao nascer do sol, no alto da colina.

Empurrou a lona, a tenda estava vazia. O acampamento tinha ganhado ares de cidade fantasma, sem uma alma viva. Lá longe, ainda podiam ver os habitantes do vilarejo, escalando as encostas para chegar às cavernas já perto do topo. Keira passou os olhos pelas tendas vizinhas, gritando sem parar o nome do menino, mas escutava apenas o rugir da tempestade como resposta. O chefe de equipe agarrou-a pelo braço, levando-a quase à força. Keira olhava para o alto.

— Tarde demais! — exclamou ele, pelo pano que protegia seu rosto.

Abraçou Keira e guiou-a em direção à margem do rio.

— Corra, pelo amor de Deus! Corra.

— Harry!

— Ele na certa já se abrigou em algum lugar, fique quieta e se agarre em mim.

Uma onda de poeira vinha atrás deles, sempre ganhando terreno. Descendo, o rio se enfiava entre dois altos paredões de pedra. O chefe de equipe notou uma reentrância e bruscamente puxou Keira para lá.

— Aqui! — disse, empurrando-a para dentro.

Foi por pouco. Carregando terra, pedregulhos e galhos arrancados da mata, a onda arrasadora passou por cima do abrigo improvisado. No interior, Keira e o chefe de equipe se encolhiam no chão.

A gruta mergulhou em completa escuridão. O som da tempestade era ensurdecedor. As paredes começaram a estremecer e eles se perguntavam se tudo desabaria, soterrando-os para sempre.

— Talvez encontrem nossos ossos daqui a dez milhões de anos; o seu úmero com a minha tíbia, suas clavículas perto da minha omoplata. Os paleontólogos dirão ter encontrado um casal de agricultores, ou vão achar que você era um pescador do rio e eu a esposa, enterrados aqui. É claro, com a falta de oferendas na sepultura, não terão consideração nenhuma por nós. Vamos ser jogados na categoria de esqueletos de *schmocks* e mofaremos o restante da eternidade no fundo de uma caixa de papelão, nas prateleiras de um museu qualquer!

— Ótima hora para brincadeira desse tipo, não tem a menor graça — resmungou o chefe de equipe. — E, aliás, o que são *schmocks*?

— Pessoas como eu, que trabalham com plena dedicação em coisas que, afinal, quase não interessam e veem todo o seu esforço acabado em poucos segundos, sem poder fazer nada.

— Pois mais vale sermos dois *schmocks* vivos do que dois *schmocks* mortos.

— É uma opinião!

O barulho durou ainda intermináveis minutos. Mesmo que pedaços inteiros de terra se soltassem de vez em quando, o abrigo em que estavam parecia aguentar bem.

A luz do dia voltou a penetrar na gruta, a tempestade se afastava. O chefe de equipe se ergueu e estendeu a mão a Keira para ajudá-la, mas ela a ignorou.

— Pode fechar a porta ao sair? — disse. — Vou continuar um pouco por aqui, não estou bem certa se quero ver o que nos espera lá fora.

O chefe de equipe olhou para ela, desolado.

— Harry! — gritou Keira, voltando ao ar livre.

Tudo era uma desolação só. Os arbustos do rio tinham sido decapitados; as margens, que em geral pareciam ocre, tinham tomado a coloração marrom da terra que agora as cobria. O rio transportava quantidade de lama em direção ao delta, situado a quilômetros dali. Tenda alguma permanecera de pé no acampamento. A aldeia de choupanas também não havia resistido ao assalto do vento. As habitações, a dezenas de metros de onde estavam, pareciam coladas nos rochedos ou nos troncos de árvore. No alto da colina, os habitantes deixavam o abrigo para tentar descobrir o paradeiro do gado que tinham e das plantações. Uma mulher do vale do Omo chorava, apertando nos braços os filhos. Um pouco adiante, pessoas de outra tribo se reagrupavam. Não havia o menor sinal de Harry. Keira olhou ao redor, três cadáveres jaziam à margem do rio. Sentiu a garganta se travar de náusea.

— Deve estar escondido em alguma gruta, não se preocupe, vamos encontrá-lo — disse o chefe de equipe, fazendo-a desviar o olhar.

Keira se agarrou a seu braço e os dois subiram juntos a colina. Na parte plana em que se encontrava a área de escavações, o enquadramento havia desaparecido por completo, com o chão abarrotado de destroços; a tempestade havia destruído tudo. Keira se abaixou para pegar uma luneta de medição. Automaticamente bateu a poeira, mas as lentes do aparelho estavam irremediavelmente estragadas. Um pouco adiante, o tripé de um teodolito aparecia fincado no chão, de cabeça para baixo. De repente, no meio de toda essa devastação, surgiu a carinha infantil e assustada de Harry.

Keira correu até ele e tomou-o nos braços. Era algo bastante incomum; ela sabia exprimir com palavras a afeição pelas pessoas que amava, mas nunca deixava escapar o menor gesto de ternura. Naquele momento, entretanto, apertou tão forte Harry que ele quase procurou escapar do abraço.

— Você me deu um susto — disse, limpando a terra que se colara no rosto do menino.

— Eu lhe dei um susto? Com tudo que aconteceu, fui eu que lhe dei um susto? — repetiu Harry, desconcertado.

Keira não respondeu. Endireitou a cabeça e contemplou o que restava do seu trabalho: nada. Até mesmo a mureta de terra seca em que, ainda naquela manhã, estivera sentada tinha sido destruída pelo *shamal*. Em poucos minutos, havia perdido tudo.

— Veja só, todo aquele seu negócio ficou bem sacudido — disse Harry.

— ... aquele meu negócio... era de porcelana — murmurou Keira.

Harry segurou a mão de Keira. O normal era que ela a retirasse; como sempre, daria um passo à frente, a pretexto de ter visto algo importante, tão importante que se tornava absolutamente necessário ir verificar; em seguida, mais tarde, alisaria os cabelos do menino, para se desculpar pela falta de ternura. Dessa vez, porém, as mãos de Keira seguraram aquela que sem malícia se oferecia e seus dedos pressionaram com força a palma de Harry.

— Acabou — disse ela, quase sem voz.

— Você pode cavar tudo de novo, não pode?

— Não vai mais ser possível.

— Precisa somente ir mais fundo — insistiu o menino.

— Nem indo mais fundo vai dar certo.

— O que vai acontecer, então?

Keira se sentou no chão, de pernas cruzadas, desconsolada. Harry fez o mesmo, respeitando o silêncio da jovem.

— Vai me deixar, você vai embora, é isso?

— Não tenho mais o que fazer.

— Pode ajudar a reconstruir a aldeia. Está tudo quebrado. As pessoas daqui ajudaram quando vocês precisaram.

— Eu sei, podemos fazer isso por uns dias, quem sabe algumas semanas, mas depois, como você disse, vamos ter que ir embora.

— Por quê? Você não se sente bem aqui?

— Mais do que em qualquer outro lugar.

— Então precisa ficar! — afirmou o garoto.

O chefe de equipe se juntou a eles. Keira olhou para Harry, que entendeu ser preciso deixá-los conversar. Harry se afastou alguns metros.

— Não vá para o rio! — disse ela ao menino.

— Que diferença faz para você, já que vai embora?

— Harry! — suplicou Keira.

Mas o garoto já estava correndo na direção que, precisamente, tinha sido proibida.

— Vai abandonar o terreno? — perguntou, espantado, o chefe de equipe.

— Acho que não vamos ter outra escolha.

— Por que desanimar? Basta retomar o trabalho. Boa vontade é o que não falta.

— Infelizmente, não é uma questão de vontade, mas de meios. Quase não tínhamos mais dinheiro para pagar o pessoal. Minha única esperança era a de rapidamente descobrir algo, para ter o crédito renovado. Receio que estejamos todos potencialmente desempregados.

— E o garoto? O que vai fazer com ele?

— Não sei — respondeu Keira, abatida.

— Você é tudo que ele tem desde que a mãe morreu. Por que não o leva?

— Não teria autorização. Seria parado na fronteira, ficando por semanas num acampamento, até ser trazido de volta.

— E pensar que, na sua terra, acham que somos uns selvagens!

— Você não poderia ficar com ele?

— Já é difícil sustentar minha família, não acho que minha mulher queira alimentar mais uma boca. Além disso, Harry é um mursi, da etnia do Omo, e somos amhara, tudo isso é bem difícil. Foi você que trocou o nome dele, Keira, ensinou a falar a sua língua nesses três últimos anos; de certa maneira, o adotou. Tornou-se a responsável. Ele não pode ser abandonado uma segunda vez, não vai se recuperar.

— E como queria que o chamasse? Precisava ter um nome... ele nem falava quando veio para cá!

— Em vez de brigar, a primeira coisa a ser feita é ir atrás dele; com a cara que fez ainda há pouco, não acho que volte tão cedo.

Os colegas de Keira se agruparam ao redor do terreno de escavações. A atmosfera estava pesada. Individualmente, cada um avaliava a importância dos estragos. Todos se voltaram para ela, esperando instruções.

— Não fiquem olhando para mim dessa maneira, não sou a mãe de vocês! — irritou-se a arqueóloga.

— Perdemos todas as nossas coisas — lamentou um membro da equipe.

— Temos mortos na aldeia, vi três corpos no rio — respondeu Keira —, estou me lixando totalmente para o seu saco de dormir.

— Temos que enterrar os cadáveres o quanto antes — sugeriu outro. — Não precisamos que uma epidemia de cólera venha se juntar a nossos problemas.

— Voluntários? — sugeriu Keira, hesitante.

Ninguém levantou a mão.

— Então vamos todos — intimou Keira.

— É melhor esperar que as famílias venham buscá-los, precisamos respeitar as tradições.

— O *shamal* não respeitou coisa alguma, vamos lá, antes de termos a água contaminada — insistiu Keira.

O grupo se pôs em marcha.

A triste tarefa preencheu o restante do dia. Os corpos foram retirados do rio, túmulos foram abertos a boa distância da margem, todos cobertos com montinhos de pedra. Cada um rezou à sua maneira, de acordo com a própria fé, pensando naqueles com quem haviam convivido nos três últimos anos. No fim da tarde, os arqueólogos se juntaram ao redor da fogueira. As noites eram frias, e eles não tinham mais com que se proteger. Por revezamento um ficou de guarda, enquanto os outros dormiam perto das brasas.

No dia seguinte, a equipe foi ajudar os aldeões. As crianças tinham sido reagrupadas. As mulheres mais velhas da tribo tomavam conta delas, e as mais jovens partiram em busca de tudo que pudesse servir para a reconstrução das habitações. Ninguém ali se questionava sobre a ajuda mútua, era algo evidente; todo mundo participando e cada um sabendo naturalmente o que fazer. Alguns cortavam madeira, outros juntavam galhadas para reconstruir choupanas e outros mais percorriam os campos, tentando encontrar cabras e vacas que a tempestade não tivesse matado.

Na segunda noite, os aldeões receberam a equipe de arqueólogos e dividiram com eles o pouco que tinham para comer. Apesar da tristeza, do luto que mal começava, houve danças e cantos, agradecendo aos deuses por terem poupado os que estavam vivos.

Os dias seguintes foram idênticos. Duas semanas depois, a natureza ainda apresentava marcas do drama, mas a aldeia havia retomado uma aparência quase normal.

O chefe da tribo agradeceu aos arqueólogos. Keira pediu uma audiência particular. Mesmo com os olhares dos aldeões demonstrando que não apreciavam a ideia de uma estrangeira penetrar em sua choupana, o chefe aceitou o pedido, por gratidão. Depois de ouvir a solicitação da hóspede, ele garantiu que cuidaria de Harry até o regresso de Keira, caso o menino voltasse. E ela própria prometeu voltar. O chefe deu a entender que a conversa estava terminada. Mas esboçou um sorriso, Harry até podia se esconder, porém, estava por perto: algum estranho animal vinha roubando víveres enquanto a aldeia dormia e as pegadas do bicho se pareciam muito com as de um certo menino...

No nono dia após a tempestade, Keira reuniu sua equipe e anunciou estar na hora de deixar a África. O rádio tinha sido destruído e só podiam contar consigo mesmos. Havia, então, duas possibilidades: a primeira seria andar até o vilarejo de Turmi e lá, com alguma sorte, encontrar algum veículo que os conduzisse um pouco mais ao norte, até a capital. A caminhada até Turmi seria arriscada, pois não havia algo comparado a uma estrada, eram necessárias verdadeiras escaladas para vencer certas etapas. Outra opção era descer o rio na direção do vale e, em poucos dias, alcançariam o lago Turcana. Atravessando-o, chegariam a Lodwar, na margem queniana, onde havia um pequeno aeródromo. Aviões independentes faziam viagens regulares de ida e volta, servindo à região; algum piloto acabaria aceitando-os a bordo.

— O lago Turcana, mas que ideia maravilhosa! — exclamou um dos auxiliares.

— Prefere subir montanhas? — perguntou Keira, bastante irritada.

— Existem aproximadamente 14 mil crocodilos fervilhando nesse seu lago da salvação. Faz um calor insuportável durante o dia, com os temporais mais violentos do continente africano. Considerando o equipamento que a gente ainda tem, é melhor nos suicidarmos de vez, a gente vai economizar tempo e sofrer menos!

Não havia solução milagrosa. A arqueóloga propôs uma votação a mão erguida. Por unanimidade, à exceção de um só voto, escolheram a direção do lago. O chefe de equipe avisou que não poderia acompanhá-los, pois tomava o rumo norte, onde morava a sua família. Com a ajuda dos aldeões, conseguiram juntar provisões e programaram a partida para as primeiras horas do dia seguinte.

À noite, Keira não dormiu. Revirou-se cem vezes naquilo que lhe servia de cama. Assim que fechava os olhos, via o rosto de Harry. Relembrou o dia em que o encontrou, voltando de uma incursão a 10 quilômetros do acampamento. Ele estava sozinho, abandonado à frente de uma palhoça. Não havia ninguém à vista e apenas aquela criança, trancada em seu silêncio, a olhar fixamente para ela. O que fazer? Continuar o caminho como se nada tivesse acontecido? Sentou-se ao lado do menino, que nada havia dito. Passando a cabeça pela abertura da casa miserável, descobriu que a mãe dele acabara de morrer. Perguntou se tinha uma família, algum lugar para onde pudesse ser levado, mas ele permanecia mudo, sem se queixar, apenas o olhar permanecia vivo e insistente. Keira ficou por horas ao seu lado, sem falar. Depois se levantou e retomou a estrada. Enquanto caminhava, teve a impressão de que a criança a seguia de longe, se escondendo assim que ela se virava. Ao chegar ao acampamento, porém, não viu mais traço da sua presença. Primeiro achou que havia desistido, mas no dia seguinte, quando o chefe de equipe avisou que tinham roubado comida, Keira sentiu um alívio.

Longas semanas foram necessárias para que os dois finalmente voltassem a se encontrar. Keira deu ordens para que sempre fossem deixadas à noite, junto da sua tenda, comida e bebida. Diariamente, porém, o chefe de equipe reclamava: aquilo atraía predadores; mas o que Keira pretendia capturar estava longe de ser um animal selvagem, era apenas uma criança sozinha e assustada.

Quanto mais o tempo passava, mais os pensamentos de Keira se concentravam no comportamento incomum do menino. Dentro da tenda, na hora de dormir, ela ficava atenta ao som dos passos de "Harry" — era como passara a chamá-lo. Por que esse nome? Não sabia muito bem, viera num sonho. Certa noite, Keira se arriscou a esperar junto à caixa sobre a qual haviam deixado a refeição. Ela acrescentou talheres e todo aquele aparato acabou ganhando ares de mesa de jantar, armada no meio de lugar nenhum.

Harry surgiu na trilha que vinha do rio. Ombros e cabeça erguidos, com uma postura altiva. Quando chegou, Keira cumprimentou-o com um gesto de mão e começou a comer. Ele hesitou e, em seguida, se sentou à frente dela. Dividiram aquele primeiro jantar à luz das estrelas, e Keira começou a ensinar a Harry as primeiras palavras do vocabulário. O menino não as repetia, mas, no dia seguinte, no momento da refeição, podia recitar todas que tinha ouvido na véspera, sem nunca se enganar.

Somente mais tarde, ao longo do mês, Harry se mostrou à luz do dia. Keira escavava delicadamente o chão, esperando finalmente encontrar alguma coisa, quando o garoto se aproximou. O momento seguinte foi dos mais singulares. Sem se preocupar com o fato de Harry compreendê-la ou não, Keira explicou tudo que fazia e por que, para ela, era tão importante procurar incansavelmente aqueles minúsculos fragmentos fossilizados. Cada um deles, talvez, viesse a esclarecer como o homem havia surgido no planeta.

Harry voltou no dia seguinte, à mesma hora, e passou então a tarde inteira na companhia da arqueóloga. Fez o mesmo nos dias seguintes, chegando sempre com uma pontualidade desconcertante — Harry não tinha relógio. Semanas se passaram e, sem que ninguém de fato percebesse, o garoto não deixava mais o acampamento. Antes das refeições, almoço e jantar, ele passava, sem reclamar, pela obrigação das aulas de vocabulário ministradas por Keira.

Naquela noite, então, ela bem que gostaria de ouvir os passos do menino uma vez mais, como na época em que rondava em volta da tenda, esperando permissão para entrar. Contaria a ele alguma lenda africana, das muitas que conhecia.

Como ir embora, no dia seguinte, sem nem mesmo tê-lo visto? Partir sem uma palavra é pior do que um abandono, uma traição. Keira segurava o presente que Harry havia lhe dado. Na ponta de um fio de couro que nunca saía do seu pescoço, havia um estranho objeto. Triangular, liso e duro como o ébano; tinha a cor, mas teria realmente sido entalhado nessa madeira? Keira não fazia a menor ideia. O objeto não parecia um ornamento tribal; nem o chefe da aldeia soube definir sua origem. Quando Keira o mostrou, o velho líder balançou a cabeça, sem saber do que se tratava, e achou que ela não devia usá-lo no corpo. Mas era um presente de Harry... Quando Keira perguntou, o menino explicou que o encontrou um dia numa ilhota, bem no meio do lago Turcana. Descendo com o pai pela cratera de um antigo vulcão, há séculos extinto, onde uma camada fértil de terra cobre o chão, ele tinha achado o tesouro.

Keira voltou a pendurá-lo no pescoço e fechou os olhos, buscando o sono que não vinha.

Ao amanhecer, juntou suas coisas e acordou os colegas. Uma longa viagem os esperava. Depois de engolir rapidamente o café da manhã, o grupo se pôs a caminho. Os pescadores tinham oferecido duas pirogas, cada uma podendo levar quatro pessoas. Em diversos pontos seria preciso desembarcar e carregar as embarcações por terra firme, contornando as quedas-d'água.

Os aldeões se juntaram à margem. Apenas uma pessoinha faltou à chamada. O chefe de equipe abraçou Keira, mal disfarçando a emoção. Depois todos tomaram seus lugares a bordo das embarcações; crianças entraram na água para ajudar a se afastarem e a correnteza fez o restante, fazendo-os deslizar com suavidade.

Ao longo dos primeiros quilômetros percorridos, viam-se mãos se agitarem nos campos vizinhos. Keira continuou em silêncio, procurando quem ela ainda tinha esperança de ver. Quando o rio bifurcou, indo se perder entre dois paredões altos de pedra, as últimas esperanças se desfizeram. Já estavam um tanto longe demais.

— Talvez seja melhor assim — disse baixinho Michel, um colega francês, que era com quem Keira melhor se entendia.

Ela gostaria de responder, mas sentiu um nó na garganta.

— Ele vai voltar à vida dele — continuou Michel. — Não se preocupe. Não tem do que se arrepender. Sem você, Harry provavelmente teria morrido de fome e, além disso, o chefe da aldeia prometeu tomar conta dele.

De repente, já penetrando no corredor de pedra, a silhueta de Harry surgiu numa minúscula praia. Keira se levantou tão bruscamente que a embarcação quase virou. Michel restabeleceu o equilíbrio, os dois outros colegas reclamaram. Keira não deu ouvido aos protestos, enxergava apenas o menino que, agachado, olhava de longe para ela.

— Vou voltar, Harry, juro! — gritou.

Não houve resposta. Teria pelo menos ouvido?

— Procurei você em todo lugar — berrou, o mais forte que pôde. — Não queria ir embora sem falar com você. Vou sentir sua falta, garoto — disse, soluçando. — Vou sentir tanto a sua falta. Juro que vou voltar, precisa acreditar, está ouvindo? Por favor, Harry, faça um gesto, qualquer um, só para mostrar que está ouvindo.

Mas o menino não se moveu, não fez o menor sinal. A silhueta logo desapareceu numa curva do rio; a jovem arqueóloga não chegou a ver a mão do garoto, balançando num frágil adeus.

*

Planalto de Atacama, Chile

Foi impossível fechar os olhos a noite inteira. Toda vez que finalmente sentia o sono chegar, dava um salto na cama, me erguendo, com essa sensação horrível, o tempo todo, de sufocar. Erwan, meu colega australiano habituado às altitudes elevadas, desistiu de dormir desde que chegou. Pratica ioga e consegue mais ou menos se adaptar. Apesar de ter tentado, indo umas duas vezes por semana a um centro especializado da Sloane Avenue, numa época em que andei saindo com uma dançarina, meus conhecimentos dos exercícios são pequenos para que o organismo possa compensar os efeitos de tamanha altitude. A 5 mil metros do nível do mar, a pressão do oxigênio cai 40%. Em poucos dias, o mal das montanhas se impõe: o sangue fica mais espesso, a cabeça pesa, o raciocínio perde a lógica, mal conseguimos escrever de forma legível, e qualquer esforço físico queima energias exageradamente. Os que trabalham há mais tempo aqui nos aconselham a ingerir o máximo possível de glicose. Para quem gosta de doces, o lugar pode ser um verdadeiro paraíso: não se corre o risco de engordar; assim que digerido, o açúcar é metabolizado pelo organismo. O único problema porém é que, a 5 mil metros acima do nível do mar, perde-se todo apetite. Alimento-me quase exclusivamente de barras de chocolate.

O Planalto de Atacama se situa fora do tempo. Uma vastidão plana e árida, cercada de montanhas; se não fosse tão difícil respirar, pensaríamos estar no meio de um deserto qualquer de pedras. Mas estamos num dos tetos do mundo; só que nada mais temos do mundo ao redor. Vegetação alguma, nenhuma vida animal, apenas pedras e poeira, com idade de 20 milhões de anos. O ar que respiramos com tanta dificuldade é o mais seco do planeta, cinquenta vezes mais do que o do vale da Morte. Os cumes em volta podem muito bem chegar a mais de 6 mil metros de altura, mas não têm neve. E é por esse motivo que trabalhamos aqui. Por não haver a menor umidade, o lugar é o mais apropriado para receber este que é o maior projeto de astronomia já organizado na Terra. Uma tarefa quase impossível: implantar 64 antenas telescópicas interligadas, cada uma do tamanho de um prédio de dez andares. Ao fim da construção, estarão todas conectadas a um computador capaz de efetuar 16 bilhões de operações por segundo. Por quê? Para tirar do escuro, fotografar as mais distantes galáxias, descobrir espaços que ainda permanecem invisíveis a nós e, quem sabe, captar imagens dos primeiros instantes do universo.

Há três anos, juntei-me à Organização Europeia de Pesquisas Astronômicas e vim morar no Chile.

Normalmente, meu local de trabalho fica a 100 quilômetros daqui, no observatório de La Silla. Toda essa região se situa numa das maiores fendas sísmicas do globo, ponto de encontro de dois continentes. Duas massas de colossal potência que, empurrando uma à outra, deram origem à cordilheira dos Andes. Recentemente, à noite, a terra tremeu. Ninguém se feriu, mas constatou-se que Naco e Sinfoni — todos os nossos telescópios têm um nome — precisam de reparos.

Aproveitando essa inatividade forçada, o diretor do centro nos deu, a Erwan e a mim, a missão de supervisionar as operações de instalação da terceira antena gigante do campo de Atacama. Por esse motivo é que respiro com tanta dificuldade, por culpa de um terremoto idiota que me trouxe até aqui, a 5 mil metros de altitude.

Há apenas 15 anos, os astrônomos ainda discutiam a existência de planetas fora do nosso sistema solar. Como já disse, a maior demonstração de humildade, para um homem de ciências, é aceitar a ideia de que nada é impossível. Cento e setenta planetas foram descobertos na última década. Todos diferentes demais, maciços demais, um tanto próximos ou afastados de seus respectivos sóis para que se possam comparar à Terra, alimentando a esperança do desenvolvimento de alguma forma de vida semelhante à nossa... Isso, até a descoberta que meus colegas fizeram, pouco antes da minha chegada ao Chile.

Graças ao telescópio dinamarquês instalado na área de La Silla, eles detectaram a presença de outra "Terra", situada a 25 mil anos-luz da nossa.

Apenas cinco vezes maior, ela efetua uma revolução completa ao redor do seu sol em dez anos do nosso tempo. Mas quem pode afirmar que o tempo, nesse planeta igualmente tão próximo e tão distante, transcorre de maneira a formar minutos e horas comparáveis aos nossos? Mesmo sendo três vezes mais afastado do seu sol, e mesmo com uma temperatura mais fria, o planeta parece reunir as condições necessárias à vida.

A notícia aparentemente não é sensacional o bastante para ganhar a manchete dos jornais e passou quase despercebida.

Nos últimos meses, nosso trabalho se atrasou por diversas avarias e respectivas consequências. O final do ano se anuncia difícil, pelo menos para mim. À falta de resultados satisfatórios, meus dias no Chile já estavam contados. No entanto, apesar das dificuldades de adaptação à tamanha altitude, não tenho a menor vontade de voltar para Londres. Por nada no mundo quero trocar a vastidão chilena e minhas barras de chocolate pela janelinha do meu escritório apertado e a carne assada com feijão-branco que se come no pub da esquina de Gower Court.

Já há três semanas subimos para a área de Atacama e meu corpo continua a não aceitar a falta de oxigênio. Quando o centro estiver operacional, os prédios serão pressurizados, mas, até lá, temos que viver nessas condições difíceis. Erwan diz que estou com uma cara horrível e acha que devo voltar à base. "Vai acabar ficando doente de verdade", repete há dois dias, "se tiver um AVC, vai ser tarde demais para lamentar a imprudência".

O conselho é dos mais sensatos, mas desistir a essa altura seria limitar enormemente minhas possibilidades de participar da fabulosa aventura que se prepara aqui. Poder dispor de tão poderoso material e ter sido incluído nesse grupo é como sonhar acordado.

Caída a noite, deixamos nossos bangalôs. Com meia hora de caminhada, chega-se ao local de nossa terceira antena telescópica. Erwan assumiu as regulagens e eu a captação das ondas recebidas. Ondas que atravessaram o espaço e chegam de universos tão distantes que sequer éramos capazes de imaginar a existência, há dez anos. Como também não sou capaz de imaginar a extensão das descobertas que faremos quando as sessenta parabólicas estiverem todas interconectadas e ligadas ao computador central.

— Conseguiu alguma coisa? — perguntou Erwan, pendurado na passarela metálica que percorre o segundo andar da antena.

Tenho certeza de ter respondido, mas o colega repetiu a pergunta. Quem sabe não falei suficientemente alto? Com a atmosfera seca, o som percorre mal o espaço.

— Adrian, está recebendo algum sinal? Responda! Não vou ficar me equilibrando por horas.

A dificuldade era enorme para articular as palavras, na certa por causa da temperatura. Fazia um frio tremendo, eu mal conseguia sentir as pontas dos dedos e os lábios pareciam dormentes.

— Adrian, está ouvindo?

É claro que sim, Erwan, como não ouviria? Ouvi também os passos dele, descendo de onde estava pendurado.

— Mas o que está fazendo, afinal? — reclamou, se aproximando de mim.

Fez uma cara estranha e, de repente, largou as ferramentas e veio correndo em minha direção. Chegou perto e vi seu rosto ficar tenso, com a expressão demonstrando preocupação.

— Adrian, o seu nariz! Está sangrando!

Esforçou-se para me levantar; eu nem tinha me dado conta de ter sentado no chão. Erwan pegou o walkie-talkie e pediu socorro. Tentei impedir, achando não haver motivo para incomodar os outros, era apenas uma ligeira estafa, mas minhas mãos não reagiam, eu não conseguia coordenar movimento algum.

— Base, base, aqui Erwan, na antena número 3, respondam, Mayday, Mayday! — não parava de repetir o colega.

Achei engraçado, só na aviação se utiliza esse termo, "Mayday", mas não era um bom momento para bancar o sabido, ainda mais porque uma vontade idiota de rir tomava conta de mim.

E quanto mais eu ria, mais Erwan ficava preocupado, logo ele que o tempo todo me criticava por sempre encarar tudo de maneira grave demais; francamente!

Ouvi surgir uma voz metálica no walkie-talkie que parecia familiar, mas não consegui associar pessoa alguma a ela. Erwan explicou que eu não estava bem, o que não era verdade, pois nunca tinha me sentido melhor, com tudo parecendo muito bonito, inclusive o próprio Erwan, que, no entanto, tinha o rosto bem maltratado. Naquela noite, não sei se pelo tom particular da lua, achei que tinha bela aparência. Mas rapidamente deixei de achar o que quer que fosse. A voz dele, que já parecia amortecida, parou de chegar aos meus ouvidos, como se fizesse a brincadeira infantil de articular palavras sem pronunciá-las. O rosto começou a ficar meio vago, eu estava perdendo os sentidos.

Erwan permaneceu a meu lado como um irmão. Não parou de me sacudir e até conseguiu me acordar. Na hora, fiquei meio chateado, já que havia tanto tempo não dormia; isso não parecia nada legal da parte dele. Um jipe chegou dez minutos depois do chamado. Alguns colegas tinham se vestido às pressas e me levaram ao acampamento. O médico ordenou minha imediata transferência. Foi o fim dos meus projetos em Atacama. Um helicóptero me repatriou para o hospital de San Pedro, no vale. Deixaram-me sair após três dias inalando oxigênio. Erwan veio me visitar, acompanhado pelo diretor do centro de pesquisas, que lamentava ver partir "um cientista do meu quilate". Entendi o cumprimento como um prêmio de consolação, umas poucas palavras tranquilizadoras a incluir em minha bagagem, antes do regresso ao meu escritório na universidade, à minha janelinha dando para a rua, ao pub da esquina de Gower Court e sua famigerada carne assada com feijão-branco. Seria preciso novamente ignorar os olhares sarcásticos dos colegas londrinos. A gente nunca se livra totalmente das recordações infantis. São como fantasmas que perseguem e aterrorizam a vida do adulto.

De terno e gravata, avental de cientista ou roupa de palhaço, a criança que fomos fica para sempre em nós.

*

Estava fora de cogitação tomar o caminho da Bolívia, com zigue-zagues que sobem até 4 mil metros de altura. Um avião me levou de San Pedro à Argentina e de lá peguei outro voo, para Londres. Vendo pela janela a cordilheira dos Andes se afastar, odiei a viagem, furioso com o que estava acontecendo. Se imaginasse o que me esperava, provavelmente meu estado de espírito seria outro.

*

Londres

A garoa que cai na cidade me fez lembrar onde estava. O táxi tomou a autoestrada M1, e bastava fechar os olhos para voltar a sentir o cheiro dos velhos lambris do hall da universidade, assim como o do assoalho de madeira encerada e até o das pastas de couro dos colegas, com suas capas de chuva molhadas.

Enquanto fazia minhas malas no Chile, não consegui encontrar minhas chaves, o que me levou a fazer um desvio ao invés de ir direto para minha casa. Com certeza havia uma cópia, numa gaveta qualquer do escritório. Só no fim da tarde, então, teria o prazer de estar na poeira que certamente reinava na casa desde que fui embora.

Já era mais de meio-dia quando cheguei à frente dos prédios administrativos da Academia. Respirei fundo e entrei no edifício onde logo retomaria minhas atividades.

— Adrian! Que boa surpresa vê-lo aqui!

Walter Glencorse, o responsável administrativo do corpo docente. O sujeito devia estar vigiando da janela a minha chegada e posso imaginá-lo correndo ao descer a escada, diminuindo o ritmo e parando à frente do espelho grande do primeiro andar, para ajeitar os poucos fios de cabelo louro que ainda restavam no alto da cabeça.

— Querido Walter! A surpresa é recíproca.

— Com uma diferença, meu caro, não estive no Peru e é perfeitamente normal me verem entre essas paredes, enquanto você...

— Era no Chile que eu estava, Walter.

— No Chile, é claro, por onde anda a minha cabeça? E essa história de altitude... Ouvi falar do lamentável acidente que sofreu. Que pena, não é mesmo?

Walter se inclui entre esses indivíduos capazes de estampar uma sincera expressão amável, enquanto, em seu íntimo, um pavoroso gnomo de macacão cor-de-rosa se escangalha de rir às custas dos outros. Ele é um dos raros súditos do reino a quem bastaria um olhar para que os caprinos e bovinos da Inglaterra desistissem dos seus gramados verdes para tornarem-se carnívoros.

— Vamos almoçar, é meu convidado — acrescentou, com as mãos nas cadeiras.

Para que Walter sacasse do bolso algumas libras esterlinas por espontânea vontade, era preciso uma ordem da Academia ou que fosse pedido algo muito importante. Foi só o tempo de deixar minha bagagem no vestiário — era inútil subir até minha sala e descobrir a bagunça que provavelmente havia? — e me vi de volta na rua, agora na companhia do incontornável Walter.

Assim que nos sentamos à mesa do pub ele pediu, sem me consultar, dois pratos do dia, duas taças de vinho tinto ordinário — era mesmo a Academia que pagava — e se debruçou na minha direção, como se temesse que ouvissem a conversa que teríamos.

— Que sorte a sua, participar de uma aventura assim, deve ter sido incrível... Imagino o quanto foi apaixonante trabalhar nessa região de Atacama.

Vejam só, não apenas Walter não errava mais o país, como também lembrava o local exato em que eu me encontrava, uma semana antes. Bastou que o mencionasse e me transportei à imensidão das paisagens chilenas, ao esplendor do nascer da lua em plena tarde, à pureza das noites e ao brilho incomparável da abóbada celeste.

— Está me ouvindo, Adrian?

Confessei ter perdido o fio da meada por um momento.

— Compreendo e acho perfeitamente normal. Perdão, Adrian, por favor. Você está cansado por causa da viagem e ainda não lhe dei o menor tempo para ficar a par das coisas.

— Ok, Walter, vamos deixar de formalidades! É verdade, tive um certo mal-estar a 5 mil metros de altura, passei alguns dias num hospital, numa cama criada por algum beato ortodoxo, saí direto para mais de 25 horas num avião e acabo de desembarcar, com os joelhos ainda pregados no queixo, então, vamos direto ao que interessa. Fui rebaixado em minhas funções? Proibido de usar o laboratório? Expulso da Academia? Algo assim?

— Que ideia, Adrian! Acidentes como o seu acontecem com qualquer um. Muito pelo contrário, todos admiramos o trabalho que fez em Atacama.

— Pare de repetir esse nome a cada frase e, por favor, diga o motivo do convite para comer esse prato do dia horroroso.

— Nós queremos pedir um favor.

— Nós?

— Exatamente, quer dizer, a Academia, da qual você é um membro eminente, Adrian — continuou Walter.

— Que tipo de favor?

— Do tipo que o faria voltar ao Chile dentro de alguns meses.

Ele, enfim, conseguiu toda a minha atenção.

— É extremamente delicado, Adrian, por se tratar de um problema de dinheiro — cochichou Walter.

— Que dinheiro?

— Aquele de que a Academia precisa para continuar sua missão, pagar pesquisadores, aluguel, sem esquecer a reforma do telhado, que se deteriora a cada dia. Se continuar a chover assim, logo vou precisar usar botas de borracha para escrever meus relatórios administrativos.

— É o risco que corre quem escolhe ficar com o último andar, o único com um pouco de luz, Walter. Mas não sou herdeiro de nenhuma fortuna nem trabalho com telhados. Não vejo como posso ser útil!

— Justamente, você não pode prestar esse favor como membro da Academia, mas sim como um astrofísico prestigiado.

— Astrofísico que, de qualquer forma, trabalha para a Academia?

— É claro! Mas não necessariamente no tipo de missão que gostaríamos de lhe confiar.

Chamei a garçonete, devolvi a pavorosa carne assada com feijão-branco e pedi duas taças de um bom vinho do Kent, assim como dois pratos de chester; Walter não esboçou a menor reação.

— Walter, explique exatamente o que esperam de mim ou, terminando esse queijo, passo para o *pudding-bourbon* e às suas custas, é claro.

Walter se abriu. As contas da Academia estavam tão a seco quanto o ar do planalto de Atacama. Sem qualquer esperança de novas entradas orçamentárias, até que os serviços de Estado aceitassem algum pedido, Walter já estaria pescando trutas em sua sala.

— Não seria conveniente que nossa prestigiosa instituição apelasse para doações privadas; a imprensa mais cedo ou mais tarde descobriria, divulgando o escândalo — retomou.

Dentro de dois meses, uma tal Fundação Walsh organizaria uma cerimônia para, como anualmente fazia, premiar quem apresentasse a seu júri o projeto de pesquisa mais promissor.

— Qual o valor dessa doação generosa? — perguntei.

— Dois milhões de libras esterlinas.

— É, de fato, bem generosa! Mas continuo sem ver em que posso ajudar.

— Com os seus trabalhos, Adrian! Pode apresentá-los e ganhar o prêmio... que nos repassaria por livre e espontânea vontade. É claro que a imprensa veria nisso o gesto de um cavalheiro desinteressado e agradecido à instituição que apoia suas pesquisas há tanto tempo. Sua reputação sairia engrandecida, a da Academia salva e a situação financeira do departamento quase equilibrada.

— No que diz respeito ao meu eventual interesse por dinheiro — fiz sinal à garçonete para que voltasse a encher a minha taça —, basta ver a sala e o quarto em que moro para tirar qualquer dúvida a respeito; por outro lado, quando diz "grato à instituição que apoia seus trabalhos", gostaria de saber a que se refere. À sala infame que tenho? Ao material e livros que compro por meus próprios meios, cansado de meus pedidos caírem no vazio?

— Houve a expedição chilena, nós o apoiamos, que eu saiba!

— Apoiaram? Está se referindo à missão que assumi, aceitando uma licença não remunerada?

— Apoiamos a sua candidatura.

— Walter, não seja tão inglês, por favor! Nunca acreditou em minhas pesquisas!

— Você tem de concordar que descobrir a estrela original, mãe de todas as constelações, é um projeto meio ambicioso e um tanto duvidoso.

— Tão duvidoso quanto apresentar esse mesmo projeto à Fundação Walsh, não?

— A necessidade cria a lei, dizia são Bernardo.

— E gostariam de me ver com um barrilzinho preso no pescoço, imagino.

— Bom, tudo bem, Adrian. Eu disse a eles que você não aceitaria. Sempre negou toda autoridade, não seria um ligeiro caso de falta de oxigênio que o faria mudar tanto.

— Pelo visto não foi o único a ter essa ideia esquisita.

— Não, o conselho administrativo se reuniu e me limitei a propor nomes de pesquisadores com alguma chance de ganhar esses dois milhões de libras esterlinas.

— Quem são os outros candidatos?

— Não encontrei nenhum...

Walter pediu a conta.

— Deixe que eu pago, Walter. Não dá para reformar o telhado da Academia, mas já ajuda na compra das botas.

Paguei a conta e deixamos o pub. A chuva tinha parado.

— Sabe, não tenho animosidade alguma contra você, Adrian.

— Nem eu, Walter.

— Com certeza podemos nos entender muito bem, se fizermos algum esforço.

— Se é o que acha.

O restante da curta caminhada se passou em silêncio. Com passadas no mesmo ritmo, subimos Gower Court; o porteiro nos cumprimentou, sem sair da guarita. Entrando no hall do edifício principal, me despedi de Walter e tomei a direção da ala em que ficava o meu escritório. Walter se virou no primeiro degrau da escada central e agradeceu o almoço. Uma hora depois, eu ainda lutava para entrar na maldita sala em que trabalhava. A umidade provavelmente tinha dilatado a porta e, por mais que a empurrasse ou puxasse, ela não se movia. Exausto, acabei desistindo e dei meia-volta. Muita arrumação me esperava em casa, e o que restava da tarde seria pouco para dar conta disso.

*

Paris

Keira abriu os olhos e olhou pela janela. Os telhados molhados brilhavam iluminados por uma nesga de sol. A arqueóloga espreguiçou o corpo inteiro, afastou o lençol e pulou da cama. As prateleiras da quitinete estavam vazias, a única exceção foi um saquinho de chá, encontrado numa lata deixada por ali. O relógio do forno marcava 17 horas e o da parede 11h15. No despertador velho da mesinha de cabeceira eram 14h20. Ela pegou o telefone e ligou para a irmã.

— Que horas são?

— Bom dia, Keira!

— Bom dia, Jeanne, que horas são?

— Quase duas horas.

— Tarde assim?

— Fui buscá-la no aeroporto anteontem à noite, Keira!

— Dormi 36 horas?

— Depende da hora em que foi se deitar.

— Está ocupada?

— Estou na minha sala, no museu, no cais Branly, trabalhando. Se vier até aqui, o convite para o lanche é meu.

— Jeanne?

Ela já havia desligado.

Saindo do banheiro, Keira vasculhou o armário do quarto, procurando uma roupa limpa. Da viagem não havia sobrado grandes coisas, o *shamal* tinha carregado tudo. Conseguiu um jeans velho, "mas que ainda aguentava o tranco", uma camisa polo azul, "que afinal nem era tão feia", e um maltratado casaco de couro, que daria um toque "vintage" ao visual. Já pronta, secou os cabelos, se maquiou às pressas no espelho da entrada e fechou a porta do apartamento. Na rua, fez sinal para um ônibus e conseguiu abrir passagem até uma janela. Os letreiros das lojas, as calçadas cheias de gente, os engarrafamentos... a efervescência da capital era esmagadora depois daqueles meses todos, passados longe de tudo. Descendo do ônibus, semissufocada, Keira percorreu a calçada ao longo do rio e parou para admirá-lo. Não são as margens do Omo, mas as pontes de Paris são lindas, não há como negar.

Chegando ao Museu das Artes e Civilizações da África, Ásia, Oceania e Américas — ou "do cais Branly", simplesmente –, ela se surpreendeu com o jardim vertical. Ao ir embora de Paris, tudo aquilo ainda estava em obras, e aquela flora rica e vigorosa, cobrindo a fachada do prédio, lhe pareceu uma verdadeira proeza técnica.

— Formidável, não é? — perguntou Jeanne.

Keira levou um susto.

— Não vi você chegar.

— Mas eu sim — respondeu a irmã, mostrando a janela da sua sala. — Estava esperando. Incrível essa vegetação, não é?

— Onde eu estava já era difícil fazer os legumes crescerem na horizontal, nas paredes então... o que posso dizer?

— Não vai começar a reclamar. Venha comigo.

Jeanne levou Keira para dentro do museu. No alto de uma rampa, subindo como se fosse uma fita muito comprida, em espiral, os visitantes chegam a uma imensa plataforma, que lembra os grandes espaços geográficos de onde vêm os 3.500 objetos ali apresentados. Encruzilhada de civilizações, de crenças, de modos de vida, de diferentes maneiras de pensar, o museu nos faz passar da Oceania à Ásia, das Américas à África em poucos passos. Keira parou diante de uma coleção de têxteis africanos.

— Tomara que esteja gostando, assim vem me visitar à vontade; peço um passe para você. Mas agora esqueça por dois segundos a Etiópia e me siga — insistiu Jeanne, puxando Keira pelo braço.

Sentada à mesa do restaurante panorâmico, Jeanne pediu dois chás de hortelã e docinhos orientais.

— Quais são os planos? — começou Jeanne. — Algum tempo em Paris?

— Minha primeira grande missão foi um fracasso retumbante. Perdemos nosso material, o grupo que eu dirigia já estava à beira da exaustão, não chega a ser um bom *trackrecord*, como dizem os amigos ingleses. Não creio que me permitam partir tão cedo.

— Que eu saiba, o que aconteceu não foi culpa sua.

— Nessa profissão só os resultados contam. Três anos de trabalho, sem encontrar nada tão conclusivo... Tem mais gente falando mal de mim do que bem. O que, sinceramente, não é justo, pois tenho certeza de que estávamos quase conseguindo. Com um pouco mais de tempo, íamos descobrir alguma coisa.

Keira se calou. Uma mulher, que pelos desenhos e cores do vestido era de origem somali, sentou-se ao lado. O menininho que segurava a mão dela viu que Keira a observava e piscou o olho.

— Por quanto tempo ainda vai ficar cavando terra e areia? Cinco, dez anos, a vida inteira?

— Jeanne, minha querida, senti muito a sua falta, mas não a ponto de aguentar as suas lições de moral de irmã mais velha — respondeu Keira, sem conseguir desviar os olhos do menino, que devorava um sorvete.

— Não quer ter um filho, um dia? — voltou Jeanne.

— Por favor, não me venha com a ladainha do relógio biológico. Deixe nossos ovários em paz! — irritou-se Keira.

— Não comece também com o seu número de sempre. Lembre que trabalho aqui — disse baixinho Jeanne. — Acha que você não tem a ver com isso? Que pode desafiar o tempo?

— Não estou minimamente interessada no tique-taque desse maldito relógio, Jeanne. Aliás, nem posso ter filho.

A irmã pousou a xícara de chá na mesa.

— Desculpe — murmurou. — Por que não disse antes? O que você tem?

— Não precisa se preocupar, não é hereditário.

— Por que não pode ter filhos? — insistiu Jeanne.

— Por falta de homens na minha vida! É um bom motivo, não? Bom, não que esteja achando essa conversa um tédio, mas... preciso fazer umas compras. A geladeira está tão vazia que dá para ouvir um eco lá dentro.

— Não precisa, hoje você janta e dorme lá em casa — avisou Jeanne.

— E por quê?

— Também não tem mais homem na minha vida e quero estar com você.

Passaram juntas o restante da tarde. Jeanne levou a irmã a uma visita guiada pelo museu. Sabendo do carinho de Keira pelo continente africano, quis apresentá-la a um amigo que trabalhava na seção especializada africanista. Ivory parecia ter uns 70 anos. Na verdade, era bem mais velho, com provavelmente mais de 80, mas guardava a idade em segredo, como se fosse um tesouro. Provavelmente temendo que o fizessem se aposentar, coisa de que não queria ouvir falar.

O etnólogo recebeu as visitantes no pequeno escritório de que dispunha, no fundo de um corredor. Fez perguntas a Keira sobre os últimos meses passados na Etiópia. De repente, seu olhar se fixou no colar que ela trazia no pescoço.

— Onde comprou essa pedra tão bonita? — perguntou.

— Não comprei, foi um presente.

— E lhe disseram de onde veio?

— Não, é apenas uma bugiganga que um menino encontrou na terra e me deu. Por quê?

— Se permitir que olhe mais de perto, minha vista não é mais a mesma.

Keira tirou o cordão pela cabeça e entregou-o ao especialista.

— Que estranho! Nunca tinha visto um trabalho assim. Não sei dizer qual tribo foi capaz disso. Parece tão perfeito.

— Achei a mesma coisa, também fiquei interessada. Na verdade, creio simplesmente se tratar de um pedaço de madeira polido pelos ventos e pelas águas do rio.

— É possível — murmurou o homem, que, no entanto, não parecia convencido disso. — E se tentarmos descobrir um pouco mais?

— Claro, se quiser — respondeu Keira, hesitante. — Mas não acho que o resultado será dos mais interessantes.

— Pode ser — disse o velho –, mas quem sabe? Não quer voltar amanhã? — sugeriu, devolvendo o colar à proprietária. — Por que não tentamos responder, juntos, pelo menos essa questão? Gostei muito de conhecê-la. Pude finalmente ver a irmã de quem Jeanne fala tanto. Então, até amanhã? — acrescentou, acompanhando-as até a porta da sala.

*

Londres

Moro em Londres numa ruazinha em que antigos galpões de carroças e estrebarias foram reformados e transformados em pequenas moradias. Não é fácil andar sem tropeçar na pavimentação toda irregular, mas o lugar tem o charme de um tempo que parece ter parado. Agatha Christie morou na casa ao lado da minha. Diante da porta é que lembrei que continuava sem ter as chaves comigo. O céu tinha escurecido e começou a cair um temporal desses que molham até os ossos. A vizinha viera fechar as janelas e, me vendo, me cumprimentou. Aproveitei para perguntar se permitiria — infelizmente, não era a primeira vez! — que passasse por seu quintal. Ela muito gentilmente abriu para mim e, passando a perna por cima da cerca divisória, cheguei aos fundos da minha casa. Se a porta de trás não tivesse sido consertada, e não via por qual milagre teria sido, bastaria uma pancada seca na fechadura e já podia me considerar lá dentro.

Sentia-me exausto, ainda irritado por voltar à Inglaterra, mas imaginar que estaria em casa, com meus objetos — poucos, é verdade, garimpados em bricabraques da capital —, e passando uma noite tranquila, me dava certa alegria.

A tranquilidade foi de curta duração, pois batiam à porta. Como continuava sem poder abri-la, nem mesmo de dentro, subi ao andar e vi lá embaixo, na ruela, Walter, alagado e parecendo um tanto bêbado.

— Não tem o direito de me abandonar, Adrian!

— Que eu saiba, nunca o tive comigo, Walter!

— A hora não é boa para brincadeiras assim, minha carreira está toda em suas mãos — ele gritou, ainda mais forte.

A vizinha voltou a abrir a janela e propôs deixá-lo entrar pelo quintal. Teria enorme prazer em fazer mais essa gentileza, acrescentou, se pudéssemos, com isso, evitar de chamar a atenção de toda a vizinhança.

— Sinto muito invadi-lo assim — começou Walter, já na minha sala —, mas não tive escolha. Ah! Até que para um quarto e sala não é nada mau!

— Sala aqui embaixo, quarto lá em cima!

— Bom, quer dizer, não é como eu imaginava um modesto quarto e sala. E conseguiu essa casinha com o seu salário?

— Veio aqui a essa hora para um levantamento do meu patrimônio, Walter?

— Não, sinto muito. Você realmente precisa me ajudar, Adrian.

— Se veio até aqui só para falar daquele projeto absurdo, com a tal Fundação Walsh, está perdendo seu tempo.

— Quer saber por que ninguém nunca deu apoio aos seus trabalhos na Academia? Porque é um tremendo solitário, só trabalha para si mesmo, não se integra em grupo nenhum.

— Ótimo, fico feliz com essa descrição tão precisa, um retrato dos mais lisonjeiros! Quer parar de abrir meus armários? Deve ter uma garrafa de uísque ao lado da lareira, se é o que está procurando.

Walter não demorou a encontrá-la, pegou dois copos numa prateleira e se estendeu no sofá.

— Muito bem-mobiliada a sua casa!

— Vai querer fazer uma vistoria completa, quem sabe?

— Não seja assim, Adrian. Acha que viria me humilhar dessa maneira, se tivesse outra solução?

— Não vejo o que há de humilhante em vir beber meu uísque de 15 anos!

— Adrian, você é a minha última esperança, vou precisar implorar? — retomou o convidado (que, aliás, não tinha sido convidado), se pondo de joelhos.

— Por favor, Walter, me poupe. De qualquer maneira, não tenho a menor chance de ganhar o prêmio. Por que, então, se dar a todo esse trabalho?

— Mas é claro que tem todas as chances, seu projeto é o mais apaixonante e mais ambicioso que li desde que ingressei na Academia.

— Se acha que consegue alguma coisa me bajulando de forma tão patética, pode ficar com a garrafa e ir beber em casa. Realmente quero ir me deitar, Walter.

— Não estou bajulando, juro que li a sua tese, Adrian, está perfeitamente... documentada.

O estado do colega era deplorável. Nunca o tinha visto assim, ele que se mostrava sempre tão distante, quase arrogante. O pior nisso tudo é que parecia estar sendo sincero. Nos dez últimos anos, eu tinha me dedicado a procurar um planeta semelhante ao nosso e ninguém, na Academia, apoiava meus trabalhos. A reviravolta, apesar de oportunista, mesmo assim me divertia.

— Vamos supor que eu ganhe o prêmio...

Mal pronunciei essas palavras, Walter juntou as mãos como se rezasse.

— Só para me tranquilizar, Walter, você está bêbado?

— Completamente, Adrian, mas vá em frente, por favor.

— Sente-se lúcido o bastante para responder a algumas perguntas simples?

— Com certeza, se não demorar muito a começar.

— Vamos supor que haja uma chance mínima de se ganhar esse dinheiro e, perfeito cavalheiro que sou, eu o repasse imediatamente à Academia. Que parte dessa quantia nosso conselho vai reservar para as minhas pesquisas?

Walter tossiu.

— Uma quarta parte seria razoável? É claro, terá uma nova sala, uma assistente em tempo integral e, se você quiser, alguns colegas podem ser liberados das suas funções e transferidos para o seu projeto.

— Isso, de jeito nenhum!

— Então, nada de colegas... e quanto à assistente?

Voltei a encher o copo de Walter. A chuva caía ainda mais forte, seria inumano mandá-lo embora naquele estado.

— Já que não tem outro jeito, vou pegar um cobertor e você dorme no sofá.

— Não quero invadir...

— Já fez isso.

— E a fundação?

— Deve ser quando, a cerimônia?

— Em dois meses.

— E o prazo para as inscrições?

— Temos três semanas.

— Em relação à assistente, ainda vou pensar, mas, enquanto isso, trate de abrir a porta da minha sala.

— Será a primeira coisa a ser feita, e a minha está à sua inteira disposição.

— Está me fazendo entrar numa história bem esquisita, Walter.

— Não é como imagina. A Fundação Walsh sempre priorizou os projetos mais originais; os membros do júri gostam de tudo que é, como direi, bem de vanguarda.

Vindo de Walter, não creio que essa última observação fosse tão elogiosa assim. Mas o sujeito não tinha outra saída e o tempo era curto para grandes elucubrações. Eu precisava rapidamente me decidir. É claro, a probabilidade de ganhar o concurso parecia quase inexistente, mas eu estava disposto a tudo para voltar a Atacama, o que tinha a perder?

— Tudo bem, Walter. Assumo o risco de me ridicularizar em público, mas com uma condição: se ganharmos, você se compromete a me colocar num avião para Santiago num prazo máximo de trinta dias.

— Levo-o pessoalmente ao aeroporto, Adrian, prometo.

— Nesse caso, estamos combinados!

Walter deu um pulo do sofá, balançou um pouco e voltou a se sentar.

— Chega de comemorações por hoje. Pegue essa manta escocesa, vai mantê-lo aquecido pela noite. Quanto a mim, vou me deitar.

Walter me chamou ainda, quando eu já subia a escada.

— Adrian? Posso perguntar o motivo daquele “já que não tem outro jeito”?

— Vi que minha noite estava estragada, Walter!

*

Paris

Keira acabou dormindo no sofá da irmã. Uma garrafa de um vinho bom e barato, pratos improvisados, a conversa se soltando no correr da noite, um filme antigo em preto e branco num canal da tevê a cabo... uma sessão de sapateado de Gene Kelly foi a última lembrança da noite. Quando a luz do dia a despertou, o vinho do início da noite, que talvez não fosse tão bom assim, veio bater nas têmporas.

— Nós bebemos muito? — perguntou Keira, entrando na cozinha.

— Um bocado! — respondeu Jeanne, com uma careta. — Fiz café.

Jeanne se sentou à mesa e olhou para o espelho preso à parede. Os rostos das duas irmãs estavam refletidos nele.

— Por que está me olhando assim? — perguntou Keira.

— Nada.

— Estou na sua frente e você acha normal ficar me olhando num espelho?

— É mais ou menos como quando está do outro lado do mundo. Perdi o hábito de ver você tão perto. Tem fotos suas pelo apartamento inteiro. Inclusive na gaveta da minha escrivaninha, no museu. Na hora de dormir, às vezes te digo boa-noite, bom-dia quando acordo. Em momentos mais difíceis, temos longas conversas, até eu me dar conta de que não são conversas, e sim monólogos. Por que nunca telefona? Se pelo menos se desse ao trabalho, eu talvez a sentisse menos distante. Droga, sou sua irmã, Keira!

— Bom, Jeanne, pode parar por aí. Uma das raras vantagens da vida de solteira é não passar por brigas conjugais; então, por favor, não comece! Não estou inventando nada, mas não há cabines de telefone no vale do Omo nem sinal para o celular; somente uma ligação por satélite, que funciona quando bem entende. Sempre que fui a Jimma, liguei para você.

— De dois em dois meses? E quantos momentos de cumplicidade! "Tudo bem?... A ligação não está tão ruim... Quando você volta?... Não sei, o mais tarde que puder, as escavações continuam; e você, o museu, o seu cara?... O meu cara, há três anos, se chama Jérôme, você poderia se lembrar!..." Eu já estava separada e, mesmo assim, nunca tive tempo, nem vontade, de contar. Além disso, para quê? Seriam duas ou três palavras a mais e você desligaria.

— Sua irmã é mesmo mal-educada, Jeanne, tem tudo de uma tremenda egoísta, não é? Mas você é meio responsável, pois é a mais velha e sempre foi o meu modelo.

— Vamos deixar isso de lado, Keira.

— Claro que deixo, não vou mesmo entrar no seu jogo!

— Que jogo?

— Qual das duas vai conseguir fazer a outra se sentir culpada? Estou aqui, não numa fotografia ou no espelho, então, olhe para mim e fale.

Jeanne se levantou, mas Keira pegou-a bruscamente pelo pulso, forçando-a a se sentar.

— Está me machucando, sua idiota.

— Sou paleontóloga, não trabalho num museu nem tenho tempo de conhecer nenhum Pierre, Antoine ou Jérôme há anos; não tenho filhos; tenho a sorte grande de fazer um trabalho difícil que adoro, vivendo uma paixão sem culpa. Se está de saco cheio da vida que leva, não venha descontar em mim. Se você sente a minha falta, podia encontrar uma maneira melhor de dizer isso.

— Sinto a sua falta, Keira — resmungou Jeanne, saindo da cozinha.

Keira olhou para o reflexo do espelho.

— Sou mesmo a rainha das idiotas — murmurou.

No banheiro ao lado, separado por uma divisória fina, Jeanne sorriu, escovando os dentes.

No início da tarde, Keira passou pelo cais Branly, indo encontrar a irmã no museu. Antes de se dirigir à sua sala, resolveu visitar a exposição permanente. Admirava uma máscara africana, procurando adivinhar de onde veio, quando ouviu uma voz dizendo baixo a seu ouvido:

— É uma máscara malinca. Vem de Mali. Não chega a ser tão antiga, mas é muito bonita.

Keira levou um susto e viu que era Ivory, a quem ela visitou na véspera.

— Acho que sua irmã ainda está em reunião. Tentei falar com ela há pouco e me disseram que ela estaria ocupada por, pelo menos, mais uma hora.

— Como assim, "disseram"?

— Museus são microcosmos com suas hierarquias entre as seções, divisões, áreas de competência. O homem é um estranho animal, tem necessidade de viver em sociedade e não consegue deixar de segmentá-la. É provavelmente o que nos resta de instinto gregário. Criar espaços comunitários que tranquilizem nossos temores. Mas devo estar sendo chato com essa tagarelice. Sabe melhor do que eu tudo isso, não?

— O senhor é que me parece bem particular — respondeu Keira.

— É possível. — Ivory riu, à vontade. — E se fôssemos falar disso tudo tomando algo refrescante, no jardim? Está bem agradável, é melhor aproveitar.

— Disso tudo, o quê?

— Por exemplo, por que "bem particular"? Eu faria essa pergunta.

Ivory levou Keira até o café situado no pátio do museu. Àquela hora da tarde, as mesas estavam quase todas livres. Ela escolheu a mais afastada da grande escultura de uma cabeça moai.

— Descobriu algo importante nas margens do Omo? — retomou Ivory.

— Somente um menino de 10 anos que tinha perdido os pais. Do ponto de vista arqueológico, é muito pouco.

— Mas, do ponto de vista do menino, imagino que tenha sido mais importante do que uns míseros esqueletos enterrados no chão. Soube que péssimas condições climáticas destruíram o seu trabalho e a expulsaram do local das escavações.

— Uma tempestade, tão forte que me trouxe até aqui!

— Nada comum na região. Nunca o *shamal* tomou a direção oeste.

— Como sabe de tudo isso? Não creio que tenha lido em manchetes de jornais.

— É verdade, mas sua irmã me contou. Sou meio curioso, às vezes até demais, foi só dar umas tecladas no computador.

— E o que mais eu posso contar para satisfazer sua curiosidade?

— O que você realmente procurava no vale do Omo?

— Senhor Ivory, estatisticamente falando, se eu contar é mais provável que zombe de mim do que se interesse por meus trabalhos.

— Se as estatísticas tivessem orientado a minha vida, senhorita Keira, eu teria estudado matemática e não antropologia. Então, quem sabe?

Keira olhou para ele. O velho senhor tinha um olhar que encorajava.

— Procurava os avôs de Toumai e do *Ardipithecus kadabba*. Às vezes, cheguei a pensar poder descobrir os bisavôs desses bisavôs.

— Só isso? Quer encontrar o mais antigo esqueleto que se possa aparentar ao gênero humano? O homem zero?

— Não é o que todos procuramos? Por que não alimentar esse sonho?

— E por que no vale do Omo?

— Instinto feminino, quem sabe!

— Uma caçadora de fósseis com instinto feminino? Francamente!

— Muito bem! — Keira riu. — No final do século XX, estávamos convencidos de que Lucy,* uma jovem morta há pouco mais de 3 milhões de anos, era a mãe da Humanidade. O senhor sabe que na última década os paleontólogos descobriram ossos de hominídeos de mais de 8 milhões de anos. A comunidade científica continua a discutir, para não dizer brigar, sobre diferentes linhagens que se devem, ou não, remeter à espécie humana. Não me importa se nossos antepassados foram bípedes ou quadrúpedes. Nem creio que seja este o verdadeiro debate sobre a origem do homem. Todos pensam apenas na mecânica do esqueleto, no modo de vida, na alimentação.

Uma garçonete se aproximou; com um gesto, Ivory mandou-a embora.

— Isso parece bem ambicioso. O que, pessoalmente, acha que define a origem do homem?

— O pensamento, os sentimentos, o raciocínio! O que nos torna diferentes das outras espécies não é sermos vegetarianos ou carnívoros, nem o grau de agilidade que adquirimos na maneira de andar. Procuramos saber de onde viemos sem querer olhar para o que somos hoje: predadores de extrema complexidade e incrível diversidade, capazes de amar, matar, construir e se autodestruir, de resistir ao instinto de sobrevivência que rege o comportamento de todas as outras espécies animais. Somos extremamente inteligentes, um conhecimento que está sempre evoluindo e, mesmo assim, somos às vezes tão ignorantes. Mas devíamos pedir nossas bebidas, é a segunda vez que a moça tenta se aproximar.

---

* Lucy foi descoberta em 30 de novembro de 1974, em Hadar, à beira do rio Awash, num projeto que reunia cerca de trinta pesquisadores etíopes, americanos e franceses, dirigidos por Donald Johanson, Maurice Taïeb e Yves Coppens. O esqueleto foi denominado Lucy porque seus descobridores vinham cantarolando o dia todo a música “Lucy in the Sky with Diamonds”, dos Beatles.

Ivory pediu dois chás e se voltou para Keira.

— Ainda não me disse por que o vale do Omo e nem, aliás, o que procurava exatamente.

— Mesmo que sejamos europeus, asiáticos ou africanos, qualquer que seja a cor da pele, temos um gene idêntico; somos bilhões, cada um diferente do outro e, no entanto, descendemos todos de um único ser. Como ele surgiu na Terra e por quê? É o que procuro, o primeiro homem! E creio que ele tem mais de 10 ou 20 milhões de anos.

— Em pleno paleogêneo? Perdeu a cabeça!

— Está vendo, eu estava certa quanto às estatísticas, e agora eu é que estou sendo chata com as minhas histórias.

— Eu disse que perdeu a cabeça, não a razão!

— Muito delicado da sua parte. E o senhor, Ivory, quais são as suas pesquisas?

— Cheguei a uma idade em que a gente finge que faz alguma coisa e todo mundo em volta finge que acredita. Não pesquiso mais nada, nessa idade a gente prefere organizar os arquivos antigos, mais do que abrir novos. Não faça essa cara, se soubesse minha idade de verdade, veria que não tenho do que reclamar. E nem tente perguntar qual, é um segredo que levarei comigo.

Keira se debruçou na direção de Ivory, deixando ainda mais visível o colar que tinha no pescoço.

— Não parece tão velho!

— Obrigado, mas eu mesmo sei! Vamos tentar descobrir um pouco mais sobre esse estranho objeto?

— Como disse, foi apenas um presente, dado por um menininho.

— Mas ontem disse que gostaria de saber sua verdadeira origem.

— Gostaria, por que não?

— Que tal começar tentando datar? Se, de fato, for apenas um pedaço de madeira, uma simples análise ao carbono 14 deve nos dizer alguma coisa.

— Se não tiver mais de 50 mil anos.

— Acha que pode ser tão velho assim?

— Depois de conhecê-lo, Ivory, desconfio das minhas impressões nessas questões de idade.

— Prefiro ver isso como um elogio — respondeu o velho cientista, se levantando. — Venha comigo.

— Não vai dizer que há um acelerador de partículas escondido no subsolo do museu?

— Não, não direi nada parecido — respondeu Ivory, rindo.

— E nem que tem um velho amigo em Saclay,* que vai revirar todo o programa de pesquisas da Comissão de Energia Atômica só para estudar o meu colar?

— Também não, sinto muito, juro.

— Nesse caso, aonde estamos indo?

— Ao meu escritório, aonde mais iríamos?

Keira seguiu Ivory até os elevadores. Queria fazer algumas perguntas, mas ele não deixou tempo para isso.

— Se acha que estamos bem-equipados — disse ele, antes de ouvir qualquer coisa —, posso adiantar que não e poupá-la de muitas perguntas desnecessárias.

O elevador subiu ao terceiro andar.

Ivory se sentou atrás da escrivaninha e indicou a Keira uma poltrona. Ela logo se levantou para ver de perto o que ele podia estar digitando no teclado do computador.

— Internet! Desde que descobri essa coisa, fiquei maluco. Se soubesse o número de horas que passo navegando! Ainda bem que sou viúvo, se não fosse, acho que essa mania teria matado minha mulher, ou melhor, ela teria me matado. Sabe que na "esfera"... é uma palavra *in* que os alunos me ensinaram... continuando, na esfera ou na rede, como também se diz, não se procura mais uma informação, ela é "googlada"! Não é ótimo? Adoro esse vocabulário novo, e o melhor é que quando algum termo me escapa, é fácil, digito na internet e, pronto, sei na hora o que significa. Como ia dizendo, encontra-se de tudo, inclusive laboratórios particulares que praticam análises em carbono 14. Formidável, não é?

— Que idade tem, realmente, Ivory?

— Invento a cada dia, Keira, o importante é não se deixar levar.

Ivory imprimiu uma lista de endereços e orgulhosamente agitou-a à frente da moça.

— Agora a gente só precisa dar uns telefonemas e encontrar alguém que aceite cuidar do nosso pedido, por preço e prazo razoáveis — concluiu.

Keira olhou o relógio.

— Sua irmã! — exclamou Ivory. — Acho que já deve ter terminado a reunião há um bom tempo. Vá encontrá-la, farei o que for preciso.

---

* Cidadezinha no interior da França, com pouco mais de 3 mil habitantes, sede do Centro de Estudos Nucleares do Instituto Nacional de Ciências e Técnicas Nucleares francês. (N.T.)

— Não, vou ficar — disse Keira, constrangida. — Não posso deixar você ter esse trabalho todo sozinho.

— Pode sim, insisto. Na verdade, estou igualmente interessado nisso, ou até mais. Vá encontrar Jeanne e volte amanhã. Já teremos mais informações.

Keira agradeceu ao professor.

— Você aceita deixar o colar comigo só essa noite? Vou extrair um pedaço minúsculo que vai servir para a análise. Prometo fazer isso com a habilidade de um cirurgião, você nem vai perceber.

— Não tem problema, mas já tentei várias vezes e nunca consegui nem mesmo um arranhão.

— E tinha uma ponta de diamante como essa? — perguntou Ivory, puxando todo orgulhoso da gaveta o instrumento de corte.

— Realmente, Ivory, você tem mil truques! Não, eu de fato não tenho um instrumento assim.

Keira hesitou por um momento e deixou o colar em cima da escrivaninha de Ivory. Ele desatou delicadamente a cordinha de couro que prendia o objeto triangular e devolveu-a à proprietária.

— Até amanhã, Keira, passe a hora que quiser, estarei aqui.

*

Londres

— Não, não e não, Adrian! Esse seu discurso faria até mesmo a plateia do AC/DC dormir.

— E o que o AC/DC tem a ver com isso?

— Nada, mas é o único grupo de rock pesado que conheço de nome. Em vez de prêmio, o comitê da fundação vai distribuir é uma bala na cabeça de quem ainda estiver ouvindo, isso sim... para abreviar o sofrimento!

— Bom, acho que agora entendi, Walter! Se meu texto é tão chato, muito bem, encontre outro orador.

— Que também sonhe em voltar ao Chile? Sinto muito, não tenho tempo para isso.

Virei a página do meu caderno e encenei uma tosse, antes de continuar a leitura.

— Você vai ver — disse a Walter —, em seguida fica bem mais interessante, não terá como ficar entediado.

Já na terceira frase, Walter fingiu estar roncando.

— Soporífico! — exclamou, abrindo o olho direito. — Um perfeito nocaute!

— Está querendo dizer que sou um chato?!

— Isso mesmo, um chato, exatamente isso. Suas estrelas extraordinárias são simples combinações de números e de letras impossíveis de serem lembradas. O que vai querer que os membros do júri façam com X321 e ZL254, não estamos num episódio de *Star Trek*, meu amigo! Quanto a essas suas galáxias longínquas, você define as distâncias em anos-luz! Quem sabe contar em anos-luz? É o que pergunto. Sua tão simpática vizinha? Seu dentista? Sua mãe, quem sabe? É ridículo. Ninguém sobrevive a tal indigestão de números.

— Mas, que droga, o que quer que eu faça? Que batize minhas constelações como tomates, pimentões e batatas para que sua mãe entenda meu trabalho?

— Certamente não vai acreditar, mas ela leu.

— Sua mãe leu minha tese?

— Exatamente!

— Quanta honra!

— Ela sofre de insônias horríveis. Nada mais fazia efeito e tive a ideia de levar um exemplar impresso. Precisa voltar a escrever, daqui a pouco ela vai sentir falta!

— Mas o que espera disso tudo, afinal?

— Que nos fale de suas pesquisas em termos acessíveis a seres normais. Como é irritante, no final das contas, essa mania de jargão profissional. Veja em medicina, por exemplo, por que tanta enrolação? Já não basta estar doente? Ainda precisamos saber que temos uma displasia no quadril? A palavra deformação não bastaria?

— Lamento saber que os ossos lhe causam sofrimento, meu querido Walter.

— Pois muito bem, não lamente, não é de mim que estava falando. Meu cachorro é que sofre de uma "displasia".

— Tem um cachorro?

— Tenho, um lindo jack russel. Está na casa de minha mãe; e se ela tiver lido para ele as últimas páginas da sua tese, os dois devem estar num sono profundo.

Minha vontade era de estrangular Walter, mas me contentei em simplesmente encará-lo. A paciência que demonstrava me desconcertava, assim como a força de vontade. Sem saber exatamente como, comecei a falar e, pela primeira vez desde a infância, me ouvi dizer em voz alta:

"Onde começa a aurora?"...

Ao amanhecer, Walter ainda estava acordado.

*

Paris

Keira não conseguia pegar no sono. Não querendo acordar a irmã, deixou o quarto e foi se deitar no sofá da sala. Quantas vezes ela amaldiçoou o desconforto da cama de armar do acampamento? E, no entanto, como sentia saudade! Levantou-se e foi à janela. Nada de noite estrelada, apenas uma fileira de postes, iluminando a rua deserta. Eram cinco horas da manhã e, a 5.800 quilômetros dali, no vale do Omo, já era dia. Tentou adivinhar o que Harry estaria fazendo. Virou-se no sofá e, perdida em pensamentos, finalmente dormiu.

Já no meio da manhã, um telefonema do professor Ivory arrancou-a dos sonhos.

— Tenho duas notícias a dar.

— Comece pela pior! — respondeu Keira, se espreguiçando.

— Você tinha razão, mesmo com o diamante de que tanto me gabei, não consegui o menor fragmento da joia.

— Eu bem que avisei. E a boa?

— Um laboratório da Alemanha pode atender nosso pedido durante a semana.

— Vai ser caro?

— Por enquanto não se preocupe, é uma pequena contribuição minha.

— De jeito nenhum, Ivory. Além do mais, não tem por quê.

— Santo Deus — suspirou o velho etnólogo —, qual é a necessidade de ter um porquê? O prazer da descoberta não basta? Já que precisa de um pretexto, aí vai, o seu misterioso objeto me manteve acordado a noite toda e, acredite, para um velho que boceja de tédio ao longo do dia, isso tem mais importância do que a soma cobrada pelo laboratório.

— Meio a meio, então, é pegar ou largar!

— Meio a meio, então! Mas isso quer dizer que vou enviar seu precioso objeto. Terá que se separar dele por algum tempo.

Keira não havia pensado nisso, e a ideia de não usar o colar a incomodou, mas o professor parecia tão entusiasmado, tão feliz de assumir um novo desafio, que ela não teve coragem de voltar atrás.

— Creio que posso devolvê-lo até quarta-feira, no mais tardar. Vou enviá-lo como remessa especial. Enquanto isso, mergulho nos meus livros antigos, tentando encontrar uma iconografia com algum objeto parecido.

— Acha mesmo que todo esse esforço vale a pena? — perguntou Keira.

— Mas que esforço é esse que você tanto fala? Para mim é pura diversão! Graças a isso, um trabalho de verdade me espera, o que é raro. Tchau!

— Obrigada, Ivory — disse Keira, desligando.

A semana se passou. Keira, havia tanto tempo fora da cidade, procurou os colegas e amigos. Noite após noite os revia em jantares que se alternavam entre pequenos bistrôs da capital e o apartamento da irmã. As conversas em geral eram sobre assuntos estranhos a Keira, e ela se entediava. Jeanne inclusive chamou sua atenção, ao voltarem de uma noitada em que o falatório tinha sido ainda mais animado.

— Se esses programas são tão chatos, não venha mais — reclamou Jeanne.

— Não, não foi isso!

— Então me avise quando achar os programas realmente chatos, pois vou precisar me preparar para o espetáculo. Você estava igual a uma foca perdida num banco de gelo, só que na mesa.

— Mas que coisa, Jeanne! Como consegue aguentar esse tipo de conversa?

— Isso se chama vida social.

— Chama isso de vida social? — Keira estourou de rir, fazendo sinal para um táxi. — O cara repassava todas as banalidades que se leem nos jornais e veio com um blá-blá-blá que não acabava mais sobre a crise. O cara ao lado parecia gostar tanto das notícias de esporte quanto macacos gostam de banana. E a aprendiz de psicóloga com seus mil lugares-comuns sobre a infidelidade? Ou o advogado, nos enchendo os ouvidos por vinte minutos com o aumento da criminalidade no meio urbano, só porque roubaram a Scooter dele? Três horas de cinismo absoluto! Teorias e contrateorias do desespero humano; é patético!

— Você não gosta de ninguém, Keira! — disse Jeanne, com o táxi já parando à porta do seu apartamento.

A discussão terminou um pouco mais tarde, durante a noite. Apesar disso, Keira acompanhou a irmã em outra noitada no dia seguinte. Talvez o isolamento dos últimos anos tivesse sido mais pesado do que ela queria admitir.

Foi no fim de semana seguinte, atravessando o Jardim de Tuileries, com uma tempestade prestes a cair, que ela passou por Max. Os dois corriam pela alameda central, querendo chegar à grade da entrada de Castiglione, antes que a enxurrada desabasse. Sem fôlego, ele havia parado diante da escada, junto à base em que dois leões de bronze atacam um rinoceronte. Do outro lado dos degraus, Keira se apoiava no pedestal em que duas leoas estripam um javali agonizante.

— Max, é você?

Max era um belo homem, mas, sobretudo, era tremendamente míope; por trás dos óculos molhados, via apenas uma espessa bruma. Teria, porém, reconhecido a voz de Keira entre mil outras.

— Está em Paris? — ele perguntou, surpreso, secando as lentes.

— Como pode ver.

— Na verdade, só agora vejo! — disse, voltando a colocar os óculos no nariz. — Está aqui há muito tempo?

— No parque? Há meia hora, no máximo — respondeu Keira, sem graça.

Max observou-a atentamente.

— E em Paris há uns poucos dias — acabou se resignando a acrescentar.

Uma trovoada no céu fez com que se convencessem de que era melhor ir buscar abrigo sob as arcadas da rue de Rivoli. Um verdadeiro dilúvio começou a cair.

— Nem ia me procurar? — perguntou Max.

— Claro que sim.

— Por que então não fez isso? Desculpe estar te enchendo de perguntas idiotas. Se quisesse que a gente se visse, teria telefonado.

— Não sabia o que dizer, exatamente.

— Tem toda a razão, basta esperar que a providência nos ponha no mesmo caminho...

— Estou contente de vê-lo — interrompeu Keira.

— Eu também estou contente.

Max propôs que fossem tomar algo no bar do hotel Meurice.

— Está aqui por quanto tempo? Pronto, voltei a fazer perguntas!

— Nada tão grave assim — respondeu Keira. — Acabo de passar por seis noites em que as pessoas só falavam de política, de greve, de negócios e de fofocas miseráveis. Ninguém parece mais se interessar pelo outro, acabei achando que sou invisível; seria capaz de me estrangular com o guardanapo para que alguém perguntasse como estou e perdesse tempo ouvindo a resposta.

— E como você está?

— Como um leão numa jaula.

— E está nessa jaula há quanto tempo? Imagino que, no mínimo, uma semana.

— Um pouco mais.

— E fica ou vai embora?

Keira contou a Max suas peripécias etíopes e a volta forçada. Não tinha esperanças de obter financiamento para uma nova expedição. Por volta das vinte horas, saiu a fim de telefonar para Jeanne, avisando que chegaria mais tarde.

Max e ela jantaram no Meurice, com cada um contando o que havia feito da vida, naqueles últimos 36 meses sem se ver. Depois da partida de Keira e da separação, Max tinha deixado o cargo de professor de arqueologia na Sorbonne e assumira a gráfica do pai, morto de câncer no ano anterior.

— Então, agora é dono de gráfica?

— Keira, o certo seria dizer primeiro: "Sinto muito por seu pai" — respondeu Max, com um sorriso.

— Max, querido, você me conhece, sabe que nunca acerto o que se deve dizer. Sinto muito por seu pai... Se bem me recordo, não se davam bem.

— Acabamos nos reconciliando... já no hospital de Villejuif.

— E por que deixou de dar aula? Você adorava a faculdade.

— Adorava acima de qualquer coisa as desculpas que isso me dava.

— Quais desculpas? Era ótimo professor.

— Nunca tive essa paixão que você tem e que faz as pessoas irem trabalhar em escavações.

— Na gráfica você se sente melhor?

— Pelo menos enxergo a verdade de frente. Não finjo mais estar esperando a oportunidade que vai me levar à descoberta do século. Cansei de ser tão vaidoso. Era um arqueólogo de salão, bom somente para conquistar alunas.

— Faço parte desse clube — ironizou Keira.

— Foi bem mais do que isso e você sabe muito bem. Sou um aventureiro de bulevar, sem sair de Paris. Agora, pelo menos, me sinto mais lúcido. E você, descobriu o que procurava?

— Se está se referindo às escavações, não, só alguns sedimentos que me fizeram acreditar que segui a pista certa, que não estou enganada. Descobri, ao mesmo tempo, que esse modo de vida me convém.

— Então, vai embora, de novo...

— Para dizer a verdade, tenho vontade de passar a noite com você, Max, por que não a de amanhã? Mas já na segunda-feira vou ter vontade de estar sozinha, e nos dias seguintes também. Se puder partir, parto o quanto antes. Quando? Não sei. Enquanto isso, eu preciso de um trabalho.

— Antes de propor ir para a cama comigo, poderia pelo menos perguntar se tenho alguém, nesse momento.

— Se tivesse, teria telefonado, já passa de meia-noite.

— É, e não teria jantado com você. Tem algum trabalho em vista?

— Não, nenhum até agora; não tenho muitos amigos na profissão.

— Em dois minutos posso rabiscar, nessa toalha de mesa, uma lista de arqueólogos que gostariam de ter alguém como você na equipe.

— Não quero ser coadjuvante em descobertas alheias. Já passei meus anos de estágio, quero meu próprio projeto.

— Por que não trabalha na gráfica, enquanto isso?

— Guardo ótimas lembranças dos anos a seu lado, na Sorbonne, mas tinha 22 anos. Máquinas rotativas não são o meu negócio. Além disso, não creio que seja uma boa ideia — respondeu Keira, sorrindo. — Mas obrigada mesmo assim.

De madrugada, Jeanne encontrou o sofá da sala vazio. Olhou o telefone celular, sua irmã não tinha deixado nenhuma mensagem.

*

Londres

A data fatídica em que os dossiês de inscrição precisavam ser entregues à Fundação Walsh se aproximava. A apresentação oral seria em pouco menos de dois meses. Eu passava as manhãs em minha sala, me comunicando com colegas nos quatro cantos do globo e respondendo a e-mails, de preferência os que de vez em quando chegavam do pessoal de Atacama. Por volta de meio-dia, Walter vinha me buscar e íamos ao pub, onde eu fazia um resumo dos progressos do trabalho. A tarde prosseguia na grande biblioteca da Academia, consultando obras que, no entanto, eu já tinha lido várias vezes. Walter acompanhava as anotações que foram acrescentadas. À noite, volta e meia eu seguia para os lados de Primrose Hill e, nos fins de semana, escapava até as ruas do mercado das pulgas de Camden Lock. Recuperava, a cada dia, o gosto pela vida londrina, pelos bairros da cidade, e criava certa cumplicidade com Walter.

*

Paris

Na quarta-feira, Ivory teve os resultados do laboratório situado perto de Dortmund, na Alemanha. Anotou toda a análise que ditavam por telefone e pediu o envio do objeto que lhe fora confiado a outro laboratório, na periferia de Los Angeles. Depois de desligar, hesitou por um instante e fez outra chamada, dessa vez do celular. Fizeram-no esperar um pouco e finalmente pôde falar.

— Há quanto tempo!

— Não havia motivo concreto para nos falarmos — disse Ivory. — Acabo de enviar um e-mail, veja-o assim que puder; tenho bons motivos para achar que não vai demorar a querer me ver.

Ivory desligou e olhou o relógio. A ligação tinha durado menos de quarenta segundos. Saiu do escritório, fechou a porta à chave e desceu para o térreo. Aproveitou a invasão de um grupo de estudantes no hall do museu e escapou discretamente para a rua.

Subindo o cais Branly, atravessou o Sena, abriu o telefone celular, retirou o chip e jogou-o no rio. Depois se dirigiu a uma *brasserie* da praça de l'Alma, tomou a escada levando ao subsolo, entrou numa cabine e esperou que o telefone tocasse.

— Como esse objeto chegou às suas mãos?

— As maiores descobertas, com frequência, são fruto do acaso. Há quem chame isso de destino e quem diga ser pura sorte.

— Quem o entregou a você?

— Isso não importa e prefiro manter em segredo.

— Ivory, está abrindo um arquivo fechado há muito tempo, e o relatório que fez chegar a mim não prova coisa alguma.

— Então, não tinha por que me ligar tão rapidamente.

— O que está pretendendo?

— Expedi o objeto para a Califórnia, pedindo uma série de testes complementares, mas preciso que o preço das análises seja faturado diretamente em seu nome. Está muito além do que posso.

— E o proprietário do objeto está sabendo disso tudo?

— Não, não tem a menor ideia e não pretendo contar, é claro.

— Quando espera saber um pouco mais?

— Devo ter os primeiros resultados dentro de alguns dias.

— Volte a entrar em contato se valer a pena e envie a conta que a gente paga. Até logo, Ivory.

O professor colocou o fone no gancho e permaneceu alguns instantes na cabine se perguntando se aquela foi a melhor decisão. Pagou no balcão o que havia consumido e voltou ao museu.

*

Keira havia batido à porta da sala. Sem ter resposta, desceu para pedir informações na recepção. A moça confirmou já ter visto o professor naquele dia. Quem sabe não estaria no café? Keira deu uma olhada no jardim. Jeanne estava almoçando com um colega e se levantou da mesa para vir falar com a irmã.

— Podia ter telefonado.

— É, podia. Você viu Ivory? Não consigo encontrá-lo.

— Falei com ele pela manhã, mas não passo meu tempo vigiando os colegas. Além disso, o museu é grande. Por onde andou? Desapareceu nesses dois últimos dias!

— Jeanne, está deixando de castigo o colega de almoço, guarde o interrogatório para mais tarde.

— Fiquei preocupada, só isso.

— Pois bem, estou em perfeita saúde, fique tranquila.

— Janta comigo hoje?

— Não sei, ainda é meio-dia.

— E por que tanta pressa?

— Ivory me enviou uma mensagem, pediu que eu viesse e não está aqui.

— Provavelmente está em algum lugar; como disse, o museu é grande, deve estar em algum andar. É urgente assim?

— O seu amigo está comendo a sua sobremesa.

Jeanne deu uma olhada e o colega a esperava com toda a paciência, folheando uma revista. Ao se virar de novo, a irmã tinha escapado.

Keira percorreu o primeiro andar, depois o segundo e, por via das dúvidas, voltou ao escritório de Ivory. A porta estava aberta e o professor sentado na poltrona. Ele ergueu a cabeça.

— Ah, até que enfim! Que bom que veio.

— Passei um pouco antes e o procurei pelo museu, não estava em lugar nenhum.

— Não entrou no banheiro masculino, espero.

— Não — respondeu Keira, confusa.

— Isso, então, explica tudo. Sente-se, tenho notícias.

A análise em carbono 14 não dera resultado: ou o presente de Harry tinha mais de 50 mil anos ou não era orgânico, ou seja, não era de ébano.

— Quando vamos tê-lo de volta? — perguntou Keira.

— O laboratório fará a expedição amanhã mesmo, em dois dias vai poder pendurá-lo no pescoço.

— Diga então quanto lhe devo, a metade, deve se lembrar, foi o que combinamos.

— Com os resultados não conclusivos, o laboratório não cobrou. Os custos de correio somam uns cem euros.

Keira colocou a metade da quantia em cima da mesa do professor.

— O mistério continua. Vai ver que não passa de uma simples pedra vulcânica! — insistiu ela.

— Tão lisa e acetinada? Não creio. Além disso, a lava fossilizada se mantém friável.

— Então, digamos que é apenas um penduricalho.

— É uma boa saída. Aviso assim que ele estiver comigo.

Keira deixou Ivory e resolveu procurar a irmã.

— Por que não me disse que esteve com Max? — perguntou Jeanne, assim que Keira entrou em sua sala.

— Se você já sabe, por que deveria contar?

— Vão voltar a ficar juntos?

— Jantei com ele e fui dormir no meu apartamento, se é o que está querendo saber.

— E passou o domingo sozinha naquele seu conjugado?

— Foi por acaso que nos encontramos e demos uma volta. Como sabe que nos vimos? Ele telefonou para você?

— Max, me telefonar? Está brincando? É orgulhoso demais para isso. Desde que você foi embora, ele nunca deu notícia e acho até que tomou todo o cuidado para evitar eventos sociais em que pudesse me encontrar. Nunca mais nos falamos desde que vocês terminaram.

— Então, como soube?

— Uma amiga viu vocês no hotel Meurice; parece que se comportavam como amantes clandestinos.

— Paris é realmente um vilarejo! Mas ela se enganou, não eram amantes, apenas dois velhos conhecidos colocando a conversa em dia. Não sei quem é essa fofoqueira, mas já a detesto.

— É a prima de Max, que também não gosta de você. E posso saber o que anda fazendo com Ivory?

— Gosto da companhia de professores, como você também sabe, não é?

— Não me lembro de Ivory ter dado aulas.

— Está me enchendo a paciência com essas perguntas, Jeanne.

— Já que é assim, não vou contar que entregaram flores para você lá em casa, hoje de manhã. O cartão que vinha junto está em minha bolsa, se quiser saber.

Keira pegou o pequeno envelope, abriu e leu rapidamente o bilhete. Sorriu e guardou o papel no bolso.

— Não vou jantar com você hoje, vou deixar você na companhia de suas amigas bem-intencionadas.

— Keira, você também precisa pensar em Max. Ele levou meses para virar a página, não abra feridas se for para ir embora logo depois, pois é o que vai fazer, não é?

— Que truque ótimo, colocando a pergunta que você quer fazer disfarçada no meio da lição de moral. Preciso dizer que está cada vez melhor nesse papel de irmã mais velha. Max tem 15 anos a mais que eu, mas se acha que ele não consegue cuidar da própria vida e dos problemas sozinho, posso aconselhá-lo a pedir sua ajuda. Não se pode querer coisa melhor do que ter como dama de companhia a irmã boazinha da desalmada, não acha?

— Por que tem tanta raiva de mim?

— Passa o tempo inteiro me julgando.

— É melhor que vá embora, Keira, saia para se divertir, tenho mais o que fazer. Tem toda a razão, não tem mais idade para que eu banque a irmã mais velha. De qualquer maneira, você nunca deu a mínima para os meus conselhos. Apenas tente não deixá-lo outra vez em cacos, seria mais um ponto negativo e desnecessário na sua reputação.

— Quer dizer que tenho uma reputação?

— Depois que foi embora, a fofoca rolou solta e não da maneira mais simpática em relação a você.

— Se pudesse imaginar o quanto isso me afeta... estava longe demais para dar ouvidos a essas tais fofocas.

— Pode ser, mas eu continuava aqui e tentava defendê-la.

— Mas o que essa gente dessa sua vidinha social tem a ver com tudo isso, Jeanne? Que amigos são esses que tanto fofocam, se intrometem, falam mal?

— Os mesmos que consolavam Max, imagino! Ah, uma última coisa, caso se pergunte se foi uma verdadeira víbora, inclusive com a própria irmã, a resposta é afirmativa!

Keira deixou a sala de Jeanne, batendo a porta. Instantes depois, subia o cais Branly, na direção da ponte de l'Alma. Atravessando o rio, se apoiou no parapeito para ver uma barcaça que seguia rumo à passarela Debilly. Pegou o celular e ligou para Jeanne.

— Não vamos brigar toda vez que nos vemos. Venho amanhã para almoçar, só nós duas. Conto tudo da aventura etíope, mesmo sem ter grandes coisas a dizer, e você me revela tudo da sua vida nesses três últimos anos. Deixo até que explique outra vez por que Jérôme e você se separaram. É Jérôme o nome dele, não é?

*

Londres

Walter não dizia, mas era difícil não perceber que a cada dia desanimava um pouco mais. Explicar a ele meus trabalhos era algo tão irreal quanto esperar que aprendesse a falar chinês em poucas horas. A astronomia e a cosmologia estudam espaços tão amplos que as unidades utilizadas na Terra para medir o tempo, a velocidade e as distâncias se tornam inoperantes. Foi preciso inventar outras, múltiplos de múltiplos, equações inextricáveis. Nossa ciência se criou com probabilidades e incertezas, pois avançamos às escuras, incapazes de imaginar os verdadeiros limites desse universo do qual fazemos parte.

Há duas semanas eu não conseguia formular uma frase sem que Walter empacasse num termo, cujo sentido ele não compreendia, um raciocínio do qual não percebia o alcance.

— Walter, pela última vez, o universo é plano ou curvo?

— Curvo, provavelmente. Quer dizer, se entendi o que disse, o universo se encontra em permanente movimento e se dilata como um pedaço de pano puxado dos dois lados, levando junto as galáxias, agarradas às suas fibras.

— É um tanto esquemático, mas é uma maneira de se resumir a teoria do universo em expansão.

Walter deixou a cabeça cair entre as mãos. Àquela hora do fim da tarde, o salão da grande biblioteca estava deserto. Apenas as nossas duas mesas continuavam iluminadas.

— Adrian, eu sou apenas um humilde administrador, mas, mesmo assim, meu dia a dia é dentro da Academia de Ciências. Só que eu não entendo nada do que diz.

Notei, em cima de uma mesa, uma revista que algum leitor devia ter esquecido de guardar. Uma bela paisagem do Devon estava estampada na capa.

— Eu acredito ter uma ideia que vai esclarecer as suas — disse a Walter.

— Sou todo ouvidos.

— Justamente, já me ouviu muito e eu penso em algo melhor do que as palavras para que tenha algumas noções mais sólidas a respeito do cosmo. Está na hora de passar da teoria à prática. Venha comigo!

Puxei meu cúmplice pelo braço e atravessamos juntos o hall da biblioteca, a passos firmes. Já na rua, fiz sinal a um táxi e pedi que nos deixasse o mais rápido possível no meu endereço. Chegando, dirigi Walter, dessa vez não à porta de casa, mas a uma dependência ao lado.

— Tem uma sala de jogos clandestina, por trás dessa cortina de ferro? — perguntou Walter, com expressão irônica.

— Sinto decepcioná-lo, é apenas uma garagem — respondi, erguendo o portão.

Walter deixou escapar um assobio. Apesar de custar menos do que um pequeno carro de passeio moderno, meu velho MG, de 1962, provocava em geral esse tipo de reação.

— Vamos dar uma volta? — perguntou Walter, entusiasmado.

— Se ele pegar — respondi, girando a chave da ignição.

Com algumas pisadas no pedal do acelerador, o motor roncou, quase de primeira.

— Suba e não procure por cinto de segurança, não tem!

Meia hora depois, deixamos os arredores de Londres.

— Aonde estamos indo? — perguntou Walter, tentando controlar na cabeça a última mecha de cabelos rebeldes que ainda possuía.

— Ao litoral, em três horas estaremos lá.

E enquanto seguíamos em bom ritmo, sob um belo céu estrelado, eu pensava no planalto de Atacama, sempre sonhando em voltar, mas me dando conta, ao mesmo tempo, do quanto a Inglaterra me fizera falta enquanto estava lá.

— O que fez para que essa pequena maravilha permanecesse tão em forma, depois de ser abandonada por três anos numa garagem?

— Deixei-a com um mecânico enquanto estava fora, e acabo de pegá-la de volta.

— Ele cuidou bem dela — retomou Walter. — Não teria uma tesoura no porta-luvas?

— Não, por quê?

— Por nada! — respondeu Walter, passando a mão na cabeça.

À meia-noite, passamos por Cambridge e chegamos a nosso destino duas horas depois. Estacionei o MG numa vaga em Sheringham e pedi a Walter que me acompanhasse até o mar e se sentasse na areia.

— Toda essa estrada, só para brincar com baldinhos? — ele perguntou.

— Pode ficar à vontade, nada contra, mas não era esta a intenção do passeio.

— Que pena!

— O que está vendo, Walter?

— Areia!

— Erga os olhos e diga o que vê.

— O mar, o que mais quer que se veja à beira-mar?

— No horizonte, o que vê?

— Absolutamente nada, escuro como breu!

— Não vê a luz do farol à entrada do porto de Kristiansand?

— Tem uma ilha ao largo daqui? Não me lembrava.

— Kristiansand fica na Noruega, Walter.

— Está sendo ridículo, Adrian! Tenho uma vista boa, mas daí a enxergar a costa norueguesa... Não exagere! Você também não espera que eu dê detalhes sobre a cor do pompom do boné do guarda desse seu farol!

— Kristiansand está a apenas 730 quilômetros. Estamos em plena noite, a luz viaja à velocidade de 299.792 quilômetros por segundo, a do farol levaria somente dois milésimos e meio de segundo para chegar até nós.

— Fez bem em não esquecer esse meio milésimo, pois poderia perder o fio do seu raciocínio.

— Mas não consegue ver a luz do farol de Kristiansand?

— Você consegue? — perguntou Walter, preocupado.

— Ninguém consegue. No entanto, ela está ali, bem à frente, escondida pelo arredondado da Terra, como se uma colina invisível a escondesse.

— Adrian, você está querendo dizer que percorremos 300 quilômetros para verificar visualmente que a gente não pode enxergar o farol de Kristiansand, na Noruega, a partir da costa leste de nossa querida Inglaterra? Se for isso, juro que teria acreditado se tivesse se dado ao trabalho de dizer isso lá na biblioteca, ainda há pouco.

— Você me perguntou por que é importante compreender que o universo é curvo. A resposta está à sua frente, Walter. Se nesse mesmo mar flutuassem, de milha em milha, objetos refletores, você veria todos eles iluminados pela luz do farol de Kristiansand, sem, no entanto, poder ver o tal farol. Porém, com muita paciência e cálculo, poderia deduzir a existência dele e acabaria descobrindo a sua posição exata.

Walter olhou para mim como se uma súbita loucura houvesse tomado conta de mim. Permaneceu boquiaberto e depois se inclinou para trás, olhando a abóbada estrelada.

— Bom! — acabou dizendo, após longos instantes contemplativos. — Se entendi bem, as estrelas que vemos acima de nós estão do lado de cá da colina. E a que você procura se encontra, é claro, na outra encosta.

— Nada garante que haja apenas uma colina, Walter.

— Está querendo dizer que, insatisfeito em ser curvo, esse seu universo ainda banca o sanfoneiro?

— Ou se comporta como o oceano, com ondas altas.

Walter colocou as mãos atrás da nuca e se calou por alguns instantes.

— Quantas estrelas temos acima das nossas cabeças? — perguntou, com o tom de uma criança maravilhada.

— Com um céu como o de hoje, você pode ver as 5 mil mais próximas de nós.

— São tantas assim? — perguntou ainda, pensativo.

— Há muito mais que isso; nossos olhos podem ver a milhares de anos-luz daqui.

— Não achava que tinha uma vista tão boa! A namorada daquele seu faroleiro da Noruega precisa tomar cuidado e não ficar só de roupas de baixo na frente da janela!

— Apesar da sua boa visão, Walter, uma nuvem de poeira cósmica esconde a maior parte das centenas de bilhões de estrelas da nossa galáxia.

— Lá em cima temos centenas de bilhões de estrelas?

— Se você quiser algo para te deixar realmente tonto, posso dizer que temos várias centenas de bilhões de galáxias no universo. Nossa Via Láctea é apenas uma delas, cada uma com centenas de bilhões de estrelas.

— É impossível imaginar.

— Pense então que, se contarmos todos os grãos de areia do planeta, mal chegaríamos perto do número provável de estrelas contidas no universo.

Walter se endireitou, pegou um punhado de areia nas mãos e deixou que os grãos escorressem entre os dedos. Num silêncio que só era quebrado pelo movimento das ondas, contemplamos o céu, como dois meninos encantados com aquela imensidão.

— Acha que há vida em algum lugar, lá em cima? — perguntou, com um tom grave.

— Com cem bilhões de galáxias que contêm, cada uma, cem bilhões de estrelas e quase o mesmo número de sistemas solares? A probabilidade de estarmos sozinhos é quase nula. Mesmo assim, não acredito em homenzinhos verdes. Certamente existe vida, mas sob qual forma? Da simples bactéria a seres podendo ser até mais avançados do que nós no processo evolutivo. Quem sabe?

— Tenho inveja de você, Adrian.

— De mim? Foi o céu estrelado que o fez sonhar de repente com esse planalto chileno com que tanto enchi seus ouvidos?

— Não, são os seus sonhos que invejo. Minha vida pessoal é feita só de contas, de pequenas economias, de correr atrás de orçamentos, você manipula números que pulverizam minha calculadora de mesa, mas esses números infinitos continuam a alimentar os seus sonhos de menino. Por isso a minha inveja. Fico feliz de termos vindo aqui. Mesmo que não consiga o prêmio, meu lucro já é enorme com o passeio dessa noite. Que tal achar outro lugar simpático, no fim de semana, para a próxima aula de astronomia?

Ficamos assim, de braços cruzados atrás da cabeça, deitados na areia da praia de Sheringham, até o amanhecer.

*

Paris

Keira e Jeanne se reconciliaram no almoço, que se prolongou por boa parte da tarde. Jeanne aceitou contar sobre sua separação com Jérôme. Num jantar na casa de amigos, vendo o companheiro ser exageradamente atencioso com a mulher que estava ao seu lado na mesa, Jeanne abriu os olhos. No caminho de volta, ela pronunciou a pequena frase que, em geral, significa muito: "Precisamos conversar."

Jérôme negou ter demonstrado qualquer interesse especial pela pessoa em questão, da qual já nem se lembrava o nome. Mas não estava aí o problema maior, pois era a ela, Jeanne, que Jérôme deveria ter dado atenção durante a noite e ele, de qualquer forma, não tinha lhe dirigido o menor olhar. Discutiram por isso a noite toda e se separaram ao amanhecer. Um mês depois, Jeanne soube que Jérôme estava morando com a tal vizinha de mesa, daquela noite. Desde então, ela se perguntava se nos antecipamos ao destino ou se, ao contrário, às vezes o provocamos.

Questionou Keira sobre suas intenções com relação a Max, e a irmã respondeu não ter nenhuma.

Com os três anos passados na Etiópia, a ideia de deixar que a vida a levasse, sem cálculos nem empecilhos, não a desagradava. A jovem arqueóloga era uma entusiasta da liberdade e não se sentia disposta a mudar de rumo.

Durante todo o encontro com a irmã, seu telefone vibrara várias vezes. Talvez fosse justamente Max querendo falar com ela. Pela insistência das chamadas, Keira acabou atendendo.

— Espero não estar incomodando.

— Não, claro que não — respondeu Keira a Ivory.

— O laboratório alemão se enganou de endereço ao devolver seu pingente. Posso garantir que o envio não se extraviou, mas voltou ao remetente. Não vão demorar ao reexpedi-lo. Lamento muito, mas acredito que não terá seu precioso objeto antes de segunda-feira, espero que não fique de mal comigo por isso.

— De forma alguma, não é culpa sua. Pelo contrário, sinto muito pelo tempo que tem perdido.

— Não se preocupe, tudo isso me divertiu bastante, mesmo sem dar bom resultado. Acredito que no final da manhã de segunda já o tenha em mãos, por que não vem buscá-lo no meu escritório? Está convidada para o almoço, espero que desse jeito você me perdoe.

Mal terminou a ligação, Ivory dobrou o relatório de análise que o laboratório dos arredores de Los Angeles enviara por e-mail, uma hora antes. Colocou-o no bolso do paletó.

Sentado no banco de trás do táxi que o levava à esplanada da Torre Eiffel, o velho professor olhou para as manchas senis que tinha nas mãos e suspirou.

— A troco de quê ainda se meter nesse tipo de coisa, nessa idade? Nem vai ter tempo para ver o final dessa história. Que utilidade tem tudo isso?

— Desculpe, senhor, não entendi — interrompeu o motorista, olhando o passageiro pelo retrovisor.

— Sinto muito, estava falando sozinho.

— Ah, não se preocupe, isso acontece muito comigo! Antigamente a gente conversava com os passageiros, mas hoje em dia eles preferem ser deixados em paz. Por isso é que, em geral, ouvimos rádio; faz companhia.

— Se quiser, pode ligar o seu — deu por encerrada a conversa Ivory, com um sorriso ao chofer.

A fila que se estendia junto ao elevador tinha apenas cerca de vinte visitantes.

Ivory entrou no restaurante do primeiro andar. Deu uma olhada pelo salão, disse à recepcionista que a pessoa que viera encontrar já se encontrava ali e foi se sentar à mesa em que um homem de terno azul-marinho o esperava.

— Por que não mandou que enviassem os resultados diretamente a Chicago?

— Para não dar uma pista aos americanos.

— E por que dar a nós, franceses?

— Porque, há trinta anos, vocês foram mais moderados; além disso, conheço-o há muito tempo, Paris, você é uma pessoa discreta.

— Estou ouvindo — continuou o homem de terno azul-marinho, com tom pouco afável.

— Como a datação a carbono 14 não deu em nada, mandei que fizessem uma análise por simulação óptica. Não entro nos detalhes, pois são extremamente técnicos e você não entenderia grandes coisas, mas os resultados são dos mais surpreendentes.

— Quais?

— Nenhum, isso é que é extraordinário.

— Resultado algum e pediu esse encontro? Perdeu a cabeça?

— Prefiro o contato direto, em vez do telefone; e seria melhor que ouvisse o que tenho a dizer. Que o objeto não reaja a esse método de datação já constitui um primeiro mistério. Como isso nos faz supor uma idade de pelo menos 400 milhões de anos, temos outro mistério, ainda maior.

— Ele pode se comparar àquele outro que conhecemos?

— A forma não chega a ser idêntica e nada posso afirmar em relação à composição, uma vez que nunca pudemos determinar a do objeto que temos.

— Mas acredita que pertençam à mesma família.

— Dois é uma quantidade meio pequena para que possamos falar de família, mas podem ser aparentados.

— Todos achávamos que fosse o único no gênero.

— Não eu, pois nunca achei. E por isso fui pósto de lado. Pode entender agora por que pedi esse encontro.

— Não existem outros métodos de análise que nos permitam saber um pouco mais?

— Uma datação a urânio, mas é tarde demais para isso.

— Ivory, acredita sinceramente que os dois objetos têm uma ligação qualquer ou ainda persegue a sua quimera particular? Todos sabemos o quanto você queria essa descoberta, e o cancelamento da verba para isso influenciou diretamente, na época, a sua decisão de nos deixar.

— Há muito tempo não tenho mais idade para esse tipo de brincadeira e você ainda está longe daquela que lhe permitiria insinuar tais coisas a meu respeito.

— Se compreendi bem o que disse, a única semelhança entre os dois objetos é a total falta de reação aos testes pelos quais passaram.

Ivory empurrou a cadeira, disposto a deixar a mesa.

— Relacione-os como for capaz. Fiz a minha parte. Assim que tomei conhecimento da existência de um possível segundo exemplar, improvisei um verdadeiro passe de mágica para tê-lo em mãos, fiz os exames que achei serem úteis e o pus ao corrente. De agora em diante, você decide qual continuidade dar a tudo isso. Como muito justamente lembrou, estou aposentado há muito tempo.

— Sente-se, Ivory, não acabamos a conversa. Quando podemos ter o objeto?

— Isso está fora de cogitação. Vou devolvê-lo segunda-feira à sua proprietária.

— Achei que um homem o havia entregado a você.

— Nunca lhe disse isso e, de qualquer maneira, não faz a menor diferença.

— Não creio que o escritório veja isso com bons olhos. Não percebe o valor desse objeto, se suas previsões se confirmarem? Seria loucura deixá-lo circular livremente por aí.

— Definitivamente, a psicologia não é o ponto forte da organização. Por enquanto a dona do pingente ignora tudo e não tem motivos para mudar isso. Ela usa a pedra no pescoço e não há lugar onde o objeto possa estar mais seguro e discretamente guardado. Não queremos chamar a atenção de ninguém, e o principal é evitar uma nova batalha entre nosso escritório e os de Genebra, Madri, Frankfurt, para saber quem vai tentar se apossar desse segundo exemplar. Enquanto não sabemos se é de fato um segundo exemplar, o objeto vai, com toda a urgência, voltar à sua dona.

— E se ela o perder?

— Acha mesmo que estaria mais seguro conosco?

— *Fair enough*, como dizem os amigos ingleses. Podemos considerar o pescoço dessa jovem como uma espécie de território neutro.

— Tenho certeza de que ela ficaria encantada com isso!

O homem de terno azul-marinho, que atendia pelo codinome de Paris, olhou pela janela. Os telhados de Paris se estendiam a perder de vista.

— O seu raciocínio não se sustenta tão bem assim, professor. Como saber mais sobre o pingente se ele não estiver conosco?

— Às vezes me pergunto seriamente se não me aposentei cedo demais. Você não guardou coisa alguma daquilo que me custou tanto trabalho ensinar. Se o objeto for de fato análogo ao que temos, os testes não dirão nada de novo.

— Ora, a tecnologia progrediu muito nesses últimos anos.

— A única coisa que progrediu foi o conhecimento do contexto que nos interessa.

— Pare com essas lições, nos conhecemos muito bem e há bastante tempo! O que tem em mente?

— A proprietária é arqueóloga, uma ótima arqueóloga. Ela é forte, determinada e audaciosa. Não leva muito em conta a hierarquia, está convencida de ter mais talento do que os seus colegas e segue a própria cabeça; nesse caso, por que não deixá-la trabalhar para nós?

— Que gerente de recursos humanos você teria sido! Com um perfil desses, quer que a contratemos?

— Por acaso foi o que eu disse? Ela acaba de voltar da Etiópia, onde passou três anos fazendo escavações, em condições difíceis, e aposto que, se uma terrível tempestade não tivesse forçado a sua volta, acabaria encontrando o que procurava.

— E o que o leva a crer que ela acabaria chegando a isso?

— Ela tem algo muito precioso a seu favor.

— O quê?

— Sorte!

— Ganhou na loteria?

— Mais do que isso; não precisou fazer o menor esforço, o objeto em questão veio sozinho, ela o ganhou de presente.

— Isso não a favorece muito numa avaliação de competência. Além disso, não vejo por que estaria mais capacitada a desvendar o mistério do que nós, com todos os meios tecnológicos de que dispomos.

— Não é uma questão de meios e sim de paixão. Podemos, simplesmente, dar a ela um bom motivo para se interessar pelo objeto que usa no pescoço.

— Sugere que teleguiemos esse elétron livre?

— Teleguiado, esse seu elétron só aparentemente será livre.

— E você teria o controle?

— Não, você sabe que o comitê jamais aceitaria. Mas posso dar a partida, criar um interesse na candidata, incentivar o apetite que existe nela. E depois vocês assumem.

— É uma proposta interessante. Sei que vai enfrentar certas reticências, mas posso defendê-la junto a um comitê restrito; afinal, nossos recursos não serão exageradamente solicitados.

— Exijo, porém, que se respeite uma regra não negociável, e pode avisar a seu comitê restrito que cuidarei para que ninguém a quebre. A segurança dessa jovem não pode correr risco em momento algum, é indispensável a confirmação unânime de todos os responsáveis dos diversos escritórios; repito, todos.

— Se visse a sua cara, Ivory! Está parecendo um espião de antigamente. Leia os jornais, a guerra fria acabou há muito tempo. Estamos em plena *entente cordiale*. Francamente, acha que somos o quê? Além disso, é apenas uma pedra, é claro que com um passado intrigante, mas apenas uma pedra.

— Se tivéssemos certeza de se tratar de uma pedra qualquer, não estaríamos os dois aqui a bancar velhos conspiradores, como disse; não me faça parecer mais gagá do que estou.

— É dando que se recebe: supondo que eu faça o melhor que puder para convencê-los a ter esta boa atitude, como os faço entender que a sua protegida será capaz de nos revelar mais coisas, já que até agora todos os nossos esforços foram inúteis?

Ivory entendeu que, para convencer o interlocutor, teria que soltar mais alguma informação, além das que pretendia inicialmente.

— Todo mundo achou que o objeto que tinham era o único no gênero e, de repente, aparece um segundo. Se forem da mesma "família", como espontaneamente se referiu ainda há pouco, por que acreditar que existem apenas dois?

— Está sugerindo que...

— Que a família é maior? Sempre achei. E creio também que quanto mais ampliarmos a possibilidade de descobrir novos espécimes, mais estaremos capacitados a compreender o que representam. O que têm num cofre é apenas um fragmento, reúnam as partes que faltam e verão que a realidade tem consequências maiores do que estavam dispostos a imaginar.

— E propõe que tal responsabilidade seja dada a essa jovem que você mesmo diz ser incontrolável?

— Não exagere as coisas. Esqueça sua personalidade, porque na verdade nós só precisamos do conhecimento e do talento dela.

— Isso não me agrada, Ivory, esse caso estava encerrado há anos e deveria continuar assim. Já gastamos muito dinheiro nisso, para nada.

— Errado! Gastamos muito dinheiro sem que ninguém descobrisse nada, não é a mesma coisa. Quanto tempo acha que podem manter o segredo sobre o objeto, não sendo mais os únicos a poder imaginar o seu sentido?

— Seria preciso algo assim acontecer!

— Dispõe-se a assumir o risco?

— Não sei, Ivory. Vou fazer meu relatório, eles decidirão e voltarei a procurá-lo nos próximos dias.

— Tem até segunda-feira.

Ivory se despediu e se levantou. Deixando a mesa, debruçou-se e disse ao ouvido de Paris:

— Cumprimente-os por mim, não se esqueça de acrescentar que é o último favor que faço e transmita meus sinceros rancores a quem você sabe.

— Pode contar com isso.

*

Kent

— Adrian, tenho algo a confessar.

— Walter, já é tarde, e você está completamente bêbado.

— Justamente, é agora ou nunca.

— Um conselho: o que quer que esteja disposto a contar, controle-se. No estado em que se encontra, tenho certeza de que amanhã vai se arrepender do que disse.

— De jeito nenhum. Pare de falar e ouça. Vou tentar dizer de uma só vez. O seguinte: estou apaixonado.

— Em princípio, seria uma boa notícia, por que o tom tão grave?

— Porque a principal interessada não sabe.

— De fato, complica um pouco as coisas. De quem se trata?

— Prefiro não dizer.

— Como queira.

— Miss Jenkins.

— A recepcionista da Academia?

— A própria. Há quatro anos sou louco por ela.

— E ela não suspeita de nada?

— Pode ser que ela tenha suspeitado uma ou duas vezes, com esse terrível instinto que as mulheres têm. Mas acho que escondo bem a coisa. Quer dizer, o bastante para poder passar por sua sala diariamente sem ficar vermelho pelo ridículo da situação.

— Quatro anos, Walter?

— Quarenta e oito meses, é a conta certa. Festejei o aniversário poucos dias antes da sua volta do Chile. Não perdeu nada, não houve festa.

— E por que não fala com ela?

— Sou covarde — retomou Walter, com um soluço. — Um tremendo de um covarde. E quer que eu diga o que há de mais patético nisso tudo?

— Não, é melhor não.

— É que, por todo esse tempo, tenho sido fiel.

— De fato!

— Não se dá conta do absurdo? Homens casados, que têm a sorte de viver com suas amadas, encontram maneira de enganá-las e eu sou fiel a uma pessoa que sequer imagina que gosto dela. E, por favor, não repita "de fato"!

— Não pretendia mesmo. Por que não confessa tudo a ela, depois de tanto tempo, que risco corre?

— E dar fim ao romance? Está maluco? Se for rejeitado, não vou mais poder pensar nela dessa maneira. Seria uma indelicadeza intolerável observá-la escondido como costumo fazer. Por que está me olhando dessa maneira, Adrian?

— Por nada, só me perguntava se amanhã, já sóbrio, e levando em consideração tudo que bebeu essa noite isso não vai acontecer antes das duas ou três da tarde, você me contaria essa história da mesma maneira.

— Não estou inventando, Adrian, juro; estou loucamente apaixonado por Miss Jenkins; mas a distância entre mim e ela é comparável à do seu universo, com aquelas colinas esquisitas que não deixam que se veja do outro lado. Miss Jenkins está no farol de Kristiansand — gritou Walter, apontando o dedo para leste —, e eu, encalhado como uma baleia cinzenta na costa inglesa! — disse, batendo com o punho na areia.

— Walter, visualizo muito bem o que está descrevendo, mas a distância que separa a sua sala da de Miss Jenkins se conta por degraus de escada e não por anos-luz.

— Você acha que o camarada Einstein tem o monopólio da teoria da relatividade? Para mim, cada um desses degraus está tão distante quanto as suas galáxias!

— Acho que já está na hora de te levar para o hotel, Walter.

— Não, vamos continuar a noitada, e você suas explicações. Provavelmente não vou me lembrar delas amanhã, mas não faz mal. Passamos um bom momento e é o que conta.

Sob a aparência bonachona que mais parecia causar risos, Walter me dava pena. E eu que achava ter conhecido a solidão no planalto de Atacama... Seria possível imaginar exílio mais doloroso do que esse de passar os dias três andares acima da mulher amada, sem nunca encontrar forças para falar com ela?

— Walter, quer que eu tente organizar um jantar com sua presença e a de Miss Jenkins?

— Não, acho que, depois de tanto tempo, não teria coragem de falar com ela. Quer dizer, será que você faria a mesma proposta amanhã... à tarde?

*

Paris

Keira estava atrasada. Vestia um jeans, um pulôver, mal teve tempo para ajeitar um pouco o cabelo e ainda precisava encontrar as chaves de casa. Não tinha dormido o suficiente no fim de semana e a pálida luz do dia não conseguira acabar com o sono. Encontrar um táxi em Paris, pela manhã, é uma verdadeira façanha. Andou até o bulevar de Sébastopol, seguiu na direção do Sena, olhando para o pulso a cada esquina, mas tinha esquecido o relógio. Um automóvel tomou o corredor reservado aos ônibus e parou à sua altura. O motorista se debruçou para descer o vidro e chamou Keira pelo nome.

— Quer uma carona para algum lugar?

— Max?

— Mudei tanto assim desde ontem?

— Não, mas não esperava vê-lo por aqui.

— Pode ficar tranquila, não estou seguindo você; ainda restam muitas gráficas no bairro e a minha fica nessa rua bem atrás.

— Se já está tão perto, não quero incomodar.

— E quem garante que não estou justamente saindo? Vamos, suba, vejo um ônibus pelo retrovisor e ele vai buzinar, reclamando.

Keira não esperou que insistisse mais, abriu a porta e se sentou ao lado de Max.

— Cais Branly, Museu das Artes e Civilizações. E pé na tábua, estou atrasadíssima.

— Tenho direito a um beijo, pelo menos?

Como Max tinha previsto, entretanto, a buzina do ônibus, já colado no para-choque traseiro do carro, os assustou. Max engatou a primeira e saiu o mais rápido possível da pista reservada. O trânsito estava intenso, e Keira, impaciente, olhava o tempo todo o relógio do painel.

— Parece bem apressada.

— Tenho uma hora marcada para almoçar... 15 minutos atrás.

— Se for um homem, ele certamente vai esperar.

— E é mesmo um homem, não comece, tem o dobro da sua idade.

— Você sempre apreciou a maturidade.

— Se fosse assim, não teríamos saído juntos!

— Um a zero, bola no círculo central. Quem é ele?

— Um professor.

— De quê?

— Engraçado — observou Keira —, não perguntei.

— Sem querer ser indiscreto, você atravessa Paris inteira, debaixo de chuva, para almoçar com um professor e nem sabe de quê?

— Na verdade, isso não importa, está aposentado.

— E por que vão almoçar juntos?

— É uma longa história, concentre-se no trânsito e trate de sair desse engarrafamento. Foi por causa do pingente que eu usava, uma pedra que Harry me deu. Por muito tempo procurei saber sua origem. Esse professor acha que é muito antiga. Tentamos determinar a datação, mas isso deu em nada.

— Harry?

— Max, está me enchendo com essas perguntas, Harry tem um quarto da sua idade! Vive na Etiópia.

— Tudo bem, é bem moço para ser um concorrente sério. Você me mostra essa pedra antiga?

— Não está comigo. Na verdade, estou indo buscá-la.

— Se quiser, tenho um amigo, grande especialista em pedras antigas, posso pedir que a estude.

— Não creio que valha a pena incomodar seu amigo. Aparentemente esse tal professor estava entediado e encontrou um pretexto para se distrair um pouco.

— Se mudar de ideia, não pense duas vezes. Pronto, a margem do rio está livre, em dez minutos chegamos lá. E onde o jovem Harry encontrou a pedra?

— Numa ilhota vulcânica, no meio do lago Turcana.

— Pode ser uma escória?

— Não, o objeto é indestrutível; nem pude fazer um buraco. Para pendurá-lo no pescoço, precisei passar um fio em volta. Além disso, foi polido com incrível perfeição.

— Está me deixando curioso. Proponho o seguinte: vamos jantar essa noite e dou uma olhada no misterioso pingente. Pendurei as chuteiras, mas nem por isso deixei de saber jogar.

— Boa tentativa, Max, por que não? Mas hoje marquei um bate-papo com minha irmã. Nós duas temos muito a pôr em dia: desde que voltei, não paro de descontar nela minha irritação. Umas duas ou três coisinhas que eu disse fora de hora precisam ser desculpadas. Quem sabe foram umas 12 ou 13; ou até, nada é impossível, umas trinta.

— O convite se mantém de pé para as outras noites da semana. Pronto, o seu museu! O atraso não é tão grande assim, o relógio do carro está adiantado uns bons 15 minutos...

Keira beijou Max na testa e saiu apressada. Ele queria ainda dizer que ligasse à tarde, mas ela já estava correndo calçada afora.

— Desculpe o atraso — foi dizendo Keira, sem fôlego, empurrando a porta. — Ivory?

A sala estava vazia. Uma folha de papel sob a luminária de mesa chamou a atenção de Keira. As linhas escritas estavam riscadas, mas Keira podia identificar uma série de algarismos, "lago Turcana" e o seu nome. Na parte de baixo da folha, um desenho representava muito bem o pingente. Keira não deveria ter passado para o outro lado da escrivaninha, menos ainda ter se sentado na cadeira do professor e, é bem provável, não tinha nada que abrir a gaveta que se oferecia ali, bem à frente. Não estava trancada a chave e ninguém pode ser arqueólogo se não tiver uma boa dose de curiosidade no fundo de si. Encontrou um caderno velho, com capa de couro, gasta pelo uso. Abriu-o em cima da mesa e descobriu, logo na primeira página, outro desenho, mais antigo, de um objeto que, de certa forma, se parecia com o que usava no pescoço. O barulho de passos causou um sobressalto. Ela arrumou às pressas a desordem e mal teve tempo de se enfiar debaixo da mesa. Alguém acabava de entrar. Encolhida como uma criança que sabe que está onde não devia, Keira tentava ao máximo controlar a respiração. Havia um homem, de pé, a poucos centímetros. O tecido da calça chegava a encostar nela. Depois a luz se apagou, o vulto se virou para a porta, ouviu-se um barulho de chave na fechadura e o silêncio reinou no escritório do velho professor.

Keira precisou de alguns minutos para recuperar a calma. Saiu do esconderijo, se aproximou da porta e girou a maçaneta. Sorte sua, de dentro a engrenagem se destravava sozinha. Livre, saiu correndo pelo corredor, desceu desabaladamente a rampa que levava ao térreo, escorregou e despencou de corpo inteiro no chão. Uma mão amiga veio socorrê-la. Keira ergueu a cabeça e, vendo o rosto de Ivory, deu um grito que ressoou por todo o hall.

— Machucou-se tanto assim? — perguntou ele, se ajoelhando.

— Não, foi mais o susto.

As pessoas que passavam e pararam para ver se deram por satisfeitas. Fim do incidente.

— Com um escorregão desses, é compreensível! Poderia ter fraturado um osso. A troco de quê corria desse jeito? Está meio atrasada, mas nem por isso precisava arriscar a vida dessa maneira.

— Sinto muito — desculpou-se Keira, se levantando.

— E onde estava? Deixei recado na recepção para que fosse me encontrar no jardim.

— Subi direto até a sua sala, mas a porta estava trancada e tive a péssima ideia de vir correndo procurá-lo.

— É o tipo de inconveniente que acontece quando nos atrasamos. Então vamos, estou morrendo de fome. Na minha idade, as refeições devem ser feitas nas horas certas.

Pela segunda vez naquele dia, Keira se sentiu como uma menina pega em flagrante delito.

Sentaram-se à mesma mesa que da última vez. Visivelmente de mau humor, Ivory se escondia atrás do cardápio.

— Bem que poderiam variar o cardápio de vez em quando, é sempre a mesma coisa. Sugiro que peça o cordeiro, é o que ainda há de melhor. O pernil de cordeiro para dois — pediu Ivory à garçonete.

O professor desdobrou o guardanapo e olhou fixamente para Keira.

— Antes que eu esqueça — disse, tirando o pingente do bolso do paletó —, devolvo o que lhe pertence.

Keira pegou o objeto e o examinou com atenção. Tirou do pescoço o cordão de couro e passou-o em volta do pingente, cruzando duas vezes o laço pela frente e uma vez por trás, exatamente como Harry havia ensinado.

— Preciso confessar que ele se destaca muito no seu pescoço — elogiou Ivory, sorrindo pela primeira vez.

— Obrigada — respondeu Keira, um pouco sem graça.

— Espero que você não tenha ficado vermelha por minha causa. Então, por que se atrasou?

— Desculpe, professor, eu poderia inventar um monte de desculpas, mas a verdade é que dormi demais. Só isso.

— Que inveja! — respondeu Ivory, com uma gargalhada. — Não consigo passar a manhã na cama há pelo menos vinte anos. Envelhecer já não é engraçado e, como se não bastasse, os dias ficam mais compridos. Bom, chega de conversa fiada, não estou aqui para falar dos meus problemas com o sono. Mas gosto disso, de gente que diz a verdade; está perdoada por agora e paro de bancar o mal-humorado, assim a deixo um pouco à vontade.

— Era de propósito?

— Totalmente!

— Então os resultados são nulos? — perguntou Keira, brincando com o pingente.

— Infelizmente.

— Não tem a menor ideia da idade desse objeto?

— Não... — respondeu o professor, evitando o olhar de Keira.

— Posso fazer uma pergunta?

— Já fez uma, agora faça a que te interessa.

— O senhor era professor de quê?

— Religiões! Quer dizer, não do jeito que você imagina. Dediquei minha vida a tentar compreender em quais momentos da sua evolução o homem resolveu acreditar em uma força superior, batizando-a "Deus". Sabe que há mais ou menos 100 mil anos, perto de Nazaré, alguns *Homo sapiens* sepultaram, e provavelmente pela primeira vez na história da humanidade, os restos de uma mulher de cerca de 20 anos? E a seus pés também descansavam os ossos de uma criança de 6 anos. Quem descobriu essa sepultura encontrou também uma quantidade de argila ocre ao redor dos dois esqueletos. Em outro sítio, não longe dali, outra equipe de arqueólogos escavou umas trinta sepulturas parecidas. Os corpos estavam em posição fetal, cobertos de ocre, e cada tumba apresentava objetos rituais. Talvez esses sejam os mais antigos sinais de religiosidade. À dor que acompanha a perda de um ente querido nós acrescentamos uma necessidade de dar maior importância à morte? Será que nasceu, naquele instante preciso, a crença em outro mundo, onde os defuntos continuassem existindo?

"Existem tantas teorias sobre o assunto que, sem dúvida, nós nunca vamos saber em que momento de sua evolução o homem realmente começou a acreditar em um deus. Fascinado e ao mesmo tempo assustado pelo que tinha ao redor, começou divinizando uma força superior a ele. Era preciso dar um sentido ao mistério do amanhecer e entardecer, ao das estrelas se movendo no céu acima da sua cabeça, à magia das mudanças de estações e das paisagens, assim como ao seu corpo se transformando, no decorrer dos anos, até fazê-lo dar o último suspiro de vida. Como é interessante constatar que, nos quase 160 países em que foram descobertas obras rupestres, todas tinham semelhanças. A onipresença do uso da cor vermelha, como símbolo absoluto de contato com outros mundos. Por que os seres humanos representados, e em qualquer lugar do mundo em que vivessem, foram sempre desenhados em posição de oração, com os braços erguidos para o céu, fixados no mesmo gesto? Está vendo, Keira, meus trabalhos não se distanciavam tanto dos seus. Tenho o mesmo ponto de vista. Gosto muito do ângulo a partir do qual você encaminha as suas pesquisas. O primeiro homem seria mesmo aquele que se pôs ereto para andar de pé? Aquele que resolveu entalhar a madeira e a pedra para construir instrumentos? O primeiro a chorar a morte de um ente querido, tomando consciência de o seu próprio fim ser fatal? O primeiro a crer numa força superior a ele ou, quem sabe, o primeiro a demonstrar seus sentimentos? Com que palavras, gestos, com quais oferendas o primeiro ser humano disse estar amando? E a quem se dirigia: a seus pais, sua mulher, sua prole ou a um deus?"

Os dedos de Keira abandonaram o pingente, suas duas mãos descansaram na mesa e ela olhou demoradamente para o professor.

— Provavelmente, nunca teremos a resposta.

— Como saber? É só uma questão de paciência, determinação e liberalidade do espírito. Às vezes, basta olhar bem perto para ver o que nos escapa ao longe.

— Por que está me dizendo isso?

— Você passou três anos da sua vida escavando terra em busca de alguns ossos fossilizados, que permitiriam desvendar o mistério da origem da humanidade. Foi preciso que a gente se encontrasse e eu atiçasse a sua curiosidade para você olhar mais atentamente esse objeto incomum pendurado em seu pescoço.

— Que comparação mais esquisita! Não vejo a relação entre essa pedra e...

— Não é pedra, não é madeira e não somos capazes de dizer de que é feito. Mas sua perfeição nos leva a achar improvável que a natureza o tenha moldado desse jeito! Continua achando esquisita minha comparação?

— O que está dizendo? — perguntou Keira, apertando o colar entre os dedos.

— E se aquilo que você procurou a vida inteira estiver pendurado em seu pescoço? Desde que voltou à França, sonha o tempo todo em voltar para o vale do Omo, não é?

— É tão óbvio assim?

— O vale do Omo está pendurado em seu pescoço, minha jovem. Ou, pelo menos, um dos seus maiores mistérios.

Keira hesitou por um momento e deu uma enorme gargalhada.

— Ivory, você quase me pegou! Foi tão convincente, fiquei arrepiada. Sei que, para você, eu não passo de uma jovem arqueóloga que chega atrasada aos seus compromissos, mas francamente! Não temos elemento algum que garanta qualquer valor científico a esse objeto.

— Volto à pergunta inicial. Esse objeto é bem mais antigo do que tudo que possamos imaginar, nenhuma técnica moderna conseguiu arrancar o menor fragmento nem datá-lo corretamente. Como explicar que tenha sido polido de maneira tão perfeita?

— Admito que é intrigante — concordou Keira.

— Espero que mantenha essa pergunta viva no espírito, Keira, e o prazer de ter conhecido você é imenso, sabe? Devemos admitir que na minha salinha ali em cima, a possibilidade de fazer uma última descoberta era mínima. Apesar disso, graças a você, também posso contradizer as estatísticas.

— Se é assim, fico igualmente contente — devolveu Keira.

— Não me referia a esse objeto. Identificá-lo é tarefa sua.

— A que descoberta, então, se referia?

— Simples, a de ter encontrado uma mulher formidável!

Ivory se levantou e deixou a mesa. Keira o acompanhou com o olhar, já à porta ele se virou e acenou para a nova amiga.

*

Londres

Tínhamos apenas mais uma semana para entregar o material com minha candidatura. O projeto tinha tomado todo o meu tempo. Walter e eu adquirimos o hábito de nos encontrarmos, no final da tarde, na biblioteca da Academia, e eu apresentava o resumo do que tinha feito naquele dia. Depois de ler para ele o texto escrito — nós frequentemente brigávamos nessa hora —, íamos jantar num pequeno restaurante indiano ali por perto. O decote da garçonete que nos servia era dos mais generosos e Walter e eu o apreciávamos muito. Depois desses jantares, sem o menor sinal de encorajamento por parte da moça em questão, continuávamos a conversa em caminhadas ao longo do Tâmisa. Mesmo quando a chuva se incluía no passeio noturno, não abríamos mão disso.

Naquela noite, porém, tinha uma surpresa guardada para o meu cúmplice. Com o MG fazendo caprichos de uma senhora idosa desde o fim de semana anterior, um táxi nos deixou na estação de Euston, que fica próxima a King's Cross. Estávamos atrasados e, em vez de responder pela vigésima vez a pergunta de Walter — "Mas aonde estamos indo?" —, obriguei-o a uma corrida desastrada até a plataforma de onde partia o trem. O dito cujo já começava a se movimentar, empurrei Walter na parte aberta do último vagão e mal tive tempo de subir também. Já se ouviam os rangidos nos trilhos, pelas ligações sanfonadas entre os carros. O subúrbio de Londres cedeu lugar à campanha inglesa que, por sua vez, sumiu ao começar o subúrbio de Manchester.

— Manchester? O que vamos fazer em Manchester, às dez horas da noite? — perguntou Walter.

— Quem disse a você que vamos ficar por aqui?

— Bom, acabam de anunciar: "Estação final, todos os passageiros devem descer!"

— E as baldeações, meu caro Walter? Rápido, pegue sua sacola e vamos, temos apenas dez minutos.

Outra corrida, agora pelos subterrâneos da estação, e ambos embarcamos num trem que partiu na direção sul.

Fomos os únicos a descer na pequena estação de Holmes Chapel naquela noite. Com um apito, o chefe de estação rapidamente liberou o parador de que acabávamos de desembarcar. Ele já desaparecia numa curva e olhei meu relógio, preocupado com o carro que devia vir nos buscar. Com toda a evidência, quem eu esperava estava atrasado.

— Bom, são dez e meia, tudo que tive para jantar foi aquele sanduíche horrível de pepino com peru desidratado, que você teve a generosidade de oferecer e que engoli como pude, estamos num fim de mundo, e aqui essa expressão faz todo o sentido. Vai, enfim, me dizer ou não que diabos estamos fazendo nesse buraco perdido?

— Não!

Walter bufava e devo confessar que me dava certo prazer vê-lo tão irritado. Finalmente surgiu, na estradinha da estação, uma velha caminhonete Hillman 1957 que reconheci imediatamente; Martyn, então, não se esquecera do encontro que eu havia marcado na véspera, por telefone.

— Mil desculpas — disse, descendo pelos fundos do carro. — Estou terrivelmente atrasado, mas estávamos todos concentrados naquilo que o fez vir esta noite e não pude sair mais cedo. Subam rápido, se não quiserem perder o evento! Sou obrigado a fazer vocês passarem por aqui — acrescentou meu velho amigo e colega, apontando para a traseira do veículo. — As infelizes portas desse carro não abrem mais; as maçanetas foram caindo e não se encontram mais peças de reposição no comércio.

A caminhonete era uma verdadeira lata velha, uma rachadura percorria o para-brisa de uma ponta à outra. Com uma voz tensa, Walter quis saber se íamos longe. Depois das breves apresentações de praxe, Martyn foi o primeiro a se enfiar traseira adentro, passando por cima do banco de trás. Já ao volante, pediu a Walter que fizesse o favor de puxar com toda a força o tampo por onde nós entramos, para fechá-lo, mas, é claro, sem exagerar muito. Deixamos a pequena estação e partimos pelos solavancos das estradas do condado de Macclesfield.

Walter teve que desistir de se agarrar à alça de segurança junto ao assento, pois a última presilha acabava de saltar. Eu o vi ficar sem saber o que fazer por um momento e, finalmente, enfiá-la no bolso.

— Pronto — observou, logo depois de derraparmos numa curva mais fechada —, acho que o peru e o pepino do sanduíche estão casados até o final dos tempos.

— Desculpem se estou indo meio rápido, mas não podemos perder isso de jeito nenhum. Segurem-se bem, estamos quase chegando.

— Me segurar onde? — berrou Walter, mostrando a alça. — E, além disso, aonde estamos indo?

Martyn olhou espantado para mim, mas fiz sinal para que não respondesse. Walter me fulminava com os olhos a cada curva, mas parou de resmungar quando, de repente, despontou à nossa frente a imensa antena telescópica do observatório de Jodrell.

— Caramba! — não se conteve Walter. — Nunca tinha visto isso tão de perto.

O observatório de Jodrell é administrativamente dependente do departamento de Astronomia da Universidade de Manchester. Passei alguns meses ali, quando era estudante, e foi como fiz amizade com Martyn, que continuou sua carreira no mesmo lugar e casou, ainda estudante, com uma mulher chamada Éléonor Atwell, herdeira das indústrias locais de tratamento do leite, que tinham o seu sobrenome. Éléonor deixou Martyn, após cinco anos de uma união que parecia perfeita. Foi morar em Londres com o melhor amigo de Martyn, que, por sua vez, era herdeiro de uma fortuna com origens no mundo das finanças, que parece mais sólida do que a das leiterias nos tempos atuais. É claro, Martyn e eu nunca abordávamos esse assunto delicado. O observatório de Jodrell é único no gênero. Uma gigantesca parabólica de 76 metros de diâmetro constitui o seu principal elemento. Fixada numa base de metal que culmina a 77 metros do chão, o radiotelescópio é o terceiro maior do mundo, no seu gênero. Três outros telescópios de dimensões inferiores completam o conjunto. Jodrell faz parte de uma complexa rede de antenas, situadas em território inglês, todas interconectadas, com a finalidade de cruzar uma quantidade de informações provenientes do espaço. A rede fora batizada Merlin. Infelizmente, sem nenhuma relação com o mágico feiticeiro, mas somente porque as iniciais de uma série de nomes eruditos compõem o acrônimo. A principal missão dos astrônomos que trabalham em Jodrell consiste em perseguir meteoritos, quasares, pulsares, lentes gravitacionais nos confins das galáxias e, principalmente, detectar buracos negros que se formaram no início do universo.

— Vamos ver um buraco negro? — perguntou Walter, com súbito entusiasmo.

Martyn sorriu, sem se sentir obrigado a responder.

— Como foi em Atacama? — dirigiu-se a mim, enquanto Walter tentava, com dificuldade, sair do carro.

— Formidável, um grupo extraordinário — respondi, com uma nostalgia que o antigo colega logo percebeu.

— Por que não vem para cá? As pesquisas não são tão importantes, mas sabe que o nosso grupo também tem muitas qualidades.

— Não tenho a menor dúvida, Martyn, e nunca teria insinuado que os colegas de Atacama fossem minimamente superiores aos seus de Jodrell. Mas sinto falta da atmosfera do Chile, da solidão dos altos planaltos, da pureza das noites. Por enquanto, porém, aqui estamos e agradeço a você.

— Ei! — resmungou Walter, que esperava no gramado. — Vamos ver esse buraco negro ou não?

— De certa maneira, sim — respondi, saindo das divagações, enquanto Martyn não conseguia deixar de dar uma risada.

Os colegas de Martyn nos receberam e rapidamente voltaram ao que faziam. Walter, que esperava pôr o olho na objetiva de alguma luneta gigante, ficou decepcionado quando lhe disseram que devia se contentar em olhar imagens na tela de um computador, na sala mesmo em que nos encontrávamos. Era visível a excitação que reinava. Todos os cientistas ali reunidos tinham os olhos pregados em seus monitores. Por instantes, podíamos ouvir, distante, o ranger da antena, girando uns poucos milímetros nos gigantescos eixos metálicos. Em seguida, voltava o silêncio e cada um, à sua maneira, interpretava aqueles sinais da origem dos tempos, que vinham até nós.

Querendo cooperar com os colegas de Martyn, levei Walter para fora do prédio, pois ele não parava de fazer perguntas.

— Por que estão todos tão agitados? — indagou baixinho.

— Pode falar normalmente, sem se preocupar. Estão todos esperando para essa noite o nascimento de um buraco negro. É um acontecimento raro na vida de um radioastrônomo.

— Vai falar de buracos negros para os membros da comissão?

— Com certeza.

— Então pode começar, estou ouvindo.

— O buraco negro representa a dúvida permanente para um astrônomo, nem a luz escapa dele.

— Como, então, sabem que existe?

— Eles se formam durante a última implosão de uma estrela maciça, bem maior do que o nosso sol. O que sobra dessa estrela pesa tanto que nenhuma forma natural pode impedir que desmorone sob o próprio peso. A matéria, se aproximando de um buraco negro, entra em ressonância e bate como um sino. O som que chega até nós é um *si* bemol. Cinquenta e sete oitavas abaixo do *dó* médio. Por acaso tinha imaginado poder ouvir uma música que vem das maiores profundezas do universo?

— Isso me parece inacreditável — quase gaguejou Walter.

— Tem algo mais incrível. Em torno do buraco negro, o tempo e o espaço se deformam, o correr do tempo diminui. Uma pessoa que viajasse até a periferia de um buraco negro, sem ser tragada, voltaria à Terra bem mais jovem do que os que ficaram aqui.

Ao voltarmos à sala onde os colegas aguardavam a aparição do tão aguardado fenômeno, Walter já não era o mesmo. Olhava fixo para as telas, onde se imprimiam minúsculos pontos, testemunhas de épocas longínquas, em que o homem não existia. Às 3h07 da manhã, o salão inteiro foi sacudido por um imenso grito de júbilo, que fez tremer as paredes. Martyn, em geral tão comedido, deu um salto e quase caiu para trás. A prova que se estampava nos monitores era irrefutável. Amanhã, a comunidade de astrônomos do mundo inteiro festejaria as descobertas daqueles colegas ingleses, e pensei que os amigos do planalto de Atacama se lembrariam de mim.

Walter estava fascinado com o que eu tinha dito sobre a deformação do tempo. No dia seguinte, levando-nos à pequena estação de Holmes Chapel, Martyn explicou a ele que o seu maior sonho era um dia identificar um buraco de verme. Recém-saído da descoberta da existência dos buracos negros, Walter primeiro achou se tratar de alguma brincadeira, implorando mais informações de Martyn. Como já era extremamente difícil manter a velha caminhonete em linha reta, achei melhor assumir a tarefa e expliquei a Walter que os buracos de verme são atalhos no espaço-tempo, como portas entre dois pontos do universo, e que se conseguíssemos, um dia, estabelecer a prova de sua existência, talvez estivéssemos dando os primeiros passos rumo à possibilidade de viajar pelo espaço em velocidade maior do que a da luz.

***

Na plataforma da estação, Walter abraçou Martyn, afirmando, não sem certa emoção, que ele tinha uma profissão formidável. Depois tirou do bolso a correia do carro e solenemente devolveu-a ao proprietário.

No trem de Londres, já nos afastando de Manchester, Walter me confessou que, se os membros da Fundação Walsh não selecionassem o nosso projeto, seria uma terrível injustiça.

*

Paris

Como havia garantido a Max, Keira passou todas as noites da semana compartilhando bons momentos com a irmã.

— Às vezes você se lembra do papai?

Keira passou a cabeça pela porta da cozinha e viu Jeanne contemplando uma xícara de porcelana.

— Toda manhã ele tomava café nela — disse Jeanne, enchendo de infusão a xícara, para oferecer a Keira. — É besteira, mas fico comovida toda vez que abro o armário e a vejo.

Keira observava a irmã em silêncio.

— E sempre que me sirvo dela, tenho a impressão de ele estar aqui, bem em frente e sorrindo para mim. É ridículo, não acha?

— Não, confidência por confidência, guardei uma das camisas dele; de vez em quando pego-a e tenho a mesma sensação que você. Assim que estou vestida, é como se ele passasse o dia comigo.

— Acha que sentiria orgulho de nós?

— Duas mulheres solteiras, sem filhos e que dividem o mesmo apartamento depois dos trinta anos? Acho que, se existir um Paraíso, ele pega o tobogã direto para o inferno assim que dá uma olhada aqui embaixo e vê aonde chegamos.

— Sinto falta de papai, Keira, não pode imaginar a que ponto, e de mamãe também.

— Não prefere mudar de assunto, Jeanne?

— Vai mesmo voltar para a Etiópia?

— Não tenho a menor ideia. Nem sei o que farei semana que vem. E preciso me virar para encontrar alguma coisa com toda a urgência, ou daqui a pouco vou viver às suas custas.

— Vou parecer egoísta dizendo isso, mas eu queria muito que você ficasse aqui. Papai e mamãe fazem falta, mas a morte deles está mais ou menos na ordem das coisas. Além do mais, procuro achar que se reuniram; mas nós, as duas, estamos vivas, e ficarmos tão distante é tempo perdido demais.

— Sei disso, Jeanne, só que, mais cedo ou mais tarde, você vai encontrar outro Jérôme, e um que preste, dessa vez. Vai ter filhos e titia Keira vai visitá-los voltando de viagem, cheia de boas histórias para contar. Além disso, é minha irmã e, mesmo quando estou longe, penso em você. Prometo que se partir, vou telefonar mais vezes e não só para banalidades.

— Tem razão, vamos mudar essa conversa, eu não tinha o direito de dizer isso. Quero que viva onde se sentir mais feliz. Bom, sejamos práticas e vamos deixar de lado minhas perturbações sentimentais. O que seria preciso para que pudesse voltar ao vale do Omo?

— Um grupo de pessoas e material, dinheiro para pagar o primeiro e para comprar o segundo, ou seja, uma ninharia!

— Quanto?

— Bem mais do que o limite da sua poupança para crédito habitacional, querida irmã mais velha.

— Por que não tenta um financiamento pelo setor privado?

— Porque raramente se veem arqueólogos diante das câmeras de televisão, usando camisetas com marcas de sabão em pó, refrigerantes ou não sei qual banco. Com isso, os patrocinadores são poucos, para não dizer inexistentes. Se bem que, pode ser uma ideia, poderia tentar organizar um rali. Uma forma de corrida com sacos de batatas e pazinhas na mão. O primeiro que conseguir desenterrar um osso ganha um ano de assinatura de uma revista sobre cães.

— Não deboche de tudo, o que eu disse não é tão imbecil assim. É só alguém dar uma ideia e sua primeira resposta é sempre “É impossível!”, isso cansa. Se apresentasse seus trabalhos a certas fundações, quem sabe teria alguma chance? Como saber?

— As pessoas não estão nem aí para as minhas pesquisas, Jeanne. Quem se disporia a apostar um eurozinho que fosse em mim?

— Acho que falta apenas um pouco de autoconfiança. Acaba de passar três anos em campo, escreveu páginas e páginas de relatório. Li a sua tese e, se tivesse como, financiaria imediatamente sua próxima expedição.

— Só que você é minha irmã! Agradeço, Jeanne, mas a sua hipótese é pouco provável. Obrigada, mesmo assim, me fez sonhar por bons trinta segundos.

— Em vez de ficar perdendo seu tempo o dia inteiro, faria melhor buscando na internet os órgãos capazes, na França e no restante da Europa, de se interessar pelo que faz.

— Não fico por aí perdendo meu tempo!

— E o que andou fazendo no museu com Ivory, nos últimos dias?

— É um cara engraçado, não acha? Ficou interessadíssimo nesse pingente que uso e confesso que conseguiu me deixar intrigada. Tentamos uma datação, sem resultado. Continua convencido de que é muito antigo e nada confirma que esteja enganado.

— Por instinto?

— Tenho todo respeito por ele, mas isso não basta.

— É verdade que é um objeto bem particular. Tenho um amigo gemólogo, quer que peça a ele para dar uma olhada?

— Não é uma pedra nem madeira fossilizada.

— O que é, então?

— Não sabemos.

— Posso ver? — pediu Jeanne, subitamente interessada.

Keira tirou o colar e entregou à irmã.

— E se for um fragmento de meteorito?

— Já ouviu falar de algum meteorito tão macio quanto a pele de um bebê?

— Não sou nenhuma especialista na matéria, mas imagino que estamos longe de termos descoberto tudo que vem do espaço.

— É uma hipótese — respondeu Keira, recuperando seus reflexos de arqueóloga. — Lembro de ter lido em algum lugar que caem quase 50 mil por ano, na Terra.

— Consulte um especialista!

— Que tipo de especialista?

— O açougueiro da esquina, sua tonta, alguém que trabalhe com isso, um astrônomo ou astrofísico, sei lá!

— Muito simples, querida Jeanne, é só dar uma olhada no meu caderninho e consultar a página "amigos astrônomos". Minha única dúvida é saber qual deles procurar primeiro!

Disposta a não começar uma briga, Jeanne não deu bola para a provocação da irmã. Foi para o pequeno escritório que tinha, na entrada do apartamento, e se sentou à frente do computador.

— O que está fazendo? — perguntou Keira.

— Trabalhando para você! Começo essa noite e amanhã você não tira os pés de casa. Vai ficar grudada nesse monitor e, quando eu voltar, vou querer uma lista com todos os órgãos de apoio à pesquisa arqueológica, paleontológica, geológica, incluindo os que trabalham visando o desenvolvimento sustentável na África, é uma ordem!

*

Zurique

Apenas uma sala ainda tinha algum movimento, no último andar do edifício do Crédito Nacional Suíço. Um homem vestido de forma elegante acabava de ler os e-mails que haviam chegado enquanto esteve fora. Havia desembarcado naquela mesma manhã de Milão e no restante do dia não tivera o menor tempo livre. Reuniões e leitura de documentos se sucederam. Deu uma olhada no relógio; se não perdesse tempo, poderia ir para casa e aproveitar um pouco o final do dia. Girou a cadeira da escrivaninha, acionou uma tecla do telefone e esperou que o motorista atendesse.

— Prepare o carro, estarei aí embaixo em cinco minutos.

Endireitou o nó da gravata, arrumou um pouco os papéis em cima da mesa e notou na tela do computador um ícone colorido, dizendo que uma mensagem não havia sido aberta. Leu-a e ela foi logo em seguida deletada. Pegou um caderninho no bolso interno do paletó, folheou, ajustou os óculos para ler o número que procurava e fez uma ligação.

— Acabei de ler a sua mensagem. Quem mais está a par da situação?

— Paris, Nova York e o senhor.

— Quando aconteceu o encontro?

— Anteontem.

— Encontre-me dentro de meia hora na esplanada da Escola Politécnica.

— Não vou poder, estou entrando na Ópera.

— O que estão apresentando essa noite?

— Puccini, *Madame Butterfly*.

— Pois ela que espere. Até daqui a pouco.

O homem voltou a ligar para o motorista e cancelou a ordem dada um pouco antes, liberando-o pelo resto da noite. Tinha mais trabalho do que pensava e ficaria até tarde no escritório. Não precisava também ir buscá-lo em casa no dia seguinte, ele provavelmente dormiria na cidade. Assim que terminou a ligação, foi até a janela e afastou as lâminas da persiana, para ter uma visão da rua lá embaixo. Esperou o seu carro sair do estacionamento e atravessar Paradeplatz, deixou, então, o posto de observação, pegou o sobretudo no cabideiro e saiu, fechando a porta à chave.

Sendo já tarde, só um elevador ainda funcionava. No hall, o vigia noturno o cumprimentou e acionou o comando para destravar a porta giratória central.

Na calçada, o homem abriu caminho através da densa multidão na principal praça de Zurique. Dirigiu-se à Bahnhofstrasse e subiu no primeiro bonde que passou. Estava sentado nos fundos do vagão e, na estação seguinte, cedeu seu lugar a uma senhora que não encontrava assento livre.

O ranger dos pantográficos no alto do bonde, deslizando ao longo das catenárias, indicou que deixavam o grande eixo comercial e bifurcavam-se para atravessar a ponte e cruzar o rio. Chegando à margem oposta, o homem desceu no primeiro ponto e tomou a direção da estação do teleférico.

O Polybahn, com sua cor vermelho vivo, é um veículo dos mais esquisitos; surgindo como por passe de mágica no meio da fachada de uma pequena construção, sobe uma ladeira íngreme, atravessa a copa de castanheiras, até reaparecer no alto da colina. O homem não perdeu tempo olhando o amplo panorama da cidade que o terraço da Escola Politécnica oferece. Atravessou a esplanada com passos firmes, contornou a cúpula do Instituto de Ciências, desceu a escadaria que leva à colunata. Já o esperavam.

— Lamento ter estragado o seu programa, mas isso não podia esperar até amanhã.

— Entendo perfeitamente — concordou de forma respeitosa o interlocutor.

— Vamos andar um pouco, o ar livre vai me fazer bem, passei o dia trancado no escritório. Por que avisaram Paris antes de nós?

— Ivory fez contato direto com ele.

— Houve um encontro, de fato?

O homem concordou com a cabeça e acrescentou que tinham se falado e visto no primeiro andar da Torre Eiffel.

— Tem alguma fotografia?

— Do almoço? — perguntou o homem, surpreso.

— Claro que não, do objeto.

— Ivory não entregou nenhuma, e a peça que nos interessa já havia deixado o laboratório de Los Angeles antes que pudéssemos intervir.

— Ele acredita que esse objeto e o nosso são do mesmo gênero?

— Ivory sempre esteve convencido da existência de vários deles, mas, como o senhor sabe, ele é o único a achar isso.

— Ou o único a dizer em voz alta o que pensa. Ivory pode ser um velho maluco, mas é muito inteligente e esperto. Talvez esteja mesmo atrás disso em que sempre acreditou, ou pode estar querendo nos pregar uma peça, para zombar de nós.

— Por que faria isso?

— Uma revanche que ele espera há muito tempo... Tem um gênio terrível.

— E na hipótese contrária?

— Se for o caso, certas medidas se impõem. Precisamos ter o objeto a qualquer custo.

— Pelo que Paris disse, Ivory o devolveu à proprietária.

— Sabemos quem é essa pessoa?

— Ainda não, ele não quis revelar.

— É ainda mais maluco do que eu imaginava, mas isso me faz acreditar, por outro lado, que está falando sério. Dentro de alguns dias, vai fazer todos nós descobrirem tudo, ao mesmo tempo.

— Por que acha isso?

— Agindo dessa maneira, nos obriga a reativar a célula e a nos reunirmos. Mas pode voltar à sua ópera, já perdeu tempo demais por minha culpa. Eu mesmo cuido de prosseguir com esses afazeres desagradáveis.

— O segundo ato só começa dentro de meia hora; o que pretende fazer?

— Vou pegar a estrada agora mesmo, para encontrá-lo cedo pela manhã e dizer que pare com essa brincadeira.

— Vai atravessar a fronteira em plena noite? Corre o risco de não passar despercebido.

— Ivory está um passo à nossa frente. Não vou deixar que dite as regras. Preciso fazê-lo ser razoável.

— Está em condições de dirigir por sete horas?

— Confesso que não — respondeu o homem, passando a mão pelo rosto cansado.

— Meu carro está estacionado a duas quadras daqui, deixe que o acompanhe, podemos nos revezar ao volante.

— Obrigado, é muito generoso da sua parte, um passaporte diplomático já chama a atenção na fronteira, dois seria brincar com fogo, sem necessidade. No entanto, se me emprestar o seu carro, ganho um tempo precioso. Liberei meu chofer por essa noite.

O carro esporte do informante, de fato, não estava longe. Jörg Gerlstein se sentou ao volante, recuou o banco para adaptar melhor o comprimento das pernas e ligou o motor.

Debruçado na porta, o dono do carro apontou para o porta-luvas.

— Se o cansaço ficar forte demais, ali tem alguns CDs. São de minha filha de 16 anos e garanto que a música que ela ouve pode despertar um defunto.

Às 21h10, o cupê tomou a Universitätstrasse, na direção norte.

A autoestrada estava livre. Jörg Gerlstein deveria se manter na pista da esquerda para pegar a saída que parte na direção de Mulhouse, mas preferiu continuar rumo ao norte. Passando pela Alemanha, a viagem seria mais longa, mas Gerlstein entraria na França sem ter que apresentar documentos. Paris não saberia da sua visita.

À meia-noite, chegou aos subúrbios de Karlsruhe; meia hora depois, tomou a saída para Baden-Baden. Se seus cálculos estivessem certos, chegaria a Thionville às duas e meia da manhã e, finalmente, à Ilha Saint-Louis, no centro da capital francesa, por volta das seis da manhã.

Os faróis iluminavam as curvas fechadas da estrada, o motor roncava de forma agradável, respondendo à menor solicitação do acelerador. À 1h40, o carro derrapou um pouco à direita. Gerlstein rapidamente recuperou o controle e abriu completamente o vidro da janela. Batendo no rosto, o ar frio afastou o cansaço que já fazia a sua cabeça pesar. Abriu o porta-luvas e procurou às cegas os CDs da tal adolescente, que deveriam mantê-lo acordado até o final da viagem. Nunca chegou a ouvir a primeira faixa. O pneu dianteiro direito tocou na beirada do acostamento, exatamente num desnível da pista, fazendo o carro sair de traseira e rodar como um pião. Logo depois, resvalou num rochedo e violentamente terminou sua corrida contra um pinheiro centenário. A desaceleração brutal, de 75 a zero quilômetro por hora em menos de um segundo, projetou para frente o cérebro de Gerlstein, que internamente se chocou à caixa craniana, sob uma carga correspondendo a três toneladas. No interior do tórax, o coração teve o mesmo destino, com as veias e as artérias se dilacerando automaticamente.

O aviso foi dado por um caminhoneiro que iluminou com seus faróis a carcaça do automóvel, às cinco horas da manhã. A polícia encontrou o cadáver de Gerlstein banhado numa poça de sangue. O capitão encarregado não precisou esperar o parecer do médico legista para declarar falecimento do motorista, pois sua coloração e temperatura não deixavam qualquer dúvida.

Às dez horas da manhã, um comunicado da Agência France-Presse anunciou a morte de um diplomata helvécio, diretor do Crédito Nacional Suíço, vítima de um acidente rodoviário, em plena noite, numa estrada do leste da França. As análises não tinham constatado traço algum de álcool no sangue, e o drama certamente ocorrera por cansaço e sono ao volante. A notícia foi reproduzida com chamadas rápidas por sites de informação contínua. Ivory tomou conhecimento por volta do meio-dia, na tela do computador, no momento em que se preparava para almoçar. Muito abalado, desistiu da ideia, esvaziou numa sacola tudo que tinha nas gavetas e deixou o escritório, tomando o cuidado de deixar a porta aberta. Saiu do museu e se dirigiu a uma das raras cabines telefônicas que ainda existem à margem direita do Sena.

Imediatamente telefonou a Keira e perguntou se era possível um encontro àquela hora.

— Está com uma voz estranha, Ivory.

— Acabo de perder um amigo muito próximo.

— Eu realmente sinto muito, mas qual a relação comigo?

— Nenhuma, não se preocupe. Mas vou sair de férias; a morte desse amigo me fez lembrar o quanto a vida é precária. Estou cansado de mofar no museu nesses últimos tempos. Vou acabar entrando para as coleções da casa. Já está na hora de fazer a pequena viagem com que sonho há tantos anos.

— E para onde você quer ir?

— Justamente, por que não falamos disso diante de um bom chocolate quente? Angelina, na rue de Rivoli, a que hora poderia vir me encontrar?

Keira estava a caminho do Hotel Meurice, onde devia encontrar Max para um almoço já um tanto fora do horário. Olhou o relógio de pulso e disse ao professor que chegaria em 15 minutos.

*

Jeanne aproveitou um momento de descanso para pôr em prática algo que pensava fazer desde que tomara um café com Ivory, no dia anterior. Quando era criança, Keira já dizia: "Quando eu crescer, serei caçadora de tesouros." Ao contrário dela, a caçula da família sempre soubera o que ia ser quando crescesse. Apesar de detestar a distância que a profissão de Keira impunha, Jeanne faria tudo que estivesse ao seu alcance para que a irmã pudesse voltar à Etiópia.

*

Ivory tinha escolhido uma mesa no fundo do salão. Acenou para Keira, que foi se sentar com ele.

— Tomei a liberdade de pedir dois doces de marrom-glacê. Os daqui são ótimos; gosta de castanhas, espero?

— Gosto, sim — respondeu Keira —, mas ainda não almocei e tenho um encontro.

Ivory fez uma cara de criança desapontada.

— Não pediu que eu viesse até aqui só para provar um doce, não é?

— É verdade, não. Quis vê-la antes de partir.

— Por que tanta pressa?

— A morte desse amigo, de que falei, entende?

— Como aconte...

— Acidente de carro. Parece que dormiu ao volante. E o pior é que provavelmente vinha me visitar.

— Sem avisar?

— Quem quer fazer surpresa em geral não avisa.

— Eram tão amigos assim?

— Tinha certa estima por ele, sem ir muito além disso, era um tanto autossuficiente, podendo ser inclusive arrogante.

— Não entendo, Ivory; disse que eram amigos.

— Nunca fui de me alegrar pela morte de qualquer pessoa. Amigo, inimigo, quem pode ter certeza disso nos dias de hoje? Reconhecer seus amigos é uma das coisas mais difíceis na vida.

— O que você exatamente quer me dizer, Ivory? — perguntou Keira, olhando o relógio.

— Cancele ou pelo menos adie o almoço, preciso realmente falar com você!

— Mas sobre o quê, afinal?

— Tenho todos os motivos para acreditar que esse homem que morreu na estrada estava vindo por causa do seu pingente. Você pode preferir esquecer tudo isso que vou dizer, Keira. Está livre para achar que sou um velho maluco que se entedia e tenta tornar a vida mais empolgante com fabulações grotescas, mas eu preciso confessar que não disse tudo que sabia sobre seu colar.

— O que não disse?

A garçonete deixou na mesa duas magníficas pâtisseries, fartamente decoradas com fios de creme. Ivory esperou que se afastasse e continuou.

— Existe outro.

— Outro o quê?

— Outro fragmento, talhado e polido da mesma forma perfeita que o seu. Apesar de o formato ser um pouco diferente, nenhum exame ou análise pôde, igualmente, fornecer uma datação.

— Você o viu?

— Eu inclusive o tive nas mãos, há muito tempo. Tinha a sua idade, basta dizer isso.

— E onde se encontra esse objeto gêmeo?

Ivory não respondeu e mergulhou a colher no pratinho à sua frente.

— Por que dá tanta importância a essa pedra? — voltou Keira.

— Já lhe disse que não é uma pedra e sim, provavelmente, uma liga de metais. Isso não importa, não é essa a questão. Conhece a lenda de Tikkun Olamu?

— Não, nunca ouvi falar.

— Não é propriamente uma lenda, é mais uma narrativa bíblica que se encontra no Antigo Testamento. O mais interessante com a Sagrada Escritura nem sempre é o que é dito. As interpretações são subjetivas e frequentemente deformadas pelos homens, nas diferentes épocas; não, o mais apaixonante é compreender por que foi escrita, por influência de qual evento.

— E no caso de Tikkun Olamu?

— Conta que muito tempo atrás o mundo foi separado em vários pedaços, sendo a tarefa de cada um encontrar esses pedaços para reuni-los. Somente quando o homem tiver cumprido isso, o mundo em que vive será perfeito.

— Qual é a relação entre a lenda e o meu colar?

— Tudo depende do significado que se dê à palavra "mundo", mas imagine, por um momento, que o seu pingente seja um fragmento desse mundo...

Keira olhou fixamente o professor.

— O amigo que morreu essa noite vinha me avisar para não contar nada a você e também é provável que viesse roubar o seu colar.

— Talvez tenha sido assassinado?

— Qualquer que seja a importância que prefira dar a esse objeto, Keira, peço que cuide dele com todo o cuidado. É possível que tentem tomá-lo de você.

— Quem?

— Não importa. Preste atenção no que estou dizendo.

— Mas não entendo nada do que está dizendo, Ivory. Essa pedra, quer dizer, o pingente, está comigo há dois anos e ninguém se importava com ele. Por que todo esse interesse agora?

— Porque cometi uma imprudência, o pecado de orgulho... querendo mostrar a eles que eu tinha razão.

— Razão em quê?

— Já falei da existência de outro bem parecido com o seu, estou convencido de que não são os únicos. Ninguém jamais quis acreditar e, para esse velhote à sua frente, a aparição do seu pingente foi uma ótima oportunidade de mostrar que eu estava certo.

— Tudo bem, vamos admitir que existem vários objetos como o meu e que tenham uma ligação qualquer com a tal lenda inverossímil, isso muda o quê?

— Cabe a você decidir e procurar. É jovem, talvez tenha tempo de encontrar.

— Encontrar o quê, Ivory?

— O que acha que pode ser um mundo perfeito?

— Não sei, um mundo livre?

— Uma ótima resposta, querida. Procure o que impede aos homens o acesso à liberdade, o que está na origem de todas as guerras, e vai acabar entendendo.

O velho professor se levantou, deixando em cima da mesa uma soma que pagava a conta.

— Está indo embora? — perguntou Keira, surpresa.

— Um almoço a espera e contei tudo que sabia. Preciso fazer minha mala, pego o avião logo mais à noite. Do fundo do coração, foi um prazer tê-la conhecido. Tem muito mais talento do que imagina. Desejo a você uma caminhada longa e feliz; mais do que isso, desejo toda a felicidade. Afinal, felicidade não é o que todos buscamos, sem nunca sermos capazes de reconhecê-la?

Ele deixou a sala, dando um último adeus a Keira.

A garçonete pegou o dinheiro largado em cima da mesa.

— Acho que isso é para a senhora — disse a moça, passando a Keira um bilhete escrito à mão e que estava sob o pratinho com a conta.

Keira se espantou e desdobrou o papel.

Sei que não vai desistir, gostaria de acompanhá-la nessa aventura. Com um pouco mais de tempo, eu acabaria provando que sou seu amigo. Estarei sempre a seu lado.

Ivory

Saindo à rue de Rivoli, Keira não notou a motocicleta potente parada diante das grades do Jardim de Tuileries, bem à frente da sala de chá. Também não viu que o motociclista apontava para ela uma máquina fotográfica. Estava longe demais para ouvir o barulho do metralhar da objetiva. A 50 metros dali, Ivory, no banco de trás de um táxi, sorriu e disse ao motorista que podia, enfim, seguir em frente.

*

Londres

Tínhamos preparado toda a papelada para os membros da comissão Walsh. Quando lacrei o envelope, Walter, talvez temendo que eu desistisse no último minuto, quase o arrancou das minhas mãos, dizendo que preferia ele mesmo levar ao correio.

Se nosso projeto fosse selecionado — diariamente esperávamos a resposta —, a apresentação oral seria dentro de um mês. Desde que deixara o envelope na caixa de correio em frente à entrada da Academia, Walter não saía mais da janela.

— Não vai ficar aí vigiando o carteiro o tempo todo, vai?

— Por que não? — respondeu, nervoso.

— Walter, eu preciso lembrar a você que quem vai falar em público sou eu; não seja tão egoísta e pelo menos deixe para mim o direito de ficar nervoso.

— Você? Nervoso? Bem que gostaria de ver isso!

A sorte estava lançada e as noites na companhia de Walter foram se espaçando. Cada um retomou sua vida normal e confesso ter sentido falta da companhia dele. Passava minhas tardes na Academia, cumprindo algumas obrigações, mais para fazer o tempo passar e esperando que me indicassem uma turma de alunos para o ano letivo seguinte. Certo dia, particularmente chato, com uma chuva que não parava de cair, levei Walter ao bairro francês. Procurava o livro de um eminente colega, o famoso Jean-Pierre Luminet, e apenas uma simpática livraria da Bute Street tinha um exemplar dele.

Saindo da French Bookshop, Walter logo quis que fôssemos a um restaurante que, pelo que dizia, servia as melhores ostras de Londres. Não quis discutir e nos sentamos mais ou menos perto de duas jovens muito atraentes. Walter não deu a menor bola para elas, mas eu sim.

— Não seja tão vulgar, Adrian!

— Como assim?

— Acha que não estou vendo? Está sendo tão discreto que todo o pessoal do restaurante já organizou uma aposta.

— Que aposta?

— Se vai conseguir ou não se aproximar das duas moças, já que parece não levar o menor jeito para isso.

— Do que está falando? Não faço a menor ideia, Walter.

— E além de tudo é cínico! Já amou alguma vez, Adrian?

— Isso me parece uma pergunta um pouco íntima.

— Eu já contei alguns segredos para você, agora é a sua vez.

Não se constroem amizades sem demonstrações de confiança e as confidências podem ser consideradas como tal; confessei a Walter já ter me apaixonado. O namoro propriamente durou um verão. Foi há muito tempo, eu mal tinha acabado a faculdade.

— E o que os separou?

— Ela mesma!

— Por quê?

— Vamos, Walter, a troco de que isso o interessa?

— Quero conhecer você melhor. Precisa concordar que estamos construindo uma bela amizade, é importante saber esse tipo de coisa. Não vamos passar a vida falando de astrofísica e menos ainda da previsão do tempo. Foi você que pediu para que eu não fosse tão inglês, não foi?

— O que quer saber?

— Por que não o nome dela, para começar?

— E o que mais?

— Por que ela o deixou?

— Éramos ambos jovens demais, imagino.

— Bobagem! Podia apostar que viria com uma desculpa dessas, é patético.

— E o que sabe? Não estava lá, que eu saiba!

— Quero que tenha a honestidade de dar os verdadeiros motivos da ruptura com...

— Com a tal jovem?

— É um belo nome!

— Uma bela pessoa.

— E?...

— E o quê, Walter? — respondi, com um tom que não procurava mais disfarçar a irritação.

— Tudo! Como se encontraram, como se separaram e o que aconteceu entre esses dois momentos.

— O pai dela era inglês, a mãe francesa. Sempre viveu em Paris, onde os pais já moravam quando a irmã mais velha nasceu. Divorciaram-se e o pai voltou para a Inglaterra. Eu a conheci quando ela veio visitá-lo, num programa de intercâmbio universitário que a fez passar um trimestre na Royal Academy de Londres. Eu fazia um bico como auxiliar de ensino, para arredondar meus fins de mês e financiar a minha tese.

— Um monitor de escola paquerando uma aluna... Não chega a ser brilhante.

— Então paro de contar!

— De jeito nenhum, é brincadeira, estou adorando a história, continue!

— A primeira vez que nos vimos foi no anfiteatro em que aconteciam os exames, e ela passava junto com uns cem outros estudantes. Estava sentada na ponta de uma fileira, que dava para o corredor que eu inspecionava, e vi quando abriu um papel.

— Estava colando?

— Não sei, não consegui ler o que estava escrito.

— Não o confiscou?

— Não tive tempo!

— Como assim?

— Ela viu que eu estava do lado dela, olhou diretamente nos meus olhos e, sem pressa, enfiou o papel na boca, mastigou e engoliu.

— Não acredito!

— Acredite se quiser. Não sei o que deu em mim, mas em vez de tomar a prova e obrigá-la a sair da sala, comecei a rir e precisei deixar o anfiteatro. É o cúmulo, não?

— E depois?

— Depois, toda vez que ela me via na biblioteca ou em algum corredor, olhava para mim e debochava abertamente. Um belo dia, a peguei pelo braço e tirei de perto dos amigos com que estava.

— Não vai dizer que você negociou seu silêncio?

— Quem você pensa que sou? Quem fez isso foi ela!

— Como?

— Quando perguntei por que sempre ria de mim, ela respondeu, literalmente, que eu nunca saberia se não a convidasse para almoçar. Então eu tive que convidar.

— E o que aconteceu?

— Depois do almoço, a gente passeou e, no fim da tarde, ela foi embora de repente e não tive mais notícias. Uma semana depois, enquanto estava na biblioteca trabalhando em minha tese, alguém, uma moça, se sentou bem à minha frente, do outro lado da mesa. Não prestei atenção, mas o barulho que ela fazia mastigando tinha começado a me incomodar de verdade. Ergui a cabeça para pedir que fosse menos barulhenta mastigando aquilo que eu achava ser um chiclete e, quando vi, era ela, engolindo uma terceira folha de papel. Disse o quanto estava surpreso, pois não esperava mais vê-la! Ela respondeu que, caso eu não percebesse que estava ali por minha causa, o melhor era, de fato, ir embora e, dessa vez, em definitivo.

— Estou adorando essa moça! E depois, o que aconteceu?

— Passamos aquela noite e boa parte do verão juntos. Foi um belíssimo verão, devo dizer.

— E a separação?

— Que tal guardar esse capítulo para outra noite, Walter?

— É a sua única história de amor?

— Claro que não! Houve Tara, holandesa e doutoranda em astrofísica. Vivemos juntos por quase um ano e nos entendíamos muito bem, mas ela mal falava inglês e o meu holandês deixa muito a desejar, então foi difícil nos comunicarmos. Depois houve Jane, uma doutora charmosa, com um estilo velha Escócia e obcecada pela ideia de oficializar nossa relação. No dia em que me apresentou aos pais, não tive outra escolha senão terminar a aventura. Já Sarah Apleton trabalhava numa padaria. Seios de fazer sonhar e quadris dignos de Botticelli, mas um horário de trabalho impossível. Levantava-se quando eu ia me deitar e vice-versa. Em seguida, dois anos depois, casei com uma colega de trabalho, Elizabeth Atkins, mas também não deu certo.

— Foi casado?

— Fui, por 16 dias! Minha ex-mulher e eu nos separamos voltando da viagem de núpcias.

— Custaram um bocado para perceber que não foram feitos um para o outro!

— Se as pessoas partissem em lua de mel antes da cerimônia de casamento, tenho certeza de que os tribunais evitariam muita papelada inútil.

Eu conseguira finalmente esgotar a curiosidade de Walter, tirando toda a vontade dele de saber mais a respeito do meu passado sentimental. Não havia, aliás, muito mais a saber, pois a vida profissional foi ganhando terreno sobre as outras coisas, me fazendo correr o mundo nos últimos 15 anos, sem realmente me preocupar em parar por algum tempo em algum lugar e, menos ainda, ter algum encontro mais sério. Viver uma história de amor não estava entre as minhas prioridades.

— E nunca mais se viram?

— Encontrei Elizabeth por acaso, em dois ou três coquetéis organizados pela Academia de Ciências. Minha ex-mulher estava na companhia do novo marido. Cheguei a dizer que o novo marido era também meu ex-melhor amigo?

— Não, não disse. Mas não me referia a ela e sim à jovem estudante, a primeira dessa lista digna de um Casanova.

— Por que essa preferência?

— Não sei dizer!

— Nunca mais nos vimos.

— Adrian, se me contar por que ela o deixou, a conta é minha!

Pedi uma dúzia de ostras suplementares ao garçom que passava por nossa mesa.

— No final do trimestre de intercâmbio universitário, ela foi terminar os estudos na França. As distâncias muitas vezes acabam fazendo as mais belas relações murcharem. Um mês depois, ela voltou a visitar o pai. As etapas de ônibus, de ferry e, para terminar, de trem, duravam ao todo dez horas e ela estava exausta. O último domingo que passamos juntos não foi dos mais idílicos. À noite, quando a acompanhei até a estação, ela disse que era melhor encerrarmos tudo aquilo. Com isso teríamos apenas boas lembranças. Pelo olhar, vi ser inútil insistir, a chama havia se apagado. A distância não era apenas geográfica. Foi isso, Walter, agora sabe tudo e não entendo por que esse sorriso bobo.

— Não tem por quê — respondeu o amigo.

— Conto como fui abandonado e você acha engraçado, sem motivo algum?

— Não é isso, acaba de contar uma história bonita e, caso eu não insistisse, juraria de corpo e alma tudo isso estar superado, não é?

— E é lógico que está! Nem sei se seria capaz de reconhecê-la. Foi há 15 anos, Walter, e essa história durou somente dois meses! Como não seria assim?

— Claro, Adrian, como? Mas então, responda a essa simples pergunta: como conseguiu contar essa aventura banal, enterrada há 15 anos, sem ser capaz de pronunciar, uma única vez, o nome da moça? Desde que lhe contei sobre Miss Jenkins, me sentia meio, como dizer, meio ridículo. Pois bem, não me sinto mais!

Nossas duas vizinhas tinham deixado a mesa sem que sequer nos déssemos conta. Lembro que, naquela noite, Walter e eu fechamos o restaurante, bebemos muito vinho, acabei não aceitando o convite e dividi a conta com ele.

No dia seguinte, chegando à Academia, ambos com tremenda ressaca, soubemos por carta que nossa candidatura tinha sido aceita.

Walter se sentia tão mal que nem pôde dar um grito de alegria digno desse nome.

*

Paris

Keira girou a chave na fechadura o mais lentamente que pôde. Na última volta, a tranca sempre fazia um barulho enorme. Fechou a porta do apartamento com o mesmo cuidado e atravessou o corredor, pé ante pé. A claridade do amanhecer já iluminava o pequeno escritório da irmã. Sob um peso havia um envelope em seu nome, com selo da Inglaterra. Intrigada, Keira o abriu e descobriu uma carta informando que, apesar do atraso no envio do pedido de inscrição, seu projeto tinha interessado aos membros do comitê de seleção. Keira era esperada no dia 28 daquele mês, em Londres, para apresentar seus trabalhos ao grande júri da Fundação Walsh.

— O que pode ser isso? — murmurou, colocando a carta de volta no envelope.

Jeanne apareceu de camisola, com os cabelos desgrenhados; espreguiçou-se com um bocejo.

— E Max, como está?

— É melhor que vá se deitar, Jeanne, é muito cedo!

— Ou tarde, depende. A noite foi boa?

— Na verdade, não.

— Por que, então, passou a noite com ele?

— Por causa do frio.

— Que inverno, não é?

— Chega, Jeanne, vou me deitar.

— Tenho um presente para você.

— Um presente?

Jeanne passou um envelope para a irmã.

— O que é?

— Abra e veja.

Havia uma passagem do trem Eurostar e uma reserva já paga para duas diárias no Regency Inn.

— Não chega a ser um quatro estrelas, Jérôme uma vez me levou lá, é muito agradável.

— E o presente tem alguma relação com a carta que encontrei na entrada?

— De certa forma, mas prolonguei um pouco a estada para que aproveite a viagem a Londres. Não pode, por nada no mundo, deixar de ir ao Museu de História Natural. A nova Tate Gallery é fantástica e deveria ir, sem falta, ao Amoul na hora do brunch, em Formosa Street. Como gostei daquele lugar, é tão lindo, os doces, as saladas e o frango ao limão...

— Jeanne, são seis horas da manhã e, nesse momento, frango ao limão não me tenta muito...

— Afinal vai me agradecer ou vou ter que fazer você engolir essa passagem de trem?

— E você, trate de explicar o que diz essa carta e o que anda tramando, ou eu é que faço você engolir essa mesma passagem!

— Prepare um chá e uma fatia de pão com mel para mim. Eu te encontro na cozinha, em cinco minutos. É uma ordem de irmã mais velha, que está indo escovar os dentes. Rápido com isso!

Keira colocou, de maneira bem visível, o convite da Fundação Walsh à frente da xícara fumegante e da torrada com mel.

— Era preciso que uma das duas acreditasse em você! — resmungou Jeanne, entrando na cozinha. — Fiz o que você deveria ter feito, se desse a si mesma um pouco mais de crédito. Pesquisei na internet e fiz uma lista das instituições passíveis de financiar seus trabalhos de arqueologia. Concordo, não são muitas. Nem em Bruxelas se interessam. Quer dizer, a menos que queira perder dois anos preenchendo formulários quilométricos.

— Chegou a escrever ao Parlamento Europeu para a sua irmãzinha caçula?

— Escrevi para todo mundo! E ontem chegou essa carta para você. Nem sei se a resposta é positiva ou negativa, mas, pelo menos, se deram ao trabalho de responder.

— Jeanne!

— Tudo bem, abri o envelope e fechei logo depois. Mas, com todo o trabalho que tive, achei que tinha um pouco esse direito.

— E a troco de quê essa fundação aceitou minha candidatura?

— Como a conheço, sei que vai fazer um escândalo, mas não estou nem aí. Enviei a sua tese, todas as vezes. Estava no meu computador, foi fácil. De qualquer maneira, foi publicada, não foi?

— Pelo que entendi, fez-se passar por mim, enviou meu trabalho a uma série de instituições desconhecidas e...

— E abri a possibilidade de você voltar àquele miserável vale do Omo! Ainda vai reclamar?

Keira se levantou e abraçou Jeanne.

— Adoro você, é a rainha das chatas, mais teimosa do que uma mula, mas é a irmã que eu não trocaria por nenhuma outra no mundo!

— Tem certeza de que está bem? — perguntou Jeanne, olhando Keira mais de perto.

— Melhor impossível!

Keira se sentou à mesa da cozinha e releu pela terceira vez a convocação.

— Tenho que apresentar meu trabalho num exame oral! O que vou dizer a eles?

— Justamente, sobra pouco tempo para redigir o projeto e saber de cor. Vai precisar se dirigir aos membros do júri olhando-os bem nos olhos. Se lesse o texto, passaria menos convicção. Vai estar brilhante, tenho certeza.

Keira se levantou num salto e começou a andar de um lado para outro na cozinha.

— Não vai começar a ficar nervosa. Se quiser, hoje à noite, quando eu chegar, fico de júri e você fala para mim.

— Vem comigo a Londres, sozinha nunca vou conseguir.

— Não tem como, estou cheia de trabalho.

— Por favor, Jeanne, vamos juntas.

— Keira, nem tenho como. Com o trem e o hotel, minha conta no banco está zerada.

— Não tem por que pagar minha viagem, vou encontrar um meio.

— Keira, é minha irmã caçula e isso já justificaria o empurrão. Não discuta e apenas me faça o favor de ganhar o prêmio.

— De quanto é?

— Dois milhões de libras esterlinas.

— Quanto é isso em euros? — perguntou Keira, esbugalhando os olhos.

— Dá para pagar os salários de uma equipe internacional inteira, as viagens de cada um, a compra e locação do material dos seus sonhos para escavar tudo que houver no vale do Omo.

— Nunca vou ganhar! É impossível.

— Durma algumas horas, tome um bom banho quando acordar e comece imediatamente a trabalhar. Lembre também de dizer a Max que não vai poder vê-lo por um bom tempo. E não me olhe dessa maneira, não inventei tudo isso só para afastar vocês dois. Ao contrário do que pensa, não sou maquiavélica a esse ponto.

— Isso nunca me passaria pela cabeça.

— Com certeza! Agora, vá!

Nos dias seguintes, Keira se manteve enclausurada no apartamento da irmã, passando a maior parte do tempo à frente do computador, dando sustentação às suas próprias teorias, documentando-as com artigos publicados por colegas arqueólogos do mundo inteiro.

Como tinha prometido, diariamente Jeanne se concentrava em ouvir a irmã dissertar, quando voltava do museu. Se achasse que faltava convicção, parecia confuso ou desse a impressão de se aventurar em explicações que, em sua opinião, eram técnicas demais, Jeanne interrompia a fala da irmã e a fazia recomeçar. Nas primeiras noites, foram inúmeras as brigas entre as duas.

Muito rapidamente Keira sentiu ter pleno domínio sobre o que apresentaria ao júri, faltava apenas o tom certo para conquistar seus ouvintes.

Pela manhã, assim que Jeanne saía, Keira começava a recitar sua tese, andando de um lado para outro na sala. Um dia, já no final da manhã, a zeladora do prédio foi convidada a contribuir quando trouxe um livro que Keira havia encomendado. Confortavelmente sentada no sofá, com uma xícara de chá nas mãos, a sra. Hereira ouviu o resumo completo da história do planeta, da idade pré-cambriana ao período cretáceo, quando apareceram as primeiras plantas com flores, toda uma geração de insetos, novas espécies de peixes, os amonites, as esponjas e várias famílias de dinossauros, que resolveram passar a evoluir em terra firme. A sra. Hereira gostou de saber que foi nessa época que surgiram nos oceanos os primeiros tubarões parecidos com os que se veem hoje em dia. Mas o que mais a encantou não foi isso e sim a aparição dos primeiros mamíferos, desenvolvendo a prole em bolsas de placenta, como fariam os seres humanos, mais tarde.

A sra. Hereira pegou no sono em plena era terciária, em algum trecho entre o Paleoceno e o Eoceno. Ao voltar a abrir os olhos, perguntou, meio sem graça, se tinha dormido por muito tempo. Keira tranquilizou-a, dizendo que o cochilo tinha sido coisa de apenas 30 milhões de anos! À noite, é claro, evitou comentar com Jeanne a visita daquela tarde e muito menos mencionar a reação do seu primeiro auditório.

Na quarta-feira seguinte, Jeanne se desculpou com a irmã, tinha um jantar ao qual não podia deixar de ir. Keira estava exausta e a perspectiva de escapar daquelas sessões de ensaio a deixou feliz da vida. Insistiu para que Jeanne não se preocupasse e prometeu reler o texto, exatamente como se a irmã estivesse presente. Assim que a viu entrar num táxi, preparou uma tábua de queijos, se ajeitou no sofá da sala e ligou a televisão. Uma tempestade se armava lá fora, o céu de Paris ficou totalmente negro, e Keira colocou nos ombros uma manta escocesa.

A primeira trovoada foi tão violenta que ela deu um pulo. O segundo estrondo se fez seguir por uma pane elétrica generalizada. No escuro, procurou um isqueiro, sem achar nenhum. Levantou-se e foi até a janela. Uma forte descarga elétrica atingiu o para-raios de um prédio a poucos quarteirões. Com a experiência adquirida nas áreas de escavação, a arqueóloga achava que sabia tudo sobre tempestades e seus perigos imediatos, mas aquela, propriamente, era de rara intensidade. Achou melhor se afastar do vidro e recuou um passo, levando automaticamente a mão ao colar. Se o pingente fosse de fato uma liga metálica, como acreditava Ivory, para que tentar o diabo, mantendo-o no corpo? Ao retirar o cordão, um relâmpago clareou o céu, iluminando também a sala. Subitamente se desenharam na parede milhões de pontinhos luminosos, projetados pelo pingente que ela ainda segurava. A surpreendente imagem permaneceu impressa por alguns segundos, até se apagar. Trêmula, Keira se abaixou para buscar o colar, que tinha deixado cair. Pegou-o pelo cordão e se levantou para olhar a janela. A vidraça estava rachada. Vários trovões ressoaram, a tempestade finalmente se afastava. Ainda podiam ver clarões no céu, ao longe, e uma chuva cerrada começou a cair.

Encolhida no sofá, Keira custou a recuperar a calma. Suas mãos continuavam a tremer. Por mais que procurasse se tranquilizar, tentando se convencer de ter sido vítima de uma ilusão de ótica, isso não estava dando certo e uma forte inquietação a invadia. A energia elétrica voltou. Ela olhou fixamente o pingente e alisou a superfície. Estava morna. Aproximou-o de uma lâmpada, e nenhum orifício, por menor que fosse, era visível a olho nu.

Enrolou-se de novo na manta e tentou entender o estranho fenômeno a que acabara de assistir. Uma hora depois, ouviu a tranca da porta da rua girar e Jeanne entrou.

— Não está dormindo? Viu só a tempestade? Que loucura! Meus pés estão encharcados. Vou fazer um chá, você quer? O que tem, por que não fala? Não está se sentindo bem?

— Estou, acho que estou — respondeu Keira.

— Não vai me dizer que a grande arqueóloga tem medo de tempestade?

— É claro que não.

— Por que, então, está branca como um fantasma?

— Só um pouco cansada, estava esperando que chegasse para ir me deitar.

Deu um beijo de boa-noite em Jeanne, já se dirigindo ao quarto. A irmã a chamou.

— Não sei se devia dizer... Max estava no jantar.

— De fato, não devia; até amanhã, Jeanne.

Sozinha no quarto, Keira se aproximou da janela. A eletricidade tinha voltado às casas, mas as ruas continuavam no escuro. As nuvens haviam desaparecido e a abóbada celeste parecia mais luminosa do que nunca. Keira procurou a Grande Ursa. Quando era criança, o pai se divertia fazendo-a achar no céu alguma estrela ou constelação. Cassiopeia, Antares e Cefeu eram as suas favoritas. Reconheceu a forma do Cisne, da Lira e de Hércules. No momento em que dirigia o olhar à Coroa Boreal, procurando o Boieiro, seus olhos se arregalaram pela segunda vez naquela noite.

— Não pode ser — murmurou, com o rosto colado no vidro.

Abriu precipitadamente a janela, foi até a sacada e esticou o pescoço, como se os poucos centímetros ganhos pudessem aproximá-la das estrelas.

— Que coisa, não pode ser, que loucura! Ou eu é que estou ficando doida.

— Em todo caso, se começar a falar sozinha, está no bom caminho.

Keira levou um susto, Jeanne estava ao seu lado. Ela se apoiou no parapeito e acendeu um cigarro.

— Agora deu para fumar?

— De vez em quando. Sinto muito por ainda há pouco, deveria ter ficado quieta. Mas me irritou tanto vê-lo bancando o galã. Está me ouvindo?

— Estou, estou sim — respondeu Keira, parecendo ausente.

— É verdade, então, essa história de os homens de Neandertal serem todos bissexuais?

— É possível — respondeu Keira, presa ainda a olhar as estrelas.

— E que se alimentavam principalmente de leite de dinossauro, mas antes tiveram que aprender a ordenhar?

— É bem provável...

— Keira!

Ela teve um sobressalto.

— O quê?

— Não está ouvindo patavina do que digo. O que você tem?

— Nada, juro, vamos entrar, estou com frio — respondeu a arqueóloga, voltando para o quarto.

As duas irmãs se deitaram na cama de casal de Jeanne.

— Não estava falando sério sobre os homens de Neandertal? — perguntou Jeanne.

— Qual é o problema com os homens de Neandertal?

— Nenhum, esqueça. Vamos tratar de dormir — respondeu Jeanne, se virando para o lado.

— Então pare de se mexer o tempo todo!

Houve um curto instante de silêncio e Keira se virou na cama.

— Jeanne?

— O que é, agora?

— Obrigada por tudo que tem feito.

— Está dizendo isso para que eu me sinta duas vezes mais culpada a respeito de Max?

— Um pouquinho.

No dia seguinte, assim que Jeanne deixou o apartamento, Keira correu para o computador. Naquela manhã, porém, suas buscas estavam longe das que fazia habitualmente. Pôs-se a pesquisar os mapas celestes disponíveis na internet. Enquanto fazia isso, cada letra que digitava no teclado se inscrevia ao mesmo tempo na tela de um computador, a centenas de quilômetros dali. Cada informação consultada, cada site visitado estava sendo gravado. No final da semana, de sua escrivaninha num escritório em Amsterdã, o operador imprimiu um relatório com as buscas de Keira na web. Releu a última folha saída da impressora e discou um número de telefone.

— Bom dia, senhor, creio que vai querer consultar o relatório que acabo de terminar.

— Sobre o quê? — perguntou o interlocutor.

— A arqueóloga francesa.

— Venha então ao escritório, agora mesmo — ordenou a voz do outro lado do fio, e desligou.

*

Londres

— Como está se sentindo?

— Melhor do que você, Walter.

Era véspera do tão esperado dia. O grande exame oral seria na periferia leste da cidade, e Walter decidira não depender dos transportes públicos e menos ainda do meu automóvel antigo. Com relação aos primeiros, eu podia perfeitamente compreender sua apreensão. Infelizmente, o metrô e os trens param com frequência, imobilizados nos trilhos, sem que explicação alguma seja dada, além da ladainha sobre o mau estado das peças, velhas demais, ocasionando essas panes. Iríamos então, por uma decisão firme e inegociável de Walter, nos hospedar num hotel nas Dock Lands. Dali, teríamos apenas que atravessar a rua para a apresentação aos membros da fundação. A cerimônia seria numa sala de conferências, no alto de um arranha-céu, no nº 1 de Cabot Square.

Por ironia do destino, estávamos bem perto da comuna de Greenwich, com seu célebre observatório. Porém, do lado de cá do Tâmisa, a área conquistada sobre as águas é modernidade pura. Os edifícios de vidro e aço rivalizam entre si em altura, sobre as toneladas de concreto que foram despejadas ali. No final da tarde, consegui convencer meu amigo e fizemos um passeio para o lado da Ilha dos Cachorros. De lá, penetramos na cúpula de vidro acima da entrada do túnel de Greenwich. Atravessamos o Tâmisa a pé, a 15 metros de profundidade, e saímos diante da silhueta calcinada do *Cutty Sark*. O velho veleiro, último sobrevivente da frota comercial do século XIX, não causa nenhuma boa impressão, desde o incêndio de meses antes. À nossa frente se estendiam o parque do Museu da Marinha, o suntuoso prédio da casa da rainha e, no alto da colina, o velho observatório, para onde me dirigi com Walter.

— Foi a primeira construção na Inglaterra destinada exclusivamente aos instrumentos científicos — disse a ele.

Dava para perceber que sua cabeça estava longe. Naquela ansiedade, todos os meus esforços de distração seriam inúteis, mas era cedo demais para desistir. Entramos sob a cúpula e descobri, maravilhado, os velhos instrumentos de astronomia com que Flamsteed estabeleceu suas célebres tábuas de estrelas, no século XIX.

Sabendo do interesse de Walter por tudo que remete às noções de tempo, não perdi a oportunidade de mostrar a grande linha de aço que cortava o piso, bem à nossa frente.

— É o ponto inicial das longitudes, tal como foi estabelecido em 1851 e adotado a partir de uma conferência internacional, em 1884. Se esperarmos o anoitecer, você vai ver um poderoso raio laser verde se erguer no céu. Foi o único toque de modernidade aqui, nos dois últimos séculos.

— Isso é aquele facho de luz que vejo toda noite, cortando o céu da cidade? — perguntou Walter, parecendo finalmente se interessar pelo que eu dizia.

— Exatamente. Simboliza o meridiano original, mesmo que, mais tarde, os cientistas o tenham deslocado uma centena de metros. Mas é também onde se situa o tempo universal, o meio-dia de Greenwich, que por longas épocas serviu como ponto de referência para calcular a hora em todos os lugares do planeta. Toda vez que nos deslocamos 15 graus a oeste, recuamos uma hora, e, fazendo o mesmo para leste, nos adiantamos uma hora. É daqui que partem todos os fusos horários.

— Adrian, tudo isso é maravilhoso, mas pode ficar para a noite de amanhã. Por favor, não se afaste muito do assunto que interessa — implorou Walter.

Cansado, abandonei as explicações e levei meu amigo ao parque. A temperatura estava agradável e o ar livre lhe faria bem. Walter e eu passamos o final daquela tarde num pub das redondezas. Ele me proibiu de ingerir qualquer bebida alcoólica, e tive a assustadora sensação de ter caído em plena adolescência. Às dez horas da noite, estávamos de volta aos nossos respectivos quartos e Walter ainda teve a cara de pau de me telefonar para dizer que eu não ficasse até tarde vendo televisão.

*

Paris

Keira fechou a maleta que levaria, e Jeanne a acompanhou à estação, para pegar o trem. Tinha, para isso, tirado a manhã livre no trabalho. As duas deixaram o apartamento e pegaram um ônibus para a Gare du Nord.

— Promete ligar para dizer que chegou bem?

— Jeanne, estou só atravessando o Canal da Mancha, e nunca precisei telefonar, de onde quer que fosse, para dizer que cheguei bem!

— Mas, dessa vez, estou pedindo. Fale da viagem, se o hotel é legal, se gostou do quarto, o que acha da cidade...

— Quer saber até das duas horas e quarenta minutos de trem? Está mil vezes mais preocupada do que eu, não é? Confesse, está apavorada com o que tenho pela frente no final da tarde!

— Tenho a impressão que sou eu que estou fazendo esse exame oral. Não fechei os olhos à noite.

— No entanto, sabe que não temos a menor chance de ganhar, não sabe?

— Não comece a ser negativa, precisa acreditar!

— Tudo bem, já que está dizendo... Mas eu devia ficar um dia a mais na Inglaterra e ir visitar papai.

— A Cornualha fica um tanto longe; além do mais, faremos isso juntas, um dia.

— Se eu ganhar, vou até lá e digo que não me acompanhou por estar com muito trabalho.

— Você é realmente uma peste! — disse Jeanne, dando uma cotovelada na irmã.

O ônibus diminuiu a velocidade e começou a parar no pátio da estação. Keira pegou a bagagem e beijou Jeanne.

— Prometo que telefono antes de começar a apresentação.

Keira desceu para a calçada e esperou que o ônibus se afastasse, Jeanne continuava com o rosto colado à janela.

A Gare du Nord não estava cheia demais. Já havia passado a hora do rush e poucos trens aguardavam nas plataformas. Os passageiros que se dirigiam à Inglaterra tomavam a escada rolante para passar pela alfândega. Keira atravessou sem problemas o controle de segurança e, assim que se sentou na imensa sala de espera, o portão de embarque foi aberto.

Dormiu por quase todo o trajeto. Acordou com a voz que já anunciava, nos alto-falantes, a chegada à estação de Saint-Pancras.

Um táxi preto a levou por Londres até o hotel. Encantada com a cidade, agora era ela quem ficava com o rosto colado no vidro da janela.

O quarto era mesmo como Jeanne havia descrito, pequeno e com muito charme. Keira largou a maleta no chão, junto à cama, e olhou as horas no relógio da mesinha de cabeceira, decidindo que tinha tempo para dar uma volta por perto.

Subindo a pé Old Brompton Road, entrou na Bute Street e não resistiu à tentação da livraria francesa do bairro.

Perambulou entre as estantes por um bom momento e acabou comprando um livro sobre a Etiópia, que ela ficou surpresa de encontrar. Sentou-se no terraço de uma lojinha italiana, na calçada em frente. Revigorada por um bom café, achou melhor voltar ao hotel. A apresentação oral começaria às 18 horas, e o motorista de táxi que a havia trazido da estação já lhe dissera que era preciso pelo menos uma hora para ir até Docks Lands.

Ela chegou ao nº 1 de Cabot Square com trinta minutos de antecedência. Várias pessoas já se dirigiam à entrada do altíssimo edifício. Pelas maneiras impecáveis que tinham, parecia que todos estavam ali pelo mesmo motivo. A tranquilidade que ela até então aparentava deu lugar a uma sensação de nó no estômago. Dois homens de terno escuro vinham pelo pátio e Keira franziu os olhos, achando que um deles lhe parecia familiar.

O toque do celular desviou sua atenção. Encontrou-o no fundo de um bolso e reconheceu o número de Jeanne no identificador de chamadas.

— Juro que já ia te ligar, estava digitando seu número...

— Que mentirosa!

— Estou na frente do prédio e, falando sério, tudo que quero é dar o fora daqui. Sempre detestei exames e provas.

— Com todo o trabalho que a gente teve, trate de ir até o fim. Vai ser um sucesso e, aliás, qual é o problema se não ganhar? Não chega a ser o fim do mundo.

— Tem razão, mas estou nervosa, Jeanne, não sei por quê. Não tinha essa sensação desde...

— Não precisa procurar, nunca ficou nervosa na vida!

— Você está com uma voz estranha.

— Não deveria contar, quer dizer, não agora, mas arrombaram o apartamento.

— Quando? — perguntou Keira, assustada.

— Pela manhã, enquanto fui com você à estação de trem. Mas não se preocupe, não levaram nada, quer dizer, espero. Só o apartamento que está de cabeça para baixo e, aliás, a sra. Hereira também.

— Não fique em casa essa noite, venha para cá, pegue o primeiro trem!

— Não tem como, estou esperando o serralheiro para trocar a fechadura e, além do mais, não nos roubaram; por que correriam o risco de voltar?

— E se foram interrompidos?

— Acredite, levando em consideração o estado da sala e do quarto, tiveram todo o tempo do mundo, e a noite não vai bastar para pôr o apartamento em ordem.

— Desculpe, Jeanne — disse Keira, olhando o relógio —, mas preciso mesmo ir. Ligo assim que...

— Largue imediatamente esse telefone e corra, vai se atrasar. Já desligou?

— Não!

— Está esperando o quê? Corra, já disse!

Keira desligou e entrou no hall do edifício. Um segurança da portaria indicou um dos elevadores. A Fundação Walsh se reunia no último andar. Eram 18 horas. As portas do elevador se abriram e uma recepcionista acompanhou Keira por um longo corredor. A sala, já repleta de gente, era bem maior do que havia imaginado.

Uma centena de poltronas formava um hemiciclo ao redor de um grande estrado. Na primeira fileira, os membros do júri, cada um com uma mesinha à frente, ouviam com atenção alguém que já apresentava seu projeto, se dirigindo ao público com um microfone. O coração de Keira disparou furiosamente, enquanto localizava uma única cadeira vaga, na quarta fileira, e foi pedindo licença até conseguir se sentar. Aquele primeiro concorrente a tomar a palavra defendia uma proposta de pesquisa em biogenética. A apresentação levou os 15 minutos regulamentares e foi recebida com uma salva de palmas.

O segundo candidato apresentou um protótipo de aparelho que permitiria sondagens aquíferas a menores custos, assim como um processo de purificação de águas salobras, funcionando a energia solar. A água valeria ouro no século XXI, se tornando o bem mais precioso para os seres humanos. Em muitos pontos do planeta, a sobrevivência dependeria disso. A falta de água potável seria o estopim para as próximas guerras, com grandes deslocamentos de populações. A argumentação acabou sendo mais política do que técnica.

O terceiro a se apresentar fez um discurso brilhante sobre energias alternativas. Mas pareceu, justamente, brilhante demais para o gosto da presidente da fundação, que trocou algumas palavras com seu vizinho, enquanto o orador falava.

*

— Logo será a nossa vez — cochichou Walter a meu ouvido. — Você vai estar ótimo.

— Não temos a menor chance.

— Se agradar os membros do júri tanto quanto aquela moça ali adiante, já ganhamos.

— Que moça?

— Está olhando para você desde que entrou na sala. Ali — insistiu ele, movendo ligeiramente a cabeça —, na quarta fila à esquerda. Mas não olhe agora, desajeitado que é!

É claro, eu já estava olhando, sem conseguir ver ninguém que prestasse atenção em mim.

— Está tendo alucinações, meu pobre Walter.

— Ela o devorava com os olhos. Mas, graças à sua famosa discrição, voltou à concha como um caramujo.

Olhei de novo e a única coisa em que reparei foi uma poltrona vazia.

— Está fazendo de propósito ou o quê? — reclamou Walter. — A esse ponto, realmente é um caso patológico.

— Mas que coisa, Walter, está completamente doido!

Meu nome foi chamado, era a minha vez.

— Quis apenas distrair, aliviar um pouco a pressão, para que não perca o que tem de bom. Acho que consegui. Agora, vai, esteja ótimo, é só o que peço.

Juntei minhas anotações e me levantei. Walter ainda se aproximou do meu ouvido.

— Quanto à tal moça, não foi invenção minha. Boa sorte, amigo — terminou, batendo no meu ombro.

O momento seguinte permanece como uma das piores lembranças da minha vida. O microfone parou de funcionar; um técnico subiu ao estrado para tentar consertar, em vão. Iam trazer outro, mas precisavam encontrar a chave do almoxarifado antes. Tudo que eu queria era sair dali o mais rápido possível e resolvi não esperar; os jurados estavam na primeira fila e minha voz era forte o suficiente para que me ouvissem. Walter percebeu minha impaciência e, com gestos exagerados, tentou deixar claro que não achava isso uma boa ideia. Ignorei seus movimentos aflitos e comecei.

Minha apresentação foi uma das mais dedicadas. Tentei explicar aos ouvintes que o futuro da humanidade não dependia apenas do conhecimento que tínhamos do planeta e dos seus oceanos, mas também do que soubéssemos a respeito do espaço. À imagem dos primeiros navegantes, que partiram para dar a volta ao mundo, numa época em que ainda se achava que a Terra era plana, precisávamos partir à descoberta das galáxias distantes. Como olhar para o futuro sem saber como tudo, um dia, começou? Duas questões confrontam o homem aos limites da sua inteligência, duas questões que nem os mais inteligentes de nós podem responder: o que são o infinitamente pequeno e o infinitamente grande, e o que é o instante zero, o momento em que tudo começou? Quem quer que aceite o desafio dessas duas questões é incapaz de apresentar a menor hipótese.

Enquanto acreditou que a Terra era chata, o homem não pôde compreender coisa alguma do mundo, além da linha no ponto extremo do que ele podia ver. Com medo de desaparecer no vazio, temia-se o mar aberto. Porém, ao avançar na direção do horizonte, esse mesmo horizonte recuou. Desse modo, quanto mais o homem avançou, melhor pôde compreender a dimensão desse mundo do qual ele faz parte.

Agora, cabe a nós explorar o universo e interpretar, para além das galáxias que conhecemos, a onda de informações que vêm até nós de espaços e de tempos isolados. Dentro de alguns meses, os americanos estarão lançando o telescópio espacial mais poderoso construído até então e, a partir dele, talvez se possa ver, ouvir e descobrir como o universo se formou e se outras vidas surgiram em planetas semelhantes ao nosso. É preciso participar dessa aventura.

Acho que Walter tinha razão, uma jovem mulher me olhava de forma estranha, na quarta fileira. O rosto me lembrava alguém. Pelo menos alguém na sala parecia interessado pelo que eu dizia. Mas não era hora para investidas desse tipo e, após hesitar por um instante, concluí meu discurso.

A luz do primeiro dia viaja desde o fundo do universo, vem em nossa direção. Estamos aptos a captá-la e a interpretá-la? Será que, enfim, compreenderemos como tudo começou?

Silêncio mortal. Ninguém se movia. Era o calvário do boneco de neve, se derretendo lentamente ao sol, só que esse boneco era eu, até Walter começar a bater palmas. Já estava juntando meus papéis, quando a presidente do júri se levantou e começou também a aplaudir, com os membros do comitê aderindo, e a sala inteira os acompanhou. Agradeci a todos e desci do estrado.

Walter me esperava para um abraço forte.

— Você esteve...

— Patético, horrível? Deixo você escolher. Bem que eu disse, não havia a menor chance.

— Quer calar a boca? Se me deixasse continuar, eu teria dito que foi apaixonante. A plateia não se movia, nem mesmo uma tosse na sala!

— Normal, depois de cinco minutos todos estavam mortos!

Ao me sentar foi que vi a jovem da quarta fila se levantar e se dirigir para o estrado. Por isso, então, olhava tanto para mim, éramos adversários e ela observava tudo que não deveria fazer.

O microfone continuava sem funcionar, mas a sua voz, bastante clara, chegava ao fundo da sala. Ela ergueu a cabeça, o olhar parecia longe, perdido em algum país distante. Começou a falar da África, de uma terra ocre que suas mãos escavavam sem parar. Explicou que o homem nunca estaria livre para ir aonde queria se não soubesse de onde vinha. Seu projeto, de certa maneira, era o mais ambicioso de todos; não se tratava, ali, de ciência nem de tecnologia, mas de um sonho, que era o dela.

"Quem são os nossos pais?", foram as suas primeiras palavras. E pensar que o meu sonho era o de saber onde começava a aurora!

Ela prendeu a atenção dos ouvintes, desde o início da explicação. Explicação não é a palavra certa, era uma história que ela nos contava. Walter estava encantado, assim como os membros do júri e todos nós na sala. Ela falou sobre o vale do Omo, e vi que eu não seria capaz de descrever as montanhas de Atacama da maneira como ela descrevia para nós as margens do rio etíope. Eu às vezes tinha a impressão até de ouvir o correr da água, sentir o sopro do vento levantando a poeira, o sol queimando a pele. Naqueles minutos, senti vontade de abandonar minha profissão para aderir à dela, fazer parte da sua equipe, escavar o chão árido a seu lado. A jovem tirou do bolso um estranho objeto, que delicadamente repousou na palma da mão, e estendeu o braço na direção da plateia, para que todos pudessem ver.

— É um fragmento de crânio. Encontrei a 15 metros da superfície, no fundo de uma gruta. Tem 15 milhões de anos. É um fragmento minúsculo de humanidade. Se eu puder escavar mais profundamente, mais adiante, por mais tempo, talvez possa voltar a me apresentar aqui e, enfim, dizer a vocês que se trata do primeiro homem.

A sala não precisou do incentivo de Walter para ovacionar a jovem quando ela acabou de falar.

Havia ainda mais dez candidatos e eu não gostaria de estar na pele deles, me apresentando depois daquela arqueóloga.

Às 21h30, o júri se retirou para decidir-se. A sala se esvaziou e a calma de Walter me deixava desconcertado. Achei que tinha desistido de toda e qualquer esperança em nosso projeto.

— Dessa vez, acho que fizemos por merecer uma boa cerveja — ele disse, finalmente, agarrando-me o braço.

Meu estômago estava crispado demais para isso; eu tinha me deixado impressionar e esperava que os minutos passassem, incapaz de relaxar.

— Adrian, e aquelas belas aulas sobre a relatividade do tempo, onde estão? A próxima hora vai parecer longa demais para nós. Vem comigo, vamos respirar um pouco lá fora e distrair a mente!

No pátio glacial, alguns candidatos tão inquietos quanto nós fumavam um cigarro ou se aqueciam com pulinhos, sem sair do lugar. Não havia o menor sinal da moça da quarta fila, ela tinha evaporado.

Walter estava certo, o tempo parou e a espera pareceu uma eternidade. À mesa do bar do Marriott, eu olhava o meu relógio o tempo todo. Finalmente, chegou a hora de voltar ao grande salão, onde o júri anunciaria sua decisão.

A desconhecida da quarta fila voltara a seu lugar e não me dirigiu mais o olhar. A presidente da fundação entrou, seguida pelo corpo de jurados. Subiu ao estrado e congratulou o conjunto de candidatos pela excelência dos trabalhos apresentados. A escolha tinha sido difícil, acrescentou, implicando várias discussões. Uma menção especial foi concedida ao projeto para a melhoria da água, mas a recompensa iria ao primeiro orador, ajudando a financiar suas pesquisas em biogenética. Walter acusou o golpe sem pestanejar. Deu-me um tapinha nas costas e disse, com carinho, que não tínhamos do que nos arrepender, havíamos feito o possível. A presidente do júri interrompeu os aplausos.

Como havia dito, os jurados tinham enfrentado enorme dificuldade para decidir. Excepcionalmente, o prêmio daquele ano seria dividido entre dois candidatos ou, mais exatamente, entre um candidato e uma candidata.

A desconhecida da quarta fila era a única mulher a ter se apresentado aos membros da fundação. Ela se levantou, vacilante, com a presidente sorrindo e, debaixo de um estrondo de aplausos, não pude ouvir como se chamava.

Houve trocas de abraços no palco e os participantes, assim como os seus convidados, começaram a deixar o local.

— Posso contar, mesmo assim, com o tal par de botas para chapinhar na minha sala? — me perguntou Walter.

— Promessa é dívida. Lamento muito tê-lo decepcionado.

— De qualquer forma, nosso projeto tem o mérito de ter sido selecionado... não somente você merecia o prêmio, mas sinto-me orgulhoso de ter feito parte dessa aventura nas últimas semanas.

Fomos interrompidos pela presidente do júri, que me estendia a mão.

— Julia Walsh. Gostei muito de tê-lo conhecido.

Ao lado dela estava um sujeito grande e forte. O sotaque não deixava qualquer dúvida quanto à procedência alemã.

— O seu projeto é formidável — continuou a herdeira da Fundação Walsh —, foi o que, pessoalmente, escolhi. A final se decidiu por um só voto. Gostaria tanto que tivesse ganhado. Volte a se apresentar ano que vem, serão outros jurados, suas chances serão enormes, tenho certeza. A luz do primeiro dia pode esperar mais um ano, não pode?

Em seguida, me cumprimentou de forma muito educada e foi embora com o tal amigo, chamado Thomas.

— Viu só? — exclamou Walter. — Não temos por que nos arrepender!

Sem resposta minha, Walter bateu com força uma mão na outra.

— A troco de que ela veio nos dizer isso? — resmungou. — "Por um só voto", é insuportável! Preferia mil vezes que tivesse dito que estamos completamente fora da corrida, mas por um só voto... Percebe o nível de crueldade disso? Vou passar o resto da vida trabalhando numa poça d'água, por causa de um só voto! Bem que gostaria de conhecer a pessoa que desvirtuou a votação, para torcer o pescoço dela.

Estava furioso e eu não via como acalmá-lo. O rosto ficou vermelho, a respiração curta.

— Walter, devagar, vai acabar passando mal.

— Como alguém pode dizer a uma pessoa que seu destino se decidiu por um só voto? Não passa de um jogo, para eles? Como alguém se atreve a dizer uma coisa assim? — exasperava-se.

— Acho, simplesmente, que quis nos encorajar a uma nova tentativa.

— Ano que vem? Que ótimo! Vou para casa, Adrian. Desculpe abandoná-lo assim, mas corro o risco de ser ainda mais inconveniente. A gente se vê amanhã, na Academia; esperando que, até lá, eu consiga me recuperar.

Walter se virou e foi embora, com pressa.

Fiquei sozinho no meio do salão, só me restava também tomar a direção da saída.

Ouvi a sineta do elevador no final do corredor e acelerei o passo para chegar antes que as portas se fechassem. Lá dentro, a ganhadora do prêmio me dirigiu o mais simpático dos olhares.

Tinha a pasta com seu trabalho debaixo do braço e seria normal que estampasse no rosto a alegria da vitória. Mas se limitou a olhar para mim, com um vago sorriso nos lábios. Ouvi atravessar por minha cabeça a voz de Walter, que, se estivesse presente, provavelmente me diria, qualquer que fossem minhas palavras, me apresentando: "Como é desajeitado!"

— Meus parabéns! — consegui humildemente balbuciar.

A moça não respondeu.

— Mudei tanto assim? — acabou dizendo.

Como eu não encontrava resposta alguma minimamente apropriada, ela abriu a pasta, puxou um pedaço de papel, amassou, enfiou na boca e começou calmamente a mastigar, sem tirar do rosto o arzinho irônico.

De repente, a imagem de um anfiteatro repleto de estudantes prestando exames se reavivou e, com isso, mil recordações de um incrível verão, há 15 anos.

A moça cuspiu a bola de papel na mão e deu um suspiro.

— Pronto, me reconheceu agora?

As portas do elevador se abriram no hall e continuei paralisado, de braços caídos. O elevador partiu de novo para o último andar.

— Precisou de um bocado de tempo, achei que tinha sido mais marcante na sua vida, ou vai ver que realmente envelheci...

— Não, claro que não, a cor dos cabelos...

— Eu tinha 20 anos; na época, então, mudava o tempo todo. Parei com isso. Já você não mudou nada, umas rugas a mais, pode ser, mas tem ainda o olhar perdido no vazio.

— É que foi tão inesperado encontrá-la aqui... são tantos anos.

— Também concordo: num elevador, não é muito comum. Começamos outra ida e volta pelos andares ou você me leva para jantar?

Sem esperar resposta, Keira deixou de lado a pasta que segurava, mergulhou em meus braços e me beijou. Um beijo com gosto de papel machê. Exatamente isso, o verdadeiro beijo de papel, em que sonhei escrever os sentimentos que tinha por ela. Há primeiros beijos que podem mudar a sua vida. Mesmo que a gente não queira aceitar, é assim que acontece. Esses primeiros beijos nos atropelam, sem aviso. O que pode também acontecer no segundo beijo, mesmo que venha 15 anos depois do primeiro.

Cada vez que as portas se abriam no hall, um dos dois pressionava o botão e apertava mais o abraço. Na sexta ida e volta, o zelador do edifício nos esperava, de braços cruzados. Elevador não é quarto de hotel; se fosse, não teria uma câmera no interior... Pediu, então, que deixássemos a sua cabine em paz.

Peguei Keira pela mão e chegamos ao pátio externo, ambos igualmente confusos.

— Desculpe, agi sem pensar... deve ter sido a perturbação por ter ganhado.

— E a minha, por ter perdido — respondi.

— Sinto muito Adrian, fui bem desajeitada.

— Se Walter estivesse aqui, veria nisso um ponto comum entre nós. Quer tentar outra vez?

— O quê?

— Essas maneiras desastradas, o seu sucesso, o meu fracasso, pode escolher.

Keira encostou os lábios nos meus e depois suplicou que deixássemos o local sinistro em que estávamos.

— Venha, vamos andar um pouco — disse para ela —, do outro lado do Tâmisa tem um parque maravilhoso...

— Tem algum boi nesse seu parque?

— Acho que não, por quê?

— Com a fome que estou, poderia devorar um inteiro. Não ponho nada no estômago desde cedo, vamos a um pub onde ainda sirvam alguma coisa comestível.

Lembrei de um restaurante a que íamos antigamente. Nada garantia que ainda existisse, mas dei o endereço ao motorista de táxi.

Enquanto percorríamos o Tâmisa, Keira pegou a minha mão. Havia muito tempo eu não sabia o que era uma demonstração de carinho desse tipo. Naquele momento, esqueci completamente o recente fracasso e a distância que, naquela noite, tinha se estabelecido mais concretamente entre Londres, onde estava vivendo, e o planalto de Atacama, onde tinham ficado os meus sonhos.

*

Amsterdã

O homem que desceu do vagão de bonde para subir a pé o canal Singel tinha a aparência anônima de um indivíduo qualquer voltando do escritório. Não fosse a hora avançada, não fosse a correntinha prendendo a alça da pasta a seu pulso, não fosse a pistola presa sob o paletó. Chegando à praça Magna, ele parou no semáforo para confirmar não estar sendo seguido. Assim que o sinal passou para o verde, ele atravessou a rua. Sem se importar com as buzinas, enfiou-se entre um ônibus e uma caminhonete, obrigou dois sedãs a frearem bruscamente e evitou por pouco um motociclista, que o xingou por um bom tempo. Na calçada do outro lado, ele apertou o passo até a praça Dam, atravessou a esplanada e entrou na igreja Nova pela porta lateral. O nome do pomposo edifício é bem estranho, tratando-se de um prédio do século XV. O homem não teve tempo para admirar a nave suntuosa da igreja, continuou seu caminho até o transepto, passou pela tumba do almirante de Ruyter, bifurcou diante de outra, do comodoro Jan Van Galen, e se dirigiu à capela reservada. Tirou uma chave do bolso, moveu a tranca de uma portinhola no fundo da capela e desceu a discreta escada que havia por trás.

Cinquenta degraus abaixo, ele tomou o comprido corredor que se estendia à frente. O subterrâneo aberto sob a Grande Praça permite, a quem o conhece, o acesso da igreja Nova ao palácio de Dam. O homem se apressou, o estreito subterrâneo o oprimia sempre que era obrigado a tomá-lo, e o eco dos próprios passos ajudava a aumentar essa má sensação. Quanto mais avançava, mais a claridade diminuía, com apenas as duas extremidades do corredor tendo alguma iluminação, e precária. O homem sentiu seus sapatos se encharcarem com a água salobra empoçada. No meio do percurso, a escuridão era total. Naquele ponto, sabia ser preciso andar cinquenta passos em linha reta, com a curva da valeta central servindo de guia, no escuro.

O trajeto finalmente chegou ao fim e outra escada apareceu à frente. Os degraus eram escorregadios, sendo preciso se agarrar à corda de cânhamo ao longo da parede. Lá no alto, o homem se viu diante de uma primeira porta de madeira, reforçada por pesadas barras de ferro fundido. Duas maçanetas se sobrepunham; para liberar a fechadura era preciso saber acionar um mecanismo que tinha três séculos de idade. O homem girou a maçaneta de cima 90 graus para a direita, a de baixo 90 graus para a esquerda e puxou as duas para si. Ouviu o estalo, estava destravado. Chegou, enfim, a uma antecâmara do andar térreo do palácio de Dam. O monumento, criado pela imaginação de Jacob Van Campen, tinha sido erguido na metade do século XVII, servindo, então, à prefeitura da cidade. Os amsterdameses não hesitam em considerá-lo a oitava maravilha do mundo. Uma estátua de Atlas domina o salão principal. No piso, três gigantescos mapas de mármore representam, um o hemisfério ocidental, outro o hemisfério oriental e o terceiro o céu estrelado.

Jan Vackeers completaria em breve 76 anos, parecia ter dez a menos. Entrou na Burgerzaal,* passou de raspão pela Via Láctea, pisou na Oceania, atravessou com uma só passada o oceano Atlântico e continuou seu caminho para a antecâmara em que tinha marcado um encontro.

— Quais são as novidades? — perguntou, ao entrar.

— Surpreendentes, senhor. Nossa francesa tem dupla nacionalidade. O pai era inglês, um botânico que passou boa parte da vida na França. Voltou à terra natal, a Cornualha, logo depois de se divorciar, e morreu de ataque cardíaco em 1997. O atestado de óbito e a autorização para o enterro constam do dossiê.

— E a mãe?

— Também morreu. Era professora do departamento de Ciências Humanas da Faculdade de Aix-en-Provence. Um acidente na estrada, em junho de 2002. O motorista que provocou a colisão tinha 1,6 grama de álcool no sangue.

— Poupe-me dos detalhes sórdidos! — pediu Jan Vackeers.

---

* Como é chamado o salão do palácio de Dam.

— Tem uma irmã, dois anos mais velha, que trabalha num museu parisiense.

— Funcionária do governo francês?

— Pode-se dizer.

— Temos que levar em conta. Volte à jovem arqueóloga, por favor.

— Ela foi a Londres para se apresentar ao júri da Fundação Walsh.

— E ganhou como esperávamos, não é?

— Não exatamente, senhor, o jurado que trabalha para nós fez o possível, mas a presidente não se deixou influenciar. Sua protegida divide o prêmio com outro candidato.

— Mas tem o suficiente para voltar à Etiópia?

— Um milhão de libras esterlinas é uma soma que deve ser o suficiente para o prosseguimento da pesquisa.

— Ótimo. Tem algo mais a contar?

— Sua jovem arqueóloga conheceu um homem, durante a cerimônia. Continuaram a noite num pequeno restaurante e, neste exato momento, estão...

— Creio que isso não é da nossa conta — interrompeu Vackeers. — A menos que amanhã venha me dizer que ela trocou os projetos de viagem por uma nova paixão repentina, o que ela faz à noite não é problema nosso.

— Só falei disso, senhor, porque procurei me informar; o homem em questão é um astrofísico ligado à Academia Britânica de Ciências.

Vackeers foi até a janela e contemplou a praça lá embaixo. Achou-a ainda mais bonita à noite do que de dia. Amsterdã era a sua cidade e ele se sentia melhor ali do que em qualquer outra. Conhecia cada ruela, cada canal, cada edifício.

— Não gosto desse tipo de imprevisto — retomou a conversa. — Astrofísico, foi o que disse?

— Nada garante que ele vai saber sobre o assunto que nos preocupa.

— Não, mas é uma possibilidade que não podemos ignorar. Acho melhor também ficarmos de olho nesse cientista.

— Será complicado vigiá-lo sem chamar a atenção dos amigos ingleses. Como disse, ele é membro da Academia de Ciências de Sua Majestade.

— Faça o que puder, mas sem correr riscos. Não queremos despertar curiosidade, de jeito nenhum. Tem mais alguma informação a dar?

— Tudo se encontra no dossiê que encomendou.

O homem abriu uma pasta, tirou um envelope grande em papel pardo e entregou a seu interlocutor.

Vackeers abriu-o. Fotografias de Keira tiradas em Paris, diante do prédio de Jeanne, no Jardim de Tuileries, algumas conseguidas quando ela fazia compras na rue des Lions-Saint-Paul e, ainda, uma série clicada depois da chegada à estação de Saint-Pancras, na varanda de uma lojinha italiana da Bute Street e através da vidraça de um restaurante de Primrose Hill, em que era vista jantando na companhia de Adrian.

— São as últimas fotos que chegaram, até eu deixar a minha sala.

Vackeers deu uma olhada rápida nas primeiras linhas do relatório e fechou o dossiê

— Pode ir, obrigado, nos vemos amanhã.

O homem cumprimentou Vackeers e deixou a antecâmara do palácio. Assim que ele saiu, uma segunda porta se abriu, outra pessoa entrou na saleta e sorriu para Vackeers.

— O encontro oportuno com esse astrofísico talvez seja favorável — disse, se aproximando.

— Achei que preferisse manter tudo confidencial, na medida do possível; dois cavalos que não controlamos é coisa demais num só tabuleiro!

— O que quero mesmo é que ela comece as buscas, sem perceber que estamos dando um empurrãozinho.

— Ivory, você sabe perfeitamente que se alguém desconfiar disso, as consequências, para nós dois, serão...

— Delicadas. É a palavra que procura?

— Não. Ia dizer desastrosas.

— Jan, há anos nós dois acreditamos nisso, há anos. Imagine as consequências, se estivermos no caminho certo!

— Eu sei, Ivory, eu sei. E por isso assumi tanto risco, na minha idade.

— Confesse que está até se divertindo um pouco. No final das contas, não esperávamos mais voltar à ativa, e a ideia de estar dando as cartas o agrada. A mim também, diga-se.

— Tudo bem. — Vackeers suspirou, se sentando atrás da grande escrivaninha em mogno. — Qual é o próximo passo? O que está pensando?

— Vamos deixar as coisas seguirem seu rumo; se ela conseguir interessar esse astrofísico, é ainda mais esperta do que pensei.

— Quanto tempo acha que temos até Londres, Madri, Berlim ou Pequim tomarem conhecimento do jogo que está começando?

— Bom, vão entender bem rápido o tipo de partida que jogamos. Os americanos já se manifestaram. Visitaram o apartamento da irmã da nossa arqueóloga hoje de manhã.

— Que imbecis!

— É a maneira deles de enviarem uma mensagem.

— Endereçada a nós?

— A mim. Estão furiosos porque deixei escapar o objeto e mais ainda pelo atrevimento de ter mandado fazer a análise em território deles.

— Foi mesmo ousadia da sua parte, mas, por favor, Ivory, o momento não é dos melhores para provocações. Não sabemos aonde estamos indo, não se deixe influenciar pelo rancor contra quem o afastou. Estou com você nessa aventura, mas não me faça correr riscos desnecessários.

— Já é quase meia-noite, Jan, é melhor irmos. Podemos nos encontrar em três dias, no mesmo horário, para um balanço de como tudo isso evoluiu.

Os dois amigos se despediram. Vackeers foi o primeiro a deixar a antecâmara. Atravessou o salão principal e desceu ao subsolo do edifício.

As entranhas do palácio de Dam são um verdadeiro labirinto. São 13.659 pilhas de madeira sustentando a construção. Vackeers passou por essa estranha floresta de paus, ressurgindo, dez minutos depois, na portinhola que se abre para o pátio de uma casa burguesa, a 300 metros de distância. Ivory saiu cinco minutos depois, por outro caminho.

*

Londres

O restaurante só existia ainda na minha lembrança, mas encontrei outro parecido, cheio de charme, que Keira jurou reconhecer como sendo o mesmo a que eu a levava antigamente. Durante o jantar, tentou me contar tudo que fez desde que nos separamos. Mas como reduzir 15 anos de existência a poucas horas? A memória é tão preguiçosa quanto hipócrita, guarda apenas as melhores e as piores lembranças, os momentos cruciais, nunca o simples cotidiano, que ela apaga. Quanto mais eu ouvia Keira falar, mais redescobria na sua voz aquela mesma clareza que tanto me seduzira, o olhar vivo em que eu às vezes me perdia, em certas noites, o sorriso que quase me fizera desistir dos meus projetos. No entanto, ao ouvi-la, eu mal me lembrava da época seguinte, em que voltou para a França.

Keira sempre soube o que queria. Quando concluiu os estudos, foi primeiro à Somália, como simples estagiária. Depois, passou dois anos na Venezuela, trabalhando sob as ordens de um figurão da arqueologia, que tinha, segundo ela, um comportamento autoritário que beirava o despotismo. Ao ser chamada a atenção por algum motivo, respondeu poucas e boas ao tal sujeito e se demitiu. Vieram mais dois anos de pequenas atividades na França, pois a abertura de uma linha de estrada de ferro de alta velocidade acabara revelando um importante sítio paleontológico. O traçado ferroviário foi desviado e Keira se juntou à equipe trabalhando naquela área, assumindo, ao longo dos meses seguintes, responsabilidades cada vez maiores. Sobressaindo-se nesse trabalho, conseguiu uma bolsa e foi para o vale do Omo, na Etiópia. De início, trabalhou como auxiliar do chefe de pesquisas, que acabou ficando doente. Ela tomou a frente das operações e transferiu as escavações para uma região a 50 quilômetros de onde até então estavam.

Ouvindo-a falar desse período na África, me dei conta do quanto ela havia sido feliz ali. Fiz a besteira de perguntar por que tinha ido embora de lá. O rosto se fechou e ela me contou o triste episódio da tempestade que arruinou tudo que conseguira, destruiu todo o trabalho, mas que, sem isso, eu provavelmente jamais teria voltado a vê-la. Não tive coragem de dizer o quanto me alegrava o tal desastre meteorológico.

Quando Keira me perguntou o que eu havia feito da vida, me senti sem ter o que contar. Descrevi as paisagens chilenas da melhor maneira que pude, tentando colocar nelas um pouco da beleza com que ela própria havia enriquecido o seu projeto pessoal para os jurados da Fundação Walsh. Falei das pessoas com quem dividira tantos anos de trabalho e da fraternidade que reinava ali. Querendo evitar que me perguntasse o motivo da minha volta a Londres, tomei a iniciativa e falei do meu estúpido acidente, ao querer ir alto demais nas montanhas.

— Está vendo, não temos muito o que lamentar — disse ela. — Comigo escavando o chão e você observando estrelas, realmente não fomos feitos um para o outro.

— Pode ser o contrário — balbuciei. — Afinal, os dois corremos atrás da mesma coisa.

Com isso, consegui pelo menos causar alguma surpresa.

— Você procura datar a origem da humanidade e eu reviro o fundo das galáxias, para saber como nasceu o universo, o que permitiu o surgimento da vida e se ela existe em outros lugares, sob outras formas, além das que conhecemos. Nossas disposições, assim como nossas intenções, não são tão afastadas assim. E quem sabe se as respostas às perguntas que fazemos não são complementares?

— É uma maneira de ver as coisas. Pode ser que, um dia, graças a você, eu suba numa nave espacial e desembarque num planeta desconhecido, em busca de esqueletos dos primeiros homenzinhos verdes!

— Desde o primeiro dia em que nos vimos, e ainda hoje, você sempre teve um prazer perverso em zombar de mim.

— É meio verdade, mas sou sempre assim — tentou se desculpar. — Não quis diminuir a importância do seu trabalho. Gosto muito dessa sua vontade de estabelecer semelhanças, a todo custo, entre o que fazemos. Não fique chateado.

— Vai se espantar e descer um pouco dessas suas alturas se eu lhe disser que as estrelas serviram para que alguns colegas seus datassem sítios arqueológicos. Se não souber o que é uma datação astronômica, posso lhe preparar uma cola!

Keira me olhou de maneira estranha e consegui notar que estava tramando alguma coisa.

— Quem disse que eu estava colando?

— Do que está falando?

— Do dia em que nos encontramos naquele anfiteatro; a folha que engoli podia muito bem estar em branco. Nunca lhe ocorreu que eu pudesse ter inventado tudo aquilo só para chamar sua atenção?

— E teria corrido o risco de ser expulsa da sala por isso? Vai querer que eu acredite?

— Não corri risco nenhum. Tinha sido aprovada um dia antes.

— Mentirosa!

— Já tinha visto você nos corredores da faculdade e fiquei interessada. Eu só fui acompanhar uma amiga que ainda precisava das notas e estava morrendo de medo. Da porta da sala, vi aquele seu jeitão irresistível de vigilante dedicado, enfiado num casaco meio grande demais. Fui me sentar então num lugar vago, numa das fileiras de que tomava conta, e o resto você sabe...

— Fez tudo isso só para me conhecer?

— Legal para o seu ego, não é? — lançou Keira, me cutucando com o pé, por baixo da mesa.

Lembro que fiquei vermelho como um menino flagrado em cima de uma cadeira, roubando doces no armário da cozinha. Totalmente sem graça, mas não ia, de jeito nenhum, deixar que ela notasse.

— Estava colando ou não? — perguntei.

— Não vou dizer! As duas interpretações são possíveis, deixo que você escolha. Pode questionar minhas maneiras, me imaginar como alguém sem pudor, ou então ficar com a versão da cola, que me reduz a uma fraudadora. Tem o resto da noite para decidir. Mas primeiro fale dessas tais datações astronômicas.

Ao estudar a evolução da posição do Sol, durante um período de tempo, Sir Norman Lockyer conseguiu datar o sítio de Stonehenge e seus misteriosos dolmens.

De um milênio a outro, a posição do zênite solar varia. Ao meio-dia, o sol se encontra numa posição alguns graus mais a leste do que nos tempos pré-históricos.

Em Stonehenge, o zênite foi marcado por uma aleia mediana e os menires posicionados a intervalos regulares ao longo desse eixo. O restante dessa lógica exige um cálculo matemático complicado. Achei que perderia a atenção de Keira antes de chegar ao final dessas explicações, mas ela realmente parecia ouvir o que eu dizia.

— Está ainda debochando de mim, nada disso tem o menor interesse para você, não é?

— De jeito nenhum, pelo contrário! — garantiu. — Se um dia for a Stonehenge, não verei as coisas da mesma maneira.

O restaurante estava fechando, éramos os últimos clientes e o garçom, apagando as luzes do fundo da sala, dava a entender que já era a hora de deixarmos o local. Caminhamos por, no mínimo, uma hora pelas ruas de Primrose Hill, relembrando os melhores momentos daquele verão distante. Ofereci-me a acompanhá-la até o hotel em que estava, mas, ao entrarmos no táxi, Keira resolveu que ela me deixaria em meu endereço. "Sem qualquer segunda intenção", acrescentou.

No caminho, se divertiu tentando adivinhar como seria a decoração da casa.

— Bem masculina, um pouco demais — disse, inspecionando o andar térreo. — Não estou dizendo que não me agrade, mas tem cara de servir apenas para encontros amorosos.

— Não sei o que vê de errado na minha casa.

— E onde fica o quarto, nessa arapuca de mocinhas?

— No primeiro andar.

— Isso só confirma o que eu disse — continuou Keira, subindo a escada.

Quando entrei no quarto, ela já me esperava na cama.

Naquela noite, não houve sexo propriamente dito. Aparentemente, tudo se prestava a isso, mas há momentos na vida em que algo se impõe de maneira bem mais forte do que o desejo. O medo de se mostrar desajeitado, medo de revelar sentimentos, medo do dia seguinte e daqueles que viriam depois.

Conversamos a noite toda. De cabeças juntas e mãos dadas, como dois estudantes que não tivessem envelhecido, mas havíamos envelhecido e Keira acabou dormindo ao meu lado.

O dia ainda não raiara. Ouvi um ruído de passos, quase tão leves quanto os de um animal. Abri os olhos e a voz de Keira suplicou que os fechasse. Já estava na porta, olhando para mim, e entendi que ia embora.

— Nem vai me telefonar, não é?

— Não temos os números um do outro. Somente lembranças, e provavelmente é melhor assim — murmurou.

— Por quê?

— Estou voltando para a Etiópia e você sonha com as montanhas chilenas, é uma distância enorme, não acha?

— Há 15 anos, preferi acreditar em você, em vez de ficar com raiva, e você estava certa, guardei boas lembranças.

— Dessa vez, então, trate de nem pensar em ter raiva.

— Farei o possível, prometo. E se...

— Não, não diga mais nada, foi uma noite linda, Adrian. Não sei se a melhor coisa de ontem foi ter ganhado o prêmio ou encontrar você. E não quero de jeito nenhum tentar descobrir; deixei um bilhete na mesinha de cabeceira, leia quando acordar. Volte a dormir e, quando eu sair, não ouça o barulho da porta.

— Você está muito bonita, nessa luz.

— Deixe que eu vá embora, Adrian.

— Pode me prometer uma coisa?

— O que quiser.

— Se por acaso nossos caminhos voltarem a se cruzar, prometa que não vai me beijar.

— Prometo — ela confirmou.

— Faça boa viagem; estaria mentindo se dissesse que não vou sentir sua falta.

— Então não diga. Para você também, que tudo corra bem.

Eu ouvi cada degrau ranger enquanto ela descia a escada, o barulho das dobradiças ao fechar a porta da minha casa. Pela janela entreaberta do quarto, ouvi ainda o barulho dos passos, se afastando com ela pela ruela. Muito tempo depois, soube que havia parado alguns metros adiante e se sentado numa mureta. Esperou amanhecer e por cem vezes quase voltou atrás. E ao se encaminhar de volta para o quarto em que eu inutilmente tentava voltar a dormir, passou um táxi.

*

— Então uma cicatriz antiga, de 15 anos, pode se abrir com a mesma facilidade que uma costura malfeita? Será que as marcas de um amor passado nunca se apagam?

— Está fazendo essa pergunta a um idiota, perdidamente apaixonado por alguém, que nunca foi capaz de dizer isso à pessoa. O que me leva a duas reflexões, que faço questão de transmitir. Primeiramente, considerando o que acabei de falar, não acredito ser a pessoa mais indicada para responder à pergunta. Em segundo lugar, e ainda lembrando o que disse, a quem posso criticar por não encontrar as palavras certas para impedir que o outro vá embora? Ah, espere um pouco, uma terceira reflexão: você é supereficiente quando resolve estragar um fim de semana. Com a premiação que passou bem debaixo dos nossos narizes e esse encontro que deu em nada, tem nota dez!

— Obrigado, Walter.

Não consegui voltar a dormir, mas me obriguei a continuar na cama o maior tempo possível, sem abrir os olhos, sem ouvir os barulhos da vizinhança, e inventei uma história. Uma história em que Keira tinha apenas descido até a cozinha e preparava um chá. Tomaríamos juntos o café da manhã, resolvendo o que fazer no restante do dia. Londres estava à nossa disposição. Eu vestiria umas roupas de turista, brincaria de descobrir minha própria cidade, me encantando com as cores vivas das casas, em contraste com o cinzento do céu.

Com ela, voltaria a todos os lugares que conhecíamos, como se fosse a primeira vez. No dia seguinte, recomeçaríamos o passeio, já em ritmo de domingo, quando as horas passam mais devagar. O tempo todo de mãos dadas, pouco importando se, terminado o fim de semana, na história Keira igualmente fosse embora. Mas cada instante teria valido a pena.

O cheiro da sua pele continuava nos lençóis. Na sala, o sofá ainda guardava a marca deixada, do momento em que se sentou. Uma enorme aflição impregnou todo o meu sangue e agora percorria a casa vazia.

Como ela dissera, havia um bilhete na mesinha de cabeceira com uma só palavra: "Obrigada."

Ao meio-dia tive que pedir socorro a Walter, e ele, que se tornara realmente um amigo, estava à minha porta em meia hora.

— Gostaria de poder dar alguma boa notícia, que mudasse um pouco suas ideias, mas não tenho. E há previsão de chuva. De qualquer jeito, deve pensar em se vestir, não creio que seja bom andar por aí nesse pijama horrível, que nem um zumbi. Ficar vendo suas pernas também não melhora o meu dia.

Enquanto eu preparava um café, Walter subiu para "arejar o quarto", disse, ao subir a escada. Desceu pouco depois, com um sorriso.

— Afinal consegui uma boa notícia para dar; quer dizer, só o tempo vai confirmar se é tão boa assim.

Todo orgulhoso, mostrou o colar que Keira usava na véspera.

— Bom, por favor, não diga o que está pensando — continuou —; se não sabe, na sua idade, o que é um ato falho, o seu caso é ainda mais desesperador que o meu. Mulher que deixa um objeto pessoal na casa de um homem só pode ter duas intenções. A primeira é que outra mulher descubra e isso gere uma boa briga de casal; mas o desajeitado que você é certamente repetiu dez vezes para ela que não tem ninguém em sua vida.

— E a segunda?

— Que ela quer voltar à cena do crime!

— Não parece mais simples ela ser distraída e apenas ter esquecido o colar? — perguntei, tomando-lhe o colar.

— Mas não mesmo! Um brinco ainda vai, um anel, pode ser, mas um colar com um pingente desse tamanho... ou então esqueceu de dizer que a sua amiga é míope feito uma toupeira, detalhe que, em certo sentido, explicaria o fato de ter se interessado por você.

Com um gesto vivo, Walter pegou o objeto de volta e avaliou o peso.

— Não venha me dizer que ela não percebeu que está com quase 250 gramas a menos no pescoço. Ninguém esquece, sem querer, uma coisa pesada desse jeito.

Pode parecer bobagem, não tenho mais idade para me comportar como um garoto que se apaixona na primeira noite, mas o que Walter acabava de dizer me fez um bem incrível.

— Já está com uma cara melhor. Adrian, você se virou muito bem nesses 15 anos, e uma noite vai deixar você abatido um fim de semana inteiro? Estou morrendo de fome e sei de um lugar aqui perto que tem uns brunchs famosos. Droga, vá se vestir! Estou com uma fome danada!

*

St. Mawes, Cornualha

O trem voltou pela via única da estrada de ferro. Os poucos passageiros que desembarcaram já haviam deixado a estação de Falmouth. Keira atravessou a área de triagem, onde velhos vagões de carga enferrujavam, a pouca distância do mar. Continuou em frente, entrou na zona portuária e caminhou até o deque de onde partiam as barcas. Havia cinco horas tinha deixado Londres e a capital já parecia tão distante... Um apito de navio fez com que acelerasse o passo, um marinheiro girava uma manivela e, no cais, começavam a recolher a passarela. Ela acenou para chamar a atenção e gritou, pedindo que esperassem. A manivela girou em sentido contrário e Keira se agarrou ao braço do marinheiro, que ajudou sua subida a bordo. Foi só o tempo de chegar à proa e a chata já ultrapassava o guindaste maior, tendo percorrido todo o cais, indo contra a correnteza. O estuário de St. Mawes era ainda mais bonito do que a lembrança guardada. Já se podia ver a fortaleza, com seu formato tão característico de folha de trevo; mais adiante, casinhas em branco e azul, uma quase entrando na outra, pareciam disputar um lugar na colina. Keira alisou o parapeito descascado pela umidade e encheu os pulmões de ar. O cheiro de maresia se misturava ao da relva recém-cortada que o vento trazia da terra firme. O capitão fez soar o apito e o guarda do farol acenou com a mão. Ali, as pessoas se conheciam e se cumprimentavam ao passar. O ritmo diminuiu, as amarras foram lançadas e a barcaça encostou de estibordo na pavimentação do cais.

Keira tomou o caminho ao longo da costa, até a entrada do vilarejo. Subiu a ruela íngreme em direção à igreja, erguendo a cabeça para admirar o beiral das janelas, com flores lindas a se espalhar de casa em casa. Empurrou a porta do pub, o Victory, com o salão vazio. Sentou-se ao balcão do bar e pediu um crepe.

— Os turistas são raros nessa época. A senhora não é daqui? — perguntou o dono da casa, servindo uma cerveja a Keira.

— Não, mas não chego a ser totalmente estranha, pois meu pai está enterrado nos fundos da igreja.

— Quem era o seu pai?

— Um sujeito formidável, William Perkins.

— Não me lembro dele — respondeu o homem, parecendo lamentar. — O que fazia?

— Era botânico.

— Ainda tem família por aqui?

— Não, só mesmo o túmulo de meu pai.

— Tem um certo sotaque, de onde você vem?

— De Londres e da França.

— E fez toda essa viagem só para essa visita?

— De certo modo, sim.

— Pois bem, tudo isso é por minha conta, à memória de William Perkins, que foi botânico e bom sujeito — disse o dono do pub, colocando o prato à frente de Keira.

— À memória do meu pai — concordou ela, erguendo a caneca.

Terminada a refeição, Keira agradeceu e continuou o caminho para o alto da colina. Chegou à frente da igreja, deu a volta até os fundos e abriu o portão de ferro.

O número de almas que descansavam no pequeno cemitério de St. Mawes não passava de cem. O túmulo de William Perkins se encontrava no final de uma alameda, junto ao muro que dava para o lado externo. Uma glicínia de flores lilases subia ao longo de pedras antigas, com a folhagem dando alguma sombra. Keira se sentou na laje e passou os dedos nas letras gravadas. A pintura dourada havia desaparecido quase inteiramente e um musgo esverdeado crescia na lápide.

— Sei que não venho há um bom tempo; na verdade, tempo demais, mas não preciso estar aqui para me lembrar de você. Uma vez me disse que, com o tempo, a tristeza da saudade se apaga e ficam as lembranças felizes. Quando vou deixar de sentir tanto a sua falta? Queria que voltássemos a conversar, poder fazer mil perguntas, ouvir mil respostas que você não deixaria de dar, mesmo que precisasse inventar. Queria ainda sentir minha mão na sua, andar a seu lado como quando íamos ver as águas recuando, com a maré baixa. Hoje de manhã tive uma discussão com Jeanne. Culpa minha, como sempre. Ficou furiosa por eu não ter telefonado ontem à noite para contar a boa notícia. Você estaria todo orgulhoso de mim, pai, orgulhoso da sua filha. Apresentei meu trabalho a uma fundação e ganhei o prêmio principal *Ex æquo*, mas você se orgulharia mesmo assim, pois sempre gostou de dividir as coisas. Como gostaria que pudesse estar aqui, que me abraçasse e andássemos juntos até o porto. Queria ouvir a sua voz, me tranquilizar com o seu olhar, como antigamente.

Keira se calou por um momento, porque estava chorando.

— Se soubesse a raiva que tenho de mim mesma por não ter vindo mais vezes, quando você estava vivo, como me arrependo! Não fiz isso e posso escutar você dizer que, afinal, eu tinha que viver minha própria vida, mas você faz parte da minha vida, pai.

"Fiz as pazes com Jeanne, porque não queria que você ficasse chateado comigo. Segui ao pé da letra os seus conselhos, liguei duas vezes e pedi desculpa. Depois brigamos de novo, pois eu disse que vinha vê-lo, mesmo sem vê-lo. Ela quer muito vir; nós duas sentimos muito a sua falta.

"Sabe, com esse prêmio que ganhei, vou poder voltar à Etiópia. Vim aqui dizer isso, porque se quiser ir me visitar, estarei no vale do Omo. Não preciso contar como se chega; tenho certeza de que vai encontrar de onde está. Venha com o vento, sem soprar forte demais, mas venha, por favor. Faço um trabalho que adoro, o mesmo que você sempre me ajudou a estudar e a vencer, mas estou sozinha e sinto a sua falta. Mamãe e você ficaram de bem aí em cima?"

Keira se debruçou para beijar a pedra; depois, se levantou e deixou o cemitério, com um peso nos ombros. Descendo de volta ao pequeno porto de St. Mawes, telefonou para Jeanne. Assim que ela começou a chorar, a irmã a consolou por um bom tempo.

*

De volta a Paris, comemoraram o sucesso de Keira. Foram duas noites de festa das irmãs e a segunda, justamente, terminou às cinco horas da manhã, com um grupo de apoio psicológico e de primeiros socorros tentando aconselhar Jeanne. Completamente bêbada, ela dizia querer ficar noiva de um tal de

Jules, um sem-teto que dormia numa galeria comercial da avenida Champs Elysées. A mais duradoura recordação guardada dessas duas noites comemorativas foram 48 horas de ressaca ininterrupta.

*

Há dias que parecem se iluminar com coisas pequenas, insignificâncias que nos deixam incrivelmente felizes; uma tarde bisbilhotando brechós, um brinquedo que surge da infância, num bazar de quinquilharias, uma mão que se agarra à nossa, o telefonema inesperado de alguém, uma palavra de ternura, o abraço de um filho, sem qualquer expectativa senão a de um pouco de carinho. Há dias que parecem se iluminar por pequenos momentos de felicidade, um perfume que deixa a alma feliz, um raio de sol na janela, o barulho da tempestade que se ouve ainda na cama, as ruas cobertas de neve ou a chegada da primavera e seus primeiros viços.

Naquela manhã de sábado, a zeladora do edifício de Jeanne tinha trazido três cartas para Keira. A arqueologia é uma profissão na qual muitas pessoas participam com seus conhecimentos, rumo à tão esperada descoberta. O sucesso propriamente dito na área de escavação depende da competência de todos, é fruto de um trabalho de equipe. Ao saber que três colegas contatados por ela teriam prazer de se juntar ao grupo que partia para a Etiópia, Keira deu saltos de alegria no apartamento.

Naquela manhã, perambulando entre as barracas de uma feira, Jeanne ouviu, de um vendedor de legumes, elogios à sua beleza e então, naquela manhã, ela chegou em casa com a cesta de compras bem cheia e uma expressão radiante.

Ao meio-dia, Jan Vackeers e Ivory almoçavam num pequeno restaurante de Amsterdã. O linguado que Ivory pedira estava maravilhosamente bem-cozido e Jan ficava contente de ver a gulodice do amigo tão bem-satisfeita. Barcaças passavam umas pelas outras no canal e o sol banhava a sacada em que os dois velhos companheiros almoçavam, recordando boas histórias e rindo bastante à vontade.

Às 13 horas, Walter passeava pelo Hyde Park. Um pastor suíço, sentado perto de um grande carvalho, olhava um esquilo atentamente, saltando de galho em galho. Walter se aproximou do cachorro e passou a mão em sua cabeça.

Quando a dona do animal chamou por ele, Walter ficou pasmo. E Miss Jenkins ficou tão surpresa quanto ele com aquele encontro inesperado. Foi ela a tomar a iniciativa da conversa. Não sabia que Walter gostava de cães e ele confirmou ter um, mas que, a maior parte do tempo, ficava na casa da mãe. Percorreram juntos cerca de 100 metros e se despediram educadamente, diante das grades do parque. Walter passou o resto da tarde sentado numa cadeira, contemplando as flores de uma roseira selvagem.

Às 14 horas, eu estava voltando de um passeio. Tinha encontrado uma máquina fotográfica antiga, no mercado das pulgas de Camden, e saboreava a ideia de passar o resto do dia desmontando e limpando o meu achado. Debaixo da porta, havia um cartão-postal que o carteiro deixara, reproduzindo o pequeno porto pesqueiro de Hydra, ilha em que mora a minha mãe. Tinha sido enviado havia seis dias; ela detesta o telefone, não escreve com frequência e quando pega a caneta, a prosa nem é tão prolixa. O texto tinha uma simplicidade desconcertante: "Quando vai vir me ver?" Duas horas depois, saí da agência de viagem a duas quadras da minha casa, com uma passagem de avião no bolso, marcada para o final do mês.

Naquele sábado, ocupada demais com os preparativos da expedição, Keira desmarcou o jantar que tinha com Max.

Depois de se olhar com todo o cuidado no espelho do banheiro, Jeanne resolveu jogar fora as últimas cartas de Jérôme, ainda guardadas na gaveta da escrivaninha.

Walter, que tinha ido à livraria que frequentava, lia uma enciclopédia sobre cães, decorando tudo que havia sobre pastores suíços.

Jan Vackeers aceitou um pedido de revanche de Ivory numa partida de xadrez.

Enquanto isso, depois de limpar meticulosamente a máquina fotográfica que comprei pela manhã, me sentei à escrivaninha, com uma cerveja gelada e um sanduíche preparado com todo o cuidado. Comecei uma carta para minha mãe, avisando que iria visitá-la, e encostei a caneta, satisfeito de poder lhe dar essa notícia.

* * *

Há dias que somam insignificâncias, dias dos quais por muito tempo nos lembramos, sem poder exatamente dizer por quê.

*

Eu havia informado Walter sobre a viagem. Minhas aulas só começariam no início do ano letivo e ninguém notaria minha ausência na Academia. Comprei biscoitos, chá e mostarda inglesa, que minha mãe adora. Fechei a mala, tranquei a porta de casa e um táxi me levou ao aeroporto. Aterrissaria em Atenas no meio da tarde, a tempo de chegar ao porto de Pireu e me pôr a bordo da primeira barcaça que me levaria à ilha de Hydra, a uma hora de viagem.

Como sempre, o fluxo em Heathrow era dos mais caóticos. Mas, para quem já voou aos confins da América do Sul, nada mais surpreende em matéria de viagem. Por sorte, o voo estava na hora certa. Depois de decolar, o piloto anunciou que sobrevoaríamos a França, tomando em seguida o rumo da Suíça e do norte da Itália, atravessando o Adriático para, enfim, chegar à Grécia. Havia muito tempo eu não fazia essa viagem e estava feliz com a decisão de visitar minha mãe. Já passávamos por cima de Paris, com o céu perfeitamente claro, e os passageiros que estavam sentados do mesmo lado que eu no avião puderam aproveitar uma esplêndida vista da capital, com direito inclusive à Torre Eiffel.

*

Paris

Keira implorou a ajuda de Jeanne para poder fechar a mala.

— Não quero mais que vá embora.

— Vou perder o avião, rápido, por favor Jeanne, não é hora para isso!

Elas saíram às pressas. No táxi que tomou a direção de Orly, Jeanne permaneceu calada.

— Vai ficar fazendo cara feia até a hora de nos despedirmos?

— Não estou fazendo cara feia, só estou triste — resmungou Jeanne.

— Prometo que vou telefonar sempre.

— Promessa da boca pra fora! Quando tiver chegado, não vai lembrar mais nada. Além disso, como você já repetiu várias vezes, lá não tem cabines de telefone, não tem internet...

— E por que acha que promessas da boca pra fora não se cumprem?

— Era o que eu dizia das promessas de Jérôme!

— Jeanne, esses dois meses foram ótimos e tudo que está acontecendo foi graças a você. É a quem devo essa viagem, você foi...

— Eu sei, minha idiota preferida no mundo, mas mesmo assim você prefere passar os dias na companhia de uns esqueletos, no vale do Omo, e não da sua irmã que é obviamente insubstituível. Ai! Eu sou mesmo a maior das imbecis, jurei que não faria essa cena, ontem ensaiei cem vezes, no quarto, tudo de legal que eu ia dizer.

Jeanne olhou fixamente para Keira.

— O que foi?

— Nada, estou guardando bem o seu rosto, já que não vou mais vê-la.

— Pare com isso, Jeanne, vai acabar me deixando culpada. Venha me visitar!

— Normalmente já é difícil chegar ao fim do mês; se eu falar com o meu gerente de banco de uma viagenzinha à Etiópia, ele vai adorar. Cadê o seu colar?

Keira passou a mão pelo pescoço.

— É uma longa história.

— Estou ouvindo.

— Em Londres, encontrei por acaso um velho conhecido.

— E deu para ele o pingente de que gostava tanto?

— Já disse, Jeanne, é uma longa história.

— Como ele se chama?

— Adrian.

— E ele foi com você visitar papai?

— Não, claro que não.

— Em todo caso, se esse misterioso Adrian puder afastar Max dos seus pensamentos, melhor assim.

— Qual é o problema com Max?

— Nenhum!

Keira olhou atentamente a irmã.

— "Nenhum" ou "Nenhum, muito pelo contrário"? — perguntou.

Jeanne não respondeu.

— Sou mesmo a rainha das idiotas... — desabafou Keira. — "Não sei de Max desde que terminaram", "Max levou um tempão para se recuperar, não volte a abrir as feridas, se for para ir embora depois", "Não sei se devia dizer, mas Max estava no tal jantar", você é doida por ele!

— Como diz besteira!

— Olhe para mim, Jeanne!

— E o que eu ia fazer? Contar que me senti sozinha a ponto de ficar interessada pelo ex da minha irmã caçula? Nem sei se era ele propriamente, acho que foi mais pelo casal que vocês formavam ou pela simples ideia de casal.

— Max é todo seu, Jeanne, mas não se decepcione, vocês têm tudo para não dar certo!

Jeanne a acompanhou até o balcão de embarque. Com a bagagem de Keira já tendo sido engolida pela esteira rolante, as duas foram tomar um último café. Jeanne sentia a garganta presa demais para conseguir falar e Keira não estava em melhor estado. Ficaram de mãos dadas, cada uma absorta em seus próprios pensamentos, em silêncio. Separaram-se à entrada do portão de controle aéreo. Jeanne apertou Keira nos braços e desandou a chorar.

— Prometo telefonar toda semana — disse Keira, em lágrimas.

— Você não vai cumprir a promessa, mas eu vou escrever, faça o mesmo. Conte o seu dia a dia que eu conto o meu; suas cartas vão ter páginas e páginas e as minhas apenas algumas linhas, já que não terei muito para contar. Envie fotografias desse seu rio magnífico e eu envio cartões-postais do metrô. Adoro você, irmãzinha, cuide-se bem e, principalmente, volte logo.

Keira foi se afastando de costas; mostrou o passaporte e o cartão de embarque ao policial que fazia o controle. Depois disso se virou para um último adeus com a mão, mas Jeanne já tinha ido embora.

Há dias que somam insignificâncias e deixam um vazio na alma, momentos de solidão de que vamos nos lembrar por muito, muito tempo.

*

Atenas

No final do dia, o porto de Pireu é tão animado quanto uma colmeia de abelhas. Assim que descem das intermináveis filas de ônibus, de vans e de táxis, os passageiros correm para os diferentes embarcadouros. As amarras estalam ao sabor do vento, ritmando o balé dos navios que atracam ou se preparam para partir. O meu, para Hydra, já estava ao largo. Com o mar agitado, sentado à popa, eu olhava a linha do horizonte. Apesar das minhas origens gregas, nunca me senti muito marinheiro.

Hydra é uma ilha fora do tempo, oferecendo apenas duas maneiras de se locomover de um lugar a outro: a pé ou montado em um burro. As casas do vilarejo, incrustadas na montanha, dominam o pequeno porto de pesca; chega--se a elas por ruelas muito íngremes. Fora da temporada turística, todo mundo se conhece e é impossível desembarcar sem que um rosto familiar lhe sorria, sem que lhe deem um abraço e gritem para todo mundo ao redor que você está de volta ao lar. Minha aposta particular era a de subir o morro e chegar à casa onde passei minha infância antes da notícia do meu desembarque. Não entendo por que, mas queria muito fazer uma surpresa a minha mãe. Acho que havia pressentido, no breve cartão que enviou, não uma censura, mas um chamado.

Kalibanos, que negocia e aluga burros, ficou feliz e me deu um dos seus melhores animais. É algo difícil de acreditar, mas existem duas espécies desses quadrúpedes em Hydra: os que andam a passadas lentas e os que trotam em boa velocidade. Esses últimos valem o dobro dos primeiros e cavalgá-los é algo bem mais difícil do que parece. Os burros têm personalidade própria e para fazê-los seguir em determinada direção é preciso, antes, conseguir ser pessoalmente aceito por eles.

— Não dê folga — avisou Kalibanos —, ele é rápido, mas também é preguiçoso. Quando chegar à curva, um pouco antes da casa da sua mãe, puxe as rédeas para a esquerda, para ele não acabar mais uma vez com as flores no canteiro da minha prima; senão ela vai criar de novo a maior confusão.

Prometi fazer o melhor que pudesse e Kalibanos disse que deixasse minha bagagem, que me enviaria mais tarde. Deu uma pancada no relógio de pulso, avisando que, se eu não chegasse em menos de 15 minutos lá no alto, mamãe já saberia da minha presença na ilha.

— E sorte sua o telefone da sua tia estar quebrado!

Tia Elena tem uma lojinha de cartões-postais e suvenires no porto. Fala sem parar, geralmente sem dizer nada, mas tem o riso mais comunicativo que já se ouviu e ela ri o tempo todo.

Assim que parti, voltaram os reflexos da infância. Não vou dizer que chegava a causar boa impressão, com o asno balançando demais os quartos, mas seguimos num bom ritmo e a beleza do lugar me maravilhava, como a cada vez que eu voltava. Na verdade, não fui criado em Hydra, nasci em Londres e foi onde sempre vivi, mas passava todas as minhas férias na casa da família da minha mãe, e ela veio de vez para cá depois que papai morreu.

Meu nome é Adrian, a não ser aqui, em Hydra, onde todo mundo sempre me chamou Adrianos.

*

Adis-Abeba

O avião acabava de pousar no aeroporto de Bole, se dirigindo ao terminal novo em folha que é o orgulho da cidade. Keira e sua equipe precisaram esperar longas horas, até que o material que trouxeram fosse liberado pela alfândega. Três vans os esperavam. O coordenador contatado por Keira no início da semana havia cumprido o que prometera. Os motoristas colocaram as caixas, as tendas e demais bagagens nos dois primeiros veículos e o grupo embarcou no terceiro. Os motores foram ligados e as embreagens rangeram, anunciando o início da grande aventura. Passaram pelo cruzamento que homenageia a cooperação sino-africana; aliás, o frontão da estação central ferroviária de Adis-Abeba representa, esculpida, a bandeira vermelha com a estrela da China. A caravana tomou a avenida principal que, de leste a oeste, atravessa a cidade. O trânsito estava lento e os recém-desembarcados do avião, esgotados, não demoraram a dormir, sem se incomodar com o caos ao redor, mal acordando com os solavancos da van, toda vez que uma roda batia num buraco.

O vale do Omo ficava a 550 quilômetros, indo em linha reta, e três vezes mais do que isso pela estrada, com o asfalto desaparecendo no meio do percurso, deixando em seu lugar uma estrada de terra batida e, depois, uma simples pista.

Passaram por Adis, Tefki, Tulu Bolo e pararam em Giyon, ao anoitecer. Todo o material foi descarregado e embarcado imediatamente em dois veículos longos com tração nas quatro rodas. Keira estava em êxtase com a organização perfeita e os membros do grupo pareciam contentes, apesar do cansaço que só aumentava.

Em Welkite, os motoristas dos carros de transporte disseram que não continuariam. Resolveram passar a noite ali.

Uma família os hospedou. Satisfeitos, comeram a refeição que foi preparada: um prato de *wat*. Todo mundo dormiu em esteiras estendidas na sala principal.

Keira foi a primeira a acordar. Indo até o portão da casa, olhou os arredores. A cidade era composta principalmente de casas brancas, com cobertura de folhas onduladas de zinco. Não havia nenhuma semelhança com os telhados parisienses, e ela sentiu uma brusca saudade de Jeanne, se perguntando por que diabos tinha se metido naquela aventura. A voz de um dos colegas, Éric, tirou-a de seus pensamentos.

— Estamos longe do Périphérique de Paris, não é?

— É exatamente o que estava começando a perceber, mas se você acha que chegou ao fim do mundo, precisa esperar mais um pouco, ainda faltam 500 quilômetros — ela respondeu.

— Estou louco para chegar e começar o trabalho.

— A primeira coisa é fazer com que a aldeia nos aceite.

— Está preocupada com isso?

— Fomos embora meio de repente, depois da tempestade.

— Mas não fizeram nenhum estrago, por que seria um problema? — concluiu Éric, indo embora.

Foi a primeira vez que a objetividade do colega surpreendeu Keira e estava longe de ser a última. Ela deu de ombros e foi até os veículos para ver se o material estava bem preso e acomodado.

Às sete horas da manhã, o comboio retomou a estrada. Atravessado o subúrbio de Welkite, as casas foram substituídas por barracos com telhados pontudos de palha. Uma hora depois, a paisagem mudou radicalmente, com Keira e sua equipe entrando no vale de Gibe.

Foi o primeiro contato com o rio, e os veículos tomaram a ponte do Duc, atravessando a majestosa correnteza que Keira finalmente revia. A pedido dela, os dois 4x4 pararam.

— Quando vamos chegar? — perguntou um dos colegas.

— Poderíamos descer o rio — disse Éric, olhando para as águas no fundo do precipício.

— Poderíamos. Seriam uns vinte dias, isso se os hipopótamos não resolverem fazer um capricho e não nos deixarem passar. Provavelmente, a gente também ia perder metade do material na correnteza — respondeu Keira. — Na verdade, o melhor seria pegar um avião pequeno até Jimma, mas tudo isso é caro demais para ganhar só um dia a mais.

Éric voltou ao carro sem mais comentários. À esquerda deles, o rio atravessava as planuras e ia se perder na selva.

O comboio voltou a se mover, levantando uma espessa nuvem de poeira pelo caminho. A estrada foi ficando cada vez mais sinuosa, com despenhadeiros cada vez mais vertiginosos. Ao meio-dia, passaram por Abelti e teve início a descida para Asendako. A viagem parecia não ter fim e somente Keira se mantinha firme. Os veículos finalmente entraram em Jimma. Foi a pousada para a segunda noite; no dia seguinte, Keira veria de novo o vale do Omo.

*

Hydra

— Ainda bem que sua tia me telefonou do armazém e avisou que você tinha desembarcado no porto. Quer me fazer ter um infarto?

Foram as primeiras palavras da minha mãe quando me viu entrar em casa. Era a maneira dela de me receber e, também, de reclamar por tantos meses de ausência.

— Essa sua tia ainda enxerga bem, não sei se eu ia te reconhecer se passasse por você na cidade! Vem aqui na luz pra eu te ver. Está magro e não parece nada bem.

Eu ainda teria que ouvir duas ou três observações desse tipo até que ela, enfim, resolvesse me abrir os braços.

— Essa mala não parece muito pesada, imagino que fique apenas uns dias.

Ao ouvir que minha intenção era a de passar várias semanas, mamãe finalmente relaxou um pouco e me beijou com carinho. Jurei a ela que nada tinha mudado e recebi de volta uns tapinhas no rosto, me chamando de mentiroso, mas aceitou o cumprimento. Logo depois foi para a cozinha, fazer um balanço da farinha de trigo, do açúcar, do leite, dos ovos, da carne e dos legumes que tinha em estoque.

— Posso saber o que está fazendo? — perguntei.

— Imagine você que meu filho desembarcou de repente, depois de dois anos sem visitar a mãe uma única vez e como, além de tudo, ainda chegou num fim de tarde, eu só tenho uma hora para preparar uma festa.

— Vamos jantar a dois, você e eu. Deixe que a convide e pegamos uma mesa no restaurante do porto. Gostaria muito.

— Então, já que é assim, eu gostaria de ter 30 anos a menos e estar livre dos meus reumatismos!

Mamãe estalou os dedos como se fizesse um passe de mágica e levou a mão até a região lombar.

— Bom, como pode ver, não deu certo. Concluo que nossos desejos não serão realizados hoje. Então, vamos precisar de um banquete digno dessa família e de sua fama; se acha que sua chegada à ilha passou despercebida...!

Era inútil discutir naquele ponto específico e também com relação a todo o resto. O vilarejo inteiro teria entendido perfeitamente se passássemos a noite apenas os dois, mas celebrar minha chegada contava muito para a minha mãe, e qualquer insistência minha seria vista como se eu quisesse privá-la desse prazer.

Os vizinhos trouxeram vinho, queijo e azeitonas, as mulheres arrumaram a mesa, os homens afinaram os instrumentos. Todos beberam, dançaram e cantaram até tarde e, em determinado momento, puxei minha tia para um canto, para "agradecer" por sua discrição. Ela jurou não entender a que eu me referia.

Quando acordei no dia seguinte, mamãe já estava de pé havia muito tempo. Com a casa arrumada, tudo tinha a aparência normal de todos os dias.

— O que espera fazer aqui, durante essas semanas? — perguntou, servindo um café.

Fiz com que se sentasse a meu lado.

— Para começar, não deixar que fique me servindo o dia inteiro. Vim cuidar de você e não o contrário.

— Cuidar de mim? Era só o que faltava! Há anos que aprendi a cuidar de mim sozinha. Só tenho ajuda mesmo da Elena, que vem para estender a roupa lavada e eu, em troca, ajudo na loja. Tirando isso, não preciso de ninguém.

Sem tia Elena, minha mãe se sentiria muito mais sozinha. E enquanto tomava meu café, podia ouvi-la abrindo minha mala e ajeitando as coisas no armário.

— Não pense que não estou vendo você dar de ombros! — disse ela, na janela do meu quarto.

Passei aquele primeiro dia de férias revendo as paisagens da ilha. O jumento de Kalibanos me guiava ao longo das trilhas. Parei numa enseada, aproveitando não haver ninguém, para um mergulho no mar, mas a água gelada rapidamente me fez desistir. Almocei com mamãe e minha tia no porto, ouvindo histórias da família, lembranças que as duas evocavam sem cansar. Haverá um momento na vida em que a felicidade acaba, em que não se espera mais nada? Será isso envelhecer? Quando o hoje passa a ter o ontem como assunto exclusivo, quando o presente se torna apenas saudade, timidamente escondida atrás de grandes risadas?

— Por que fica olhando pra gente desse jeito? — perguntou tia Elena, enxugando os olhos.

— Nada... Será que quando eu voltar a Londres as duas vão almoçar nessa mesma mesa, falando desse almoço de hoje como uma boa lembrança?

— Mas é claro! Que pergunta mais idiota é essa?

— Pois me pergunto se não seria melhor aproveitar o dia bonito que faz, em vez de esperar que eu tenha ido embora.

— Esse seu filho passou tempo demais longe do sol — disse Elena a minha mãe. — Não entendo patavina do que ele diz.

— Pois eu sim — respondeu mamãe, sorrindo —, e acho que não está totalmente errado. Vamos parar com essas histórias do passado e falar do futuro. Quais são seus projetos, Elena?

Minha tia olhou para minha mãe e depois para mim.

— Vou pintar as paredes da loja no final do mês, pouco antes do início da temporada — anunciou, com toda a seriedade. — O azul desbotou, não acham?

— Acho sim e esse é, justamente, um assunto que deve interessar muito Adrianos — acrescentou minha mãe, com uma piscada de olho para mim.

Naquele momento, Elena achou que talvez estivéssemos zombando dela e jurei que não estávamos. Discutimos por duas horas o tom de azul que melhor conviria à fachada da loja. Mamãe chegou ao cúmulo de tirar da sesta o dono da casa de tintas e confiscou o mostruário de cores. Enquanto as aplicávamos às paredes, escolhendo a que combinava melhor, foi no rosto de minha mãe que vi as cores se reinventarem.

Duas semanas se passaram, durante as quais vivemos ao sabor daquele sol que me fizera tanta falta, daquele calor que aumentava a cada dia. O mês de junho correu lentamente e vimos os primeiros turistas desembarcarem.

Lembro daquela manhã como se fosse ontem, uma sexta-feira. Mamãe entrou em meu quarto, onde eu lia, aproveitando o frescor que as persianas tinham conseguido guardar. Precisei encostar o livro, pois ela estava de pé e de braços cruzados, à minha frente. Olhava para mim sem nada dizer e, ainda por cima, com uma expressão estranha.

— O que há?

— Nada — respondeu.

— Veio só me ver lendo?

— Vim trazer sua roupa.

— Mas não trouxe!

— Devo ter esquecido no meio do caminho.

— Mãe?

— Adrian, desde quando você usa um colar? — Quando ela me chama de Adrian, é porque algo sério a preocupa. — E não banque o inocente! — acrescentou.

— Do que está falando? Não tenho a menor ideia.

Mamãe lançou um olhar significativo à gaveta da mesinha de cabeceira.

— Estou falando desse que encontrei na sua mala e coloquei ali.

Abri a gaveta em questão e vi o pingente esquecido por Keira em Londres. Por que o tinha trazido comigo? Nem eu saberia dizer.

— Foi um presente!

— E desde quando ganha colares? É um presente bem original, nada simples. Quem foi tão generoso assim?

— Uma amiga. Já estou há duas semanas aqui, por que só agora esse interesse súbito pelo colar?

— Primeiro fale dessa amiga que dá uma joia a um homem, quem sabe assim paro de me interessar por esse seu colar.

— Não foi bem um presente, ela o esqueceu na minha casa.

— Por que então disse ter sido um presente, se não foi? Não se esqueceu de contar outras coisas?

— Não prefere dizer logo aonde quer chegar, mamãe?

— Pode explicar quem é o energúmeno que acaba de descer da barca de Atenas e anda de loja em loja perguntando por você?

— Qual energúmeno?

— Vai responder a cada pergunta que faço com outra pergunta? Chega a ser irritante.

— Não sei do que está falando.

— Não sabe de quem é o colar, não sabe dizer quem o deu de presente, ou, afinal, esqueceu na sua casa, e também ignora quem é o Sherlock Holmes de short no porto, já na quinta cerveja e perguntando por você a todo mundo que passa. Não sei quantas vezes já telefonaram para falar disso e saiba que também não sei o que dizer!

— Um Sherlock Holmes de short?

— Short de flanela, camiseta e boné quadriculado, só falta o cachimbo!

— Walter!

— Sabe então quem é!

Enfiei uma camisa e corri para a porta, torcendo para que o burro não tivesse roído a corda que o prendia à árvore na frente de casa. Desde o início da semana, tinha começado a fazer isso para ir passear livre e solto no terreno do vizinho, fazendo corte a uma fêmea que, aliás, parecia não lhe dar a menor bola.

— Walter é um colega de trabalho, não tinha a menor ideia de que pretendia nos visitar.

— A nós? Por favor, não me inclua nisso, Adrian!

Eu realmente não via por que minha mãe estava tão irritada, ela que, normalmente, era a mais acolhedora das pessoas. E não entendi também a indireta que deu, no momento em que já saía: "Sua ex-mulher também era uma colega!"

De fato, Walter havia desembarcado uma hora antes na ilha e estava sentado na varanda do restaurante, perto da loja de Elena.

— Adrian! — exclamou ao me ver.

— O que está fazendo aqui, Walter?

— Como acabei de dizer a esse simpático albergueiro, sem você a Academia não é mais a Academia. Estou sentindo muito a sua falta, caro amigo!

— Disse ao dono desse lugar que estava sentindo minha falta?

— Literalmente, e é a pura verdade.

Dei uma gargalhada. Não foi a melhor das reações, pois Walter tomou isso como um grande sinal de alegria de minha parte por vê-lo ali e, com as cinco ou seis cervejas que já havia tomado, se levantou para me abraçar. Por cima do ombro dele, vi tia Elena ligar para a minha mãe.

— Walter, não o esperava aqui...

— E nem eu imaginava vir. Mas choveu, choveu, não parou de chover desde que foi embora; me enchi daquele cinza todo e, como estava precisando dos seus conselhos... mas falamos disso mais tarde. Então eu disse: Por que não passar uns dias ao sol? Por que são sempre os outros que viajam e nunca eu? Dei ouvidos a mim mesmo dessa vez. Vi uma promoção na vitrine de uma agência de viagens e aqui estou!

— Por quanto tempo?

— Uma semaninha de nada, mas não estou me impondo, de jeito nenhum, garanto, tenho o necessário. A promoção era de um pacote, incluindo um quarto num hotel simples, mas charmoso, em algum lugar por aqui, não sei onde — concluiu, sem fôlego, me mostrando a reserva.

Acompanhei Walter pelas ruelas da parte antiga da cidade, maldizendo o almoço em que cometi a imprudência de comentar com ele o nome da ilha em que me exilava.

— Que belo lugar esse seu, Adrian, é simplesmente magnífico. As paredes brancas, as janelas azuis, o mar, até os jumentos são formidáveis!

— É hora da sesta, Walter, se puder falar um pouco mais baixo, essas ruazinhas são tremendamente sonoras.

— Tem toda a razão — cochichou —, é claro.

— E posso sugerir que troque de roupa?

Walter olhou-se de cima a baixo, parecendo estranhar.

— Tem alguma coisa de errado?

— Vamos deixar a sua mala e tratar de resolver isso.

Eu não sabia que, enquanto ajudava Walter a encontrar algo mais discreto numa loja do porto, Elena telefonava para a minha mãe, dizendo que eu "fazia compras" com o meu amigo.

Os gregos são naturalmente acolhedores, eu não ia desmentir essa reputação, e então convidei Walter para jantar na cidade. Lembrei que viera também pedir conselhos. Na varanda do restaurante, perguntei em que podia ser útil.

— Entende de cachorros? — ele perguntou.

E contou o passeio fugaz com Miss Jenkins, semanas antes, no Hyde Park.

— Isso mudou muita coisa. Agora, toda vez que nos encontramos, peço notícias de Oscar, é o nome do pastor suíço dela. E a resposta é sempre que ele está bem, mas, no que se refere a nós mesmos, continuamos no mesmo ponto.

— Por que não a convida para um concerto ou um show de música? As salas de Covent Hall têm uma programação variada.

— Como uma ideia tão simples não me veio à cabeça?

Walter olhou profundamente o mar e suspirou.

— Nunca vou conseguir!

— Vá em frente, convide, ela vai se sensibilizar, acredite.

Walter mais uma vez se perdeu na visão do oceano, com outro suspiro.

— E se ela disser não?

Tia Elena chegou, se plantou à nossa frente, esperando que eu fizesse as apresentações. Walter convidou-a à mesa, o que ela aceitou sem que fosse necessário insistir e se sentou antes até que eu me levantasse e oferecesse uma cadeira. Sem minha mãe por perto, Elena tinha um humor impressionante. Tomou a palavra e não a devolveu mais, contando quase a vida inteira para

Walter. Só saímos do restaurante porque queriam fechar. Acompanhei meu amigo ao hotel e voltei para casa montado no meu burro. Mamãe estava acordada, no pátio interno, limpando a prataria, à uma hora da manhã!

No dia seguinte, o telefone tocou por volta das 16 horas. Minha mãe veio à varanda, dizendo, cheia de desconfiança, que meu amigo queria falar comigo.

Walter propôs um passeio de fim de tarde, mas eu queria terminar o que estava lendo e convidei-o a vir em casa à noite. Desci para umas compras no centro e pedi que Kalibanos buscasse Walter no hotel, por volta das nove horas, e o levasse em casa. Mamãe continuava em silêncio, se limitando a acrescentar prato e talheres à mesa e a convidar minha tia para o jantar que parecia contrariá-la tanto.

— O que você tem? — perguntei, ajudando a pôr a mesa.

Ela ajeitou os pratos e cruzou os braços, o que em geral não prenunciava boa coisa.

— Dois anos de ausência, durante os quais praticamente não deu notícias, e a única pessoa que apresenta a sua mãe é esse Sherlock Holmes? Quando vai pensar em levar uma vida normal?

— Tudo depende do que você chama de normal.

— Gostaria que minha única preocupação fosse a de meus netos não se machucarem brincando nas pedras.

Mamãe nunca tinha manifestado nada assim. Puxei uma cadeira para que se sentasse e servi um copo de ouzo, do jeito que ela gostava, sem água e com uma única pedra de gelo. Olhei-a com carinho, pensando duas vezes o que dizer.

— Resolveu agora querer netos? Sempre disse o contrário, que ter me criado já foi o bastante, e até demais. Jurava não ser dessas mulheres que querem, a todo custo, quando os filhos deixam o ninho, voltar à mesma ladainha, vestidas de avó.

— Pois sou uma delas, só os imbecis nunca mudam de ideia, não é? A vida passa tão rápido, Adrianos, já teve todo o tempo do mundo para se divertir com os amigos. Não é hora mais de sonhar com o amanhã. Na sua idade, o amanhã é hoje; e na minha, como pôde constatar, o hoje foi ontem.

— Ainda tenho muito tempo! — reclamei.

— Não vendem alfaces quando elas já estão murchas!

— Não sei o que tanto a preocupa nem por que, mas não tenho dúvida de, um dia, encontrar a mulher ideal.

— Por acaso pareço uma mulher ideal? No entanto, seu pai e eu vivemos quarenta belíssimos anos juntos. A mulher e o homem não precisam ser ideais, o que interessa é o que os dois pretendem fazer juntos. Uma grande história de amor é o encontro de duas pessoas dispostas a dar. Já passou por isso na vida?

Confessei que não. Mamãe passou a mão no meu rosto e sorriu.

— Pelo menos procurou?

Ela se levantou sem ter tocado no copo e voltou para a cozinha, me deixando sozinho na varanda.

*

Vale do Omo

As pálidas manhãs do vale do Omo revelam paisagens de pântanos e savanas, cercados de altos planaltos. As marcas da tempestade tinham todas desaparecido. Os aldeões haviam reconstruído o que o vento estragou. Macacos colobus passavam se balançando de galho em galho, mas mal faziam as árvores se mexerem.

Os arqueólogos cruzaram uma aldeia da tribo Qwegu e, um pouco mais abaixo do curso do rio, chegaram à dos mursis.

Guerreiros e crianças brincavam na água.

— Já viram algo tão bonito quanto esses povos do Omo? — perguntou Keira aos companheiros de viagem.

Em suas peles cor de bronze com reflexos vermelhos, viam-se pinturas dignas de grandes mestres. Os mursis conseguem, por instinto, o que muitos pintores passam a vida procurando. Com os dedos ou a ponta afiada de uma cana, usam o ocre vermelho ou qualquer outro pigmento tirado das terras vulcânicas para se enfeitar com cores: o verde, o amarelo e até o próprio cinza. Uma menina que parecia sair de um quadro de Gauguin ria para um jovem guerreiro revisto por Rothko.

Diante de tanto esplendor, os colegas de Keira ficaram em silêncio, maravilhados.

Se de fato existe o chamado berço da humanidade, o povo do Omo parecia ainda viver nele.

A aldeia em peso veio correndo na direção dos visitantes. Entre os que dançavam demonstrando alegria, Keira procurava apenas um rosto, que distinguiria entre cem outros. Mesmo encoberto por uma máscara de ocre ou de argila, ela reconheceria os seus traços, mas Harry não estava ali para recebê-la.

*

Hydra

Ouvi o zurro de um burro lá fora, exatamente às nove horas. Minha mãe abriu a porta da casa para Walter. Suas roupas não pareciam em muito bom estado.

— Ele levou três tombos! — suspirou Kalibanos. — E olha que preparei o animal mais manso que tenho — disse, já indo embora e chateado por não ter cumprido bem sua missão.

— Podem dizer o que quiserem — protestou Walter —, mas estamos longe dos equinos de Sua Majestade. Estabilidade nenhuma nas curvas nem um mínimo de disciplina.

— O que ele disse? — perguntou baixinho Elena.

— Que não gosta dos nossos burros! — respondeu mamãe, nos levando à varanda.

Walter fez mil elogios a respeito da decoração. Jurou nunca ter visto nada tão bonito. Maravilhou-se com o piso de seixos rolados. À mesa, Elena não parou de fazer perguntas sobre o que fazia na Academia, sobre como nos tornáramos amigos. Até então, eu desconhecia o talento diplomático do meu colega. Durante todo o jantar, ele admirou efusivamente cada prato que foi servido. Já na sobremesa, perguntou à minha mãe como havia conhecido meu pai. É o assunto favorito de mamãe. O frescor da noite incomodava Elena. Deixamos a varanda e fomos nos sentar na sala, onde foi servido o "café branco", de flor de laranjeira, que mamãe havia preparado. Fiquei surpreso ao ver em cima de um móvel perto da janela o colar de Keira, que misteriosamente tinha viajado da gaveta de minha cabeceira até ali. Walter, que acompanhava o meu olhar, exclamou, todo alegre:

— Ah, estou reconhecendo esse pingente!

— Não tenho a menor dúvida! — respondeu minha mãe, estendendo a caixa de chocolates.

Walter não entendeu por que ela parecia tão satisfeita dizendo aquilo, e confesso que eu também não.

Elena estava cansada, era tarde demais para descer ao vilarejo e, como era comum, decidiu ficar para dormir no quarto de hóspedes. Mamãe se recolheu ao mesmo tempo, dando boa-noite a Walter e aconselhando que eu o acompanhasse, quando acabássemos nossos copos, achando que ele podia se perder no caminho. Ele garantiu não ser minimamente necessário. Mas as condições climáticas resolveram tudo de outra forma.

Sempre me espantou essa maneira como a conjunção de pequenos detalhes decide o curso das nossas vidas. Ninguém vê as peças do quebra-cabeça implacavelmente se juntando, para nos levar a grandes reviravoltas.

Walter e eu já conversávamos havia uma hora, quando uma tempestade veio se aproximando, a partir do mar. Fazia muito tempo que eu não via uma tempestade tão forte. Walter me ajudou a fechar portas e janelas e tranquilamente retomamos o fio da conversa, enquanto as trovoadas se sucediam lá fora.

Estava fora de cogitação o amigo ir embora debaixo daquele temporal. Como Elena ocupava o quarto de hóspedes, ofereci o sofá da sala e um cobertor para a noite. Com ele já deitado, me despedi e fui para o meu quarto, cansado o bastante para cair rapidamente no sono. Mas a tempestade tinha dobrado de intensidade, por mais forte que eu fechasse os olhos, os raios caíam tão violentos que os clarões iluminavam tudo.

Walter surgiu de cuecas quarto adentro, num estado de agitação que eu nunca tinha visto antes. Sacudiu-me, insistindo para que me levantasse e fosse com ele. Achei que tivesse visto alguma cobra, mas elas nunca entravam em casa. Precisei sacudi-lo para que conseguisse falar.

— Venha ver, por favor, não vai acreditar.

Não tinha outra alternativa e, então, foi o que fiz. A sala estava mergulhada no escuro e Walter me levou até a janela. Rapidamente entendi o que tanto o encantava. Toda vez que se via um relâmpago no céu, o mar se iluminava como um gigantesco espelho.

— Fez bem em me tirar da cama, concordo que é um belíssimo espetáculo.

— Que espetáculo? — perguntou Walter.

— Ora! Esse aí, à nossa frente, não foi por isso que me acordou?

— Estava dormindo com todo esse escarcéu? E falam da barulheira de Londres, mas Hydra, debaixo de chuva, não fica atrás. Não, não foi esse o motivo para fazer você sair da cama.

Um raio cortou o céu e não achei muito prudente continuar ali, perto das janelas, mas Walter insistiu para que eu não me movesse e foi pegar o pingente que minha mãe havia largado em cima do console, segurando-o com a ponta dos dedos à frente da janela.

— Olhe bem o que vai acontecer — disse, cada vez mais agitado.

Ouvimos outra trovoada e, quando outro relâmpago brilhou no céu, a luz viva do raio atravessou o pingente. Milhões de pontinhos luminosos se estamparam na parede da sala, de maneira tão intensa que demorou alguns segundos até a imagem se apagar nas nossas retinas.

— Não é simplesmente assombroso? Não estava conseguindo dormir — continuou Walter — e me aproximei da janela. Não sei por que, resolvi pegar o colar. Enquanto eu o olhava mais de perto, o fenômeno que você acaba de ver aconteceu.

Por mais que eu também examinasse o pingente, tendo acendido a luz, nenhum orifício era visível a olho nu.

— O que acha que pode ser?

— Não faço a menor ideia — respondi a Walter.

Não sabia, além disso, que naquele exato momento minha mãe, que tinha descido do quarto para entender o motivo de tanta confusão na sala, subia de volta a escada, em silêncio, tendo visto Walter de cueca e eu, diante da janela que dá para o mar, passando de um para o outro o colar de Keira, à luz dos relâmpagos.

No dia seguinte, durante o jantar, mamãe perguntou a Walter o que ele achava das seitas, em geral. Antes que um de nós pudesse responder, ela se levantou da mesa e foi arrumar a cozinha.

Sentado na varanda, de onde se descortinava toda a baía de Hydra, contei a Walter algumas recordações de infância, ligadas à casa. Naquela noite, o céu estava transparente e a abóbada celeste sem nuvens.

— Não quero dizer besteira — disse Walter, olhando para o alto —, mas o que estou vendo ali parece muito...

— Cassiopeia — atalhei, interrompendo-o — e, bem ao lado, está a galáxia de Andrômeda. A Via Láctea, que contém nosso planeta, é irremediavelmente atraída por Andrômeda. Muito provavelmente vão entrar em colisão, daqui a alguns milhões de anos.

— Enquanto esse seu fim do mundo não chega, o que eu queria dizer...

— E um pouco mais à direita, está Perseu e, é claro, a Estrela do Norte. Espero que esteja vendo a magnífica nebulosa...

— Vai deixar que eu termine minha frase ou não? Se puder dizer duas palavras seguidas, sem ter que ouvir todo o abecedário das estrelas, gostaria de lembrar que tudo isso me faz pensar diretamente no que vimos ontem à noite na parede, durante a tempestade.

Olhamos um para o outro, igualmente pasmos. O que Walter acabava de dizer parecia fantasia, absurdo e, entretanto, era uma constatação muito perturbadora. Pensando bem, os pontos, em quantidade fenomenal, que a luz intensa do raio tinha projetado através do pingente eram extraordinariamente semelhantes às estrelas que brilhavam lá em cima.

Mas como repetir o fenômeno? Por mais que eu aproximasse o pingente de uma lâmpada, nada acontecia.

— A intensidade não é suficiente — afirmou Walter, assumindo de repente ares mais científicos do que eu.

— E onde vai querer encontrar uma fonte luminosa tão forte quanto um raio?

— O farol do porto, quem sabe? — exclamou Walter.

— O foco é amplo demais. Não poderíamos dirigi-lo contra uma parede.

Sem a menor vontade de me deitar, acompanhei Walter até o hotel. Um passeio a lombo de burro me faria bem e, além do mais, eu queria continuar a conversa.

— Vamos pensar metodicamente — disse a Walter, montado no jumento a poucos metros atrás do meu. — Quais fontes de luz são fortes o suficiente para nos serem úteis? Onde encontrá-las?

— Quem de nós é Sancho Pança e quem Dom Quixote? — perguntou ele, tentando aproximar o seu asno do meu.

— Está achando isso engraçado?

— A luz verde no céu de Greenwich, lembra? Foi você que me mostrou. Era bem forte, não?

— Um laser! É exatamente do que precisamos!

— Pergunte então a sua mãe se ela não tem nenhum no porão de casa, quem sabe, com um pouco de sorte...

Fingi não notar o sarcasmo do amigo e dei uma cutucada de calcanhar na minha cavalgadura, que acelerou o passo.

— E, além de tudo, é cheio de não me toques! — gritou Walter, vendo que eu me afastava.

Eu o esperei numa curva, logo adiante.

— Temos um laser no departamento de espectroscopia da Academia — disse ele, com a respiração curta, me alcançando. — Mas é um modelo muito antigo.

— É provavelmente um laser a rubis, com um feixe vermelho; acho que não serve. Precisamos de um aparelho mais potente.

— De qualquer maneira, está em Londres e não abro mão desses dias aqui na ilha nem mesmo para resolver o mistério desse seu pingente. Vamos pensar um pouco mais. Quem utiliza raio laser, hoje em dia?

— Pesquisadores em física molecular, médicos e, principalmente, os oftalmologistas.

— Não tem nenhum amigo oftalmologista na região de Atenas?

— Não que eu saiba.

Walter esfregou a testa e disse que daria uns telefonemas quando chegasse ao hotel. Conhecia o responsável pela unidade de física da Academia, talvez ele pudesse nos ajudar. Assim combinados, nos despedimos.

Na manhã seguinte, Walter telefonou, pedindo que fosse encontrá-lo, assim que pudesse, no porto. Estava na varanda de um café, em uma conversa animada com Elena, e não me deu a menor atenção quando me sentei à mesa.

Enquanto minha tia continuava a contar alguma história da minha infância, Walter me passou, como se não tivesse a menor importância, um pedaço de papel. Eu o desdobrei e li:

INSTITUTE OF ELECTRONIC STRUCTURE AND LASER,
FOUNDATION FOR RESEARCH AND TECHNOLOGY — HELLAS,
GR-711 10 HERAKLION, GREECE.
CONTACT DR MAGDALENA KARI.

— Como conseguiu?

— Nada complicado para um Sherlock Holmes, não acha? Não banque o inocente, sua tia acaba de me contar tudo. Tomei a liberdade de entrar em contato com essa Magdalena, a quem os dois fomos recomendados, por um dos meus colegas da Academia — anunciou Walter, triunfantemente. — Ela nos espera essa noite ou amanhã, e garantiu que fará o que puder para ajudar. Tem um inglês perfeito, o que facilita muito as coisas.

Heraklion estava a 230 quilômetros de nós, em linha reta. Para não passar dez horas num navio, o melhor era ir a Atenas e de lá pegar um avião pequeno que nos deixasse em Creta. Saindo naquele momento, poderíamos chegar no final da tarde.

Walter se despediu de Elena. Eu tinha tempo apenas para dar um pulo em casa, avisar minha mãe que ficaria fora por 24 horas, preparar uma maleta e subir a bordo da barca.

Mamãe não fez perguntas, se limitando a me desejar boa viagem, num tom meio irritado. Chamou-me já na porta e entregou um cesto com o lanche para a travessia.

— Sua tia me falou da viagem, sua mãe tem que servir para alguma coisa. Corre, já que tem que ir!

Walter me esperava no cais. A barca deixou o porto de Hydra em direção a Atenas. Depois de 15 minutos no mar, resolvi sair da cabine para tomar um pouco de ar fresco. Walter olhou para mim, achando graça.

— Não vai dizer que está enjoado.

— Então não digo! — respondi, deixando meu assento.

— Se incomoda que eu termine os sanduíches da sua mãe? Estão ótimos. Seria um crime deixá-los!

Do Pireu, um táxi nos levou ao aeroporto. Ali, Walter é que não parecia nada bem, com o chofer fazendo zigue-zagues na autoestrada.

Felizmente conseguimos ainda dois lugares a bordo do pequeno avião que fazia a ponte aérea entre Atenas e Creta. Às 18 horas, desembarcamos na pista de Heraklion. Walter estava encantado de pôr os pés na ilha.

— Mas quem é que, sendo grego, vai se exilar na Inglaterra? Gosta tanto assim da chuva?

— Vou lembrá-lo que, nos últimos anos, andei, acima de tudo, por latitudes chilenas. Sou um homem de todos os países, cada um deles tem seus próprios atrativos.

— Tudo bem, mas há 35 graus de diferença entre isso aqui e aquilo lá!

— Nem tanto, mas é verdade que o clima...

— Estou falando da taxa de álcool entre nossa cerveja inglesa e o tal ouzo que sua tia me fez provar ainda há pouco — disse Walter, me interrompendo.

Chamou um táxi, fez sinal para que eu entrasse e deu o endereço ao motorista. Nem por um segundo imaginei aonde aquela viagem ia nos levar.

* * *

A dra. Magdalena Kari nos recebeu atrás das grades do Instituto, onde um guarda tinha nos dito para esperar.

— Desculpem, essas medidas de segurança não são nada simpáticas — disse Magdalena, fazendo sinal para que o homem nos deixasse entrar. — Somos obrigados a tomar todas as precauções possíveis, temos um material extremamente sensível guardado aqui.

Magdalena nos guiou por um parque ao redor de um imponente edifício em concreto. Dentro do prédio, tivemos que passar por novos controles de segurança. Deixamos nossos documentos de identidade e recebemos crachás com a menção "visitante", em letras grandes. Magdalena assinalou nossa visita num caderno de registro e nos levou à sua sala. Fui o primeiro a falar; não sei qual impulso me fez não contar tudo a ela, minimizando o objetivo da nossa vinda e os motivos da experiência que queríamos realizar. Magdalena ouviu com toda a atenção, mesmo com minhas explicações parecendo um tanto sem pé nem cabeça. Walter estava perdido em seus próprios pensamentos. Talvez por causa da semelhança da doutora grega com Miss Jenkins, que havia surpreendido também a mim.

— Temos vários lasers — disse ela —, infelizmente, porém, não posso deixar nenhum à disposição dos senhores, sem uma autorização prévia, que vai levar algum tempo.

— Fizemos uma longa viagem e precisamos ir embora amanhã — implorou Walter, saindo do devaneio.

— Vou ver o que posso fazer, mas não posso garantir — desculpou-se Magdalena, pedindo que esperássemos um pouco.

Deixou-nos no escritório, avisando que não saíssemos de forma alguma. Não tínhamos permissão para circular pela instituição sem estarmos acompanhados.

A espera durou cerca de 15 minutos. Magdalena voltou acompanhada de um professor, Dimitri Mikalas, que se apresentou como diretor do centro de pesquisas. Sentou-se na cadeira de Magdalena e polidamente pediu que explicássemos o que esperávamos dele. Dessa vez, foi Walter quem tomou a palavra. Nunca o tinha visto tão pouco espontâneo. Estaria com a mesma impressão que eu, pouco antes? Limitou-se a enumerar os colegas que o recomendavam, todos com títulos dos mais impressionantes, mas eu nunca tinha ouvido falar da maioria deles.

— Mantemos ótimas relações com a Academia Britânica de Ciências, e eu ia me sentir muito mal se não pudesse satisfazer o pedido de dois dos seus eminentes membros. Ainda mais com o aval de tantos apoios. Preciso fazer alguns controles de praxe e, assim que confirmar a identidade dos senhores, terão acesso a um dos nossos lasers, para que possam dar continuidade às experiências que desejam. Temos justamente um que acaba de chegar da manutenção. Só voltará a ser utilizado amanhã e poderão dispor dele à vontade, a noite inteira. Magdalena fará companhia aos senhores, garantindo o bom funcionamento.

Agradecemos calorosamente o professor pela forma generosa como nos acolheu, assim como Magdalena, que se dispôs a nos fazer companhia. Deixaram-nos a sós enquanto faziam as verificações.

— Vamos cruzar os dedos para que não procurem os nomes que dei — cochichou Walter no meu ouvido —; a metade da lista é inventada.

Um pouco mais tarde, Magdalena veio nos buscar e nos acompanhou até a sala em que se encontrava o tão cobiçado laser.

Nunca havia imaginado poder me servir de um aparelho tão bom quanto o que descobrimos naquele subsolo. Podia ver, pelo olhar quase materno de Magdalena para o laser, o quanto se sentia orgulhosa de poder manipulá-lo. Assumiu uma mesa com os comandos e disparou diversos interruptores.

— Bom — disse ela —, agora que tal deixar de lado toda essa formalidade de bom-tom e me dizerem, enfim, o que realmente querem com essa pequena maravilha tecnológica? Em momento algum deu para acreditar nas explicações sem sentido e incompreensíveis de ainda há pouco, no escritório. E o professor Mikalas deve andar bem preocupado com outras coisas, para não tê-los simplesmente mandado passear.

— Não sei o que procuramos exatamente — preferi dizer —, na verdade, apenas reproduzir um fenômeno de que fomos testemunhas. Qual é a potência dessa sua pequena maravilha? — perguntei a Magdalena.

— 2,2 megawatts — ela respondeu, cheia de orgulho na voz.

— Que potência! Quase 37 mil vezes todas as lâmpadas que estão na sala da sua mãe — sussurrou Walter, feliz com a rapidez do cálculo.

Magdalena caminhou pela sala. Passando diante do console, apertou outro interruptor e o aparelho começou a zumbir. A energia gerada pelos elétrons da corrente elétrica começava a estimular os átomos de gás, presos no tubo de vidro. Os fótons não demoraram a entrar em ressonância entre os dois espelhos, cada um situado numa extremidade do tubo, permitindo que o processo se amplificasse. Em poucos instantes, o feixe seria potente o bastante para atravessar a parede semitransparente do espelho.

— Está quase operacional, coloquem o objeto que querem analisar na saída do feixe e deixem-me terminar as regulagens; tiraremos as conclusões logo mais — disse ela.

Tirei o pingente do bolso, posicionei-o bem à vista em cima de uma base e esperei.

Magdalena controlava a potência da máquina e liberou um raio que ricocheteou no pingente, como se a sua superfície fosse totalmente impermeável. Aproveitei que verificava os parâmetros na tela de controle e girei o botão, aumentando a intensidade do laser. Ela se virou para mim e me fuzilou com o olhar.

— Quem o autorizou a fazer isso? — perguntou, empurrando minha mão.

Peguei o seu braço e supliquei que me deixasse tentar. Aumentando a potência do feixe, vi a expressão de Magdalena se iluminar. Na parede, acabava de se imprimir a mesma série impressionante de pontos que tínhamos visto na noite de tempestade.

— O que é isso? — murmurou, estupefata.

Walter apagou a luz, e os pontos na parede começaram a cintilar.

— Acho que parecem estrelas — disse ele, com uma voz em que se percebia sua alegria.

Assim como nós, Magdalena não acreditava no que via. Walter enfiou a mão no bolso e sacou uma pequena máquina fotográfica digital.

— As vantagens de ser turista! — disse, clicando pelo menos umas dez imagens.

Magdalena interrompeu o raio e se voltou para mim.

— Qual é a função desse objeto?

Mas, antes que eu esboçasse qualquer explicação, Walter acendeu a luz.

— Sabemos tanto quanto a senhora. Apenas constatamos o fenômeno e queríamos reproduzi-lo, só isso.

Walter tinha discretamente guardado a máquina fotográfica no bolso. O professor Dimitri Mikalas entrou na sala, fechando a porta logo em seguida.

— Fenomenal! — disse ele, sorrindo para mim.

Avançou até a base em que o pingente estava e pegou-o.

— Há uma área de observação — explicou, apontando uma vidraça que eu não tinha notado, no alto da sala. — Não resisti à tentação de espiar o que estavam fazendo.

O professor girou o pingente na mão e o aproximou do rosto, tentando ver através dele. Dirigiu-se a mim.

— Teria alguma objeção a que eu estude esse estranho objeto essa noite? É claro, eu o devolvo amanhã cedo.

Não sei se foi a chegada inesperada de um guarda de segurança ou o tom usado pelo professor Mikalas que fez Walter reagir daquela forma. Nunca vou saber, mas ele deu um passo na direção do professor e acertou-lhe um tremendo soco de direita. Dimitri Mikalas caiu estirado no chão e não tive escolha senão partir para cima do guarda, que erguera o cassetete e se preparava para batê-lo na cabeça de Walter. Magdalena deu um berro e Walter se debruçou sobre Mikalas, que se contorcia de dor. Tomou de volta o pingente. Do meu lado, meu golpe superior de direita não tinha bastado para liquidar o vigia e rolamos os dois pelo chão, como dois meninos brigando e tentando ficar por cima. Walter deu um fim a isso. Pegou o sujeito pela orelha e o puxou com uma força assustadora. Ele me soltou, aos berros, enquanto Walter olhava para mim, agitado.

— Faça alguma coisa de útil e passe nele as algemas que tem na cintura, não quero ter que lhe arrancar a orelha fora!

Obedeci e prendi o guarda da maneira que Walter havia dito.

— Não sabem o que estão fazendo — gemeu o professor.

— Não mesmo, eu já tinha dito, não temos a menor ideia — respondeu Walter. — Como se sai daqui? — perguntou a Magdalena. — Não me obrigue a utilizar a força, detestaria ter que erguer a mão contra a senhora.

Magdalena olhou fixamente para ele, negando-se a responder. Achei que Walter ia agredi-la e me coloquei entre os dois. Ele balançou a cabeça e mandou que o seguisse. Pegou o aparelho de telefone que estava em cima da mesa e o arrancou da parede. Abriu em seguida a porta do subsolo, deu uma olhada e decidiu que fugiríamos por ali. O corredor estava deserto, Walter fechou a porta à chave, estimando que tínhamos apenas cinco minutos, até que fosse dado o alarme.

— Mas o que deu em você? — perguntei.

— Falamos disso mais tarde — respondeu, começando a correr.

A escada à nossa frente subia para o térreo. Walter parou ao chegar ao alto, recuperou o fôlego e empurrou a porta que dava para o hall. Dirigiu-se ao vigia que, recebendo os crachás, devolveu nossos passaportes. Andávamos na direção da saída quando um walkie-talkie começou a chiar. Walter olhou para mim.

— Não tirou o rádio do guarda?

— Nem sabia que ele tinha um.

— Então corra!

Atravessamos num fôlego só o parque, querendo chegar às grades e rezando para que ninguém nos barrasse o caminho. O vigia nem teve tempo de reagir. Saindo da guarita para nos interpelar, levou uma ombrada digna de um jogador de rúgbi e foi parar fora do gramado, literalmente. Depois disso, o próprio Walter apertou o botão que fazia abrir o portão e saímos correndo como lebres.

— Walter, o que deu em você, santo Deus?

— Não é hora para explicações! — berrou, enquanto voávamos por uma escadaria que nos aproximava dos bairros baixos da cidade.

A rua foi percorrida em disparada e Walter não diminuía a correria. Mais uma ruela em ladeira íngreme, pela qual nos enfiamos, uma curva fechada e desembocamos numa avenida, escapando por um triz de uma moto que passava a toda a velocidade. Nunca tinha visitado Creta naquele ritmo.

— Por aqui — gritou Walter, no momento em que um carro de polícia vinha em nossa direção, com a sirene ligada.

Escondidos no vão de uma porta, recuperei um pouco o fôlego e Walter me obrigou a uma nova corrida alucinada.

— Para que lado fica o porto? — perguntou.

— Por ali — respondi, apontando para uma ruazinha à esquerda.

Walter me puxou pelo braço e a fuga, da qual eu continuava a não entender o sentido, recomeçou.

Já se via a zona portuária quando Walter diminuiu o passo. Na calçada, dois policiais não pareciam se interessar muito por nós. Um barco partindo para Atenas estava encostado no cais, com automóveis já sendo embarcados e os passageiros esperando a vez junto a uma bilheteria.

— Compre duas passagens para nós — ordenou Walter. — Fico de vigia.

— Está querendo voltar a Hydra pelo mar?

— Prefere encarar os controles de segurança do aeroporto? Imagino que não; nesse caso, vá comprar essas passagens, em vez de discutir.

Voltei pouco depois; o barco viajaria por boa parte da noite e eu tinha conseguido uma cabine com dois leitos. Nesse meio-tempo, Walter havia comprado um boné num camelô e um chapéu bem esquisito, que me deu.

— Não vamos embarcar ao mesmo tempo, deixe passar uns dez passageiros. Se a polícia estiver atrás de nós, vai estar procurando dois homens que viajam juntos. E trate de enfiar na cabeça esse chapéu ridículo, combina muito bem com você! Nos encontramos no convés da proa, assim que soltarem as amarras.

Segui as instruções de Walter ao pé da letra e, uma hora depois, estávamos no lugar marcado.

— Walter, devo confessar que estou tremendamente impressionado. Do soco demolidor à corrida de perseguição pela cidade, fui surpreendido... Será que vou finalmente saber por que nocauteou o professor?

— E ainda vai querer brigar comigo! Quando entramos no escritório da tal Magdalena, uma coisa me chamou imediatamente a atenção. O colega que nos recomendou me disse que tinham estudado juntos na faculdade. Ele já vai se aposentar dentro de dois meses, e a mulher que se apresentou a nós tem no máximo 35 anos. Ainda em Hydra, consultei o site do Centro e, com certeza, o diretor não é esse professor que se fez passar por tal. Estranho tudo isso, não acha?

— Pode ser, mas daí a arrebentar o queixo dele!

— Arrebentei os dedos da minha mão, isso sim... Se soubesse como estão doendo!

— E onde foi que aprendeu a brigar dessa maneira?

— Nunca estudou em colégio interno, não é? Não passou por trotes violentos, ofensas físicas, deboches humilhantes?

Tive a sorte de ter tido pais que por nada no mundo se separariam do filho.

— Foi mesmo o que pensei — continuou Walter.

— E havia necessidade de reagir daquele modo? Bastava irmos embora.

— Em certos momentos, Adrian, você deveria descer um pouco das estrelas em que vive! Quando o tal Dimitri perguntou se podia ficar com o pingente, ele já o tinha enfiado no bolso. E a chegada do vigia não nos deixava muita escolha. Duvido muito que você voltasse a ver esse precioso objeto tão cedo. Um último detalhe, e não dos menores, caso ainda pense mal de mim: aquele professor em quem tive que dar o tal empurrãozinho parecia menos espantado do que nós com o resultado da experiência. Pode ser que a minha reação tenha sido meio exagerada, mas, com certeza, fiz a coisa certa.

— Cá estamos então como dois fugitivos e me pergunto quais serão as consequências de tudo isso.

— Veremos quando descermos desse navio, mas nada mais vai me surpreender muito.

*

Atenas

— Como vai o professor? — perguntou a voz no telefone.

— Uma fratura da mandíbula e torção dos ligamentos do pescoço, mas sem traumatismo craniano — respondeu a mulher.

— Não imaginei que reagissem assim. Tenho medo que as coisas se compliquem agora.

— Nada disso era previsível.

— E o objeto nos escapou das mãos, o que é ainda mais lamentável. Nenhuma pista de onde se encontram os dois fugitivos?

— Embarcaram no ferry ligando Heraklion a Atenas, desembarcam pela manhã.

— Temos alguém a bordo?

— Temos, dessa vez a sorte nos ajudou. Um dos nossos homens os reconheceu no porto; sem conseguir instruções, preferiu não confrontá-los, mas teve a perspicácia de subir no navio. Recebi uma mensagem no momento em que o barco partia. O que mais posso fazer?

— Fez tudo que era preciso. Esforce-se para que o incidente passe despercebido. Para todos os efeitos, o professor levou um tombo na escada. Dê ordens ao encarregado da segurança para que nada desse lamentável episódio circule entre as pessoas que trabalham no Instituto. Em hipótese alguma o diretor pode saber disso, ao voltar das férias.

— Conte comigo, senhor.

— Já é tempo também de trocar o nome inscrito na porta da sua sala. Magdalena morreu há seis meses e isso começa realmente a parecer coisa de muito mau gosto.

— Pode ser, mas hoje, em todo caso, foi bem útil!

— Tendo em vista os resultados, não tenho tanta certeza assim — respondeu o homem, desligando o telefone.

*

Amsterdã

Jan Vackeers se aproximou da janela, tentando pôr em ordem os pensamentos. A situação o contrariava bem mais do que ele queria reconhecer. Pegou novamente o aparelho e discou um número em Londres.

— Quero agradecer pelo telefonema de ontem, Sir Ashton; infelizmente a operação Heraklion fracassou.

Vackeers relatou em detalhes, ao seu interlocutor, os recentes acontecimentos.

— Queremos que seja o mais discreto possível.

— Tenho perfeita consciência disso e realmente sinto muito — respondeu Vackeers.

— Acredita que possam nos comprometer? — perguntou Sir Ashton.

— Não, não vejo como poderiam traçar o menor vínculo. Seria imaginar uma inteligência muito exagerada da parte deles.

— O senhor me pediu que pusesse dois membros da Academia de Ciências sob escuta telefônica. Aceitei a solicitação, repassei-a a Atenas, atropelando todos os procedimentos usuais. Fiz o favor de informá-lo de que um deles contatava um colega para conseguir um acesso privilegiado ao Centro de Pesquisas de Heraklion. Providenciei para que o pedido fosse satisfeito e, ainda seguindo o que pediu, lhe dei plenos poderes para levar adiante as operações. No dia seguinte, um tumulto acontece no subsolo e os dois imprudentes fogem: continua achando que eles não começam a ver algo estranho nisso tudo?

— Como poderíamos sonhar com uma oportunidade melhor para recuperar o objeto? Não pode me culpar por Atenas ter falhado no que era para eles fazerem. Paris, Nova York e o novo Zurique já estão em estado de alerta, acho que é hora de nos reunirmos e tomarmos uma decisão em conjunto sobre como agir. Da maneira como temos agido, vamos acabar provocando exatamente o que queremos evitar.

— Pois sugiro o contrário, mas que apenas seja mais discreto, Vackeers. Em pouco tempo comentários sobre o incidente podem se espalhar. Faça o necessário para que isso não aconteça. De outra forma, não respondo por mais nada.

— O que está querendo dizer?

— Entendeu muito bem, Vackeers.

Bateram à porta da sala. Vackeers encerrou a conversa.

— Incomodo? — perguntou Ivory, entrando no escritório.

— De modo algum.

— Tive a impressão de que estava falando.

— Ditando correspondência à minha assistente.

— Está tudo bem? Não é o que parece.

— Aquela velha úlcera que faz das suas.

— Lamento por você. Continua de pé a partida de xadrez dessa noite na sua casa?

— Vou ter que desistir, preciso descansar um pouco.

— Entendo — disse Ivory —, combinamos outro dia, pode ser?

— Amanhã mesmo, se quiser.

— Até amanhã, então, caro amigo.

Ivory fechou a porta e tomou o corredor levando à saída. Deu meia-volta e parou diante da sala da assistente de Vackeers. Empurrou a porta e constatou que o escritório estava vazio, o que não era de se estranhar, sendo quase 21 horas.

*

Mar Egeu

O ferry seguia em bom ritmo, no mar tranquilo, e eu dormia profundamente no colchão de cima do beliche, quando fui acordado por Walter. Abri os olhos, ainda era noite.

— O que quer, Walter?

— Esse litoral por onde estamos passando, o que é?

— Como vou saber? Não sou nictalope!

— Você é daqui ou não é?

Levantei-me de má vontade e me aproximei da vigia. Não era difícil reconhecer a forma em crescente da Ilha de Milos. Para ter certeza, bastava subir ao convés e verificar se Antimilos, uma ilhota desabitada, estava a bombordo.

— O navio para aí? — perguntou Walter.

— Estaria mentindo se dissesse que tenho um cartão de fidelidade dessa linha marítima, mas, com a terra se aproximando cada vez mais, imagino que fazemos escala em Adamas.

— É uma cidade grande?

— Digamos que um vilarejo de bom tamanho.

— Trate então de se levantar, é onde vamos descer.

— Para fazer o que em Milos?

— Pergunte, na verdade, o que prefiro não fazer, chegando a Atenas.

— Walter, não está achando que nos esperam no porto de Pireu? Nem sabemos se aquele carro de polícia estava atrás de nós ou se, simplesmente, passava por ali. Não está dando importância demais a um episódio que devemos esquecer?

— Talvez então possa explicar por que alguém tentou duas vezes entrar na cabine, enquanto você dormia.

— Só para me tranquilizar, não andou também socando essa pessoa?

— Limitei-me a abrir a porta, mas o corredor estava deserto, o indivíduo já havia fugido.

— Ou entrou na cabine ao lado, se dando conta do engano!

— Duas vezes seguidas? Tenho minhas dúvidas. Vista-se e descemos discretamente, assim que o navio acostar. Esperamos no porto e tomamos a barca seguinte para Atenas.

— Mesmo que seja só na noite que vem?

— Tínhamos pensado em dormir em Heraklion, não é? Se acha que sua mãe vai se preocupar com o atraso, telefonamos para ela assim que amanhecer.

Eu não sabia se as precauções de Walter tinham fundamento ou se estava tomando gosto pela aventura da véspera e querendo, de certa maneira, prolongá-la um pouco mais. No entanto, depois de retirarem a passarela, vi o sujeito que Walter mostrou nos olhando fixamente do convés superior. Só não tenho certeza quanto à correção da atitude do meu colega, dando uma "banana" ao homem, enquanto o ferry se afastava do cais.

Pegamos uma mesa do lado de fora de um bar de pescadores que abria suas portas assim que encostava o primeiro ferry. Eram seis horas da manhã e o sol surgia por trás da colina. Um pequeno avião subia no céu azul e mudou de rumo na altura do porto, partindo também para o largo.

— Tem um aeroporto aqui? — perguntou Walter.

— Uma pista, na verdade, se não me falha a memória, mas acho que só é utilizada por aviões postais ou particulares.

— Vamos até lá! Se, por sorte, a gente puder embarcar num deles, despistamos de vez quem nos persegue.

— Walter, tenho a impressão de que está em plena crise paranoica; nem por um segundo achei que estamos sendo perseguidos.

— Adrian, apesar de ser seu amigo, preciso dizer que está enchendo meu saco seriamente!

Ele pagou os dois cafés que tínhamos tomado e não houve outra escolha senão mostrar o caminho que levava ao pequeno aeródromo.

Ali estávamos os dois, à beira da estrada, pedindo carona. A primeira meia hora foi frustrante, o sol fazia as pedras brancas brilharem e o calor aumentava.

Um grupo de garotos parecia se divertir com a nossa situação. Devíamos parecer dois turistas perdidos, e eles ficaram surpresos quando pedi, em grego, que nos ajudassem, sem dar bola para os risos. O mais velho quis dinheiro pela ajuda, mas Walter, que tinha entendido a situação perfeitamente, foi convincente o suficiente para que dois bancos de motonetas nos fossem oferecidos, como num passe de mágica.

Partimos, agarrados aos nossos respectivos pilotos e, na velocidade em que íamos e no grau de inclinação tomado nas curvas, não vejo outra palavra para designar os meninos que nos levavam pela estradinha sinuosa, a caminho do pequeno aeródromo da ilha. À frente, se estendia um grande brejo salino; atrás, uma pista asfaltada, indo de leste a oeste, com a área de manobras totalmente deserta. O que parecia mais esperto, dos garotos que nos tinham levado na garupa, disse que o aeroplano que a cada dois dias transportava o correio já tinha ido embora, nós acabávamos de perdê-lo.

— Foi provavelmente aquele que vimos ainda há pouco — deduzi.

— Quanta perspicácia! — respondeu Walter.

— Tem o avião médico, se estiverem com tanta pressa assim — lembrou o mais jovem da turma.

— Que avião?

— Do médico que vem quando alguém está muito doente; ele tem o seu próprio aviãozinho particular. Ali no prédio tem um telefone que liga direto, mas é só em caso de urgência. Quando meu primo teve uma crise de apêndice, ele veio em meia hora.

— Acho que começo a ter uma dor forte, aqui na barriga — disse Walter depois que traduzi essa última conversa.

— Não vai querer que eu chame um médico e sequestre seu avião só para ir a Atenas?

— Se eu cair doente com uma peritonite, terá que carregar o peso dessa morte a vida inteira! Não vai aguentar! — gemeu Walter, caindo de joelhos.

Os meninos começaram a rir. A encenação de Walter era impagável.

O mais velho me mostrou um telefone de modelo antigo, aparafusado na parede daquilo que servia como torre de controle. Uma construção de madeira com uma cadeira, uma mesa e um aparelho de rádio VHF que devia datar da guerra. Mas ele mesmo não quis fazer a ligação, pois se a mentira fosse descoberta ele ia levar uma bronca e preferia também evitar a surra que o seu pai não deixaria de dar. Walter se mexeu para oferecer algumas notas, o bastante para convencer aquele novo amigo de que, no final das contas, umas palmadas não são tão terríveis assim.

— E agora, ainda por cima, corrompe crianças. Está cada vez melhor!

— Ia pedir que dividisse a despesa comigo, mas se confessar que está se divertindo tanto quanto eu, pago sozinho!

Não precisava enganar ninguém e puxei então minha carteira para pagar o preço da mentira. O rapazote pegou o telefone, girou a manivela e explicou ao médico que precisavam dele com toda urgência. Um turista se contorcia de dor, já estava no aeródromo e era só vir buscá-lo.

Meia hora depois, ouvimos o zumbir de motor que se aproximava. De repente, Walter nem precisou mais fingir qualquer dor de barriga para se jogar no chão, de tão rasante que o pequeno Piper-cub passou por cima de nós. Fez uma curva inclinando a asa e se alinhou na pista, quicando três vezes até conseguir parar.

— Finalmente entendo por que chamam isso de teco-teco! — suspirou Walter.

O avião deu a volta e se aproximou. Bem perto, o piloto desligou o motor, a hélice continuou a girar ainda por algum tempo, os pistões tossiram e tudo voltou à calma. Os meninos estavam bem atentos, esperando o que ia acontecer. Ninguém deu um pio.

O piloto desceu do avião, tirou o capacete de couro, os óculos e nos cumprimentou. A dra. Sophie Schwartz, de mais de 70 anos, tinha a postura elegante de uma Amelia Earhart. Perguntou, num inglês quase perfeito, com ligeiro sotaque alemão, qual de nós dois estava doente.

— Ele! — exclamou Walter, apontando para mim.

— Não parece tão mal assim, meu jovem. O que tem?

Pego de surpresa, foi impossível sustentar a mentira de Walter. Confessei toda a situação à médica, que me interrompeu para acender um cigarro.

— Se entendi direito — disse —, o senhor fez o meu avião de atendimentos de urgência vir só por querer um transporte particular para Atenas? É bastante ousado!

— A ideia foi minha — suspirou Walter.

— Não muda grandes coisas em toda essa irresponsabilidade, meu jovem! — lembrou a médica, amassando o resto do cigarro no asfalto.

— Peço que nos desculpe — disse Walter, com ar infeliz.

Os adolescentes que assistiam à cena, sem entenderem nada do que se dizia, pareciam estar adorando o espetáculo.

— Estão sendo procurados pela polícia?

— Não — garantiu Walter —, somos cientistas da Royal Academy de Londres e estamos numa situação muito delicada. Não estamos doentes, é verdade, mas precisamos da sua ajuda — implorou.

A doutora deu subitamente a impressão de se descontrair.

— A Inglaterra... como gosto do seu país! Admirava muito a Lady Di, que tragédia!

Vi Walter fazer o sinal da cruz e me perguntei até onde iria o seu talento teatral.

— O problema — retomou a médica — é que o meu avião tem apenas dois lugares, sendo um deles o meu.

— E os feridos, como faz para transportá-los? — perguntou Walter.

— Sou uma médica que voa e não uma ambulância. Se estiverem dispostos a se apertar, creio que posso decolar mesmo assim.

— O que quer dizer esse "mesmo assim"? — perguntou Walter, preocupado.

— Vamos ter um pouco mais de peso do que o máximo tolerado, mas a pista não é tão curta quanto parece. Partindo a plena força e sem freio, provavelmente vamos conseguir boa velocidade e decolar.

— E caso contrário? — perguntei.

— Plaf! — respondeu a doutora.

Num grego falado, agora sim, sem o menor sotaque, mandou que os meninos se afastassem. Fez sinal para que a seguíssemos. Dando a volta no avião para uma averiguação de segurança, falou-nos de si mesma.

O pai tinha sido um judeu alemão, a mãe italiana. Durante a guerra, eles tinham se refugiado numa pequena ilha grega. Os aldeões os ajudaram a se esconder e, depois do armistício, eles não quiseram mais deixar a ilha.

— Sempre vivemos aqui; quanto a mim, nunca quis ir morar em outro lugar. Já viram, no mundo, paraíso mais bonito do que essas ilhas? Papai era piloto, mamãe enfermeira, podem adivinhar por que me tornei médica aérea! Agora é a vez de vocês. Que tal explicarem, de verdade, do que estão fugindo? Pensando bem, o que tenho eu a ver com isso? E não parecem pessoas más. De qualquer maneira, em pouco tempo vão me caçar a licença e tenho que aproveitar as ocasiões para voar. Apenas paguem o combustível, isso basta.

— Por que vai perder a licença? — voltou a se preocupar Walter.

A doutora continuava a inspeção do aeroplano.

— Os pilotos são obrigados a passar, todo ano, por um teste de capacidade visual. Até agora, o responsável por isso era um velho amigo meu, oftalmologista, muito compreensivo e que delicadamente fingia não saber que decorei o quadro de exame, inclusive a última linha, com letras miúdas que ficaram pequenas demais para mim. Mas ele se aposentou e não vou conseguir continuar enganando por muito tempo. Não faça essa cara, posso voar com esse velho Piper até de olhos fechados! — disse a médica, com uma grande gargalhada.

Ela preferia não aterrissar em Atenas. Sendo um aeroporto internacional, precisaria pedir por rádio uma autorização e passar por um controle de polícia ao chegar. Seriam muitos formulários a preencher. Conhecia, porém, em Porto Eli, um pequeno campo de pouso abandonado, mas com a pista ainda praticável. De lá, poderíamos pegar um barco-táxi para Hydra.

Walter foi o primeiro a se sentar e me ajeitei como pude, por cima dele. O cinto de segurança não era grande o bastante para os dois, voaríamos sem. Ligou-se o motor, a hélice começou a girar lentamente, até acelerar, com uma golfada de fumaça. Sophie Schwartz deu uns tapinhas na carlinga, significando que logo decolaríamos. A barulheira era tal que era mesmo o único meio de comunicação. O avião percorreu lentamente a pista, deu a volta para se pôr a barlavento, o motor aumentou os giros. O avião tremia tanto que achei que desmontaria antes de conseguir decolar. Nosso piloto soltou os freios, e o asfalto começou a correr sob as rodas. Estávamos quase no final da pista quando, finalmente, a frente se ergueu e deixamos a terra firme. Lá embaixo, os meninos agitavam as mãos, dando adeus. Berrei a Walter para que fizesse o mesmo, agradecendo, e ele por sua vez berrou também, dizendo que quando aterrissássemos seria preciso uma chave inglesa para que seus dedos soltassem a alça à qual estavam agarrados.

Eu nunca tinha visto a Ilha de Milos como naquela manhã, sobrevoando o mar a poucas centenas de metros de altura. O avião era aberto, o vento zumbia nos cabos de fixação da fuselagem e eu nunca, também, tinha me sentido tão livre.

*

Amsterdã

Vackeers precisou de algum tempo para se habituar à penumbra do subsolo. Anos antes, seus olhos rapidamente teriam se adaptado, mas ele envelhecia. Achando que finalmente enxergava o bastante para atravessar o labirinto de vigas que sustentavam o edifício, ele avançou com toda a prudência pelas passarelas de tábuas deitadas a poucas dezenas de centímetros da água, sem se preocupar com o frio e a umidade dominantes naquele canal subterrâneo. Vackeers conhecia muito bem o local e se encontrava, naquele momento, sob a sala principal. Sabendo estar logo abaixo dos mapas de mármore, acionou uma chave de apoio enfiada numa viga mais grossa e esperou que o mecanismo funcionasse. Duas placas de madeira se afastaram, dando acesso a um caminho que agora o faria chegar à parede de fundo. Uma porta, até então invisível no escuro, pôde ser percebida na uniformidade dos paralelepípedos. Vackeers fechou-a à chave, depois de passar, e acendeu a luz.

Uma mesa de metal e uma poltrona compunham o mobiliário; além disso, o cômodo tinha como equipamento uma tela plana e um computador. Vackeers se sentou diante do teclado e olhou o relógio de pulso. Um sinal sonoro avisou que a conferência tinha início.

— Bom dia, senhores — digitou Vackeers no teclado do computador. — Já sabem por que estamos reunidos hoje.

— Madri: Esse dossiê já não estava fechado há muitos anos?

— Amsterdã: Achávamos que sim, mas acontecimentos recentes tornaram necessária a recomposição da célula. Dessa vez, é melhor que nenhum de nós tente enganar os outros.

— Roma: A época não é a mesma.

— Amsterdã: Fico feliz ouvindo-o dizer isso, Lorenzo.

— Berlim: O que espera de nós?

— Amsterdã: Que disponibilizem os meios e que cada um respeite as decisões que forem tomadas.

— Paris: A leitura do seu relatório dá a entender que, há trinta anos, Ivory estava certo; estou enganado? Então não deveria ter sido convidado a se juntar a nós?

— Amsterdã: A descoberta parece, de fato, fortalecer as teorias de Ivory, mas acho preferível mantê-lo afastado. Assim que se tocar no assunto que nos reúne aqui hoje, ele pode ter reações imprevisíveis.

— Londres: Então existe um segundo objeto, idêntico ao nosso?

— Atenas: Tem uma forma diferente, mas a origem comum se confirmou. Apesar de sua lamentável conclusão, o episódio de ontem nos deu uma prova inquestionável. E revelou uma propriedade que ignorávamos. Um dos nossos pôde ver com os próprios olhos.

— Roma: O mesmo que levou uma surra?

— Amsterdã: O próprio.

— Paris: Acredita que existem outros objetos?

— Amsterdã: Ivory está convencido disso, mas a verdade é que nada sabemos. Nossa atual preocupação é nos apossarmos deste que acaba de aparecer e não procurar saber se existem outros.

— Boston: Tem certeza disso? Como lembrou, não demos crédito às advertências de Ivory e nos enganamos. Concordo em liberar fundos e recursos humanos para obter o objeto, mas gostaria de saber onde estamos pisando. Para evitar que nos encontremos na mesma situação daqui a trinta anos!

— Amsterdã: Essa descoberta foi puramente acidental.

— Berlim: Isso quer dizer que outros acidentes podem ocorrer!

— Madri: Pensando bem, não creio que seja de nosso interesse tentar qualquer coisa por agora. Sua primeira tentativa fracassou, Amsterdã, um segundo erro vai chamar a atenção. Além disso, nada nos faz pensar que o proprietário do objeto tenha ideia do que se trata. Nem nós temos plena certeza. Não vamos acender um fogo que possa estar além do que somos capazes de apagar.

— Istambul: Madri e Amsterdã representam duas posições divergentes. Ponho-me do lado de Madri e proponho que nada façamos, pelo menos por enquanto. Vamos só observá-los e voltamos a nos reunir se a situação evoluir.

— Paris: Também concordo com o ponto de vista de Madri.

— Amsterdã: Estão errados. Juntando os dois objetos, talvez a gente possa entender melhor.

— Nova Déli: Justamente, Amsterdã, e não queremos isso. Se tem um ponto com o qual todos concordamos há trinta anos, é esse!

— Cairo: Nova Déli tem toda a razão.

— Londres: Deveríamos confiscar o objeto e dar por encerrado o assunto, o mais rápido possível.

— Amsterdã: Londres tem razão. O acaso fez o objeto chegar a um eminente cosmólogo, entregue por uma arqueóloga. Acham mesmo, considerando o que os dois fazem, que levarão muito tempo para descobrir a verdadeira natureza do que têm em mãos?

— Tóquio: Precisariam pensar juntos; os dois estão em contato?

— Amsterdã: Não, não nesse momento.

— Tel Aviv: Nesse caso, concordo com Cairo, vamos esperar.

— Berlim: Tem meu apoio, Tel Aviv.

— Tóquio: E o meu.

— Atenas: Querem que os deixemos livres para ir e vir?

— Boston: Numa espécie de liberdade vigiada.

Sem nada mais na ordem do dia, a sessão foi encerrada. Vackeers desligou o monitor, muito mal-humorado. A reunião não aconteceu como ele havia esperado, mas fora iniciativa sua pedir a união das forças dos aliados; respeitaria então a decisão tomada pela maioria.

*

Hydra

O barco-táxi nos desembarcou no final do dia. Walter e eu devíamos estar com péssima aparência, para que minha tia fizesse a cara que fez ao nos ver. Levantou-se da cadeira de dobrar, na frente da sua loja, e veio apressada em nossa direção.

— Tiveram algum acidente?

— Por quê? — perguntou Walter, tentando arrumar um pouco os cabelos.

— Não se olharam num espelho?

— Digamos que a viagem foi um pouco mais movimentada do que o previsto, mas até que a gente se divertiu — emendou Walter, com um tom brincalhão. — Em todo caso, uma xícara de café cairia muito bem. E duas aspirinas para me livrar da dor nas pernas, não faz ideia do quanto o seu sobrinho é pesado.

— Qual é a relação entre o peso do meu sobrinho e as suas pernas, Walter?

— Nenhuma, até ele ficar sentado no meu colo por mais de uma hora.

— E por que Adrian estava sentado no seu colo?

— Porque, infelizmente, havia um único assento para voar! Bom, e esse cafezinho, você nos acompanha?

Minha tia recusou o convite, disse que tinha clientes e foi se afastando. Walter e eu olhamos um para o outro, estranhando, pois a loja estava mais vazia do que nunca.

— Confesso que estamos com uma aparência um tanto desleixada — eu disse a Walter.

Fiz o gesto com a mão para chamar a atenção do garçom, tirei o pingente do bolso e coloquei-o em cima da mesa.

— Se por um segundo tivesse imaginado que essa coisa fosse nos causar tanto problema...

— Para que isso pode servir? O que acha? — perguntou Walter.

Fui sincero, dizendo não fazer a menor ideia. O que representavam aqueles pontos todos que apareciam quando uma fonte forte de luz se aproximava?

— E não são pontos quaisquer — continuou Walter —, eles cintilam!

É verdade, os pontos cintilavam, mas daí a tirar conclusões apressadas, é um passo que o rigor científico não permite. E o fenômeno a que assistíramos podia perfeitamente ter sido acidental.

— A porosidade, invisível a olho nu, é tão ínfima que somente uma luz extremamente potente atravessa a matéria. Mais ou menos como se a parede de um dique perdesse a impermeabilidade com a pressão forte demais da água.

— Não disse que a sua amiga arqueóloga nada conseguiu sobre a origem e a idade do objeto? Precisa concordar que é um tanto estranho.

Que eu me lembrasse, Keira não parecia tão intrigada quanto estávamos naquele momento, e chamei a atenção de Walter para esse detalhe.

— Essa moça esquece na sua casa um colar que tem a curiosa capacidade que a gente descobriu, é um acaso estranho! Tentam roubá-lo de nós, tivemos que fugir como dois malucos perseguidos pelas forças do mal e você continua só vendo nisso tudo obra do acaso? Deve ser o que chamam rigor científico! Poderia, pelo menos, dar uma olhada mais atenta nas fotos que tive a grande ideia de tirar em Heraklion e me confirmar se essas imagens continuam lhe parecendo somente um pedaço de queijo suíço ampliado?

Walter colocou a máquina digital em cima da mesa em que tomávamos o café. Fiz as imagens passarem, eram em tamanho reduzido demais para que se pudesse, de fato, ter melhor ideia. Prestando toda a atenção, e com a maior boa vontade do mundo, viam-se apenas pontos; nada que permitisse afirmar serem estrelas de uma constelação qualquer e nem mesmo um aglomerado estelar.

— Essas fotografias não provam nada, sinto muito.

— Então, que se danem as minhas férias, vamos voltar a Londres! — exclamou Walter. — Quero ter certeza. Na Academia, transferimos essas fotos para um computador e você vai poder estudá-las em boas condições.

Eu não tinha a menor vontade de deixar Hydra, mas Walter estava tão entusiasmado com o enigma que não quis decepcioná-lo. Tinha dado tanto de si, quando eu preparava minha grande exposição oral, que seria uma ingratidão deixar que fosse embora sozinho. Mas teria que ir em casa e explicar à mamãe minha partida repentina.

Ela olhou para mim, constatou o estado geral das minhas roupas, os arranhões nos antebraços e baixou os ombros, como se o mundo acabasse de desabar em cima dela.

Expliquei os motivos pelos quais Walter e eu tínhamos que ir a Londres, prometi que seria uma viagem de ida e volta, e que antes do final da semana nos veríamos de novo.

— Se entendi direito — disse —, está querendo ir a Londres para copiar no seu computador fotos que você e o seu amigo fizeram? Não é mais fácil ir à loja da sua tia? Até máquinas descartáveis ela vende; se as fotos não prestarem, é só jogar no lixo!

— Talvez tenhamos descoberto uma coisa importante, que nos interessa, a Walter e a mim, e queremos ter certeza.

— Se foi preciso uma fotografia dos dois para que tivesse certeza, bastava perguntar à sua mãe. Eu teria dito na mesma hora!

— Mas de que está falando?

— De nada, continue assim, achando que sou uma tonta!

— Preciso ir ao meu escritório, aqui não disponho do material necessário e não vejo por que isso a contraria tanto.

— Só por esperar que confiasse mais em mim. Acha que gostaria menos de você se me contasse a verdade? Mesmo que fosse a esse asno no fundo do quintal que você amasse, continuaria sendo meu filho, Adrian!

— Mamãe, tem certeza de que está tudo bem?

— Comigo sim, com você não sei. Volte para Londres, já que é tão importante; ainda estarei viva quando voltar, quem sabe?

Quando minha mãe fazia uma cena de tragédia grega era porque alguma coisa a perturbava muito seriamente. Mas preferi não tentar adivinhar o que a afligia, pois a única ideia a vir à minha cabeça era totalmente grotesca.

Com minha mala pronta, encontrei Walter no porto. Minha mãe insistira em nos acompanhar. Elena se juntou a ela no cais, e as duas fizeram amplos acenos quando a barca partiu ao largo. Bem mais tarde eu soube que mamãe tinha perguntado à minha tia se ela achava que eu faria a viagem sentado no colo de Walter. Eu ignorava que não voltaria a Hydra tão cedo.

*

Amsterdã

Jan Vackeers consultou o relógio de pulso, Ivory estava atrasado e isso o preocupava. O parceiro nas partidas de xadrez era impecavelmente pontual e aquilo não combinava com ele. Aproximou-se da mesa de correr, verificou os salgados que mandara preparar, provou umas frutas secas que serviam de decoração para a tábua de queijos e alguém bateu à porta da sua suíte; a partida finalmente poderia começar. Vackeers abriu e o mordomo lhe apresentou uma bandeja de prata, com um envelope.

— Acaba de chegar, senhor.

Vackeers se retirou para tomar conhecimento do que lhe enviavam. Num cartão bristol, havia poucas palavras escritas à caneta:

Sinto muito faltar ao compromisso, uma obrigação de última hora me obriga a deixar Amsterdã. Não demoro. Um abraço,

Ivory

P.S.: Xeque e "afogamento", partida adiada.

Vackeers releu três vezes o *post-scriptum*, procurando saber o que Ivory queria dizer com aquela pequena frase que, vindo de quem vinha, não podia ser gratuita. Ignorava para onde o amigo estava indo e já era tarde demais para mandar que o seguissem. Quanto a pedir ajuda aos aliados... Ele próprio havia insistido em manter Ivory afastado, como explicar que ele talvez estivesse um passo à frente?

Xeque e afogamento, escrevera Ivory. Vackeers sorriu, colocando o brístol no bolso.

*

Aeroporto de Schiphol, em Amsterdã. Naquela hora da noite, apenas aviões assegurando as ligações entre as grandes capitais europeias ainda se encontravam na pista.

Ivory mostrou o cartão de embarque à aeromoça e tomou a passarela. Sentou-se na primeira fila, apertou o cinto e olhou pela janela. Em uma hora e meia aterrissaria no pequeno aeroporto da City. Um carro estaria à espera quando chegasse e tinha um quarto reservado no Dorchester; tudo estava em perfeita ordem. Vackeers devia ter recebido o bilhete que enviara, e pensar nisso o fez sorrir.

Fechou os olhos, a noite seria longa e cada minuto de sono devia ser aproveitado.

*

Aeroporto de Atenas

Walter queria muito levar uma lembrança da Grécia para Miss Jenkins. Comprou uma garrafa de ouzo no freeshop e, em seguida, outra, caso a primeira se quebrasse, disse ele, e uma terceira, de presente para si mesmo. Última chamada, nossos nomes foram anunciados nos alto-falantes por uma voz nada suave, e eu já previa os olhares de censura dos passageiros quando fôssemos tomar nossos lugares. Após uma corrida desenfreada pelos corredores, chegamos ainda a tempo de levar um sabão do comissário-chefe na porta de embarque e mais algumas repreensões, já tomando o corredor, na direção dos dois únicos lugares ainda vazios, na última fila.

O fuso horário com relação à Inglaterra nos dava uma vantagem de uma hora, chegaríamos por volta de meia-noite a Heathrow. Walter devorou a refeição que foi servida e também a minha, que lhe ofereci. Retiradas as bandejas, a aeromoça diminuiu a iluminação a bordo. Colei o rosto na janela e aproveitei o espetáculo. Ver o céu, a uma altitude de 10 mil metros, é, para um astrônomo, um momento maravilhoso.

A estrela Polar brilhava à minha frente, vi Cassiopeia e podia adivinhar Cefeu, à direita. Virei-me para Walter, que tirava um cochilo.

— Está com a sua máquina fotográfica à mão?

— Se for para lembranças desse avião, a resposta é não. Entre o que acabo de comer e o espaço que temos até a poltrona da frente, devo estar parecendo uma baleia numa lata de sardinhas.

— Não, Walter, não é para fotografar você.

— Nesse caso, se tiver uma ferramenta adequada para chegar ao meu bolso, esteja à vontade, mas não espere que eu me mova.

Reconheço que estávamos mesmo bem apertados e pegar a máquina não foi nada fácil. Com ela nas mãos, revi a série de imagens feitas em Heraklion. Uma ideia insensata me atravessou a cabeça e fiquei perplexo, olhando novamente a janela.

— Acho que fizemos bem em voltar a Londres — disse a Walter, guardando a máquina fotográfica no meu próprio bolso.

— Pois espere até estar tomando o café da manhã, debaixo de chuva, na varanda de um pub e veremos se ainda pensa a mesma coisa.

— Será sempre bem-vindo em Hydra.

— Vai ou não vai me deixar dormir, afinal? Pensa que não vejo que acha graça toda vez que me acorda?

*

Londres

Deixei Walter na casa dele e continuei no táxi, até a minha. Assim que entrei, corri para o computador. Depois de baixar as fotos, examinei-as minuciosamente e tomei coragem para incomodar um velho amigo, morando a milhares de quilômetros de mim. Enviei um e-mail e anexei as fotos de Walter, perguntando qual impressão lhe causavam. Imediatamente recebi resposta, com Erwan se dizendo feliz por saber de mim. Prometeu olhar com atenção as imagens enviadas e responder assim que pudesse. Outro radiotelescópio de Atacama apresentara problemas e ele estava às voltas com isso.

De fato, só fui saber dele três dias depois, em plena noite. Mas não por e-mail e sim por telefone. Erwan estava com uma voz estranha.

— Como conseguiu esse prodígio? — perguntou, sem nem me dizer bom-dia.

Como não sabia o que responder, Erwan tomou a iniciativa, me surpreendendo ainda mais.

— Se estiver sonhando com o Nobel, está bem perto, e para esse ano mesmo! Não faço ideia do que fez para conseguir semelhante modelização, mas é prodigiosa! Se enviou as imagens só para me deixar de queixo caído, parabéns, conseguiu!

— O que você viu, Erwan, diga!

— Sabe muito bem o que vi, pare de querer mais elogios, já não precisa mais. Vai dizer agora como conseguiu esse golpe de mestre ou só quer me deixar furioso? Posso mostrar a imagens aos amigos daqui?

— Por favor, não faça isso! — implorei.

— Entendo — lamentou —, e me sinto muito honrado pela confiança, me mostrando essa maravilha antes de publicar o comunicado oficial. Será para quando? É claro que, com isso nas mãos, tem o passaporte para vir se juntar a nós, mas imagino que vai poder escolher o que quiser, todas as equipes astronômicas vão querer sua presença.

— Erwan, por favor, descreva o que viu!

— Está cansado de repetir para si mesmo e quer ouvir de outra pessoa? Posso entender, amigo; no seu lugar, também estaria assim. Porém, é dando que se recebe, primeiro explique como conseguiu.

— Como consegui o quê?

— Não deboche de mim, não diga que foi por acaso.

— Erwan, por favor, você primeiro.

— Levei três dias para adivinhar o que está querendo. Não me faça dizer o que eu não disse, rapidamente reconheci as constelações Cisne, Pégaso e Cefeu, mesmo com as magnitudes falseadas, os ângulos errados e as distâncias absurdas. Se achou que me enganaria com isso, achou errado. Fiquei me perguntando qual tinha sido a sua intenção, por qual motivo aproximou todas essas estrelas e a partir de quais equações. Procurei o que o levou a posicioná-las assim e foi o que me pôs a pulga atrás da orelha. Trapaceei um pouco, confesso, usei nossos computadores e obriguei-os a dois dias de cálculos intensos, mas, quando vi o resultado, não me arrependo nem um pouco por ter mobilizado tantos recursos. Eu estava certo desde o início, só que, é claro, não podia adivinhar o que se encontrava no centro dessas incríveis imagens.

— E o que você viu, Erwan?

— A nebulosa de Pelicano.

— E por que acha isso tão extraordinário?

— Por se mostrar como podia ser vista na Terra há 400 milhões de anos!

Meu coração disparou, as pernas tremeram; pois nada disso fazia muito sentido. O que Erwan acabava de revelar era simplesmente absurdo. Que um objeto, por mais misterioso, fosse capaz de projetar um fragmento do céu já é algo de difícil compreensão; mas que esse fragmento de céu aparecesse como podia ser visto, a partir da Terra, há quase meio bilhão de anos, é puro delírio.

— Adrian, por favor, conte então como conseguiu essa modelização tão perfeita.

Nada pude responder a meu amigo Erwan.

* * *

— Sei disso, fui seu aluno particular por semanas e semanas e certamente deveria me lembrar de tudo que ensinou, mas, desde a nossa reprovação em Londres, as semanas foram bastante movimentadas e não me sinto, então, de forma alguma culpado por ter esquecido alguma coisa.

— Uma nebulosa é um berço de estrelas, uma nuvem difusa, composta de gás e poeiras, num espaço entre duas galáxias — respondi laconicamente a Walter —, é onde elas ganham vida.

Meu espírito estava longe, com os pensamentos a milhares de quilômetros de Londres, na altura da ponta oriental da África, onde se encontrava quem esquecera em minha casa o estranho pingente. A questão que me incomodava era a de saber se realmente se tratava de esquecimento. Fazendo essa pergunta a Walter, ele balançou a cabeça, me chamando de alma delicada e ingênua.

Dois dias depois, indo à Academia, tive um encontro que me chamou a atenção. Entrei para tomar um café, num desses novos estabelecimentos que invadiram a capital nos anos que passei no Chile. Qualquer que seja o bairro ou a rua, a decoração é sempre idêntica, os doces e folheados os mesmos e é preciso ter um diploma de línguas extravagantes para escolher alguma coisa, pois as combinações de cafés e chás são variadíssimas, com nomes estranhos.

Um homem se aproximou de mim, enquanto eu esperava no balcão meu "Skinny Cap with wings" (tradução, cappuccino para viagem). Pagou minha conta e perguntou se eu poderia ouvi-lo por alguns instantes; queria falar comigo de um assunto que, segundo ele, me interessaria muito. Pediu que o acompanhasse e nos sentamos no salão, em duas poltronas *club chair*, na verdade cópias malfeitas, mas bastante confortáveis. Ele olhou fixamente para mim e perguntou:

— Trabalha na Academia de Ciências, não é?

— Exatamente, mas a quem devo a honra?

— Vejo-o com frequência aqui, pela manhã. Londres é uma grande capital, mas cada bairro é um vilarejo. É o que preserva o charme dessa enorme cidade.

Eu não me lembrava de já ter visto meu interlocutor, mas frequentemente sou bem distraído e não tinha por que duvidar do que dizia.

— Estaria mentindo se dissesse que esse encontro é totalmente fortuito — continuou. — Já procurava como me aproximar há algum tempo.

— Bom, assim sendo, em que posso ser útil?

— Acredita em destino, Adrian?

Um desconhecido que nos chama pelo nome causa, em geral, certa apreensão, e foi o que aconteceu comigo.

— Me chame de Ivory, já que me permiti chamá-lo de Adrian. É possível que tenha abusado desse privilégio que a idade dá.

— O que deseja?

— Temos dois pontos em comum... Como no seu caso, minha formação é científica. Tem a seu favor a vantagem de ser jovem, com longos anos a dedicar à sua paixão. Sou apenas um velho professor que relê livros empoeirados, para fazer o tempo passar.

— O que ensinava?

— Astrofísica; o que se aproxima bastante da sua disciplina, não é?

Concordei com a cabeça.

— O trabalho no Chile deve ter sido apaixonante, lamento que tenha sido obrigado a voltar. Imagino o quanto trabalhar na área de Atacama deve lhe fazer uma falta tremenda.

Comecei a achar que o sujeito sabia um pouco demais a meu respeito, e a aparente serenidade que procurava demonstrar não acalmava minhas preocupações.

— Não fique desconfiado. Conheço-o um pouco porque, de certa maneira, estive presente quando apresentou seu trabalho aos membros da Fundação Walsh.

— De certa maneira?

— Digamos que, mesmo sem ser membro do júri, fiz parte do comitê de seleção. Li com todo o interesse o seu dossiê. Se dependesse de mim, teria ganhado o prêmio. A meu ver, seus trabalhos eram os que mais mereciam ser incentivados.

Agradeci o cumprimento e voltei a perguntar em que poderia ser útil.

— Quanto a isso, Adrian, logo vai ver que a relação é exatamente inversa. A jovem com quem saiu naquela noite, que ganhou o prêmio...

Comecei a me sentir francamente pouco à vontade e perdi um pouco a calma.

— Conhece Keira?

— Conheço sim, com certeza — respondeu o estranho interlocutor, molhando os lábios na xícara de café. — Por que não estão mais em contato?

— Creio se tratar de assunto particular — respondi, sem procurar esconder que a conversa estava me desagradando.

— Não quis ser indiscreto e, por favor, aceite minhas desculpas, se a pergunta o tiver ofendido, de uma maneira ou de outra — retomou o homem.

— Havia dito que temos dois pontos em comum, qual é o segundo?

Ele tirou do bolso uma fotografia, que colocou em cima da mesa. Era uma reprodução antiga tirada com Polaroid, e as cores desbotadas deixavam ver que não datava de ontem.

— Aposto que isso não lhe parece muito estranho — disse o homem.

Olhei bem a foto, que estampava um objeto de forma quase retangular.

— Sabe o que é mais intrigante a respeito disso? É que somos incapazes de datar. Os métodos mais sofisticados permanecem mudos, sendo impossível dizer a idade desse objeto. Há trinta anos faço essa pergunta, e a ideia de deixar esse mundo sem saber a resposta me incomoda. Parece bobagem, mas é assim. Tento me convencer toda vez, dizendo que quando estiver morto nada mais terá a menor importância, mas não adianta, penso nisso da manhã à noite e da noite à manhã seguinte.

— E o que o faz pensar que posso ajudá-lo?

— Não está me ouvindo, Adrian, eu disse que vou ajudá-lo e não o contrário. É importante que se concentre no que digo. Cedo ou tarde, esse enigma vai ocupar todos os seus pensamentos. Quando resolver se interessar de verdade, vão se abrir as portas de uma viagem incrível, uma jornada que vai levá-lo mais longe do que jamais imaginou. Nesse momento, posso ver perfeitamente que pareço apenas um velho maluco, mas essa impressão vai mudar. Raros são os que têm loucura suficiente para realizar os próprios sonhos. Em geral, a sociedade faz com que eles paguem caro por coisas excêntricas desse tipo, ela se assusta à toa e procura evitá-las, mas, Adrian, seria um motivo suficiente para desistir? Subverter o que está estabelecido e revirar as certezas não se torna uma verdadeira motivação? Não é mesmo o grau mais elevado do espírito científico?

— Assumiu riscos que a sociedade o fez pagar, senhor Ivory?

— Por favor, não me chame de senhor. Deixa eu te passar uma informação que o deixará empolgado, tenho certeza. O objeto que aparece nessa fotografia tem outra função, tão original quanto a primeira. Aliás, é a que mais vai interessá-lo. Quando recebe um foco de luz muito forte, ele projeta uma estranha série de pontos. Isso lhe diz alguma coisa?

A expressão do meu rosto certamente traiu meus sentimentos. O homem olhou sorrindo para mim.

— Está vendo, não menti, eu é que posso lhe ser útil.

— Onde o encontrou?

— É uma longa história. O importante é que saiba que ele existe, isso vai lhe servir mais tarde.

— Como?

— Evitando que perca um tempo enorme se perguntando se este pingente que possui é um simples acidente da natureza. Vai protegê-lo também da cegueira de que o homem é capaz, quando tem medo de ver a realidade de frente. Einstein dizia que duas coisas são infinitas, o universo e a estupidez humana, e ele não tinha a menor dúvida com relação à segunda.

— O que sabe a respeito do exemplar que possui? — perguntei.

— Não o possuo, apenas o estudei e sei pouquíssimas coisas a respeito, infelizmente. E, acima de tudo, prefiro não falar o que sei. Não por falta de confiança, ou não estaria aqui. O simples acaso não basta. Na melhor das hipóteses, serve para despertar a curiosidade do espírito científico. Apenas a engenhosidade, o método e a ousadia levam à descoberta. Longe de mim querer orientar suas futuras pesquisas. Prefiro deixá-lo livre de qualquer ideia.

— Que pesquisas? — perguntei àquele indivíduo cujas pressuposições começavam a me irritar seriamente.

— Posso me permitir uma última pergunta, Adrian? Que futuro lhe reserva essa prestigiosa Academia de Ciências? Uma cadeira de professor? Uma turma de alunos brilhantes, cada um convencido da superioridade da própria inteligência? Uma relação fugaz com a moça mais bonita da sala? Passei por tudo isso e não me lembro de rosto algum. Comecei a falar e não deixei que respondesse à pergunta. E, então, qual futuro?

— Dar aula é apenas uma etapa de minha vida, cedo ou tarde volto a Atacama.

Lembro que disse isso como se fosse um menino ao mesmo tempo orgulhoso de saber sua lição na ponta da língua e furioso de se ver confrontado com a própria ignorância.

— Cometi um erro estúpido na vida, Adrian. Nunca reconheci isso e, no entanto, só a ideia de dizer isso a você já me faz um bem enorme. Sempre achei poder resolver tudo sozinho. Quanta pretensão e quanta perda de tempo!

— O que isso tem a ver comigo? Quem é o senhor?

— Sou o reflexo do homem que você corre o risco de ser. Se eu puder poupá-lo disso, terei a sensação de ter sido útil e vou me lembrar do seu rosto. Você é quem eu fui, há muitos anos. É estranho, sabe, contemplar a si mesmo no espelho do tempo que passou. Antes de nos separarmos, gostaria de comunicar outra informação, talvez ainda mais interessante do que a fotografia que mostrei. Keira trabalha num sítio de escavações, distante 120 quilômetros a noroeste do lago Turcana. Quer saber por que digo isso? Porque quando resolver ir à Etiópia para encontrá-la, isso vai fazê-lo ganhar muito tempo. O tempo é precioso, Adrian, extremamente precioso. Gostei muito de tê-lo conhecido.

Surpreendeu-me o seu aperto de mão franco e amigo, quase carinhoso. Parou já na porta de saída e voltou em minha direção.

— Tenho um pequeno favor a pedir — disse. — Quando vir Keira, não fale desse nosso encontro, não teria a menor utilidade. É uma pessoa que estimo muito, mas tem um gênio que não é dos mais fáceis. Se eu tivesse 40 anos a menos, já estaria no avião, no seu lugar.

A conversa tinha me deixado mais do que perturbado. Senti-me frustrado por não ter feito as perguntas que se atropelavam em minha cabeça. Teria sido preciso anotá-las, de tantas que eram.

Walter passou pela frente do café, me viu, empurrou a porta e se aproximou.

— Está com uma cara! — disse, sentando-se na poltrona que o estranho Ivory acabava de deixar. — Pensei muito essa noite — continuou, sem se interromper. — Que ótimo encontrá-lo aqui, precisamos muito conversar.

— Estou ouvindo.

— Procurava um pretexto para ir ver a sua amiga? Confesse, não minta, estava procurando um pretexto para isso! Acho que não seria nenhuma estupidez ir perguntar por quais motivos, de verdade, ela deixou o pingente na sua mesinha de cabeceira. O acaso tem costas largas, mas não a esse ponto!

Há dias que parecem feitos de pequenas conversas que acabam nos levando a tomar certas decisões.

— É claro, também gostaria de acompanhá-lo à Etiópia — voltou Walter —, mas não vou!

— Por acaso eu disse que iria à Etiópia?

— Não, mas vai acabar indo, mesmo assim.

— Só se você for.

— Impossível, Hydra tragou minhas últimas economias.

— Se for esse o motivo, pago as passagens.

— Como disse, está fora de cogitação. Sua generosidade muito me impressiona, mas não me coloque numa situação delicada.

— Não se trata de generosidade; preciso lembrar o que teria acontecido em Heraklion, sem a sua presença?

— Não diga que me levaria como guarda-costas, fico até ofendido. Não sou apenas um monte de músculos, tenho um diploma de perito contábil e de gestão de recursos humanos!

— Walter, não me faça insistir mais, vamos juntos!

— É uma péssima ideia, e por diversos motivos.

— Diga apenas um e o deixo em paz!

— Bom, imagine então o seguinte cartão-postal. Paisagem: vale do Omo. Hora: amanhecer ou meio da tarde, como preferir. Considerando tudo que me disse, a paisagem é esplêndida. O cenário, justamente: um sítio de escavações arqueológicas. Personagens principais: Adrian e a arqueóloga encarregada dos trabalhos. Agora, ouça bem o argumento; vai ver que é ótimo. Nosso Adrian chega de jipe, um tanto empoeirado, mas ainda em boa forma. A arqueóloga ouve o carro, encosta sua pazinha e martelinho, tira os óculos...

— Acho que ela não usa!

— ... Não tira os óculos, mas, por outro lado, se endireita e descobre que o visitante inesperado não é outro senão o homem que ela deixou em Londres, muito a contragosto. A emoção é visível em seu rosto.

— Posso até ver, mas aonde quer chegar?

— Fique calado e me deixe terminar! A arqueóloga e o visitante caminham, um na direção do outro, nenhum deles sabe o que vai dizer. E ninguém também está prestando atenção ao que se passa no plano de fundo nesse instante, mas perto do jipe, *tchaaan!*, esse bom Walter, de short de flanela e boné quadriculado, de saco cheio de estar debaixo do sol enquanto os dois bobalhões se beijam em câmara lenta, pergunta, a quem quiser enfim lhe dar ouvidos, o que fazer com a bagagem. Francamente, não acha que isso estraga a cena? E agora, resolveu ir sozinho ou preciso enfiá-lo no avião?

Walter acabou me convencendo a fazer a viagem, mesmo que talvez eu já estivesse decidido.

Foi só o tempo de conseguir um visto de entrada e organizar minha chegada; embarquei em Heathrow, aterrissando dez horas depois em Adis-Abeba.

No mesmo dia, um certo Ivory, que também tinha a ver com aquela viagem, foi a Paris.

* * *

Aos membros da comissão,

A pessoa que nos interessa embarcou hoje num voo para Adis-Abeba. Não preciso insistir no que isso pressupõe. Sem associar os amigos chineses que mantêm alguns interesses na Etiópia, será difícil dar prosseguimento à nossa vigilância. Proponho nos reunirmos amanhã mesmo.

Atenciosamente,

Amsterdã.

Jan Vackeers afastou o teclado do computador e abriu o dossiê que um dos seus auxiliares havia enviado. Olhou pela enésima vez a foto da vitrine de um café londrino. No interior, podia-se ver Ivory, na companhia de Adrian.

Vackeers acendeu o isqueiro, colocou a fotografia em cima de um cinzeiro e queimou-a. Depois disso, fechou o dossiê e resmungou:

— Não sei por quanto tempo vou poder esconder dos colegas a partida que você resolveu jogar sozinho. Que Deus o guarde!

*

Ivory esperava pacientemente na fila de táxis do aeroporto de Orly.

Chegando a sua vez, sentou-se no banco traseiro do veículo e deu um papel ao motorista, com o endereço de uma gráfica, perto do bulevar de Sébastopol. O trânsito corria bem, chegariam em meia hora.

*

No seu escritório, em Roma, Lorenzo leu a mensagem de Vackeers, ligou o interfone e pediu à secretária que viesse.

— Ainda temos contatos ativos na Etiópia?

— Temos sim, duas pessoas. Acabo justamente de reatualizar a pasta africana para a sua reunião no gabinete do ministro das Relações Exteriores, na semana que vem.

Lorenzo entregou à secretária uma fotografia e um horário rabiscado numa folha de papel.

— Entre em contato com eles. Peça que informem os movimentos, encontros e conversas desse homem que desembarca em Adis-Abeba, amanhã de manhã, no voo vindo de Londres. Trata-se de um cidadão britânico, que eles sejam discretos. Diga que vale mais desistirem da perseguição, se houver risco de serem descobertos. Não faça qualquer registro a respeito desse assunto em nenhum arquivo; por enquanto, quero que isso permaneça o mais confidencial possível.

A secretária se retirou, levando a documentação que Lorenzo lhe confiara.

*

Etiópia

A escala no aeroporto de Adis-Abeba durou apenas uma hora. Foi somente o tempo de carimbar meu passaporte, pegar minha bagagem e embarcar num pequeno avião, em direção ao aeródromo de Jinka.

As asas do velho teco-teco estavam tão enferrujadas que eu me perguntava como ainda conseguia voar. O vidro do cockpit estava sujo de óleo. À exceção do giroscópio, com uma agulha que balançava, todos os relógios de bordo se mantinham inertes. O piloto não parecia se preocupar muito com isso. A cada soluço do motor, ele se limitava a puxar um pouco, ou empurrar, o manete da combustão, procurando a mistura que achava ser mais conveniente. Parecia pilotar com a ajuda tanto dos olhos quanto dos ouvidos.

Porém, numa barulheira assustadora, as mais belas paisagens da África desfilavam sob as asas decrépitas daquela lata velha.

Os pneus bateram na pista de terra e acabamos conseguindo parar no meio de uma espessa nuvem de poeira. Crianças vieram correndo até nós e tive medo que uma delas fosse atingida pela hélice. O piloto se debruçou por cima de mim para abrir a minha porta, jogou a minha sacola para fora e entendi que nossos caminhos se separavam ali.

Assim que pus os pés no chão, o seu avião já ia dando meia-volta e mal tive tempo de vê-lo se afastar por cima da copa dos eucaliptos.

Estava sozinho, no meio de lugar nenhum, e lamentei muito não ter sido capaz de convencer Walter a me acompanhar. Sentado num velho tonel de óleo, com minha sacola no chão, olhei aquela natureza selvagem ao redor. O sol já estava baixo e me dei conta de não ter a menor ideia de onde passaria a noite.

Um homem com uma camiseta bem esfarrapada veio em minha direção e ofereceu ajuda. Em todo caso, foi o que acho que compreendi. Explicar que estava atrás de uma arqueóloga que trabalhava não muito longe dali exigiu proezas de criatividade. Lembrei a brincadeira com que nos divertíamos em casa, com mímicas de uma determinada situação ou de uma simples palavra, para que os outros adivinhassem. Nunca fui bom nesse jogo! E ali estava eu, fazendo de conta que escavava a terra, me entusiasmava encontrando um mero pedaço de pau, como se tivesse descoberto um tesouro. O homem pareceu tão agoniado que acabei desistindo. Ele deu de ombros e se foi.

Voltou dez minutos depois, acompanhado de um menino que primeiro falou comigo em francês, depois em inglês e, finalmente, misturando um pouco as duas línguas. Disse-me que três equipes de arqueólogos trabalhavam na região. Uma, 70 quilômetros ao norte de onde eu estava, a segunda no vale do Rift, no Quênia, e uma última, que chegara havia pouco tempo e tinha retomado um acampamento cerca de 100 quilômetros a nordeste do lago Turcana. Acabava de localizar Keira, faltava apenas encontrar como chegar até ela.

O garoto disse para segui-lo. O homem que viera falar comigo poderia me hospedar por aquela noite. Não sabia como agradecer e fui atrás dele, confessando que se um etíope, perdido nas ruas de Londres, me pedisse informação, eu dificilmente teria a generosidade de oferecer abrigo. Fosse por diferença de culturas ou por preconceito, as duas hipóteses faziam com que me sentisse bem idiota.

O etíope dividiu o seu jantar comigo, e o menino continuou nos fazendo companhia. Não parava de olhar para mim. Eu tinha deixado meu casaco em cima de um banquinho e, sem a menor preocupação, ele revistou os bolsos. Encontrou o pingente de Keira e rapidamente o colocou de volta onde estava. Tive a brusca impressão de que minha presença já não o alegrava mais e, sem nada dizer, ele deixou a cabana.

Dormi numa esteira e acordei ao amanhecer. Depois de tomar um dos melhores cafés da minha vida, fui caminhar perto da pista de pouso, procurando saber como continuar minha viagem. Não faltavam encantos ao lugar, mas nem por isso eu queria ficar ali para sempre.

Ouvi, longe, um barulho de motor. Uma nuvem de poeira avançava ao redor de um pesado 4x4, vindo na minha direção. Parou diante da pista e dois homens desceram. Ambos eram italianos, a sorte estava do meu lado, falavam inglês bastante bem e pareciam simpáticos. Sem estranhar muito me ver ali, perguntaram para onde me dirigia. Apontei para o lugar, no mapa que abriram sobre a tampa do motor do carro, e imediatamente ofereceram me levar até próximo de lá.

A presença deles, mais ainda do que a minha, parecia incomodar o menino. Seria ainda uma marca da época em que a Etiópia foi colonizada pela Itália? Não podia dizer, mas os dois miraculosos guias realmente não o agradavam.

Depois de veementemente agradecer ao homem que me havia hospedado, embarquei no 4x4. Durante toda a viagem, os dois italianos me fizeram mil perguntas sobre a minha profissão, a vida em Atacama e em Londres, como também sobre os motivos para estar na Etiópia. Não tinha a menor vontade de aprofundar esse último ponto e apenas disse que vinha por causa de uma mulher, finalidade que, para os dois romanos, justificava qualquer viagem, a qualquer fim de mundo. Perguntei, por minha vez, o que faziam ali. Eram exportadores de tecidos e tinham uma empresa em Adis-Abeba. Apaixonados pela Etiópia, atravessavam o país sempre que podiam.

Era difícil localizar de maneira precisa o local aonde eu queria chegar e nada garantia que houvesse acesso até lá por estrada. O que dirigia propôs me deixar num vilarejo de pescadores, numa margem do Omo. Pagando, seria fácil que alguém me levasse de barco, descendo o rio. Teria, assim, boas chances de encontrar o acampamento arqueológico que procurava. Como pareciam conhecer bem a região, ouvi o que diziam e segui os conselhos. O que não estava dirigindo disse estar ali havia tanto tempo que tinha algumas noções dos dialetos etíopes, se oferecendo como tradutor para achar um pescador que aceitasse me pegar a bordo de uma piroga.

No meio da tarde, me despedi dos meus acompanhantes e a frágil embarcação em que acabava de subir se afastou da margem, deixando que a correnteza a levasse.

Encontrar Keira não foi tão simples quanto os amigos italianos haviam imaginado. O rio Omo se divide em muitos braços e toda vez que a piroga tomava uma via navegável e não outra, eu tinha medo de acabarmos passando pelo acampamento sem vê-lo.

Gostaria de aproveitar os esplendores da paisagem, que se superavam a cada meandro, mas estava muito ocupado procurando as palavras que diria a Keira, se a encontrasse, explicando a finalidade da minha visita, coisa que eu próprio não sabia muito ao certo.

O rio penetrou por gargantas de terra amarronzada que tornavam perigoso qualquer descuido de navegação. O canoeiro se esforçava para nos manter a igual distância das margens. Mais um vale se descortinou à nossa frente, e finalmente avistei, no alto de uma pequena colina, o acampamento que tanto esperava ver.

Encostamos numa margem coberta de areia e de lama. Peguei minha sacola, agradeci ao pescador que me levara até ali e tomei uma trilha aberta no mato alto. Passei por um francês que se surpreendeu com a minha presença. Perguntei se alguma Keira trabalhava ali, ele apontou para o norte e voltou ao que fazia.

Seguindo a direção da nascente do rio, passei por uma aldeia de cabanas e cheguei ao limite do terreno de buscas arqueológicas.

A terra tinha sido escavada em quadrados, com estacas e cercaduras de corda delimitando as áreas. Os dois primeiros que observei estavam vazios, mas vi dois homens trabalhando no seguinte. Um pouco mais adiante, outros cuidadosamente escovavam o chão com pincéis. De onde eu me encontrava, parecia que o estavam penteando. Ninguém me deu a menor atenção e continuei em frente, pelo caminho formado entre os amontoados de terra tirados de cada escavação, ao menos até que, atrás de mim, uma avalanche de xingamentos me fez parar. Algum conterrâneo meu, pois o seu inglês era perfeito, perguntava aos berros quem era o imbecil que passeava no meio das suas escavações. Bastou que eu rapidamente olhasse em volta para perceber que o imbecil em questão só podia ser eu.

Difícil imaginar melhor cenário para um encontro que, por antecipação, já me deixava tenso. Ser tratado daquela maneira, em pleno fim de mundo, não é para qualquer um. Umas dez cabeças surgiram dos buracos, como uma tribo de silicatos emergindo das suas tocas a um sinal de perigo. Um sujeito corpulento me ordenou, agora em alemão, que saísse dali imediatamente.

Mesmo sem bom domínio da língua, um vocabulário mínimo era suficiente para entender que não estava brincando. De repente, porém, no meio de todos aqueles olhares agressivos, vi o de Keira, que também acabava de se erguer de onde estava...

... Mas nada aconteceu como Walter havia dito!

— Adrian? — indagou assustada.

Segundo momento de intensa solidão. Quando, porém, ela perguntou que diabos estava eu fazendo ali, com uma surpresa bem maior do que o eventual prazer de me ver, a perspectiva de ter que dar uma resposta, no meio de todo aquele pequeno universo hostil, teve como efeito me mergulhar num profundo mutismo. Fiquei ali, paralisado, com a impressão de estar em pleno campo minado, com os sádicos esperando para ver o momento em que eu viraria fumaça.

— Não se mexa! — ordenou Keira, vindo na minha direção.

Aproximou-se e me guiou até a saída da área de escavação.

— Não imagina o que acaba de fazer, chegando dessa maneira com essas suas botinas! Podia ter pisado em material ósseo de importância inestimável.

— Por favor, não diga que fiz isso — supliquei, assustado.

— Não fez, mas poderia, é quase a mesma coisa. Por acaso eu chego ao seu observatório e saio mexendo nos botões do telescópio?

— Pelo que vejo, está com raiva.

— Não estou com raiva, só estou dizendo que foi irresponsável, não é a mesma coisa.

— Olá, Keira.

É claro, eu podia ter encontrado algo mais original a dizer, algo mais pertinente do que "olá, Keira", mas foi o que me veio à cabeça.

Ela me olhou dos pés à cabeça. Enquanto isso, eu me mantinha na expectativa de um momento em que relaxasse um pouco, mesmo que rapidamente.

— Que diabos está fazendo aqui, Adrian?

— É uma longa história, e acabo de fazer uma viagem mais longa ainda; se tiver um tempo mínimo para me ouvir, posso explicar.

— Claro, mas não agora. Como pôde ver, estou no meio de um trabalho.

— Desculpe, não tinha o seu número de telefone na Etiópia nem o da sua secretária, para marcar uma hora e ser recebido. Vou voltar para a beira do rio e descansar entre um coqueiro e uma bananeira. Se tiver um minuto, passe para me visitar.

Sem esperar que respondesse, virei as costas e tomei o caminho por onde tinha vindo. Era bom que soubesse que ainda tenho algum amor-próprio, afinal!

— Não tem coqueiros nem bananeiras aqui, seu ignorante! — ouvi, atrás de mim.

Virei e Keira me seguia.

— Reconheço não ter tido a mais calorosa das recepções, sinto muito, me desculpe.

— Acha que vai estar livre para um jantar? — perguntei.

Pelo visto, era um dia particularmente inspirado para perguntas idiotas. Mas pelo menos fez com que risse. Pegou o meu braço e me levou até o acampamento. Já na sua barraca, abriu uma caixa refrigeradora, tirou duas garrafas de cerveja e me passou uma.

— Beba, esse negócio não gela lá muito bem, em cinco minutos vai estar quente. Fica por algum tempo?

Estar ali, os dois sozinhos naquela tenda, era tão estranho que tudo pareceu absurdo demais. Deixamos a barraca e fomos andar à beira do rio. Caminhando pela margem, entendi o quanto devia ter sido difícil para Keira abandonar aquele lugar.

— Estou muito contente de que tenha vindo até aqui, Adrian. O fim de semana em Londres foi maravilhoso, um momento maravilhoso, mas...

Precisava interrompê-la, de maneira alguma tinha vontade de ouvir o que ia dizer, já o havia imaginado antes mesmo de tomar o avião em Londres. Quer dizer, é provável que não com tamanha lucidez, mas a questão não é essa.

Por que, com tanta pressa, respondi que se enganava com relação às minhas intenções? Não era verdade, muito pelo contrário. Tinha ido até ali por vontade de encontrá-la, de ouvir a sua voz, ver o seu olhar, mesmo que pouco receptivo, tocá-la, com o sonho imenso de apertá-la nos braços, saborear ainda a sua pele; mas não confessei nada disso. Foi mais uma idiotice da minha parte, ou orgulho masculino fora de propósito. Na verdade, tive medo de ser rejeitado pela segunda vez, para não dizer a terceira.

— Minha presença aqui não se deve a nenhum romantismo, Keira — acrescentei, para piorar as coisas. — Tenho um assunto a tratar.

— Deve ser bem sério, para que tenha vindo de tão longe.

Para mim, é o tipo de mistério comparado ao qual estimar a profundidade do universo se limita a uma simples equação matemática. Poucos minutos antes, Keira parecia bastante contrariada com a ideia de eu ter feito todo aquele périplo para vê-la, e agora, afirmando o contrário, ela parecia igualmente decepcionada.

— Estou ouvindo! — disse, com as duas mãos na cintura. — Seja breve, tenho que voltar à minha equipe.

— Se preferir, podemos deixar para mais tarde. Não estou querendo forçar nada; de qualquer jeito, não posso ir embora hoje, há dois voos apenas entre Londres e Adis-Abeba e o próximo só decola daqui a três dias.

— Fique o tempo que quiser, o lugar está aberto a todo mundo, exceto o meu terreno de escavações, onde prefiro que não fique passeando sem que alguém o guie.

Prometi isso e deixei que fosse terminar o dia de trabalho. Voltaríamos a nos ver em poucas horas e teríamos a noite inteira para conversar.

— Fique na minha tenda — disse, retomando o caminho. — Não me olhe dessa maneira, não temos mais 15 anos. Se quiser passar a noite ao ar livre, será devorado pelas caranguejeiras. Poderia colocá-lo com os rapazes, mas os roncos deles são ainda piores do que as picadas das aranhas.

* * *

Jantamos na companhia da equipe. Não houve mais hostilidade por parte dos arqueólogos, pois deixei de ser aquele elefante passeando inocentemente no meio das escavações. Na verdade foram bem calorosos durante o tempo em que estivemos juntos. Acho que gostaram de ver uma cara nova que, além do mais, trazia notícias frescas da Europa. Eu tinha na sacola um jornal que havia pegado no avião e foi um sucesso. Brigaram por ele, e quem o conseguiu teve que ler em voz alta para os outros. É difícil imaginar o quanto as coisas banais do cotidiano ganham brusca importância para quem está longe de casa.

Keira aproveitou o grupo reunido em volta da fogueira e me puxou para um canto.

— Por culpa sua, vão estar exaustos amanhã — reclamou, olhando para eles, envolvidos com a leitura do jornal. — Os dias são muito puxados, cada minuto de trabalho conta. Vivemos no ritmo do sol, normalmente a essa hora a equipe já estaria dormindo.

— Isto quer dizer, então, que não é uma noite normal.

Houve um momento de silêncio, com cada um de nós olhando para um lado.

— Devo dizer que nada para mim foi muito normal nas últimas semanas — voltei a dizer. — E essa sucessão de anormalidades tem a ver com a minha presença aqui.

Tirei o pingente do bolso e entreguei a ela.

— Esqueceu-o em cima da minha mesinha de cabeceira, vim devolvê-lo.

Keira pegou o colar na palma da mão e olhou-o por um bom tempo, com um belo sorriso.

— Ele não voltou — disse.

— Quem?

— Quem me deu esse presente.

— Sente tanta falta assim dele?

— Não se passa um dia sem que eu pense nele e me sinta culpada de tê-lo abandonado.

Não tinha previsto isso, e um esforço enorme foi necessário para achar o que dizer sem demonstrar o quanto isso me incomodava.

— Se gosta tanto dele assim, vai encontrar um meio de comunicar isso; ele vai aceitar, apesar de tudo.

Preferia nada mais saber de quem havia conquistado o coração de Keira e menos ainda me tornar uma ponte para a reconciliação, mas havia tanta tristeza nos olhos dela.

— Por que não lhe escreve?

— Em três anos, consegui que aprendesse a falar francês e também um pouco de inglês, mas não a ler. Além disso, nem sei onde se encontra — respondeu Keira, sacudindo os ombros.

— Ele não sabe ler?

— Veio até aqui só mesmo para me trazer esse colar?

— E você, de fato, o esqueceu na minha casa?

— Que diferença faz, Adrian?

— Não é um pingente qualquer, Keira. Pelo menos sabe disso? Tem uma propriedade no mínimo estranha. Algo que preciso que saiba, algo bem mais importante do que imagina.

— Tanto assim?

— Onde o seu amigo conseguiu esse objeto? Quem vendeu para ele?

— Mas em que mundo você vive, Adrian? Ele não o conseguiu, ele o encontrou na cratera de um vulcão extinto, a pouco mais de 100 quilômetros daqui. Por que está tão nervoso, por que isso é tão importante?

— Sabe o que acontece quando se aproxima esse pingente de uma forte fonte de luz?

— Acho que sei. Bom, ouça, Adrian. Quando cheguei a Paris, quis saber um pouco mais sobre esse colar, por pura curiosidade. Com a ajuda de um amigo, tentei datá-lo, sem conseguir. Certa noite, numa tempestade assustadora, passou luz através dele e vi um monte de pequenos pontos luminosos se estamparem nas paredes, em volta de onde eu estava. Um pouco depois, olhando pela janela, achei haver certa semelhança entre o que tinha visto e o que aparecia no céu. O acaso fez nossos caminhos se cruzarem, pouco tempo depois. Naquela manhã, em Londres, indo embora da sua casa, quis deixar uma carta, mas não encontrei as palavras certas. Então deixei o colar, pensando que, se houvesse algo a descobrir a respeito, tinha mais a ver com a sua área do que com a minha. Se o que viu o interessa tanto, ótimo. Fique com o pingente, faça o que quiser com ele. Tenho muito trabalho aqui. Ter ganhado o prêmio, dirigir essa equipe e fazer jus à confiança que tiveram em mim é uma tremenda responsabilidade, não terei uma terceira oportunidade, entende? É muito generoso da sua parte ter vindo até aqui e me pôr a par da sua história, mas isso é investigação sua. No que me cabe, meu negócio é esburacar o chão e não tenho tempo para passear pelas estrelas.

* * *

Havia uma árvore grande, uma alfarrobeira, à nossa frente; fui me sentar embaixo e chamei Keira para fazer o mesmo, a meu lado.

— Por que está aqui? — perguntei.

— É alguma piada?

Como não respondi, olhou para mim, rindo.

— Adoro brincar na lama — disse — e como tem muita por aqui, gostei!

— Não seja irônica, não perguntei o que faz, quero saber por que aqui na Etiópia e não em outro lugar.

— Também é uma longa história.

— Tenho a noite toda pela frente.

Keira hesitou um pouco. Levantou-se para pegar a ponta de um pedaço de galho e voltou a se sentar a meu lado.

— Há muito tempo — disse, desenhando um grande círculo na areia — os continentes estavam todos reunidos.

Desenhou outro círculo, no interior do primeiro.

— O conjunto formava uma espécie de imenso e único continente, cercado de oceanos, o supercontinente de Pangeia. O planeta foi sacudido por terríveis terremotos, as placas tectônicas começaram a se movimentar. O supercontinente se separou em duas partes, a Laurasia, no norte, e Gondwana, no sul. Em seguida, a África se separou, se tornando quase uma ilha. Não muito longe de onde nos encontramos, por efeito de uma pressão irresistível, se ergueu uma barreira de montanhas. Esses novos cumes tiveram efeito sobre o clima. O alto deles retinha as nuvens. Sem chuva, teve início a desertificação das terras do leste.

"Os macacos que viviam nas árvores, protegidos dos predadores, viram seu meio ambiente se reduzir como a pele de onagro, do romance de Balzac. Menos árvores, menos frutas, começou a faltar alimentação e a espécie ficou ameaçada de desaparecer. Preste atenção, é onde a história ganha um sentido.

"Mais a oeste, do lado oposto daquele vale em que só o mato alto crescia, a floresta continuava. Do alto de algumas árvores que ainda subsistiam, os macacos podiam ver aquelas terras em que os alimentos abundavam. Está vendo, a regra da evolução é se adaptar ao ambiente para sobreviver e esse é o instinto mais forte de todos. Por isso, enfrentando o medo, os macacos deixaram as ramagens em que viviam. Do outro lado da planície havia um éden onde nada mais faltaria.

"E lá se foram os tais macacos, pé na estrada. Mas andando de quatro, no meio da relva alta, não se vê muita coisa. Nem a direção desejada nem os perigos que ameaçam. O que faria, no lugar deles?"

— Não consigo imaginar — respondi, embevecido com a sua voz.

— Assim como eles, você provavelmente se plantaria nas duas patas traseiras para ver a distância e voltaria a ficar de quatro, para continuar a viagem. Depois, mais uma vez se colocaria de pé, para confirmar o rumo, voltaria ao caminho certo e assim em diante. Mas ia acabar achando tudo isso cansativo, de tanto levantar e abaixar. Se avançasse às cegas, no entanto, o tempo todo se desviaria da direção desejada. Era preciso traçar uma linha reta, sair da planície hostil em que, a cada noite, os predadores atacavam os seus semelhantes, e rapidamente chegar à floresta e às frutas suculentas. Por isso, um belo dia, para ir mais rápido, já apoiado nas patas traseiras, você tentou continuar de pé.

"É claro que, no início, isso não foi fácil e causou dores, pois nem seu esqueleto nem seus músculos estavam adaptados à postura, mas você resistiu, compreendendo que a sobrevivência dependia da sua capacidade para alcançar aquele destino. O número de macacos mortos de cansaço no caminho, ou dizimados pelas feras, o convenceu da urgência de seguir em frente, cada vez mais rápido. Bastava que um casal chegasse ao destino e a espécie estaria salva. Sem saber, no meio daquela planície, você não era mais o mesmo macaco que, ainda ontem, saltava de galho em galho e corria de quatro patas por curtas escapadelas em terra firme. Sem saber, você já era quase um homem, Adrian, pois andava. Tinha desistido dos atributos da sua espécie para inventar outros, humanos. Aqueles macacos, que foram bem-sucedidos no improvável desafio de chegar às terras férteis do outro lado da planície, são os nossos ancestrais. Pouco importa se isso que estou contando ainda faça alguns cientistas ficarem loucos de raiva; nessa área, quando surge uma verdade, ela raramente ganha unanimidade.

"Há vinte anos, eminentes colegas descobriram os restos de Lucy. O esqueleto se tornou uma verdadeira *superstar*. Lucy tinha 3 milhões de anos e todo mundo concordou em considerá-la a avó da humanidade. No entanto, esse mesmo todo mundo estava enganado. Anos depois, outros pesquisadores trouxeram à luz os restos do *Ardipithecus kadabba*, com 5 milhões de anos, e a implantação dos ligamentos, a estrutura da bacia e da coluna vertebral comprovaram tratar-se também de um bípede. Lucy perdeu o status que tinha.

"Mais recentemente, uma equipe descobriu os ossos fossilizados de uma terceira família de bípedes, ainda mais antigos. Os orrorins viveram há 6 milhões de anos. A descoberta revolucionou tudo que se pensava saber até então. Os orrorins não só andavam, mas eram ainda mais próximos de nós. Como a evolução genética não volta atrás, isso relegava todos que tinham sido considerados como avós da humanidade ao posto de simples primos afastados, distanciando ainda mais o momento que se supunha ser o da separação entre as linhagens dos macacos e dos hominídeos. Mas quem pode ainda afirmar, de maneira certa, que outros não precederam os orrorins? Meus colegas buscam a resposta a oeste e eu parti para leste, neste vale, ao pé dessas montanhas, por acreditar firmemente que o ancestral do homem tem muito mais do que 7 ou 8 milhões de anos e que os seus restos se encontram em algum lugar, debaixo dos nossos pés. Agora sabe por que estou na Etiópia."

— Em suas estimativas mais ousadas, Keira, que idade daria para os nossos primeiros antepassados?

— Não tenho bola de cristal, nem mesmo em meus sonhos mais doidos. Só fazendo alguma descoberta posso responder à sua pergunta. O que sei é que todos os homens na Terra têm um gene idêntico. Qualquer que seja a cor da pele, descendemos todos do mesmo ser.

O frescor acabou nos fazendo ir embora da colina. Keira armou para mim uma cama na sua tenda, ofereceu um cobertor e apagou a vela que nos iluminava. Por mais que me esforçasse para rejeitar a ideia, o fato de estar perto dela me deixava feliz, mesmo sem nos deitarmos na mesma cama. Estávamos em absoluta escuridão, e eu a ouvi se mexer nos lençóis.

— Tem mesmo caranguejeiras por aqui? — perguntei.

— Nunca vi — ela respondeu. — Boa noite, Adrian, estou contente que esteja aqui.

*

Roma

Ivory se encostara no balcão de um bar, no meio do aeroporto de Fiumicino. Olhou as horas num relógio logo acima da sua cabeça e voltou à leitura do *Corriere della Sera*.

Um homem se sentou no banco ao lado.

— Sinto muito, Ivory, o trânsito está pior do que o normal. O que posso fazer por você?

— Pouca coisa, querido Lorenzo, a não ser dividir comigo as informações que tem.

— O que o faz pensar que tenho informações que lhe interessem?

— Muito bem, vamos levar o jogo com o máximo possível de fair play. Eu começo e digo tudo que sei. Por exemplo, que a célula se recompôs e aquele de quem ninguém desgruda os olhos se encontra atualmente na Etiópia, e encontrou a jovem arqueóloga. Sei também que a China tem muitos interesses econômicos lá, por isso mantém os preciosos apoios. Com isso, sou ainda esperto o bastante para adivinhar que os outros devem estar se perguntando se não seria melhor chamar os chineses para participarem da mesa. Vamos ver, o que mais posso acrescentar? Que a Itália também guardou alguns contatos na Etiópia? E que, se continua sendo a mesma pessoa que conheci, já deve ter acionado um ou vários agentes seus? Deixe-me pensar um pouco mais, tenho provavelmente umas coisinhas ainda a contar. Ah, já sei! Não informou ninguém desses seus projetos, é sempre bom manter o controle e, quem sabe, até tomar a frente das operações, no momento certo.

— Não veio até aqui só para levantar acusações grotescas, pois imagino que poderia ter feito isso por telefone.

— Nos dias de hoje, Lorenzo, sabe qual é a grande força, nessa sua profissão?

— Tenho certeza de que vai me dizer.

— Não depender de tecnologia nenhuma. Nem telefone, nem computador, nem cartão de banco. Lembre-se como a espionagem era um negócio complexo quando ainda não existia toda essa porcariada. Perdeu-se todo prazer na prática dessa arte. O primeiro idiota que liga seu telefone celular é geolocalizado por uma bateria de satélites, em poucos minutos. Mas nunca nada haverá de substituir um bom *espresso* tomado com um amigo num anônimo bar de aeroporto.

— Ainda não disse o que quer.

— É verdade, ia esquecendo. Já houve tempo em que lhe prestei alguns favores, concorda? Mas não vou apelar para a sua gratidão, nada garante que não faça isso um dia, mas o que gostaria de pedir hoje não justifica perder esse tipo de vantagem, seria um desperdício. Não, realmente, tudo que peço é que me dê os meios de manter um pequeno passo adiante dos outros amigos. Não conto a eles das suas manobras e, em contrapartida, me informe sobre o que está acontecendo no vale do Omo. Serei magnânimo e, assim que nossos pombinhos voarem para outras paragens, será a minha vez de informá-lo. Reconheça que ter um bispo invisível no tabuleiro é uma grande vantagem para quem o mantém no seu campo.

— Jogo somente pôquer, Ivory, não conheço bem as regras do xadrez. O que o faz dizer que eles deixarão a Etiópia?

— Ah, por favor, Lorenzo, não para cima de mim! Não me tome por imbecil. Se realmente achasse que nosso astrônomo partiu simplesmente para um romance, não teria enviado os seus homens até lá.

— Não fiz isso, de jeito nenhum!

Ivory pagou a conta e se levantou. Bateu no ombro do colega.

— Foi bom vê-lo, Lorenzo. Cumprimente por mim sua encantadora esposa.

O velho professor se abaixou para pegar a sacola de viagem e se foi. Lorenzo logo o alcançou.

— Está bem, meus homens o seguiram a partir do aeroporto de Adis-Abeba, ele tinha fretado um aviãozinho para ir a Jinka. Foi onde fizeram contato.

— Seus homens falaram com ele?

— De maneira totalmente anônima. Deram carona e aproveitaram para pôr um grampo nas coisas dele, um pequeno emissor de médio porte. A conversa que teve com a jovem arqueóloga a que se referiu demonstra que ele ainda não entendeu muito bem, mas não está longe da verdade, é só uma questão de tempo; ele descobriu algumas propriedades do objeto.

— Quais? — perguntou Ivory.

— Propriedades que não conhecíamos; não conseguimos ouvir tudo, o grampo está na sacola dele. Trata-se de uma projeção de pontos, quando se aproxima o objeto de uma fonte de luz forte — respondeu Lorenzo, sem demonstrar grandes interesses.

— Que tipo de pontos?

— Ele se referiu a uma nebulosa, uma história de pelicano, imagino que seja alguma expressão inglesa.

— Que ignorante você é, meu pobre amigo; a nebulosa do Pelicano se encontra na constelação do Cisne, não distante da estrela de Deneb. Como não pensei nisso antes?

A repentina excitação de Ivory deixou Lorenzo desconfiado.

— Isso parece causar muito entusiasmo.

— Não é à toa, essa informação confirma todas as minhas suposições.

— Ivory, você se afastou da comunidade por suas suposições; nada contra lhe dar uma ajuda, em nome do passado, mas não vou cair em descrédito por conta das suas asnices.

Ivory agarrou Lorenzo pela gravata. Desfez o nó tão rapidamente que o outro não teve tempo para qualquer reação, já se sentia asfixiar e o rosto foi ficando visivelmente roxo.

— Nunca, está ouvindo, fale comigo assim! Asno, foi o que disse? São vocês os asnos, apavorados com a verdade, como os mais obscuros religiosos de seis séculos atrás. São igualmente indignos, com relação às responsabilidades que lhes foram confiadas. Bando de incompetentes!

Espantados com a cena, alguns viajantes tinham parado. Ivory soltou o companheiro e deu um sorriso tranquilizador. Todos retomaram seus afazeres. Lorenzo rapidamente desabotoou o colarinho da camisa, inspirando grandes quantidades de ar.

— Se fizer isso outra vez, mato você! — disse Lorenzo, tentando controlar um acesso de tosse.

— Quanta pretensão! É preciso antes ser capaz! Vamos parar com as brigas, mas não me desrespeite, é só o que peço.

Lorenzo voltou a se sentar no mesmo banco e pediu um copo d'água.

— O que fazem os nossos pombinhos nesse momento? — retomou Ivory.

— Já disse, estão a mil léguas de suspeitar de qualquer coisa.

— A mil ou a cem léguas?

— Ouça, Ivory, se eu fosse o encarregado da operação, já teria confiscado o objeto em questão há muito tempo, por bem ou por mal, e o problema estaria resolvido. Imagino, aliás, que cedo ou tarde essa decisão, preconizada por alguns dos nossos amigos, será tomada por unanimidade.

— Aconselho a nunca votar nesse sentido e usar toda a sua influência para que os demais façam o mesmo.

— Não vai querer agora ditar meu comportamento.

— Temia que minhas asnices o desacreditassem, já pensou se a comunidade souber desse nosso encontro? É claro, você pode negar, mas, a seu ver, quantas câmeras de segurança já não nos filmaram desde que começamos a conversar? Tenho certeza, inclusive, que nossa pequena contenda não passou despercebida. Como disse, essa abundância de tecnologia é uma verdadeira praga.

— Por que está fazendo isso, Ivory?

— Porque, justamente, os seus amigos são perfeitamente capazes de votar, por unanimidade, uma proposta tão idiota quanto a que evocou. Está fora de questão levantar um dedo sequer contra os dois pombinhos que vão, finalmente, levar adiante as pesquisas que vocês todos tiveram medo, até aqui, de fazer.

— É exatamente o que procuramos evitar, desde a descoberta do primeiro objeto.

— Existe agora outro e não é o último. Por isso, nós dois faremos o possível para que nossos protegidos consigam. A prioridade do saber, não é isso que sempre o animou?

— É o que anima você, Ivory, não a mim.

— Vamos, Lorenzo, ninguém é bobo, nem nessa nossa corporação de pessoas tão respeitáveis.

— Se os nossos dois pombinhos, como você diz, compreenderem o alcance do que descobriram e tornarem público, já imaginou o perigo a que estariam expondo o mundo?

— A que mundo se refere? Este em que os dirigentes das nações mais poderosas não podem mais se reunir sem provocar tumultos? Este em que as florestas desaparecem, enquanto as geleiras do Ártico derretem como neve ao sol? Este em que a maior parte dos seres humanos morre de fome e de sede, com uma minoria funcionando ao som dos sinos de Wall Street? Ou este outro, aterrorizado por grupos de fanáticos que assassinam em nome de deuses imaginários? Qual desses mundos o assusta mais?

— Você está louco, Ivory!

— Não, só quero saber. E foi por isso que vocês todos me aposentaram. Para não serem obrigados a olhar num espelho. Você se acha um homem direito por ir à igreja aos domingos, depois de ter frequentado o puteiro no sábado?

— Considera-se um santo, quem sabe?

— Santos não existem, meu pobre amigo. Mas não tenho uma ereção há muito tempo e isso me poupa de muita hipocrisia.

Lorenzo olhou demorada e atentamente Ivory, deixou o copo em cima do balcão e se levantou do banco.

— Será o primeiro a ter conhecimento do que eu descobrir. Dou-lhe um dia de antecedência, nada mais. É pegar ou largar. E isso liquida toda e qualquer dívida que eu pudesse ter. Não é um preço tão alto, lembre que no pôquer não há trunfo.

Lorenzo foi embora, Ivory deu mais uma olhada no relógio do bar; o voo para Amsterdã decolava em 45 minutos, não havia tempo a perder.

*

Vale do Omo

Keira ainda dormia. Levantei-me e saí da tenda, fazendo o menor barulho possível. O acampamento estava em silêncio e me encaminhei para o alto da colina. Lá embaixo, sobre o rio Omo, pairava uma leve bruma. Alguns pescadores já trabalhavam, preparando suas pirogas.

— Bonito, não é? — disse Keira, às minhas costas.

— Você teve pesadelos à noite — disse a ela, me virando. — Esteve muito agitada, remexeu-se para todo lado, fazendo uns barulhos.

— Não lembro de nada. Quem sabe sonhei com a conversa de ontem?

— Keira, poderia me levar até o lugar em que o pingente foi encontrado?

— Para que isso serviria?

— Seria bom levantar a posição exata, tenho um pressentimento.

— Ainda não tomei meu chá. Venha comigo, estou com fome, falamos disso no café da manhã.

De volta à tenda, vesti uma camisa limpa e verifiquei, na minha sacola, se havia trazido comigo todo o material necessário.

O pingente de Keira tinha nos revelado um pedaço do céu que não corresponde à nossa época. Eu precisava conhecer o local exato em que o objeto tinha sido abandonado pelo último a utilizá-lo. A abóbada estelar que se pode observar em noites claras muda a cada dia. O céu do mês de março não é o mesmo do mês de outubro. Uma série de cálculos talvez me fizesse saber em qual estação do ano aquele céu de 400 milhões de anos tinha sido registrado.

— Harry contou tê-lo descoberto na ilha central, no meio do lago Turcana. É um antigo vulcão já extinto. O lodo ali dá um ótimo adubo e os agricultores vão até lá, de vez em quando, buscar algo com que fertilizar as suas terras. Foi numa dessas idas com o pai que ele o encontrou.

— Como não sabemos onde encontrar o seu amigo, o pai ainda estaria por aqui?

— Harry é uma criança, Adrian, órfão de pai e mãe.

Devo ter deixado transparecer meu espanto, pois Keira olhou para mim, balançando a cabeça.

— Não imaginou que ele e eu...

— Imaginei que esse seu Harry fosse um pouco mais velho, só isso.

— Não tenho maiores precisões sobre o lugar da descoberta.

— Não preciso de tanta exatidão assim. Iria até lá comigo?

— Não, de jeito nenhum. Ir e vir tomaria no mínimo dois dias e não posso deixar minha equipe plantada aqui. Tenho minhas obrigações.

— Se torcer um tornozelo, vai ter que parar, não?

— Colocaria uma tala e continuaria o trabalho.

— Ninguém é indispensável.

— Para mim, o que faço é indispensável, se preferir ver as coisas por esse prisma. Temos um carro 4x4, pois guardei essa lição da experiência anterior. Posso emprestá-lo, se quiser, e encontro alguém na aldeia para servir de guia. Se quiser ir agora, vai chegar ao lago no final da tarde. Nem é tão longe assim, mas o caminho até lá é quase impraticável, de uma ponta à outra; terá que ir muito devagar. Além disso, vai ter que encontrar uma embarcação para chegar à ilha do centro. Não sei quantas horas pensa ficar lá, mas, se não perder muito tempo, poderá estar de volta amanhã, antes do anoitecer. A tempo de partir para Adis-Abeba, sem perder seu avião.

— Com isso, quase não vamos nos ter visto.

— Já que imperativamente quer ir ao lago, não tenho culpa.

Disfarcei o mau humor como pude e agradeci Keira pelo carro. Ela me acompanhou até a aldeia e foi falar com o chefe. Vinte minutos depois, partia ele próprio conosco. Havia muito tempo ele não tinha mais a oportunidade de visitar o lago Turcana; na sua idade, não podia mais fazer a viagem pelo rio e achava ótimo ter um carro à disposição. Prometeu me levar até a margem à frente do vulcão. Lá chegando, facilmente conseguiria uma piroga. Foi só o tempo de preparar algumas coisas, levar Keira de volta ao acampamento e logo estaríamos na estrada.

Keira desceu do carro e deu a volta, se apoiando na minha janela.

— Não demore muito, para podermos passar juntos um momento, antes que vá embora de vez. Espero que encontre o que procura.

O que tinha vindo procurar ali estava exatamente à minha frente, mas eu precisava de um pouco mais de tempo para confessar isso.

Era hora de partir, eu já me preparava para tomar o estreito caminho que ligava a pista ao acampamento. A caixa de marchas engasgou, Keira aconselhou a pisar no pedal da embreagem até o fundo. Quando comecei a dar uma ré, Keira correu e chegou até a minha altura.

— Pode atrasar a viagem por alguns minutos?

— Claro, por quê?

— Preciso prevenir Éric para que assuma as escavações até amanhã e preparar uma bolsa. Está me fazendo ser uma irresponsável.

O chefe da aldeia havia pegado no sono no banco de trás e nem se deu conta de Keira ter se juntado a nós.

— Levamos ele, mesmo assim? — perguntei.

— Seria muito indelicado deixá-lo na beira da estrada.

— E vai segurar a vela, tomando conta — acrescentei.

Ela me deu um tapa no ombro e fez sinal para que eu seguisse em frente.

Não tinha sido exagero dela, a pista era uma sucessão de buracos, eu me agarrava ao volante, tentando controlar a direção e não nos atolar em nenhum. Em uma hora, havíamos percorrido apenas 10 quilômetros; naquele ritmo, o dia inteiro não bastaria para chegar ao destino.

Um sacolejo mais forte acordou nosso passageiro. O chefe da aldeia se espreguiçou e apontou para uma trilha que mal se via, numa curva, e entendi, pelos gestos, que queria tomar um atalho. Keira aconselhou seguirmos as recomendações. A pista havia desaparecido completamente, estávamos subindo um flanco de colina. De repente, surgiu à nossa frente uma vasta planície, dourada pelos reflexos do sol. Debaixo dos pneus, o chão se firmara e pude, enfim, acelerar um pouco. Quatro horas depois, o chefe pediu que parasse. Desceu do carro e se afastou.

Keira e eu fomos atrás. Seguimos os passos do nosso guia até a beira de um pequeno penhasco. O velho homem nos mostrou o delta do rio, lá embaixo, com o majestoso lago Turcana se estendendo por mais de 200 quilômetros. Das três ilhotas vulcânicas, apenas aquela situada mais ao norte estava visível, tínhamos muito caminho pela frente até chegar ao destino.

No lado queniano do lago, colônias de flamingos cor-de-rosa voaram, formando longas e graciosas curvas no céu. As lagunas de gipsita davam às águas uma coloração âmbar que, mais adiante, se esverdeava. Entendi, só então, por que era chamado lago de Jade.

De volta ao 4x4, retomamos uma trilha pedregosa para chegar à parte setentrional do lago.

Exceto por um rebanho de antílopes, o lugar estava deserto. Percorremos quilômetros sem ver uma alma viva. Em certos lugares, as terras embranquecidas por salinas refletiam a luz, a ponto de nos ofuscar. Mais adiante, um rudimento de vegetação invadia o deserto; na paisagem de mato alto, surgiu a cabeça de um filhote de búfalo perdido.

Uma placa plantada no meio daquele lugar perdido indicava que estávamos entrando no Quênia. Atravessamos uma aldeia de nômades, algumas choças de pau a pique deixavam ver que alguns tinham se sedentarizado. Para contornar uma plataforma rochosa, a pista se afastou da margem e, por algum tempo, perdemos o lago de vista. A pista árida parecia não ter fim.

— Logo estaremos em Koobi Fora — disse Keira.

Koobi Fora era um sítio arqueológico descoberto por Richard Leakey, antropólogo de quem Keira admirava o trabalho. Ele tinha trazido à luz centenas de fósseis, entre os quais esqueletos de australopitecos, assim como uma quantidade de instrumentos de pedra. Mas a descoberta mais importante foi a dos restos de um *Homo habilis*, o antepassado mais próximo do homem e que viveu há cerca de 2 milhões de anos. Quando já íamos deixar o terreno de escavações para trás, Keira inclinou a cabeça e achei que devaneava, pensando no dia em que os viajantes passariam por algum sítio marcado por uma das suas descobertas.

Uma hora depois, chegamos quase ao final da viagem.

Alguns pescadores estavam à beira do lago. O chefe conversou com eles e, como havia prometido, conseguiu que embarcássemos numa canoa motorizada. Ele próprio preferiu ficar na margem. Tinha feito a longa viagem apenas para contemplar aquela paisagem mágica pela última vez na vida.

Enquanto nós afastávamos da margem, percebi uma nuvem de poeira ao longe, provavelmente de um carro, mas meu olhar se dirigiu à ilha do centro, também chamada ilha do Rosto Estranho, porque três das suas crateras formam o desenho de um par de olhos e uma boca.

No total, são 12 as crateras. Cada uma das três principais tem um pequeno lago no interior. Mal desembarcamos numa praia de areia escura, Keira me fez subir um paredão bem íngreme. O solo de basalto se desmanchava à medida que caminhávamos. Levamos quase uma hora para chegar ao topo do vulcão. A 300 metros de altura, a visão geral era impressionante. Eu não podia deixar de lembrar que, sob aquelas águas calmas, dormia um monstro com incalculável potência devastadora.

Para me acalmar, Keira me fez notar que a última manifestação vulcânica datava de épocas remotas, acrescentando, porém, com ar irônico, que em 1974 a cratera tinha passado por certa agitação, não uma erupção propriamente, mas tumultos suficientes para que nuvens de vapor de enxofre fossem visíveis da beira do grande lago. Teria aquela agitação trazido das entranhas da Terra o pingente que ela carregava no pescoço? Se fosse este o caso, há quanto tempo ele descansava ali?

— Foi aqui que Harry o encontrou — disse Keira. — Isso o ajuda?

Tirei da mochila o GPS que tinha trazido e marquei a posição indicada. Estávamos 3°29' ao norte do ponto equatorial e 36°04' a leste do mesmo ponto.

— Era o que queria?

— Não basta — respondi. — De volta a Londres, vou ter que fazer toda uma série de cálculos.

— Com que finalidade?

— A de verificar a correspondência entre a abóbada celeste que se observa daqui e a que o seu pingente registrou. Talvez, com isso, eu consiga informações preciosas.

— E não teria essas coordenadas num mapa?

— Provavelmente, mas não é a mesma coisa que estar no local.

— Qual é a diferença?

— É diferente, só isso!

Ao afirmar, fiquei vermelho como um imbecil. "Como é desajeitado!", teria dito Walter, se estivesse ali.

O sol se punha, precisávamos voltar à praia de areia escura e pegar nosso bote. Dormiríamos, aquela noite, na aldeia nômade por que tínhamos passado no caminho.

Ao nos aproximarmos da margem, Keira e eu percebemos que alguma coisa não ia bem. O 4x4 estava com todas as portas abertas e não se via o chefe da aldeia.

— Deve estar deitado dentro do carro — disse Keira, querendo se tranquilizar, mas estávamos ambos preocupados.

Os pescadores nos deixaram em terra firme e partiram em seguida, para chegar em casa antes que caísse a noite. Keira correu para o carro e fui atrás, para constatar que o pior havia acontecido.

O chefe da aldeia estava deitado no chão, com o rosto para baixo. Um filete de sangue já coagulado tinha escorrido da cabeça, se perdendo nas pedras.

Keira se debruçou por cima dele, virou-o com mil precauções, mas os olhos vidrados não davam margem a nenhuma dúvida. Keira se ajoelhou e, pela primeira vez, a vi chorar.

— Certamente teve um mal-estar e caiu, não podíamos tê-lo deixado sozinho de jeito nenhum — disse, em lágrimas.

Tomei-a nos braços e nós ficamos velando o corpo daquele homem, cuja morte me afetava de maneira estranha.

Com um azul profundo, a noite resplandecia sobre nós e sobre o último sono de um velho chefe de tribo. Eu esperava que, naquele céu, uma estrela a mais estivesse brilhando.

— Precisamos avisar as autoridades amanhã.

— De jeito nenhum — disse Keira —, estamos em território queniano; se a polícia vier, vai guardar o corpo até terminar a investigação. Se quiserem fazer autópsia, será uma ofensa enorme para a tribo; temos que levá-lo aos seus, para que seja enterrado nas 24 horas seguintes à morte. A aldeia vai querer prestar as devidas homenagens, ele é uma personalidade para eles, o guia, o depositário do saber e da sabedoria. Temos que tomar cuidado para nunca quebrar os rituais. Só o fato de ter morrido em terra estranha já vai ser um drama. Haverá até quem veja nisso uma espécie de maldição.

Enrolamos o corpo numa coberta e, ao colocá-lo no banco de trás do carro, notei marcas de pneus de outro veículo, ao lado do nosso. Lembrei da nuvem de poeira que tinha visto um pouco antes, indo para a ilha do centro. Será que a morte do velho chefe não tinha sido causada apenas por um mal-estar e um tombo? O que teria realmente acontecido na nossa ausência? Keira continuava meditativa e observei o chão, com uma lanterna que encontrei no porta-luvas. Havia uma quantidade grande demais de pegadas em volta do carro para que fossem apenas nossas. Seriam dos pescadores? No entanto, estava quase certo de que não tinham vindo até ali e nós é que havíamos ido encontrá-los à beira do lago. Preferi nada comentar com Keira, que já estava muito triste e era melhor não acrescentar novas preocupações, com suspeitas baseadas em marcas de pneus e de sapatos, no chão empoeirado.

Dormimos por algumas horas, no chão duro.

Ao amanhecer, Keira assumiu o volante. Quando já tomávamos a direção do vale do Omo, ela disse baixinho:

— Perdi meu pai da mesma maneira. Saí para umas compras e, quando voltei, ele estava caído na entrada da casa.

— Sinto muito — gaguejei, sem saber o que fazer.

— Sabe, o pior não foi que estivesse ali, deitado nos degraus, com a cabeça para baixo e os pés junto da porta; não, o pior veio depois. Depois que levaram o corpo, fui ao quarto dele e vi os lençóis amarrotados. Imaginei os gestos que ele fez ao se levantar naquela manhã, os últimos passos saindo da cama. Deve ter ido até a cortina e entreaberto para ver que tempo fazia. Para ele, era um ritual mais importante do que as notícias que leria no jornal. Vi a xícara de café na pia da cozinha, a manteiga ainda em cima da mesa, junto de um pedaço de pão comido pela metade.

"Olhando esses objetos do cotidiano, como a faca da manteiga, é que a gente se dá conta de que alguém se foi e não vai mais voltar; uma faca idiota de manteiga, cortando para sempre fatias de solidão na vida da gente."

Ouvindo Keira, percebi por que tinha levado comigo, à Grécia, o seu colar e por que ele nunca saiu do meu bolso desde o dia em que foi deixado na minha mesinha de cabeceira, quando ela foi embora.

Chegamos à aldeia no final do dia. Assim que Keira saiu do carro, os mursis perceberam que algo grave havia acontecido. Os que se encontravam na praça central imediatamente pararam. Keira olhou para eles em pranto, mas ninguém se aproximou para consolá-la. Abri a porta traseira e peguei nos braços o corpo do velho chefe. Deixei-o no chão e baixei a cabeça em sinal de respeito. Um longo lamento percorreu todo o grupo; as mulheres levaram as mãos ao céu e se puseram a gritar. Os homens tinham se aproximado do corpo do chefe. Seu filho ergueu a coberta e vagarosamente alisou a testa do pai. Com uma expressão fechada, se endireitou e nos olhou duramente. Pelas suas maneiras, entendi não sermos bem-vindos ali. Que importância tinha para eles os acontecimentos eventuais? O velho chefe partira vivo conosco e o trazíamos de volta morto. Senti a hostilidade crescer a cada instante. Peguei Keira pelo braço e fui levando-a lentamente até o carro.

— Não olhe para trás — disse a ela.

No momento em que entrávamos no 4x4, os aldeões se comprimiram ao redor de nós, cercando o veículo. Uma lança bateu no capô, uma segunda arrancou um retrovisor, e Keira mal teve tempo de gritar para que eu me abaixasse, quando uma terceira arrebentou o para-brisa. Engrenei a marcha a ré, o carro deu um salto, manobrei e rapidamente deixei a aldeia.

A horda furiosa não nos seguiu. Dez minutos depois, chegamos ao acampamento. Vendo o estado do 4x4 e a palidez de Keira, Éric se assustou e contei a ele o acontecido. A equipe toda de arqueólogos se reuniu em volta da fogueira para decidir qual atitude tomar.

Todos acharam que o futuro do grupo estava bem comprometido. Ofereci-me a voltar no dia seguinte à aldeia para uma conversa "de cavalheiro" com o filho do chefe, explicando que nada tínhamos a ver com o triste desaparecimento do seu pai.

Minha iniciativa deixou Éric furioso, pois mostrava o quanto eu ignorava a gravidade da situação. Não estávamos em Londres, vociferou, a raiva dos aldeões não diminuiria com uma conversa, tomando chá. O filho do chefe ia querer um culpado e em pouco tempo o acampamento poderia sofrer represálias.

— Vocês dois devem se proteger — disse Éric —, precisam partir.

Keira se levantou, pedindo aos colegas que a desculpassem, mas não se sentia bem. Passando perto de mim, disse que preferia ficar só, que eu arranjasse um lugar para dormir. Deixei o grupo e fui atrás dela.

— Tem do que se orgulhar, acaba de pôr tudo de cabeça para baixo — disse ela, sem diminuir o ritmo dos passos.

— Que coisa, Keira, não fui eu que matei o velho!

— Não temos como explicar aos aldeões como ele morreu e vou ter que abandonar minhas escavações para evitar uma carnificina geral. Arruinou meu trabalho, minhas esperanças, acabo de perder toda legitimidade e Éric deve estar feliz da vida de ficar no meu lugar. Se não tivesse ido com você naquela maldita ilha, nada disso teria acontecido. Tem toda a razão, não é culpa sua, é toda minha!

— Mas, que diabos, o que deu em vocês todos? Por que nos comportarmos como culpados? O homem morreu de velhice, quis ver o lago pela última vez e, graças a nós, pôde realizar seu desejo final. Vou à aldeia agora mesmo e falarei com eles.

— Em qual língua? Está falando mursi agora?

Diante da implacável verdade, me calei.

— Amanhã de manhã levo você ao aeroporto, fico uma semana em Adis-Abeba, esperando que as coisas se acalmem por aqui. Partimos ao amanhecer.

Keira entrou na tenda, sem nem me desejar boa-noite.

Eu não tinha a menor vontade de voltar ao grupo. Os arqueólogos continuavam a discutir, ao redor da fogueira, o que fazer. Trechos da conversa chegavam até mim e confirmavam que Keira tinha previsto acertadamente o que se passaria. Éric já afirmava sua autoridade junto aos demais. Que lugar ela conseguiria, quando voltasse? Fui me sentar na colina para olhar o rio. Tudo estava tão calmo. Senti-me só e responsável pelo que estava acontecendo.

* * *

Uma hora depois, ouvi passos atrás de mim. Keira se sentou ao meu lado.

— Não consigo me acalmar. Perdi tudo essa noite, não tenho mais trabalho nem credibilidade nem futuro, tudo voou longe. O *shamal* me fez ir embora a primeira vez e você, Adrian, foi como outra tempestade.

Observei que, em geral, quando uma mulher o chama pelo nome, em plena conversa, acha que tem queixas sérias a fazer.

— Acredita em destino, Keira?

— Ah! Por favor, era só o que faltava, vai tirar do bolso um jogo de tarô e pôr cartas para mim?

— Pessoalmente, nunca acreditei. Tive inclusive horror da simples ideia de existir um destino traçado; seria negar nosso livre-arbítrio, a possibilidade que temos de fazer escolhas e decidir o futuro.

— Realmente, não me sinto em condições de ouvir essa sua filosofia barata.

— Não acredito em destino, mas sempre me interroguei com relação ao acaso. Se soubesse o número de descobertas que não teriam ocorrido sem um empurrãozinho.

— Tenho aspirinas, se quiser, Adrian.

— Você está aqui porque sonha encontrar vestígios do primeiro dos seres humanos, não é isso? Fiz a pergunta, ontem, e você embromou e não respondeu. Nas mais loucas expectativas, que idade teria esse homem zero?

Creio que Keira respondeu mais por pena do que por convicção.

— Se o primeiro ser humano tiver 15 ou 16 milhões de anos, não ficaria tão surpresa assim — disse.

— E se eu a fizer ganhar 385 milhões de anos, de uma só vez, o que diria?

— Que tomou sol demais hoje.

— Então deixe que eu formule isso de outra forma. Esse pingente impossível de se datar e cuja composição não conhecemos, ainda acha que ele é apenas um acidente da natureza?

Acertei na mosca. Keira olhou fixamente para mim e vi no rosto dela uma expressão que me surpreendeu.

— Essa incrível noite de tempestade, em que milhões de pontos luminosos surgiram graças a um relâmpago, o que você viu na parede foi, mais exatamente, a nebulosa do Pelicano, um berço de estrelas situado em nossa galáxia.

— É mesmo? — ela perguntou, espantada.

— Isso mesmo, de fato, mas tem mais. Esse pedaço de céu projetado pelo seu pingente não é idêntico ao que temos aqui em cima de nós. É o de

400 milhões de anos atrás. A que isso corresponde na sua escala geológica? — perguntei.

— À aparição da vida em terra firme — Keira respondeu, pasma.

— Tenho boas razões para acreditar que existem outros objetos idênticos ao que usa pendurado no pescoço. Se todos, mais ou menos, tiverem a mesma dimensão e se meus cálculos estiverem certos, quatro outros projetariam o céu completo. Estranho quebra-cabeça, não acha?

— É impossível que um mapa do céu tenha sido estabelecido há 400 milhões de anos, Adrian!

— Você mesma disse que há vinte anos todo mundo acreditava que o mais velho dos nossos antepassados tinha somente 3 milhões de anos. Imagine por um só instante que consigamos reunir todos os fragmentos que faltam e não sei mais o quê, mas que provemos que há 400 milhões de anos um mapa do céu foi montado com uma precisão digna de meios de observação que sequer podemos imaginar. Quais conclusões tiraria disso?

Keira ficou sem voz, diante do alcance de semelhante descoberta.

Nunca achei que a morte de um velho fosse obrigá-la a abandonar as escavações, mas esperava, desde que deixei Londres, convencê-la a partir comigo.

Ficamos os dois em silêncio, olhando o céu, até tarde da noite.

Tiramos algumas horas de sono e nos despedimos do acampamento assim que amanheceu. A equipe inteira se reuniu ao redor do 4x4 para dar adeus. Como tinha sido combinado, Keira me deixaria no aeroporto de Adis-Abeba e permaneceria na cidade, esperando os ânimos se acalmarem. Éric dirigiria as buscas durante a sua ausência. Ela regularmente entraria em contato, esperando um sinal de retorno.

Durante a viagem, que levou dois dias, não paramos de nos fazer perguntas sobre o misterioso pingente. Qual seria o sentido da sua presença no antigo vulcão, no centro do lago Turcana? Alguém o tinha deixado naquele lugar de propósito? Por que e, sobretudo, quando?

Sabíamos da existência de pelo menos outro exemplar com propriedades similares, mesmo sem falar disso. Cinco fragmentos deviam se juntar para formar um céu completo. E a questão que passara a nos obcecar era a de saber onde estariam e como pôr as mãos neles.

Poucos meses antes, vivendo no planalto de Atacama, eu jamais teria imaginado a necessidade de unir meu saber astrofísico ao de uma paleontóloga, na busca de uma descoberta improvável.

Começávamos o segundo dia de estrada quando Keira se lembrou de um artigo lido numa revista, anos antes. A essa lembrança é que devemos o périplo que teve início. Depois disso, agimos por instinto científico ou seguimos um pressentimento? Não saberia dizer ao certo. Mas tudo começou quando Keira me perguntou se já tinha ouvido falar de um objeto, datado da Idade do Bronze, parecendo um astrolábio, que tinha sido descoberto na Alemanha. Todo astrônomo digno desse nome sabe da existência do disco de Nebra. Escavadores clandestinos tinham encontrado o objeto, de cerca de 2 quilos, na Alta Saxônia, no final do século XX. Tem a forma de um escudo circular, de 30 centímetros de diâmetro. Nele se destacam, em placas de ouro incrustadas, uma lua crescente e pontos que parecem representar corpos celestes. Sua constituição é tão incrível que os arqueólogos de início acharam se tratar de uma falsificação. Mas uma datação rigorosa acabou confirmando seus 3.600 anos de idade. Algumas espadas e ornamentos encontrados no mesmo sítio também corroboraram sua autenticidade. Além da idade, o disco de Nebra tem duas particularidades, no mínimo singulares. Os pontos figurando no disco se assemelham às Plêiades, uma série de estrelas surgidas no céu da Europa àquela época. A segunda particularidade é a presença, na lateral direita, de um arco de 82°. Oitenta e dois graus correspondem exatamente ao espaço entre os pontos em que o Sol se levanta em Nebra nos momentos do solstício de verão e do solstício de inverno. Quanto à função propriamente do disco, várias hipóteses se apresentaram: talvez se destinasse à agricultura, com o solstício de verão anunciando a semeadura; e a aparição das Plêiades no céu, nas colheitas. Outra possibilidade é o disco de Nebra ter sido um instrumento de ensino e de transmissão do conhecimento astronômico. Nos dois casos, ele atesta que o saber do homem, nessa matéria, era infinitamente mais avançado do que supúnhamos.

O disco de Nebra é a mais antiga representação do céu conhecida nos dias de hoje, pelo menos até aquele pingente, que Keira segurava com carinho entre as mãos, aparecer na ilha central do lago Turcana...

— Que ligação pode haver entre o disco de Nebra e o meu pingente?

— Não sei, mas acho que vale a pena fazer um passeio pela Alemanha — respondi, alegre.

Quanto mais nos aproximávamos da capital, mais Keira me dava a impressão de se isolar. Seria a possibilidade de uma descoberta maior que me fazia não sentir o cansaço da viagem ou a ideia de estar conseguindo convencer Keira a me acompanhar nas buscas? Infelizmente, porém, a excitação que me alvoroçava não parecia ser contagiosa: toda vez que uma placa anunciava a distância a nos separar de Adis-Abeba, Keira ficava pensativa e se perdia nos próprios pensamentos.

Cem vezes evitei perguntar qualquer coisa e cem vezes voltei à minha solidão, me limitando a seguir o caminho.

Deixamos o 4x4 no estacionamento do aeroporto e Keira entrou comigo no terminal. Um voo partia para Frankfurt no dia seguinte. No balcão da companhia aérea, comprei duas passagens, mas Keira me puxou para um canto.

— Não vou com você, Adrian.

Sua vida estava ali, disse, e não estava preparada para mudar. Em poucas semanas, no máximo um mês, a calma voltaria a reinar no vale e ela retornaria ao trabalho.

Por melhores que me parecessem meus argumentos, mostrando ser algo que beirava o fantástico a descoberta que talvez fizéssemos juntos, ela repetia ser uma busca minha e não dela. Pelo tom de voz, entendi que estava decidida e era inútil insistir.

Tínhamos uma noite a passar em Adis-Abeba, antes da minha viagem, e pedi que me fizesse um último favor, encontrasse para nós um restaurante digno desse nome, um lugar de onde eu não saísse com o estômago revirado.

Foi bem difícil fingir ignorar que nos separaríamos no dia seguinte, mas por que estragar o pouco tempo que restava?

Aguentei firme durante todo o jantar e em momento algum, no passeio que fizemos de volta ao hotel, caí na tentação de tentar fazê-la mudar seus planos.

Ao acompanhá-la até o seu quarto, ela me abraçou e encostou a cabeça no meu ombro. Disse baixinho, no meu ouvido, que manteria a promessa feita em Londres. Não me beijou.

Acho horrível a ideia de despedida em aeroporto, e a noite anterior tinha sido suficientemente triste, sem haver qualquer necessidade de acréscimo. De manhã cedo, na hora do café, fui embora do hotel, deixando um bilhete debaixo da porta de Keira. Lembro que insisti no quanto lamentava ter causado tanto transtorno, esperando, do fundo do coração, que rapidamente ela voltasse à vida que tinha tão corajosamente construído. Reconhecia também o egoísmo da minha atitude e, achando ter dado provas suficientes de me sentir culpado, admitia que, mesmo ignorando o que me aguardava, valorizava uma descoberta que, para mim, era das mais importantes: a presença dela me deixava muito feliz. Dei-me conta de a confissão ser um tanto estabanada e, várias vezes, a caneta hesitou em cima da folha de papel, até completar essas palavras. Mas eram sinceras e isso é o principal.

O hall do terminal estava apinhado, como se a África inteira tivesse resolvido viajar naquela manhã. A fila de embarque do meu voo não tinha fim. Depois de longa espera, acabei sentado na última fileira do avião. Com as portas já se fechando, comecei a achar que teria feito melhor voltando para Londres, dando um ponto final àquilo que talvez não passasse, afinal, de uma grande quimera. A aeromoça nos avisou que havia um pequeno atraso, sem, no entanto, explicar por quê.

E, de repente, no corredor, entre passageiros que enfiavam suas bagagens nos compartimentos acima das poltronas, vi Keira arrastando uma sacola que devia pesar tanto quanto ela. Negociou com meu vizinho uma troca de assento, feita sem dificuldade, e se sentou a meu lado, com um suspiro.

— Quinze dias, está ouvindo? — disse, afivelando o cinto. — Dentro de duas semanas, onde quer que estejamos, você me põe num avião para Adis-Abeba. Promete?

Prometi.

Seriam 15 dias para descobrir a verdade sobre o pingente, duas semanas para reunir o que 400 milhões de anos tinham separado. Era um desafio impossível de se superar, mas qual a importância? A aeronave acelerou na pista e Keira estava sentada ao meu lado. Com a cabeça encostada na janela, tinha os olhos fechados, e os 15 dias que viriam estavam bem além daquilo que, ontem ainda, eu podia esperar. Nas oito horas que durou o voo, em momento algum ela fez a menor alusão ao bilhete que eu tinha deixado sob a porta do quarto de hotel. Aliás, por falar nisso, nem depois.

*

Frankfurt

Trezentos e vinte quilômetros nos separavam de Nebra. Apesar de exausto com a viagem, aluguei um carro, com a esperança de chegar ao destino antes do final da tarde.

Nem Keira nem eu imaginávamos que aquela cidadezinha do interior tivesse se tornado tão popular. O local em que havia sido desenterrado o famoso disco celeste tinha ganhado o aspecto de um centro de atrações turísticas. Uma imponente torre de concreto se erguia bem no meio da planície. A partir da base da estrutura, tão inclinada quanto a Torre de Pisa, saíam duas linhas no chão, cada uma devendo representar os eixos solares dos solstícios. O complexo se completava com uma gigantesca construção em madeira e vidro, erguida no alto da colina, uma espécie de museu, desfigurando a paisagem.

A visita do sítio dedicado ao disco de Nebra não nos trouxe nenhuma novidade palpitante. A poucos quilômetros de lá, o centro do vilarejo, com suas ruelas pavimentadas, os vestígios do castelo e as bonitas fachadas das casas, tinha o mérito de trazer de volta certa autenticidade, desde que se ignorassem as vitrines das lojas, oferecendo aos montes camisetas, louça e reproduções de todo tipo com a imagem do disco.

— Quem sabe eu devesse pensar em fazer escavações no parque temático Asterix — debochou Keira.

Apresentei-me ao dono do hotel, que tinha nos dado a chave do último quarto livre de que dispunha, e ele, depois de ouvir nossos respectivos títulos profissionais, aceitou meu pedido e prometeu organizar, no dia seguinte, um encontro particular com o responsável pelo sítio arqueológico de Nebra.

*

Moscou

Na praça Lubianka, dois mundos estranhos convivem. De um lado, o grande edifício de fachada alaranjada que sediava a KGB e, de outro, o Palácio do Brinquedo.

Naquela manhã, Vassily Yurenko precisou desistir de tomar o café da manhã no Puchkin e isso o deixava de mau humor. Depois de estacionar o velho Lada junto à calçada, ele esperou que a loja de departamentos abrisse as portas. No andar térreo, um carrossel todo iluminado dava os seus primeiros giros do dia, mas sem criança alguma montada nos cavalinhos coloridos. Vassily evitou se apoiar no corrimão da escada rolante, que considerava sujo demais. No andar de cima, parou num estande com belíssimas réplicas de bonecas matrioshkas. Encaixando-se umas nas outras, elas sempre o divertiam. Quando era jovem, sua irmã tinha uma coleção que, hoje em dia, teria um preço incalculável, mas a irmã descansava havia trinta anos no cemitério Novodievitch e a maravilhosa coleção era apenas uma longínqua lembrança. A vendedora retribuiu seu interesse com um amplo sorriso e uma visão pouco gratificante das suas gengivas desdentadas. Yurenko desviou o olhar. A babushka pegou uma das bonecas, de cabeça vermelha e corpo amarelo, enfiou-a num saco de papel e pediu mil rublos ao cliente. Yurenko pagou e se foi. Um pouco depois, sentou-se à mesa de um café, raspou a pintura cobrindo a terceira e a quinta boneca e copiou os algarismos que haviam surgido. Tomou o metrô, desceu em Ploshchad Vosstaniya e seguiu pelo comprido corredor que levava à estação ferroviária de Moscou.

Encaminhou-se ao guarda-volumes e foi ao armário indicado pela terceira boneca, compôs no teclado da tranca o número indicado na quinta e pegou o envelope que se encontrava no interior. Havia nele uma passagem aérea, um passaporte, um número de telefone na Alemanha e três fotografias. Numa delas aparecia um homem, noutra uma mulher e, na terceira, as mesmas pessoas, juntas, desembarcando de um avião. No verso das imagens, tinham escrito à mão os seus nomes. Yurenko guardou o envelope no bolso e olhou o horário marcado na passagem. Dispunha de duas horas para chegar ao aeroporto de Sheremetyevo. Procurou lembrar se havia estacionado o carro num local permitido, mas, de qualquer forma, era tarde demais para se preocupar com isso.

*

Roma

Lorenzo se debruçou na varanda do escritório. Seu cigarro, já no fim, caiu lá embaixo, na rua. Por um instante, ele ficou olhando o cigarro rolar até a sarjeta, depois fechou as janelas e pegou o telefone.

— Tivemos um probleminha na Etiópia. Eles deixaram o país — anunciou Lorenzo.

— Onde se encontram?

— Perdemos a pista deles em Frankfurt.

— O que aconteceu?

— Os homens que os seguiam não tiveram sorte. Os seus dois protegidos foram ao lago Turcana na companhia de um velho chefe de aldeia que os guiava. Meus agentes quiseram interrogá-lo para saber o que os dois estavam fazendo numa ilhota, no meio do lago, e houve um acidente.

— Que tipo de acidente?

— O velho reagiu mal e levou um tombo.

— Quem mais sabe disso?

— Como prometi, tem prioridade nessas informações. Com esse andamento das coisas, porém, não posso mais esperar um dia inteiro para avisar os outros. E vou precisar explicar por que meus agentes seguiam os seus dois amiguinhos.

Lorenzo nem pôde se despedir com alguma cordialidade de Ivory, que já havia desligado.

— O que acha? — perguntou Vackeers, sentado bem à frente.

— Ivory não vai demorar a perceber. Não é impossível inclusive que tenha desconfiado e ache que a informação já chegou a você. É uma velha raposa, não vai ser pego tão facilmente assim.

— Na verdade, é um velho amigo e minha intenção não é "pegá-lo". Só não quero que nos manipule. Os objetivos são divergentes, não podemos deixar que ele conduza a dança.

— Pois, se quer minha opinião, aposto que, enquanto conversamos, ele já está assumindo a direção da orquestra.

— E por que acha isso?

— O sujeito lá embaixo, na rua, aposto que o seguiu desde que saiu do seu escritório.

— Desde Amsterdã?

— Para se comportar de forma tão grosseira assim, ou é um amador ou o seu velho amigo está enviando uma mensagem do tipo "não me tome por imbecil, Vackeers, sei por onde você anda". E como o cara conseguiu vir até aqui sem que o notasse, apostaria mais nessa segunda hipótese.

Vackeers deu um pulo e foi à janela, mas o homem de quem Lorenzo acabava de falar já se afastava.

*

Alta Saxônia

— Deveria colocar o cinto de segurança, a estrada é muito estreita.

Keira abriu a janela ao máximo, fingindo não ter ouvido. Várias vezes, durante a viagem, tive vontade de abrir a porta e empurrá-la para fora.

O diretor do museu de Nebra nos recebeu de braços abertos. Tinha enorme orgulho da sua coleção e nos deu detalhes de cada peça. Espadas, escudos, pontas de lanças, todo tipo de coisa. Tivemos que ouvir a história de cem tesouros, até finalmente chegarmos ao disco.

O objeto era notável. A aparência nada tinha em comum com o pingente de Keira, mas ambos estávamos fascinados por sua beleza e pela habilidade da concepção. Como, em plena Idade de Bronze, o homem fora capaz de semelhante proeza técnica? O diretor nos convidou à cafeteria e perguntou em que nos poderia ser útil. Então, Keira mostrou o colar e falei das suas propriedades particulares. Muito interessado pelo que ouviu, perguntou a idade e respondi que, quanto a isso, nada sabíamos.

O diretor do museu havia dedicado dez anos da sua vida ao estudo do disco de Nebra, e o nosso objeto o deixou muito intrigado. Lembrou-se vagamente de já ter lido algo que poderia nos interessar. Só precisaria pôr um pouco em ordem os pensamentos, e também seus arquivos. Propôs nos encontrarmos à noite, para jantar. Até lá, tentaria nos ajudar como pudesse em nossas buscas. Tínhamos a tarde livre. No hotel, dois computadores estavam à disposição dos hóspedes e aproveitei para enviar notícias a Walter e alguns e-mails a colegas, fazendo toda uma ginástica entre o que podia ou não dizer, para não passar por um "iluminado".

*

Frankfurt

Assim que desceu do avião, Vassily se dirigiu sucessivamente aos quatro guichês de aluguel de carros que havia no terminal internacional. Mostrou uma fotografia a cada um dos funcionários, perguntando se reconhecia o casal apontado. Em três locadoras a resposta foi negativa, mas na quarta lhe disseram ser confidencial esse tipo de informação. Vassily concluiu então que as pessoas que procurava não tinham ido de táxi para a cidade e, mais importante ainda, sabia em qual empresa haviam alugado um carro. Acostumado com esse tipo de coisa, foi até uma cabine telefônica e ligou para o funcionário com quem tinha acabado de falar. Explicou, num alemão quase perfeito, ter havido um acidente acontecido no estacionamento e a sua presença era necessária, o mais rapidamente possível. Vassily viu o homem desligar, furioso, e se dirigir rápido para os elevadores que levavam ao subsolo. Assim que ele desapareceu, Vassily voltou ao balcão, se debruçou sobre o teclado do computador em rede e logo conseguiu disparar a impressora. Em seguida se afastou, levando no bolso uma cópia do contrato de locação de Adrian.

Depois de digitar o número de telefone marcado no envelope pego no guarda-volumes da estação de Moscou, descobriu que o Mercedes cinza com placa KA PA 521 tinha sido registrada por câmeras de segurança da autoestrada B43 e depois pelas da autoestrada A5, na direção de Hanover. Cento e vinte e cinco quilômetros depois, o veículo voltou a ser assinalado na saída 86. Cento e dez quilômetros mais adiante, o Mercedes passou a 130 km/h pela A71 e, um pouco depois, se encontrava numa estrada menor, na direção de Weimar. Por falta de instrumentos de controle nas estradas de pouca importância, o carro parecia ter desaparecido, mas, graças à câmera de um sinal de trânsito, ele ressurgiu em Rothenberg, num cruzamento de ruas.

Vassily alugou um sedã potente, deixou o aeroporto de Frankfurt e seguiu meticulosamente o itinerário que havia copiado.

Naquele dia, a sorte estava do seu lado e uma só estrada continuava, a partir do lugar em que o Mercedes tinha sido vista pela última vez. Somente 15 quilômetros adiante, atravessando Saulach, ele se confrontou com uma escolha de itinerário. A avenida Karl Marx seguia na direção de Nebra, enquanto um caminho à esquerda partia para Bucha. Seguir Karl Marx não lhe pareceu boa coisa e então se dirigiu a Bucha. A estrada atravessou um bosque, para ressurgir diante de uma paisagem de extensos campos de colza.

Em Memleben, ao chegar perto de um rio, Vassily mudou de ideia; desistiu de seguir na direção leste, deu uma guinada no volante e bruscamente tomou a Thomas Müntzer Strasse. O itinerário feito devia ter sido triangular, pois outra placa indicava a cidade de Nebra. Ao ver à direita o estacionamento de um museu de arqueologia, Vassily abaixou o vidro e se deu ao luxo do primeiro cigarro daquele dia. O caçador sentiu o cheiro da presa nas proximidades, em pouco tempo a localizaria.

*

O diretor do museu veio nos encontrar no hotel. Para a ocasião, vestia um terno de veludo cotelê, uma camisa quadriculada e uma gravata em tricô. Mesmo com nossas roupas tendo sobrevivido a uma jornada na África, parecíamos mais elegantes. Levou-nos a um bom restaurante rústico e esperou que Keira e eu nos sentássemos para simpaticamente perguntar como tínhamos nos conhecido.

— Somos amigos desde a escola! — respondi.

Keira me deu um bom pontapé por baixo da mesa.

— Adrian é mais do que um amigo; para mim, é quase um guia. Aliás, muitas vezes me leva em suas viagens, para me distrair — disse, maltratando meu dedão do pé com o calcanhar.

O diretor achou melhor mudar de assunto. Chamou o garçom e fez o pedido.

— Tenho uma coisa que talvez os interesse — prosseguiu. — Numa das minhas pesquisas sobre o disco de Nebra, e Deus sabe quantas fiz, descobri um documento na Biblioteca Nacional. Por um tempo, achei que ajudaria no meu trabalho, mas era uma pista falsa que, no entanto, talvez os interesse. À tarde, procurei na minha papelada, sem conseguir localizar, mas me lembro muito bem do conteúdo. É um texto redigido em ge'ez, uma língua africana muito antiga, cujos caracteres são relativamente próximos do alfabeto grego.

Keira subitamente ficou mais interessada.

— O ge'ez — animou-se — é uma língua semítica que serviu para o desenvolvimento do amárico na Etiópia e do tigrínia em Eritreia. Os escritos que deram origem ao ge'ez têm mais ou menos 3 mil anos. O mais espantoso, de fato, é a semelhança não apenas entre os alfabetos, mas também entre as vocalizações do ge'ez e do grego antigo. Pelas crenças da Igreja ortodoxa etíope, o ge'ez foi uma revelação divina feita a Enos. No Gênese, Enos é filho de Sete, pai de Cainã e neto de Adão. Em hebraico, Enosh sugere a noção de humanidade. Na Bíblia ortodoxa etíope, Enos nasceu no 325º ano da criação do mundo, que se encaixaria no 38º século antes de Cristo, período anterior ao dilúvio na mitologia hebraica. O que foi por que está me olhando assim?

Eu devia mesmo estar olhando de maneira estranha, pois ela interrompeu a aula e acrescentou se sentir aliviada por eu finalmente me dar conta de sua função principal não consistir em me ajudar a escrever um novo Guia do Mochileiro.

— E se lembra do que continha esse texto escrito em ge'ez? — perguntou Keira ao diretor do museu.

— Veja bem, o escrito original é em ge'ez, mas o que tive em mãos é bem mais recente, uma retranscrição datando de apenas cinco ou seis séculos antes da era cristã. Se não me falha a memória, ele citava um disco celeste, uma espécie de mapa, em que cada pedaço serviu de guia para o povoamento do mundo. A tradução é bastante confusa e permite múltiplas interpretações. Mas, no texto, a palavra "reunificação" tinha importância, me lembro disso muito bem, e essa noção tem estranhamente muito a ver com a de divisão. Impossível saber se uma ou outra prevê o advento ou a destruição do mundo. Trata-se provavelmente de um escrito mais ou menos religioso, uma espécie de profecia, imagino. De qualquer maneira, era antigo demais para qualquer referência ao disco de Nebra. Precisariam ir à Biblioteca Nacional alemã. Consultem o texto e tirem por si mesmos a conclusão. Não quero lhes dar falsas esperanças, a probabilidade de que esse escrito tenha uma relação qualquer com o objeto que tem pendurado no pescoço é mínima, mas, no seu lugar, veria mesmo assim, nunca se sabe.

— E como encontrar o documento? A Biblioteca Nacional é imensa.

— Tenho certeza que o consultei na sede de Frankfurt; fui diversas vezes à de Munique e à de Leipzig, mas tenho certeza de que eu achei esse manuscrito na de Frankfurt. Aliás, acabei de lembrar, se encontrava num códex, mas qual? Tudo isso foi há dez anos. Preciso realmente pôr minhas coisas em ordem. Vou começar hoje mesmo e, se descobrir alguma coisa, aviso.

Depois de nos termos despedido do diretor, Keira e eu resolvemos voltar a pé para o hotel. A parte antiga de Nebra guardava um certo charme, e um passeio ajudaria a digestão do jantar um tanto pesado.

— Sinto muito, acho que meti você numa aventura sem pé nem cabeça.

— Não está falando sério, espero — respondeu Keira. — Vai desanimar logo quando começa a ficar interessante? Não sei quais são seus planos para amanhã de manhã, mas eu vou a Frankfurt.

Passávamos tranquilamente por uma pracinha que tem no centro um belo laguinho e uma fonte, quando surgiu um carro com os faróis altos.

— Droga, esse idiota está vindo direto para cima da gente! — berrei forte.

Mal tive tempo de empurrá-la no vão de uma porta, o veículo passou raspando por mim, derrapou no meio da praça e partiu na direção da rua principal. Se o que o maluco quis foi causar o maior susto da minha vida, conseguiu. Nem tive tempo de olhar a placa. Ajudei Keira a se ajeitar e ela me olhou, espantada; teria sonhado ou o cara, de propósito, havia tentado nos atropelar? A pergunta, confesso, me deixou perplexo.

Propus que fôssemos tomar algo para que se acalmasse, mas ela preferiu ir para o hotel, dizendo se dar por satisfeita com relação às emoções fortes. Chegando ao nosso andar, nos surpreendemos ao encontrar o corredor em completa escuridão. Que uma lâmpada tivesse queimado, era aceitável, mas todas... Foi Keira, dessa vez, que teve a presença de espírito de me parar.

— Não vá.

— O quarto é no final do corredor, não há muita escolha.

— Vamos voltar à recepção, não queira bancar o herói a essa altura, alguma coisa não cheira bem, estou sentindo.

— O disjuntor desligou, é só isso!

Mas senti Keira preocupada e descemos de volta ao hall.

O encarregado da recepção se desculpou muito, dizendo que nunca havia acontecido algo assim. O mais estranho era que todos os andares e também o térreo dependiam do mesmo fusível e, como víamos, tudo ali estava em ordem.

Pegou uma lanterna, pediu que esperássemos ali e prometeu vir nos avisar assim que o problema fosse resolvido.

Keira me levou até o bar; pensando bem, um pequeno schnaps talvez nos ajudasse a dormir.

Vinte minutos se passaram e o recepcionista não tinha voltado.

— Espere aqui, vou ver o que está acontecendo. Se eu não voltar em cinco minutos, chame a polícia.

— Vou com você.

— Não, Keira, você vai ficar aqui e trate de me ouvir dessa vez ou, um dia desses, vou acabar mesmo empurrando você pela porta do carro. E nada de respostas, sei muito bem o que estou dizendo!

Eu me sentia culpado por ter deixado o funcionário da portaria subir sozinho, com Keira pressentindo um perigo que me parecera inexistente. Subi a escada prestando atenção a qualquer barulho que traísse uma presença. Chamei por todos os nomes alemães que conheço e fui andando às cegas na escuridão do corredor. Primeiro encontrei a lanterna, porque pisei nela, e depois o nosso recepcionista, deitado no chão. A cabeça estava numa poça de sangue que saía de um machucado feio no couro cabeludo. A porta do quarto estava aberta e a janela também. Nossa bagagem tinha sido revirada, com todas as nossas coisas espalhadas. Com exceção de um pouquinho do meu amor-próprio, nada aparentemente tinha sido roubado.

O policial releu minha declaração; não havia mais o que acrescentar. Assinei o documento, Keira fez o mesmo e deixamos a delegacia.

O próprio hotel nos ajudou para que fôssemos transferidos a outro ponto da cidade. Nenhum dos dois conseguiu dormir. A violência do episódio nos aproximou. Naquela noite, com um nos braços do outro, na mesma cama, Keira quebrou a promessa e nos beijamos.

Não era bem o contexto romântico sonhado, mas o imprevisto, às vezes, revela tesouros inesperados. Ao dormir, Keira pegou a minha mão e esse gesto de carinho foi ainda mais irresistível que o beijo.

Na manhã seguinte, tomamos o café na varanda de uma brasserie.

— Preciso confessar uma coisa. Não foi a primeira vez que passei por algo como aquilo da noite de ontem. Não acho que a porta do quarto foi arrombada por um simples ladrão e também quem quase nos atropelou talvez não tenha feito isso por mera barbeiragem.

Keira deixou o croissant no prato, me olhou fixamente e notei haver nisso mais do que somente espanto.

— Está querendo dizer que alguém está atrás da gente?

— Na verdade, do seu pingente. Até eu me interessar por ele, minha vida era mais calma... com exceção de um acesso de hipóxia nas alturas.

E falei a Keira do ocorrido em Heraklion, acrescentando como o tal professor tentara se apoderar do colar. Contei como Walter o fizera desistir e a correria a que fomos obrigados, em seguida.

Keira riu de mim e deu uma gargalhada, sem que eu visse o que havia de tão engraçado na minha história.

— Quebraram a cara de um sujeito só porque ele quis estudar o colar por algumas horas, nocautearam e algemaram um segurança, fugiram como ladrões, se imaginando no centro de uma conspiração?

Acho que debochava também de Walter, o que não melhorava muito as coisas, mas, de certa maneira, me tranquilizava um pouco.

— E por falar nisso, a morte do velho chefe mursi também não foi acidental?

Não respondi.

— Está delirando. Como iam saber onde nós estamos? — perguntou.

— Não sei nem estou querendo exagerar, mas acho que devemos tomar um pouco mais de cuidado.

O diretor do museu nos viu de longe e veio rápido em nossa direção. Oferecemos uma cadeira.

— Já soube — disse — do terrível incidente dessa noite. É horrível, a droga está tendo consequências tremendas na Alemanha. Por uma dose de heroína, os jovens estão dispostos a qualquer crime. Sempre tivemos muitos roubos na rua e quartos de hotel revirados, como todo lugar com afluência de turistas, mas nunca, até aqui, com violência.

— Talvez fosse um velho querendo uma dose. Os velhos são os piores — respondeu Keira, de forma um tanto seca.

Dei-lhe uma discreta joelhada por baixo da mesa.

— Por que colocar tudo nas costas dos jovens? — continuou ela.

— Para um idoso é mais difícil saltar por uma janela do primeiro andar de um hotel e fugir — respondeu o diretor do museu.

— O senhor vinha bem serelepe ainda há pouco e não chega a ser nenhum adolescente — insistiu Keira, mais teimosa do que nunca.

— Não creio que o senhor diretor do museu tenha vindo revirar nosso quarto ontem à noite — me meti, querendo fazer graça para desanuviar o ambiente.

— Não foi o que eu disse — justificou-se Keira.

— Devo ter perdido o fio da meada — voltou o diretor. — Apesar de toda essa confusão, tenho duas boas notícias. A primeira é que o funcionário do hotel está fora de perigo. A segunda é que encontrei a indicação do códex da Biblioteca Nacional. Isso não me saía da cabeça e passei boa parte da noite abrindo caixas e mais caixas; acabei achando um bloco em que fichava todos os documentos que consultava naquela época. Chegando à biblioteca, peçam por essa referência — disse ele, entregando um pedaço de papel. — Esse tipo de material é antigo e frágil demais para ser acessível ao grande público, mas com a sua profissão não haverá problema. Tomei a liberdade de enviar um fax à minha colega, diretora da biblioteca em Frankfurt; serão bem-recebidos.

Agradecemos por todo o trabalho que teve conosco e fomos embora de Nebra, deixando para trás boas e más recordações.

Keira esteve silenciosa durante a viagem. Eu, por minha vez, pensava em Walter, esperando que respondesse ao e-mail que eu havia enviado. Chegamos no final da manhã à Biblioteca Nacional.

O edifício, de construção recente, era em dois níveis. Atrás, a fachada de vidro tinha à frente um grande jardim. Procuramos a recepção, dissemos nossos nomes e, pouco tempo depois, uma mulher vestindo um tailleur bem sóbrio veio nos encontrar. Apresentou-se como Helena Weisbeck e propôs que a acompanhássemos até a sua sala. Ofereceu café e biscoitos. Não tínhamos tido tempo de almoçar e Keira os devorou.

— Realmente esse códex está me deixando curiosa, há anos ninguém se interessa por ele e hoje não são os primeiros a querer consultá-lo.

— Alguém mais veio vê-la? — perguntou Keira.

— Não, mas recebi um pedido por e-mail, hoje de manhã. O livro em questão não se encontra mais aqui, está arquivado em Berlim. Temos, sob nossa responsabilidade, apenas documentos mais recentes. Mas esses textos, assim como muitas outras obras, foram digitalizados para garantir a perenidade. Poderiam também ter feito o pedido eletronicamente e eu enviaria as páginas que lhes interessam.

— Posso saber quem fez um pedido semelhante ao nosso?

— Alguma universidade estrangeira, alguém da reitoria, mais precisamente. Só assinei a autorização; por isso não me lembro muito bem. Minha secretária foi quem encaminhou o pedido e ainda não voltou do almoço.

— Não se lembra de qual país era a universidade?

— Era da Holanda, creio. Isso mesmo, tratava-se da universidade de Amsterdã. Em todo caso, vinha de um professor, mas não guardei o nome, assino diariamente tanto papel, nossas instituições se transformam em verdadeiros monstros devoradores de documentação administrativa.

A diretora nos entregou um envelope pardo. Dentro, havia um fax em cores do documento que buscávamos. O manuscrito estava mesmo escrito em língua ge'ez, e Keira começou, na mesma hora, a ler com toda atenção. A diretora limpou a garganta e lembrou que a cópia que acabava de nos entregar era nossa. Podíamos dispor dela como bem entendêssemos. Agradecemos efusivamente e deixamos a sala.

Do outro lado da rua, havia um enorme cemitério, lembrando o de Old Brompton, em Londres, onde eu frequentemente passeava. Não é apenas um cemitério, mas também um belíssimo parque arborizado, uma paisagem inesperada e calma no meio da grande metrópole.

Fomos nos sentar num banco; um anjo em alabastro, do alto do seu pedestal, parecia nos espiar. Keira deu um adeusinho para ele e mergulhou no texto a ser lido. Comparou os caracteres com a tradução em inglês que vinha junto, bastante sumária. Havia também uma tradução em grego, em árabe, em português e em espanhol, mas o que líamos em inglês e em francês não fazia o menor sentido:

Sob os trígonos estrelados, confiei aos magos o disco das faculdades, dissociado das partes que conjugam as colônias.

Que permaneçam em segredo sob os pilares da abundância.

Que nenhum saiba onde o apogeu se encontra, a noite de cada um é guardiã do prelúdio.

Que o homem não o desperte, na junção dos tempos imaginários se esboça a resultante da área.

— Que grande passo à frente! — ironizou Keira, guardando no envelope o documento. — Não faço a menor ideia do que isso quer dizer e não sou capaz de traduzir. Onde foi que o sujeito do museu de Nebra nos disse ter encontrado esse códex?

— Não disse. A única referência foi a de datar do século V ou VI antes de Cristo. E acrescentou também que o manuscrito em questão é uma retranscrição de um texto ainda mais antigo.

— Nesse caso, estamos num belo beco sem saída.

— Não conhece ninguém que possa dar uma olhada no texto?

— Conheço, sim, alguém que pode ajudar, mas mora em Paris.

Foi sem muito entusiasmo que ela disse isso, como se a perspectiva a contrariasse.

— Adrian, não posso mais continuar a viagem, não me sobra um centavo e não sabemos aonde estamos indo, nem por quê.

— Tenho algum dinheiro de reserva e ainda não me preocupo tanto com a aposentadoria. Essa aventura é a dois. Paris não fica tão longe assim e podemos até ir de trem, se preferir.

— Justamente, Adrian, você disse a dois e não tenho os meios de dividir nada.

— Então a gente faz um trato. Na hipótese de eu vir a pôr as mãos num tesouro, desconto da parte que lhe couber a metade dos nossos gastos.

— E se for eu a descobrir esse tal tesouro? Sou eu, afinal, a arqueóloga!

— Terei, nesse caso, um lucro maior ainda.

Keira acabou aceitando que fôssemos a Paris.

*

Amsterdã

A porta se abriu bruscamente. Vackeers deu um pulo e abriu, com um gesto seco, a gaveta da escrivaninha.

— Isso, me dê um tiro agora! Já me plantou uma faca nas costas, não vai mudar grandes coisas.

— Ivory! Podia ter batido, passei da idade para esse tipo de susto — respondeu Vackeers, devolvendo a arma ao fundo da gaveta.

— Você envelheceu um bocado, os reflexos não são mais os mesmos, meu amigo.

— Não sei de onde vem tanta raiva, mas se começar puxando uma cadeira, quem sabe a gente se explica decentemente, como pessoas civilizadas.

— Deixe de conversa, Vackeers; achei que podia confiar em você.

— Se achasse mesmo, não teria me mandado seguir em Roma.

— Nunca mandei que o seguissem, nem sabia que foi a Roma.

— É mesmo?

— É mesmo.

— Se não foi você, é mais preocupante ainda.

— Ameaçaram a vida dos nossos protegidos e isso é inadmissível!

— Não comece com essas suas palavras pomposas! Se um de nós quisesse matá-los, Ivory, já estariam mortos. No máximo procuraram intimidá-los, nunca se pensou em pô-los em perigo.

— Mentira!

— Concordo que foi uma decisão estúpida, mas não foi ideia minha, inclusive fui contra. Lorenzo andou tendo péssimas ideias nos últimos dias. Aliás, se isso o consolar, deixei claro o quanto discordo da maneira dele de agir. Foi por esse motivo, precisamente, que fui a Roma. Seja como for, o grupo anda bem preocupado com o rumo que os acontecimentos vêm tomando. Seus protegidos, como os chama, precisam parar de correr mundo afora. Até agora, não tivemos drama algum, mas não garanto que nossos amigos não acabem apelando para meios mais radicais, se as coisas continuarem desse jeito.

— Então você acha que a morte de um velho chefe tribal não chega a ser um drama? Em que mundo vive?

— Num mundo que eles podem pôr em perigo.

— Achei que ninguém dava crédito às minhas teorias. Vejo, afinal, que até os imbecis mudam de opinião.

— Se a comunidade compartilhasse completamente suas teorias, não teria apenas os agentes de Lorenzo no caminho dos seus dois pesquisadores. O conselho não quer correr risco algum; se gosta tanto assim deles, sugiro do fundo do coração que os faça desistir da busca.

— Não quero mentir para você, Vackeers, passamos noites e noites jogando xadrez; vou ganhar essa partida, sozinho contra todos, se for preciso. Previna a célula que já estão em xeque. Se atentarem outra vez contra a vida dessas duas pessoas, vão perder uma peça importante do jogo, sem necessidade.

— Qual?

— Você, Vackeers.

— Fico lisonjeado, Ivory.

— Nunca subestimei meus amigos, por isso continuo vivo até hoje. Estou voltando para Paris, inútil me seguir.

Ivory se levantou e deixou o escritório de Vackeers.

*

Paris

A cidade havia mudado muito desde a minha última visita. Viam-se bicicletas por todo lugar e se não fossem todas iguais eu pensaria estar em Amsterdã. É uma das coisas estranhas dos franceses: não conseguem dar aos táxis uma cor única, mas, no que se refere às bicicletas, todos compram o mesmo modelo. Realmente, nunca conseguirei compreendê-los.

— Você é inglês — respondeu Keira —, a poesia dos meus concidadãos vai sempre ser estranha a vocês, britânicos.

Não via poesia alguma naquelas bicicletas cinza, mas tinha que reconhecer, a cidade estava ainda mais bonita. Mesmo que o trânsito parecesse mais caótico do que na minha lembrança, as calçadas foram alargadas, as fachadas branqueadas, somente os parisienses pareciam não ter mudado em vinte anos. Atravessando no sinal aberto para os carros, dando esbarrões sem se desculpar... A ideia de fazer fila parecia algo totalmente desconhecido. Na estação ferroviária em que desembarcamos, a Gare de l'Est, passaram a nossa frente duas vezes na fila do táxi.

— Paris é a cidade mais bonita do mundo — insistiu Keira —; é algo que não se discute, um fato.

A primeira coisa que ela queria fazer era visitar a irmã. Implorou que nada dissesse do que havia acontecido na Etiópia. Jeanne era preocupada por natureza e mais ainda com relação a tudo que tivesse a ver com Keira. Estava fora de cogitação mencionar as tensões que fizeram a sua caçula deixar temporariamente o vale do Omo. Jeanne seria capaz de se deitar à entrada do portão de embarque do aeroporto para impedir que Keira voltasse para lá. Mas era preciso inventar uma história que justificasse nossa presença em Paris. Propus que dissesse ter vindo me visitar, e Keira respondeu que a irmã nunca acreditaria em algo assim. Fingi não me chatear com isso, mas foi bem o caso.

Ela ligou para Jeanne, sem dizer que já estávamos a caminho, e voltou a telefonar do celular, assim que o táxi nos deixou no museu, pedindo que fosse até a janela da sala para ver se reconhecia quem acenava para ela, no jardim. Jeanne desceu em menos tempo que o necessário para dizer isso e chegou à mesa em que estávamos sentados. Abraçou tão forte a irmã que fiquei com medo de que a sufocasse. Naquele momento, quis ter um irmão a quem pudesse fazer esse tipo de surpresa. Pensei em Walter, em nossa recente amizade.

Jeanne me inspecionou dos pés à cabeça, me cumprimentou e fiz o mesmo. Perguntou, muito intrigada, se eu era inglês. Meu sotaque não deixava pairar a menor dúvida quanto a isso, mas, por cortesia, me senti obrigado a responder ser este o caso.

— É um inglês da Inglaterra, então? — perguntou Jeanne.

— Exatamente — respondi, prudente.

Jeanne ficou quase ruborizada.

— Quis dizer um inglês da Inglaterra de Londres.

— Isso mesmo.

— Entendo — disse Jeanne.

Não resisti à tentação de perguntar o que ela entendia, exatamente, e por que a minha resposta a tinha feito sorrir.

— Só estava me perguntando o que podia ter tirado Keira daquele seu maldito vale — disse ela —; e agora entendo melhor...

Keira me fulminou com o olhar. Eu ia me retirar, as duas deviam ter um monte de coisas a falar, mas Jeanne insistiu para que eu ficasse. Passamos um momento agradável, em que Jeanne não parou de me interrogar sobre minha profissão, minha vida em geral, e eu já me sentia quase sem graça, vendo que parecia se interessar mais por mim do que pela irmã. Keira, aliás, acabou ficando enciumada.

— Posso sair e deixar os dois, se estiver incomodando, volto no Natal — disse, com Jeanne querendo saber, não sei por qual motivo, se eu havia acompanhado Keira na visita ao túmulo do pai delas.

— Não somos ainda tão íntimos — respondi, para implicar com Keira.

Jeanne esperava que ficássemos a semana inteira, já com projetos de jantares e para o fim de semana. Keira confessou que ficaríamos apenas por um ou dois dias, no máximo. E quando, decepcionada, ela nos perguntou para onde iríamos, Keira e eu trocamos olhares confusos, pois não tínhamos a menor ideia. Jeanne nos convidou para a casa dela.

Enquanto jantávamos, Keira conseguiu falar, por telefone, com a pessoa que devíamos encontrar e que talvez pudesse nos esclarecer um pouco em relação ao texto encontrado em Frankfurt. Marcaram encontro para a manhã do dia seguinte.

— Acho melhor que eu vá sozinha — disse Keira, voltando para a sala.

— Aonde? — perguntou Jeanne.

— Ver um conhecido dela — respondi —, um colega arqueólogo, se entendi direito. Precisamos de ajuda para interpretar um texto escrito numa língua africana antiga.

— Qual amigo? — indagou Jeanne, parecendo mais curiosa do que eu.

Keira não respondeu e se ofereceu a ir buscar a tábua de queijos, o que fazia prever o pior momento do jantar para mim. Para nós, ingleses, o camembert será para sempre um enigma.

— Não está pensando em ir encontrar Max, espero! — gritou Jeanne, para que Keira a ouvisse da cozinha.

Keira não achou necessário responder.

— Se têm um texto a interpretar, no museu dispomos de todos os especialistas — continuou Jeanne, no mesmo tom.

— Meta-se no que é da sua conta, irmãzona — disse Keira, voltando à sala.

— Quem é Max?

— Um amigo que Jeanne aprecia muito!

— Se Max for um amigo, sou uma irmã de caridade — respondeu Jeanne.

— Às vezes tenho mesmo umas dúvidas — disse Keira.

— Já que Max é um amigo, vai adorar conhecer Adrian. Os amigos dos amigos são nossos amigos, não são?

— Qual parte do "meta-se no que é da sua conta" você não entendeu, Jeanne?

O momento era propício para uma intervenção minha e eu então disse a Keira que a acompanharia no dia seguinte ao tal encontro. Consegui dar um basta à briga que se iniciava entre as duas irmãs, mas também irritei Keira, que me fez cara feia o restante da noite e me indicou o sofá da sala, para dormir.

Na manhã seguinte, tomamos o metrô em direção ao bulevar de Sébastopol; a gráfica de Max ficava numa rua adjacente. Ele nos recebeu de maneira muito cordial e nos levou à sua sala, num mezanino. Sempre me encantou a arquitetura dos velhos edifícios industriais da época de Eiffel. As junções de vigas fabricadas nas usinas siderúrgicas da Lorena são únicas no mundo.

Max concentrou-se no nosso documento, pegou um bloco, um lápis e começou a fazer anotações, demonstrando uma facilidade que me impressionou muito. Era como um músico decifrando uma partitura e tocando num instrumento, quase simultaneamente.

— Essa tradução que lhes deram está cheia de erros. Não vou dizer que a minha seja perfeita, precisaria de mais tempo, mas há erros imperdoáveis que saltam aos olhos de maneira gritante. Cheguem mais perto — disse —, vou mostrar.

Com o lápis correndo pela folha, ele acompanhou o texto, indicando as equivalências gregas que, a seu ver, estavam erradas.

— Não é de "magos" que se trata e sim de magistérios. A palavra "abundância" vem de uma falha estúpida de interpretação, deve-se ler, no lugar, "infinidade". Abundância e infinidade podem ter sentidos próximos, mas é o segundo termo que convém utilizar aqui. Mais adiante, não é a palavra "homem" que se deve ler, e sim "pessoa".

Ele desceu os óculos para a ponta do nariz. Tenho de me lembrar, no dia em que também for obrigado a usá-los, de nunca fazer esse gesto, pois é incrível como ele automaticamente envelhece as pessoas. A erudição de Max podia ser das mais respeitáveis, mas a maneira como ele olhava para Keira me irritava muito. Eu parecia ser o único a notar; em todo caso, ela não percebia, e isso me enfurecia ainda mais.

— Acho que também tem alguns erros de conjugação e tenho dúvidas quanto à exatidão da ordem das frases, algo que, é claro, deturpa completamente a interpretação do texto. É apenas uma abordagem liminar, mas, por exemplo, "sob os trígones estrelados" não está no lugar certo. Precisamos fazer uma inversão e colocar essas palavras no final da sentença. Mais ou menos como no inglês, não é?

Ele provavelmente estava querendo enfeitar a aula professoral com um toque de humor e não me achei, então, obrigado a qualquer comentário. Arrancou a folha do bloco e nos entregou. Keira e eu, por nossa vez, nos debruçamos sobre a nova tradução e, diga-se, sem óculos:

Dissociei a tábua das memórias, confiei aos magistérios das colônias as partes que ela conjuga.

Sob os trígonos estrelados, que restem em segredo as sombras da infinidade. Que ninguém saiba onde o apogeu se encontra, a noite de um guarda a origem. Que ninguém a desperte, na reunião dos tempos imaginários se imprimirá o final da área.

— Agora sim, está bem mais claro, é óbvio!

Max não chegou a achar graça, mas o sarcasmo divertiu Keira.

— Em escritos antigos como esse, a interpretação de cada palavra conta tanto quanto a tradução.

Max se levantou para fazer uma cópia do documento, prometendo passar o fim de semana estudando-o melhor, e perguntou a Keira como poderiam se comunicar. Ela lhe deu o número de telefone de Jeanne. Max perguntou até quando ficaria em Paris e Keira disse não saber ao certo. Eu tinha a desagradável sensação de ter ficado invisível. Felizmente o administrador chamou Max, mencionando algum problema numa das máquinas. Aproveitei para dizer que já tínhamos abusado muito da gentileza, sendo hora de deixá-lo voltar ao trabalho. Max nos acompanhou até a saída.

— Aliás — disse, já na porta —, por que esse texto interessa você? Alguma relação com suas buscas na Etiópia?

Keira olhou discretamente para mim e mentiu, dizendo que um chefe tribal lhe tinha entregado. Em seguida, ele me perguntou se eu gostava tanto quanto ela do vale do Omo, e Keira, sem o menor constrangimento, disse que eu era um dos seus melhores colaboradores.

Fomos tomar um café numa brasserie não tão distante dali, no Marais. Keira não havia dito uma palavra desde que deixáramos Max.

— Ele é bem erudito, para alguém que trabalha numa gráfica.

— Max foi meu professor de arqueologia; depois, mudou de profissão.

— Por quê?

— Educação burguesa, nenhuma vocação para a aventura nem para a prática *in situ*. Com isso, depois da morte do pai resolveu assumir o negócio da família.

— Ficaram juntos muito tempo?

— Quem disse que ficamos juntos?

— Sei que o meu francês deixa a desejar, mas a palavra "liminar" faz parte do vocabulário corrente?

— Não, por quê?

— Quando se utilizam formas tão complicadas para dizer coisas simples, em geral é por necessidade de se dar importância, coisa que os homens têm a fraqueza de fazer, especialmente quando querem agradar. O seu gráfico arqueólogo se acha muito ou então ainda quer impressioná-la. Não vai dizer que estou enganado!

— E você, não vai dizer que está com ciúmes de Max, seria patético.

— Não tenho motivo algum para ciúmes, já que sou um amigo e também um dos seus melhores colaboradores. Certo?

Perguntei a Keira por que havia mentido para Max.

— Simplesmente menti, sem mais nem menos.

Preferi falar de qualquer outra coisa que não fosse Max. E, mais ainda, que nos afastássemos o mais rapidamente possível daquela gráfica, daquele bairro e de Paris. Propus que fôssemos visitar alguém que eu conhecia em Londres e que talvez pudesse nos ajudar a decifrar o texto, uma pessoa bem mais erudita do que o impressor.

— Por que não disse isso antes? — ela perguntou.

— Não me lembrei, só isso.

Afinal de contas, não tinha por que a mentira ser monopólio dela!

Enquanto Keira se despedia de Jeanne e pegava algumas coisas, aproveitei para telefonar a Walter. Depois de perguntar como estava, pedi um favor que, no mínimo, deve ter parecido estranho.

— Quer que encontre na Academia alguém que conheça dialetos africanos? Andou fumando alguma coisa ilícita, Adrian?

— O negócio é bem delicado, Walter, andei foi prometendo coisas rápido demais. Pegamos o trem dentro de duas horas e vamos estar à noite em Londres.

— Ótima notícia, pelo menos no que se refere à segunda parte da frase. Já com relação ao sabichão que preciso conseguir, é mais complicado. Ouvi *vamos estar em Londres*?

— Foi o que ouviu.

— Não disse ser melhor que fosse sozinho à Etiópia? Sou ou não sou um amigo de verdade, Adrian? Bom, vou tentar encontrar esse mágico de que precisa.

— Walter, é de um tradutor de ge'ez antigo que preciso.

— Pois foi o que eu entendi, e eu de um mágico para encontrar o que você quer! Vamos jantar então, logo mais. Telefone assim que chegar a Londres, vou ver o que posso fazer até lá.

E Walter desligou.

*

Do outro lado do Canal da Mancha

O Eurostar atravessava veloz o campo inglês, tínhamos saído do túnel já havia algum tempo. Keira dormia encostada no meu ombro. Aliás, foi o que fez por boa parte da viagem. Uma colônia de formigas parecia ter invadido meu braço, mas por nada no mundo me mexeria, para não acordá-la.

Com o trem diminuindo de velocidade ao se aproximar da estação de Ashford, Keira se espreguiçou, supergraciosa, pelo menos até dar três espirros fortes, que sacudiram todo o vagão.

— É uma herança paterna — explicou, se desculpando —, nunca consegui controlar. Estamos longe?

— No máximo meia hora.

— Nada garante que esse documento tenha qualquer relação com o pingente, não é?

— De fato, não. De maneira geral, porém, sempre evito certezas tão garantidas.

— No entanto, quer acreditar existir uma relação entre os dois — insistiu.

— Keira, quando procuramos no infinitamente grande um ponto infinitamente pequeno, uma fonte de luz, por mais afastada, ou quando esperamos um ruído vindo do fundo do universo, de uma única coisa podemos estar certos: da vontade de descobrir. E sei que o mesmo se passa com você, quando escava a terra. Então, é verdade, nada descobrimos que permita afirmar que avançamos na direção certa, a não ser o instinto comum que nos leva a acreditar; já é uma boa coisa, não acha?

Eu não tinha a impressão de ter dito nada tão importante, a vista da estação de Ashford não é das mais românticas e por isso até hoje me pergunto por que, nesse preciso momento e não em outro qualquer, Keira se virou para mim, pôs as mãos no meu rosto e me beijou como nunca antes.

Por meses a fio pensei nesse instante da minha vida, não somente por ser uma das minhas melhores lembranças, mas também por ter procurado em vão compreender o que eu podia ter feito para provocar aquela reação. Mais tarde, inclusive, tive o descaramento de perguntar e só obtive um sorriso como resposta. Isso, aliás, foi o suficiente e permitiu que continuasse a me perguntar e a reviver aquele beijo, na estação de Ashford, num belo fim de tarde de verão.

*

Paris

Ivory moveu o cavalo no tabuleiro de mármore, que era o centro das atenções na sua sala. Ele tinha outros, muito antigos, e o mais bonito da coleção se encontrava no quarto, um modelo persa, inteiramente na cor marfim, datando do século VI. Foi um antigo jogo indiano, o chaturanga, de quatro reis, que serviu de base para o xadrez. Um quadrado de oito casas por oito, cujo somatório de 64 casas descreve o andar do tempo e dos séculos. A oposição entre o preto e o branco veio somente mais tarde. Indianos, persas e árabes jogavam num quadrilátero unicolor, às vezes traçado diretamente no chão. Antes de se tornar um jogo profano, o diagrama do tabuleiro serviu de plano, na Índia védica, para a criação de templos e de cidades. Simbolizava a ordem cósmica, e as quatro casas centrais correspondiam ao Deus Criador.

O chiado do fax tirou Ivory do devaneio. Foi até a biblioteca, onde se encontrava o aparelho, e olhou a página que acabava de ser impressa.

Era um texto, redigido numa antiquíssima língua africana, com uma tradução. O remetente pedia que ligasse para ele assim que o recebesse; o que Ivory fez imediatamente.

— Ela veio me ver hoje — disse a voz no telefone.

— Estava só?

— Não, um bonitão inglês a acompanhava. Conseguiu dar uma olhada no documento?

— Acabei de recebê-lo, você mesmo fez a tradução?

— O melhor que pude, tendo em vista o tempo de que dispunha.

— Bom trabalho, considere que seus problemas de caixa são coisa do passado.

— Posso perguntar por que Keira o interessa tanto e qual a importância desse texto?

— Se quiser que o dinheiro que te prometi engorde, amanhã mesmo, as contas da sua gráfica, não pode.

— Tentei falar com ela ainda há pouco. Antes de desligar na minha cara, a irmã disse que Keira foi para Londres. Ainda posso ajudar em algo?

— Como combinamos, apenas me avise se ela voltar a entrar em contato.

Terminada a ligação, Ivory voltou a se sentar na sala. Com o texto na mão, colocou os óculos e, por sua vez, começou a estudar a tradução. Logo na primeira linha, fez algumas modificações.

*

Londres

A ideia de passar alguns dias em casa estava longe de me desagradar. Keira aproveitou o agradável fim de tarde para ir passear nas ruas de Primrose Hill. Assim que fiquei sozinho, telefonei para Walter.

— Antes que reclame, Adrian, eu vou logo avisando que fiz o possível. Saiba que não se encontram tradutores de ge'ez antigo no mercado de Pimlico nem no de Camden. Na verdade, também não constam nas Páginas Amarelas.

Fiquei paralisado, seria horrível ter que confessar meu blefe a Keira, só por querer tirá-la de perto daquele tal de Max que a rondava.

— Alguma vez já mencionei a sorte que você tem por contar com um amigo como eu? Consegui localizar alguém com raras qualidades e que certamente vai poder ajudar. Minha perspicácia impressiona até a mim mesmo. Imagine que falei do seu problema a uma amiga que, por acaso, tem um parente, frequentador assíduo, aos domingos, da igreja ortodoxa etíope de Santa Maria de Sião. A pessoa em questão procurou um certo padre, um santo homem cuja erudição, ao que dizem, é ilimitada. Mas não se trata simplesmente de um religioso, junto a isso temos um historiador e imenso filósofo. Refugiado político na Inglaterra, ele é reconhecido como um dos maiores especialistas no assunto que o interessa. Temos encontro marcado com ele amanhã de manhã. Agora diga então: "Walter, você é genial."

— Posso saber quem é essa amiga a quem devemos tão inestimável favor?

— Miss Jenkins — respondeu Walter, meio sem graça.

— É uma notícia que me deixa alegre em dobro; você é genial, Walter.

Feliz em reatar a amizade, convidei-o a vir jantar em casa. Foi uma oportunidade para Keira e Walter se conhecerem melhor. Ela e eu nos revezamos a contar nossas aventuras e desventuras no vale do Omo e em Nebra, sem esquecer os episódios de Frankfurt e de Paris. Mostramos o texto encontrado na Biblioteca Nacional alemã e a tradução de Max. Walter leu com toda a atenção, sem nem por isso compreender o sentido. A cada oportunidade de me falar a sós na cozinha ou enquanto Keira se ausentava da mesa, ele dizia achá-la formidável, surpreendente e maravilhosa. Concluí que estava encantado com ela e, é verdade, Keira tinha muitos encantos.

O que Walter não disse foi que teríamos de assistir à missa inteira para poder falar com o padre. Confesso que, naquela manhã de domingo, fui até lá obrigado, pois minhas relações com Deus tinham se espaçado muito, desde a infância, mas a celebração foi muito bonita e comovente. A sensibilidade dos cantos me impressionou tanto quanto a sinceridade do recolhimento geral. Tudo parecia irradiar bondade naquela igreja. Terminado o cerimonial, com a nave se esvaziando, o padre veio falar conosco e nos convidou a ir com ele até o altar.

Ele era baixo, com as costas tremendamente arqueadas, talvez pelo peso das confissões dos fiéis, ou por uma vida de convívio com guerras e genocídios. Nada que fosse mau parecia existir nele. Era impossível sustentar o seu olhar. A voz, grave e fascinante, bastava para que se tivesse vontade de segui-lo aonde quer que fosse.

— É um documento no mínimo surpreendente — disse, depois de ler duas vezes.

Para minha surpresa, não fizera o menor caso das duas traduções anexadas.

— Têm certeza de sua autenticidade? — perguntou.

— Temos.

— O problema que se coloca não é o da tradução e sim o da interpretação. Não se traduz poesia palavra por palavra, não é? O mesmo se passa com os escritos antigos. É fácil fazer um texto sagrado exprimir mais ou menos o que quisermos; os homens, aliás, frequentemente distorcem a palavra bondosa, desviando-a para obter poderes de forma indevida ou o que mais desejarem dos seguidores. As sagradas Escrituras não ameaçam nem impõem, elas indicam um caminho e deixam ao homem a escolha para encontrar aquele que o guiará, não em sua própria vida, mas na direção da vida. Os que pretendem compreender e perpetuar a palavra de Deus nem sempre persistem nessa maneira e abusam da ingenuidade de quem eles querem governar.

— Por que nos diz isso, padre? — perguntei.

— Porque gostaria de conhecer as suas intenções, antes de instruí-los melhor quanto à natureza desse texto.

Expliquei ser astrofísico e Keira arqueóloga. O religioso me surpreendeu, dizendo que tal associação não deixava de ter consequências.

— Os dois buscam algo cuja compreensão é temível, tem certeza que estão prontos a enfrentar as respostas que eventualmente vão encontrar no caminho?

— O que seria assim temível? — perguntou Keira.

— O fogo é um precioso aliado do homem, mas é perigoso para a criança que não sabe utilizá-lo. O mesmo se passa com relação a certos conhecimentos. Na escala da humanidade, os homens são crianças; olhem o nosso mundo e constatem o quanto ainda nos falta educação.

Walter garantiu que Keira e eu éramos inteiramente respeitáveis e dignos de confiança, o que fez o padre sorrir.

— O que realmente sabe do universo o senhor astrofísico? — perguntou, se dirigindo a mim.

A pergunta não era, de modo algum, arrogante, nem acusava qualquer entonação de autossuficiência, mas, antes que eu pudesse responder, ele olhou para Keira com ternura e perguntou:

— E a senhorita, que pensa ser o meu país o berço da humanidade, já se perguntou por quê?

Gostaríamos de apresentar respostas eruditas e pertinentes, mas ele imediatamente colocou uma terceira questão.

— Acham que o encontro dos dois é oportuno? Imaginam ser possível que esse documento tenha chegado às suas mãos por único e exclusivo acaso?

— Não sei, padre — balbuciou Keira.

— A senhorita, que é arqueóloga, acredita que o homem descobriu o fogo ou que o fogo lhe tenha aparecido, quando o momento certo chegou?

— Acredito que a inteligência nascente do homem permitiu que ele amestrasse o fogo.

— Chamaria isso de providência, então?

— Se acreditasse em Deus, muito provavelmente.

— Não acredita em Deus, mas foi a um homem da Igreja que procurou, para tentar desvendar um mistério cujo alcance lhe escapa. Não esqueça esse paradoxo, por favor, será preciso se lembrar quando chegar a hora.

— Qual hora?

— Aquela em que entender aonde leva esse caminho, pois nenhum dos dois sabe. Se não fosse assim, será que o tomariam? Tenho minhas dúvidas.

— Padre, não entendo bem o que diz, poderia nos esclarecer quanto ao significado desse texto? — arrisquei-me a perguntar.

— O senhor astrofísico não respondeu à minha pergunta, o que sabe do universo?

— Muita coisa, isso posso afirmar — respondeu Walter no meu lugar —, fui aluno dele por algumas semanas e não pode imaginar a quantidade de informações que precisei assimilar e nem pude guardar todas.

— Números, nomes de estrelas, posições, distâncias, movimentos, são apenas constatações. O senhor e os seus colegas começam a entrever algo, mas o que entenderam? Saberia me dizer o que é o infinitamente grande ou o infinitamente pequeno? Conhece a origem, prevê o fim? Sabe dizer o que somos, o que pode significar ser humano? Poderia explicar a uma criança de 6 anos de idade o que é a inteligência a que se referiu a senhorita, aquela mesma que permitiu que o homem amestrasse o fogo?

— Por que a uma criança de 6 anos?

— Quando não se consegue explicar um conceito a uma criança de 6 anos é porque se ignora o sentido!

Pela primeira vez, o padre tinha erguido o tom da voz, cujo eco ressoou entre as paredes da igreja de Santa Maria.

— Somos todos crianças de 6 anos, nesse pequeno planeta — disse, se acalmando.

— Não, não posso responder a nenhuma dessas perguntas, padre, ninguém pode.

— Por enquanto, mas, se essas respostas lhes forem dadas, sentem-se preparados, tanto um quanto o outro, a ouvi-las?

O homem soltou um suspiro ao dizer isso, como se tivesse sido tomado por uma grande tristeza.

— Querem que lhes esclareça o caminho? Há somente duas maneiras de se compreender o que é a luz, dois meios de caminhar em sua direção. O homem só conhece um. Por isso Deus é tão importante para ele. Para a criança de 6 anos que lhes perguntasse o que é a inteligência, poderiam responder: é o amor. O alcance desse raciocínio vai nos escapar ainda por muito tempo. Essa fronteira que se preparam para cruzar não tem volta possível. Quando souberem, será tarde demais para desistir. Por esse motivo volto mais uma vez à minha pergunta. Sentem-se preparados para ultrapassar os limites da própria inteligência, a assumir o risco de deixar a condição humana, como deixamos a infância? Podem compreender que ver o pai não significa conhecê-lo? Aceitariam ser órfãos daquele que os alçou a essa condição de homem?

Nem Keira nem eu respondemos ao singular personagem. Gostaria de entender o que a sua sabedoria tentava nos revelar, adivinhar de que ele tanto queria nos proteger. Se tivesse conseguido isso!

Ele se inclinou sobre a folha de papel, suspirou novamente e nos olhou, a mim e Keira, fixamente.

— Vou dizer como se deve ler esse escrito — concluiu.

Um minúsculo orifício, de apenas 9 milímetros, foi aberto no vitral da nave. O projétil atravessou a igreja com a velocidade de mil metros por segundo. A bala atingiu a nuca, seccionou a veia jugular e foi se alojar na segunda vértebra cervical do padre. O homem abriu a boca, buscando um pouco de ar, e despencou no chão de uma só vez.

Não tínhamos ouvido nenhum tiro, nem mesmo o estouro do vitral, no alto da nave. Se não escapasse sangue da boca e se esse mesmo sangue não escorresse pelo pescoço, poderíamos achar que o padre simplesmente passava mal. Keira deu um salto para trás e Walter a forçou a se abaixar, levando-a em seguida para a porta da igreja.

O padre caíra com o rosto voltado para o chão, sua mão tremia e não pude me mover, paralisado com a morte que o levava embora. Fiquei de joelhos e virei-o para cima. Os olhos fixavam a cruz, tive a impressão de que sorria. Virou a cabeça e viu a poça de sangue se formando ao redor. Pelo olhar, entendi que eu devia me aproximar.

— As pirâmides ocultas — murmurou, num último suspiro de vida —, o conhecimento, o outro texto. Se um dia o encontrarem, deixem-no dormir, por favor, ainda é cedo demais para despertá-lo, não cometam o irreparável.

Foram as suas últimas palavras.

Sozinho na nave deserta, ouvi, distante, a voz de Walter, gritando para que eu saísse dali. Fechei com a mão os olhos do padre, peguei o texto manchado de sangue e, aturdido, deixei a igreja.

Keira estava sentada nos degraus do pátio e olhou para mim, incrédula e trêmula, esperando que talvez eu dissesse que tudo aquilo era apenas um pesadelo e que um simples estalar de dedos bastaria para levá-la de volta à realidade, mas foi Walter que se encarregou disso.

— Vamos embora daqui, estão ouvindo? Precisam reagir, mais tarde a gente pensa. Vamos, Adrian, pegue Keira e vamos sair rápido, se o assassino ainda estiver por aqui, não vai querer três testemunhas disso tudo. Além do mais, estamos completamente desprotegidos!

— Se quisessem nos matar, já estaríamos mortos.

Faria melhor me mantendo calado, pois um pedaço de pedra se espatifou nos meus pés. Segurei o braço de Keira e a puxei para a rua, com Walter nos nossos calcanhares. Corremos os três a ponto de perder o fôlego. Um táxi passou pela esquina de Cooper Lane; Walter deu um berro, as lanternas traseiras do carro acenderam. O motorista perguntou para onde íamos e respondemos em coro: o mais longe possível daqui!

De volta à minha casa, Walter me fez trocar de camisa, pois a que eu usava estava toda suja com o sangue do padre. Keira não parecia em melhor estado que eu, as roupas dela também estavam manchadas. Levei-a para o banheiro. Ela tirou o pulôver, a calça e entrou no chuveiro comigo.

Lembro que lavei os cabelos dela, como se quisesse livrá-la da imundície que nos colava à pele. Ela encostou a cabeça no meu peito, o calor da água reanimou nossos corpos gelados. Keira ergueu o rosto, olhando para mim. Gostaria de ter podido pronunciar palavras que a acalmassem, ou transmitir um carinho que apagasse o horror que havíamos presenciado.

De volta à sala, ofereci roupas a Walter.

— Temos que parar com isso — murmurou Keira. — Primeiro o chefe da aldeia, agora esse padre; o que fizemos, Adrian?

— A morte desse homem nada tem a ver com a busca de vocês — afirmou Walter, se juntando a nós. — É um refugiado político e não foi o primeiro atentado de que foi vítima. Miss Jenkins me falou dele, antes do encontro: dava conferências, lutava pela paz, trabalhava pela reconciliação das comunidades étnicas da África Oriental. Os que se dedicam à paz têm sempre muitos inimigos. Estávamos no lugar errado, na hora errada.

Lembrei que devíamos ir à polícia, nosso depoimento talvez pudesse ajudar na investigação. Era preciso encontrar os miseráveis que haviam feito aquilo.

— Testemunhar o quê? — perguntou Walter. — O que viram? Não vamos a lugar algum! Suas impressões digitais estão em todo lugar, Adrian, cem pessoas nos viram na missa e fomos os últimos a estar na companhia do padre, antes do assassinato.

— Walter não está errado — acrescentou Keira —, e, além disso, fugimos, eles vão querer saber por quê.

— Simplesmente porque atiraram em nós, não é um motivo suficiente? — disse eu, aumentando o tom da voz. — Se ele estava sendo ameaçado, por que o governo não garantiu a sua proteção?

— Talvez ele não tenha aceitado! — sugeriu Walter.

— Por que a polícia suspeitaria de nós? Não vejo o que pode nos ligar ao assassinato.

— Pois eu vejo! — murmurou Keira. — Passei muitos anos no país desse homem, a Etiópia. Trabalho na região fronteiriça àquela em que estão os inimigos dele, isso pode bastar para que os investigadores suspeitem de eventuais contatos meus com os mandantes do crime. Pense ainda que, se perguntarem por que deixei o vale do Omo de repente, o que posso responder? Que a morte de um chefe de aldeia que estava comigo me obrigou a sair às pressas do país? Que depois de entregar o corpo dele à tribo, tive que fugir como uma criminosa, sem ter notificado a polícia queniana da sua morte? Que estávamos juntos quando o tal velho chefe morreu, assim como quando o padre foi assassinado? Tem toda a razão, eles vão adorar nossa história! Se formos agora à delegacia, é certo que não voltamos para o jantar!

Do fundo do coração eu queria rejeitar esse roteiro catastrófico ao qual, no entanto, Walter aderia.

— A perícia muito rapidamente vai deixar claro que o tiro partiu de fora, não há a menor possibilidade de sermos culpados — insisti, sem resultados.

Walter andava de um lado para outro, de cara fechada. Foi até o móvel em que estavam as garrafas e preparou um scotch duplo.

— Keira enumerou bons motivos para que sejam considerados os culpados ideais. Desses que as autoridades adoram, para rapidamente dar por encerrada uma investigação e acalmar os ânimos. A polícia vai ficar bem feliz, podendo anunciar tão depressa que já tomou o depoimento dos assassinos do padre que, ainda por cima, são europeus.

— Por que tudo isso? É absurdo.

— Para evitar uma agitação na área em que ele morava e uma eventual revolta comunitária — respondeu Keira, com bem maior maturidade política que eu.

— Bom, não vamos ver só o lado ruim das coisas — voltou Walter —, ainda resta a possibilidade de sermos inocentados de tudo. Mesmo assim, quem chega ao ponto de matar um religioso não deve ser do tipo que perca tempo com testemunhas; nossa pele não vai valer muito se tivermos os rostos na primeira página dos jornais.

— E isso é o que chama "não ver só o lado ruim das coisas"?

— Bom, se quiser realmente piorar o quadro, posso falar das carreiras de cada um de nós. E sobre a Keira, acrescente à morte do chefe da tribo essa do padre e não vejo muito como ela vai poder voltar a trabalhar tão cedo na Etiópia. Já para nós, Adrian, deixo que imagine as reações dos membros do conselho da Academia, se estivermos envolvidos num caso tão macabro. Acredite, a única coisa a se fazer é tentar esquecer tudo isso e esperar que a calma volte.

Depois dessas palavras de Walter, ficamos os três sentados, trocando olhares no mais profundo silêncio. As coisas talvez se acalmassem de fato, mas sabíamos que nenhum de nós esqueceria aquela manhã terrível. A mim, bastava fechar os olhos para rever o rosto do padre morrendo em meus braços, um rosto tão tranquilo, mesmo com a vida a abandoná-lo. Lembrei as suas últimas palavras: "As pirâmides ocultas, o conhecimento, o outro texto. Se um dia o encontrarem, deixem-no dormir, por favor."

*

— Adrian, está falando enquanto dorme.

Dei um pulo e me sentei na cama.

— Desculpe — disse baixinho Keira —, não quis assustar.

— Eu que peço desculpas, acho que foi um pesadelo.

— Tem sorte de conseguir dormir, não consigo pregar os olhos.

— Devia ter me acordado antes.

— Preferi ficar olhando você.

O quarto estava banhado numa semipenumbra. Fazia calor demais e me levantei para abrir a janela. Keira me acompanhou com os olhos. A claridade da noite deixava que se vissem as formas do seu corpo, ela arrancou fora o lençol e sorriu.

— Venha se deitar — disse ela.

A pele estava ligeiramente salgada, ganhando, na dobra dos seios, um perfume de âmbar e caramelo; o umbigo era tão perfeitamente delineado que eu gostava de rodeá-lo com os lábios; meus dedos alisaram a barriga, sentiram sua umidade. Keira passou as pernas pelos meus ombros, com os pés me acariciando as costas. Segurando o meu queixo, guiou a minha boca até a sua. Pela janela, ouvimos um estorninho e o canto parecia se ritmar ao compasso do nosso fôlego. Quando o pássaro se calava, a respiração de Keira ficava em suspenso; seus braços soltavam os meus e ela se afastava, para logo se reaproximar.

A lembrança dessa noite ainda retorna muitas vezes, como momento de intimidade, procurando denegar a morte. Eu soube ali que companheira alguma, nunca mais, me ofereceria proximidade igual, e esse pensamento me assustou.

O dia amanhecia na rua calma; nua, Keira foi até a janela.

— Deveríamos sair de Londres — disse.

— E ir aonde?

— A um lugar em que o campo mergulha no mar, na ponta da Cornualha. Conhece St. Mawes?

Nunca tinha ido lá.

— Você disse coisas estranhas enquanto dormia essa noite — continuou.

— Sonhei com as últimas palavras que o padre disse, antes de partir.

— Ele não partiu, ele morreu! Do mesmo jeito que meu pai não partiu para longa viagem nenhuma, como disse o pastor na missa funerária. Morrer é a palavra certa, a tumba é o único lugar em que ele se encontra.

— Quando era criança, achava que cada estrela era uma alma brilhando no céu.

— Seriam muitas estrelas, nesse seu céu, desde que o mundo é mundo.

— Há centenas de bilhões, bem mais do que a Terra já teve de habitantes.

— Então, quem sabe? Mas acho que seria muito chato ter que ficar piscando no frio do espaço.

— É uma maneira de ver as coisas. Não sei o que nos espera depois e não penso muito nisso.

— Pois eu penso o tempo todo. Deve ser coisa da profissão. Sempre que desenterro ossos, me pergunto isso. É difícil aceitar que a única coisa a subsistir de toda uma existência seja um pedaço de fêmur ou um molar.

— Não são apenas os ossos que restam, Keira, também a lembrança do que fomos. Toda vez que penso em meu pai, toda vez que sonho com ele, tiro-o da morte, como alguém a quem a gente tira do sono.

— O meu, então, não deve aguentar mais — disse Keira —, de tanto que o acordo.

Keira queria ir à Cornualha e saímos de casa na ponta dos pés. Deixamos um bilhete para Walter, que dormia profundamente na sala, prometendo voltar em pouco tempo. Meu velho automóvel nos esperava na garagem e o motor pegou no primeiro giro. Ao meio-dia, atravessávamos o interior inglês, de vidros abaixados. Keira cantava a plenos pulmões, conseguindo a incrível façanha de encobrir o barulho do vento que zumbia ao redor.

A 13 quilômetros de Salisbury, vimos, distante, os monólitos de Stonehenge, com suas fortes silhuetas se recortando na linha do horizonte.

— Você já foi lá? — perguntei a Keira.

— E você?

Tenho amigos parisienses que nunca puseram os pés na Torre Eiffel. Outros, nova-iorquinos, nunca subiram ao alto do Empire State Building. Sou inglês e tive de confessar nunca ter ido a Stonehenge, que, no entanto, turistas do mundo inteiro visitam.

— Se isto o deixar se sentindo melhor, nem eu — confiou Keira. — E se fôssemos até lá?

Eu sabia que o acesso àquele lugar, com mais de 4 mil anos, era fortemente controlado e com muitas regras. Nos horários de abertura, os visitantes têm de passar por um caminho demarcado, avançando dentro do ritmo marcado por um apito, que um bem-disposto guia sopra com toda a força, sendo estritamente proibido se afastar. Era quase certo que, àquela hora, em pleno fim da tarde, não íamos poder ficar perambulando por ali.

— Como acaba de dizer, a noite não vai demorar a cair, em uma hora o sol se põe e não vejo uma viva alma nas redondezas — insistiu Keira, a quem toda proibição parecia apenas divertir.

Depois dos momentos difíceis por que tínhamos passado na véspera, era quase um direito se distrair um pouco. Não é todo dia que atiram na gente. Dei uma guinada no volante e tomei o caminho estreito levando à parte mais elevada em que se erguem as pedras. Uma barreira de arame farpado impedia que se avançasse. Desliguei o motor, Keira desceu do carro e andou até o estacionamento deserto.

— Vem, vai ser muito fácil passar — disse, satisfeita.

Bastava se arrastar pelo chão para atravessar a barreira. Ainda pensei que um alarme dispararia com a nossa intrusão, mas não percebi nenhuma aparelhagem nem câmera de vigilância. De qualquer maneira, já era tarde demais, Keira me esperava do outro lado.

O lugar é bem mais impressionante do que eu tinha imaginado. A primeira muralha de dólmenes forma um círculo de 110 metros de diâmetro. Com que meios fantásticos conseguiram erguer obra semelhante? Em volta, estende-se uma paisagem plana, sem o menor rochedo aparente. Cada menir do primeiro cinturão externo deve pesar várias dezenas de toneladas; como foram carregados até ali, como foram postos de pé?

— O segundo círculo tem 98 metros de diâmetro — disse Keira. — Foi traçado com um fio de pedreiro, o que é bem incrível para a época. O terceiro anel é composto por 56 cavidades, chamadas buracos de Aubrey, e se dispõem de maneira regular. Encontraram-se neles restos de carvão vegetal e de ossos calcinados; provavelmente serviram como câmaras de incineração. Uma espécie de recinto funerário.

Olhei para Keira, impressionado.

— E como sabe tudo isso?

— Sou arqueóloga e não camponesa. Se fosse, diria como se transforma leite em queijo!

— E sua cultura se estende por sítios arqueológicos do mundo inteiro?

— Não exagere, Adrian, Stonehenge é coisa que se aprende na escola!

— E se lembra de tudo que ensinaram na escola?

— Não, apenas do que li há bem pouco tempo, na placa que está ali, bem atrás da gente. Vamos, estou só implicando um pouco com você.

Avançamos para o centro da estrutura monumental e atravessamos o círculo externo de pedras azuis. Mais tarde descobri que, originalmente, 75 monólitos de arenito azulado o compunham, 75 monstros, dos quais o maior devia pesar cerca de 50 toneladas. As pedras foram reunidas estruturalmente, mas como haviam erguido as verticais e nelas apoiado as horizontais? Em silêncio, admiramos o incrível prodígio. O sol desaparecia, alongando raios que passaram sob os pórticos. De repente, por um curto momento, o único e comprido dólmen do centro começou a cintilar, com um brilho incomparável.

— Há quem diga que Stonehenge foi erguido por druidas — disse Keira.

Eu me lembrava de ter lido artigos em revistas populares de ciência. Stonehenge despertou a curiosidade de muitas inteligências, e inúmeras teorias, das mais loucas às mais cartesianas, foram evocadas. Mas onde estaria a verdade? Em pleno início do século XXI, a quase 4.800 anos do início dos trabalhos, 48 séculos depois de terem começado o nivelamento de base, ninguém pode explicar o sentido daquela construção; por qual motivo os homens que viveram ali há mais de 4 mil anos gastaram tanta energia para construir aquela obra? Quantos deles não sacrificaram ali a própria vida?

— Há quem imagine alguma motivação astronômica para o alinhamento das pedras. A posição dos blocos permitiria determinar os solstícios de inverno e de verão.

— Como o disco de Nebra? — perguntou Keira.

— Isso mesmo, como o disco de Nebra — respondi, pensativo —, só que bem maior.

Ela olhou para o céu, não se viam estrelas. Naquele final de dia, uma espessa frente de nuvens cobria o mar. Ela se voltou bruscamente para mim.

— Pode repetir as últimas palavras do padre?

— Logo agora que começava a esquecer, tem certeza de querer voltar a isso?

Nem era preciso que me respondesse, bastava olhar para ela, com a expressão tão particular que assumia quando estava determinada.

— Referiu-se a pirâmides ocultas, a outro texto, de alguém que se devia deixar dormir… caso compreendêssemos. Mas compreender o quê? Não faço a menor ideia!

— Trígones e pirâmides se parecem, não? — perguntou Keira.

— Do ponto de vista geométrico, sim.

— Também não dizem que as pirâmides estavam ligadas às estrelas?

— É verdade, em relação às pirâmides maias, fala-se de Templo da Lua e Templo do Sol; é você a arqueóloga, deve saber disso melhor do que eu.

— Mas as pirâmides maias não estão ocultas — retomou, pensativa.

— Há muitos sítios arqueológicos a que se atribuem, não sei se de maneira certa ou errada, funções astronômicas. Stonehenge talvez tenha sido um gigantesco disco de Nebra, mas não tem a forma de uma pirâmide. Resta saber onde podem se encontrar as que não foram ainda descobertas.

— Só poderei, quem sabe, responder a essa pergunta no dia em que tiverem revirado todos os desertos do mundo, revistado todas as selvas imagináveis e explorado as profundezas dos oceanos — respondeu Keira.

Um raio cortou o céu, ouviu-se o trovão poucos segundos depois.

— Tem um guarda-chuva? — perguntou Keira.

— Não.

— Ainda bem.

*

Madri

O avião pousou no aeroporto de Barajas no final da tarde. Era um jatinho particular como tantos outros e se dirigiu à área de estacionamento. Com a expressão carregada, Vackeers foi o primeiro a descer a passarela. Lorenzo, embarcado na escala feita em Roma, veio logo atrás e Sir Ashton foi o último a desembarcar. Uma limusine os aguardava diante do terminal reservado aos aviões executivos. Foram levados ao centro da cidade e entraram num dos dois edifícios oblíquos erguidos, frente a frente, na praça da Europa.

Isabel Marquez, aliás, Madri, os recebeu numa sala de reuniões com as cortinas fechadas.

— Berlim e Boston vão chegar um pouco mais tarde — disse —, Moscou e Rio não devem demorar, não tiveram boas condições meteorológicas no caminho.

— Também fomos bastante sacudidos — respondeu Sir Ashton.

Depois de dizer isso, se dirigiu a uma bandeja com várias bebidas num console e se serviu um copo grande de água.

— Quantos seremos para a reunião?

— Se a tempestade que se aproxima não fizer com que fechem o aeroporto, 13 amigos vão estar nessa mesa.

— Quer dizer que a operação de anteontem se concluiu com um retumbante fracasso — disse Lorenzo, sentando-se pesadamente numa poltrona.

— Nem tanto — respondeu Sir Ashton —, o padre talvez soubesse mais do que imaginávamos.

— Como o seu atirador conseguiu errar o alvo?

— Estava a 200 metros e usava uma luneta térmica, o que posso dizer? *Errare humanum est.*

— Um despreparo que provocou a morte de um homem da Igreja; e foi de péssimo gosto essa tirada em latim. Imagino que quem de fato era visado esteja agora mais prevenido.

— Não sabemos, mas por enquanto relaxamos um pouco e procuramos manter uma vigilância a distância.

— Reconheça que, na verdade, perderam a pista deles.

Isabel Marquez se interpôs entre Sir Ashton e Lorenzo.

— Não nos reunimos aqui para brigar e sim para combinar o que fazer. Vamos esperar que todos estejam presentes e tentar trabalhar em conjunto. Temos decisões importantes a tomar.

— Essa reunião é desnecessária, sabemos muito bem quais são as decisões a serem tomadas — resmungou Sir Ashton.

— Nem todo mundo tem a mesma opinião, Sir Ashton — declarou a mulher que acabava de entrar na sala de reunião.

— Seja bem-vinda, Rio!

Isabel se levantou para receber a convidada.

— Moscou não veio junto?

— Vim, sim — disse Vassily, também entrando.

— Não vamos ficar esperando para sempre os que não chegaram, comecemos! — voltou a esbravejar Sir Ashton.

— Se quiserem, mas não tomaremos decisão alguma sem a presença de todos — respondeu Madri.

Sir Ashton se sentou numa ponta da mesa, à direita de Lorenzo. Vassily tomou lugar à sua esquerda, com Paris ocupando a cadeira seguinte, tendo Vackeers à frente. Na meia hora seguinte, Berlim, Boston, Pequim, Cairo, Tel Aviv, Atenas e Istambul foram chegando; a célula estava completa.

Isabel começou agradecendo a todos que estavam ali naquela noite. A situação era suficientemente grave para justificar a convocação. Alguns dos presentes já tinham se reunido, em tempos passados, para debater aquele mesmo dossiê e outros, como Rio, Tel Aviv e Atenas, substituíam seus predecessores.

— Iniciativas individuais fracassaram. Não vamos conseguir manter controle sobre os nossos dois pesquisadores sem completa cooperação e comunicação.

Atenas protestou, o incidente em Heraklion fora totalmente imprevisível. Lorenzo e Sir Ashton se entreolharam sem qualquer comentário.

— Não vejo por que encarar a conclusão dessa missão como um fracasso — afirmou Moscou. — Em Nebra, não se tratava de eliminá-los, mas apenas de assustá-los.

— Poderiam, por favor, voltar ao problema em pauta? — pediu Isabel. — Sabemos agora que as teorias de um dos nossos colegas, que foi afastado no passado por sua teimosia em nos convencer que o que dizia era verdade, provavelmente não eram tão absurdas quanto pensamos — prosseguiu.

— Todos preferimos acreditar que se enganava, pois era o que nos interessava! — disse secamente Berlim. — Se, naquela época, não tivéssemos cortado os seus créditos, não nos veríamos agora nessa situação. Tudo estaria sob controle.

— O fato de outro fragmento ter surgido, não sei onde, não significa que esse maluco do Ivory tenha razão em todo tipo de coisa — exclamou Sir Ashton.

— Seja como for, Sir Ashton — irritou-se Rio —, ninguém o autorizou a atentar contra a vida do cientista.

— Desde quando preciso pedir permissão para agir em meu próprio território e, ainda por cima, contra um cidadão inglês? Seria uma regra comunitária nova, que me passou despercebida? Que os amigos alemães reclamem de Moscou, que agiu em sua área, posso entender, mas não venha me dizer o que fazer na minha própria casa.

— Parem com isso, por favor! — gritou Isabel.

Atenas se levantou e olhou para todos.

— Vamos parar de fingimento e ganhar tempo. Sabemos agora que não se trata mais de apenas um, mas que existem pelo menos dois fragmentos idênticos e provavelmente complementares. Com toda evidência, apesar do que acha Sir Ashton, Ivory tinha razão. Não podemos mais ignorar a possibilidade de existirem ainda outros fragmentos, não sabemos onde. Temos a seguinte situação: podemos perceber facilmente o perigo que corremos se esses objetos forem reunidos e se a população tiver conhecimento do que eles podem eventualmente revelar. Em contrapartida, é possível também que descubramos muitas coisas. Atualmente temos um casal de cientistas que parece, insisto, "parece", estar na pista de outros fragmentos. Esperemos que, apesar de certas iniciativas lamentáveis, não suspeitem de que os estamos vigiando. Podemos deixar que prossigam suas buscas, que não nos custam nada. Se tiverem sucesso, bastará interceptá-los no momento certo e nos apossarmos do trabalho realizado. Então, pergunto, estamos dispostos a correr o risco de eventualmente nos escaparem, o que é pouco provável se coordenarmos os nossos meios, como sugere Madri, ou preferimos, como quer Sir Ashton, dar um ponto final imediato a esse afã de descobertas? Não me refiro ao simples assassinato de dois eminentes cientistas. Será que preferimos a ignorância por simples medo de o resultado das buscas pôr em questão uma certa ordem do mundo? Estaríamos escolhendo o campo dos que quiseram queimar Galileu na fogueira.

— Os trabalhos de Galileu e de Copérnico foram sem consequências, comparados ao que podem provocar as descobertas desse astrofísico e sua amiga arqueóloga — contrapôs Pequim.

— Nenhum de vocês está preparado para enfrentar isso nem para preparar o seu país para tal eventualidade. Temos que dissuadir os dois pesquisadores o mais rápido possível, quaisquer que sejam os meios postos em ação para isso — assegurou Sir Ashton.

— O ponto de vista de Atenas é muito razoável e devemos levá-lo em consideração. Há trinta anos surgiu o primeiro fragmento e, desde então, fazemos suposições. Preciso lembrar que, por muito tempo, achamos que ele era único? Juntos, o astrofísico e a arqueóloga têm chances incomparáveis de chegar a algo satisfatório. Jamais teríamos a ideia de juntar duas personalidades cujas competências respectivas, por mais afastadas, são tão complementares. A ideia de deixá-los seguir suas buscas, sob alta vigilância, me parece perfeitamente judiciosa. Não estaremos onde estamos para sempre; se nos livrarmos deles, já que é o que discutimos aqui essa noite, o que vamos fazer em seguida? Esperar que surjam outros fragmentos? E mesmo que isso só aconteça dentro de um ou dois séculos, que diferença faz, no fundo? Não querem ser da geração que, enfim, conheceu a verdade? Deixemos que trabalhem, para intervir quando chegar o momento — propôs Rio.

— Creio que tudo foi dito, votemos então uma ou outra moção — concluiu Isabel.

— Perdão — interveio Pequim. — Quais garantias damos, uns aos outros?

— O que quer dizer?

— Quem de nós vai dizer ter chegado o momento certo para interceptar os dois cientistas? Admitamos que Ivory esteja certo até o fim e que, de fato, sejam cinco ou seis os fragmentos, quem terá a guarda, quando forem reunidos?

— É uma boa pergunta, que creio merecer um debate — concordou Cairo.

— Nunca estaremos de acordo, todos pertinentemente sabem disso — protestou Sir Ashton. — E é mais um motivo para não entrarmos nessa aventura irresponsável.

— Pelo contrário. Pelo menos dessa vez estaremos todos ligados — retomou Tel Aviv. — Se apenas um nos trair, todos teremos que enfrentar juntos a catástrofe. Se vier a público a resolução do enigma pela reunião dos fragmentos, o problema será o mesmo em todos os países, com nossos equilíbrios e interesses igualmente comprometidos, inclusive os de quem rompeu o pacto.

— Sei de uma maneira que pode nos proteger disso.

Todos os olhares se fixaram em Vackeers.

— Quando tivermos em mãos a prova que todos imaginamos, proponho que os fragmentos sejam novamente separados. Um por continente e, dessa maneira, sabemos que nunca voltarão a se reunir.

Isabel tomou a palavra.

— Precisamos votar. O que decidem?

Ninguém se moveu.

— Vou reformular a pergunta da seguinte maneira: quem deseja terminar com a aventura dos dois jovens cientistas?

Sir Ashton levantou a mão, Boston o acompanhou, Berlim hesitou e acabou fazendo o mesmo. Paris se juntou na mesma escolha e também Lorenzo. Vackeers soltou um suspiro e não se mexeu.

Cinco votos contra oito, a moção foi rejeitada. Furioso, Sir Ashton deixou a mesa.

— Não se dão conta dos riscos que estão nos metendo ao bancarem os aprendizes de feiticeiro. Espero que saibam o que estão fazendo.

— Sir Ashton, devemos entender com isso que pretende continuar sozinho? — perguntou Isabel.

— Respeitarei a decisão do Conselho, meus serviços continuam à disposição da comunidade para manter a vigilância sobre esses dois elétrons livres e, acreditem, serão necessários.

Sir Ashton deixou a sala. Pouco depois, Isabel Marquez encerrou a sessão.

*

Londres

Keira acabou desistindo de ir a St. Mawes. Fica para outra vez, disse. Chegamos a Londres em plena noite, num estado lamentável. Não escapamos da tempestade e ficamos encharcados, mas numa coisa Keira estava certa, havíamos passado um momento inesquecível em Stonehenge.

Creio ser assim que se tece uma história, com uma sucessão de pequenos instantes, até que ela, um dia, nos traga o gosto de um futuro a dois.

A casa estava vazia. Dessa vez, Walter é quem tinha deixado um bilhete para nós, pedindo ser avisado assim que estivéssemos de volta.

No dia seguinte, levei Keira para conhecer a Academia e ela se encantou com a biblioteca. Walter veio nos ver e contou algo bastante estranho. Nenhum jornal noticiou o assassinato do padre; os meios de comunicação pareciam ocultar completamente o incidente.

— Não sei qual conclusão tirar — acrescentou Walter, preocupado.

— Talvez não queiram agitar os ânimos?

— Alguma vez já viu nossa imprensa não se lançar sobre qualquer coisa que ajude a vender papel? — espantou-se Walter.

— Ou então a polícia simplesmente abafou o caso, até avançar nas investigações.

— Qualquer que seja a razão, fico mais otimista se as coisas se mantiverem confidenciais.

Keira olhou para cada um de nós e ergueu a mão, como se pedisse licença para falar.

— Não passa pela cabeça de vocês que, de repente, não tenha sido ao padre que visaram, naquela igreja?

— Claro que sim — admitiu Walter —, não paro de me fazer essa pergunta, mas, com vocês, por que chegariam a tanto?

— Por causa do pingente!

— Isso responderia à questão do motivo, resta saber a quem interessa o crime.

— A pessoa que quer se apoderar dele — continuou Keira. — Não cheguei a dizer, mas o apartamento de minha irmã foi todo revirado. Na época não fiz qualquer ligação comigo, mas agora...

— Agora você se pergunta também se o motorista bêbado de Nebra não tentou nos atropelar de propósito?

— Lembre, Adrian, que foi a impressão que tive na hora.

— Um pouco de calma — apaziguou Walter. — Reconheço que tudo isso é bem impressionante, mas daí a imaginar que foi com essa intenção que o apartamento foi invadido, ou concluir que correm perigo de vida... vamos nos manter razoáveis.

Walter dizia aquilo para nos tranquilizar. E a prova disso veio quando, logo depois, insistiu para que deixássemos Londres até as coisas se acalmarem.

Keira estava fascinada com o número de obras da nossa biblioteca. Percorreu os corredores de estantes e perguntou a Walter se poderia pegar um livro, tirando-o do lugar.

— Por que está perguntando a ele?

— Não sei — respondeu, zombando de mim —, Walter parece ter mais autoridade aqui do que você.

O colega olhou para mim sem procurar absolutamente disfarçar a satisfação, muito pelo contrário. Coloquei-me à frente de Keira, na mesa a que se sentou, e isso me despertou outras lembranças. O tempo não apaga tudo, alguns instantes permanecem intactos na memória, sem que se saiba por que uns e não outros. Talvez sejam confidências sutis que a vida nos fornece, em silêncio.

Arranquei uma folha de um bloco deixado em cima da mesa, amassei-a fazendo uma bola e comecei a mastigá-la, com o maior barulho possível. Recomecei com outra ainda e, sem erguer a cabeça, Keira disse, com um sorriso no canto da boca:

— Engula, está proibido de cuspir!

Perguntei o que lia.

— Um negócio sobre pirâmides, nunca vi esse livro antes.

E olhou para Walter e para mim, como se fôssemos dois meninos impacientes.

— Façam-me o imenso favor de ir brincar lá fora, ou por que não trabalham um pouco, se é que de vez em quando fazem isso. O principal é que me deixem ler esse livro em paz. Já para fora, saiam e não quero ver nenhum dos dois antes do horário de encerramento. Ouviram bem?

Saímos para passear, como ela tinha dito.

*

Paris

Ouvia-se uma partita de Bach no apartamento. Sentado na sala, com uma xícara de chá na mão, Ivory jogava sozinho uma partida de xadrez. Bateram à porta. Ele olhou o relógio de pulso, se perguntando quem poderia ser; não estava esperando ninguém. Aproximou-se da entrada em silêncio, ergueu a tampa de uma caixa em mogno em cima do console, pegou o revólver que estava dentro e guardou-o no bolso do robe de chambre.

— Quem é? — perguntou, sem se colocar à frente da porta.

— Um velho inimigo.

Ivory devolveu o revólver ao esconderijo e abriu a porta.

— Que surpresa!

— Nossas partidas de xadrez me fizeram falta, meu caro. Permite que eu entre?

Ivory abriu passagem para Vackeers.

— Estava jogando sozinho? — perguntou, sentando-se na poltrona em frente do tabuleiro.

— Estava, sem conseguir ganhar, é bem chato.

Vackeers moveu o bispo branco de C1 para G5, ameaçando o cavalo preto.

Ivory imediatamente avançou um peão de H7 para H6.

— O que faz aqui, Vackeers? Não veio de Amsterdã só para tentar me tomar um cavalo.

— Estou chegando de Madri; a comissão se reuniu ontem — respondeu Vackeers, tirando do jogo o cavalo preto.

— O que decidiram? — perguntou Ivory.

A rainha em D8 comeu o bispo branco em F6.

— Deixar seus dois protegidos continuarem as pesquisas e assumir seu trabalho quando tiverem conseguido, se conseguirem.

O cavalo branco deixou o seu campo e se postou em C3.

— Conseguirão — afirmou laconicamente Ivory, levando o peão de B7 para B5.

— Acha mesmo? — perguntou Vackeers.

O segundo bispo branco passou de C4 para B3.

— Com tanta certeza quanto é certo que vai perder essa partida. A decisão do conselho não deve tê-lo deixado satisfeito.

O peão preto que defendia a torre em A7 avançou duas casas, indo para A5.

— Está enganado, acho inclusive que fui quem os convenceu. Alguns ao redor da mesa preferiam dar um basta a essa aventura, e de maneira bem radical, devo dizer.

O peão branco que protegia a torre se deslocou de A2 para A3.

— Somente os imbecis não mudam de opinião, não é? — disse Ivory, passando o bispo de F8 para C5.

— Sir Ashton matou um padre em Londres, foi um acidente.

O cavalo branco mudou de G1 para F3.

— Acidente? Assassinaram um padre e foi um acidente?

Um peão preto passou de D7 para D6.

— Seu amigo astrofísico era o verdadeiro alvo.

Rainha branca de D1 para D2.

— Que ação deplorável! Refiro-me a Sir Ashton e não a essa última jogada que, no entanto...

O bispo preto passou de C8 para E6.

— Temo que o amigo inglês não aceite a decisão tomada em Madri. Desconfio que queira agir sozinho, no seu canto.

O bispo branco se apoderou do seu colega preto.

— Iria contra a vontade do grupo? É coisa bem grave. Por bem menos me aposentaram. Por que veio me contar isso? Com os outros é que deveria dividir tais preocupações!

O peão preto comeu o bispo branco que, imprudentemente, se aventurara em E6.

— Não passam de suposições, não posso acusar Sir Ashton abertamente sem ter provas. Mas, se esperarmos por elementos de acusação contra ele, provavelmente será tarde demais para a sua jovem amiga. Cheguei a dizer que Sir Ashton queria eliminá-la também?

Roque do rei branco e da torre.

— Sempre detestei a arrogância dele. O que espera que eu faça, Vackeers?

Peão preto de G7 para G5.

— Não gosto do clima que se criou entre nós. Como disse, sinto falta dessas partidas de xadrez.

Vackeers avançou um peão branco de H2 para H3.

— Essa partida que estamos jogando não é a nossa, você sabe disso e sabe também como ela termina. Não foi por ter me mantido afastado em Amsterdã que me senti ofendido, mas por imaginar que não fosse perceber o seu jogo duplo.

O cavalo preto saiu de B8 e se deslocou por três casas, aterrissando em D7.

— Tira conclusões apressadas demais, meu amigo; sem mim, não estaríamos tão bem-informados.

O cavalo branco se retirou de F3 para H2.

— Com os dois cientistas na linha de mira de Sir Ashton, precisamos protegê-los. Não será fácil, ainda por cima na Inglaterra. É preciso fazer com que partam o quanto antes — retomou Ivory, avançando de H6 para H5 o peão preto que protegia a segunda torre.

— Depois do que passaram, não vão sair tão facilmente da toca.

Vackeers avançou o peão branco de G2 para G3.

— Sei de uma boa maneira para que deixem Londres — disse Ivory, deslocando o rei de uma casa.

— O que pretende fazer?

O rei branco, por sua vez, avançou uma casa.

O peão preto de D6 passou ao ataque em D5. Ivory olhou fixamente para Vackeers.

— Ainda não me disse o que o fez mudar de opinião. Há bem pouco tempo, parecia capaz de tudo para impedir que seguissem em frente.

— Não a ponto de matar dois inocentes, Ivory; não faz o meu estilo.

Peão branco de F2 a F3.

— Poupar duas vidas não foi o que o motivou, Vackeers, quero ouvi-lo dizer o que realmente tem no coração.

Recuo do cavalo preto de D7 para F8.

— Estou envelhecendo como você, Ivory, e quero saber. A vontade de compreender foi se tornando maior que o medo. Ontem, durante a reunião, Rio perguntou se estamos entre os que vão saber a verdade ou se escolheríamos deixar isso para as gerações futuras. E ela tem razão, a verdade vai acabar se impondo, que seja amanhã ou dentro de cem anos, que diferença faz? Não quero terminar meus dias no hábito de um velho inquisidor — admitiu Vackeers.

O cavalo branco voltou de C3 para E2. O cavalo preto partiu ao assalto do tabuleiro e foi se colocar ao lado da rainha. Vackeers avançou um peão branco de C2 para C3.

— Se realmente souber como proteger o astrofísico e sua amiga arqueóloga, faça isso, Ivory, mas faça agora.

A torre preta passou de A8 a G8.

— Ela se chama Keira.

Vackeers avançou um peão de D3 para D4. O bispo preto recuou de C5 a B6. Um peão branco comeu um peão preto em E5. A rainha preta se vingou de imediato, destruindo quem tinha se aventurado perto demais dela. Vinte e três jogadas se sucederam sem que Ivory nem Vackeers falassem.

— Se finalmente estiver disposto a admitir o bom fundamento das minhas teorias, se aceitar fazer o que eu disser, pode ser que, juntos, tenhamos uma chance de impedir os planos desse imbecil do Sir Ashton.

Ivory ergueu sua torre e recolocou-a em H4.

— Xeque-mate, Vackeers, mas você sabia disso desde a quinta jogada.

Ivory se levantou e foi buscar numa gaveta da escrivaninha o texto em ge'ez, do qual tinha terminado a tradução muito tarde, na noite anterior.

*

Londres

Keira não tinha saído da biblioteca da Academia. Fomos buscá-la para jantar, mas ela pediu que a deixássemos sozinha para terminar o que lia. Mal se deu ao trabalho de erguer a cabeça e nos fez ir embora com um gesto.

— Jantem entre rapazes, tenho muito trabalho, caiam fora.

Por mais que Walter dissesse ser hora de fechar, ela não quis saber; o colega precisou pedir ao vigia da noite que a deixasse estudando o quanto quisesse. Ela ficou de me encontrar em casa, mais tarde.

Às cinco horas da manhã, ela ainda não tinha chegado. Saí da cama e peguei o carro, preocupado.

O hall da Academia estava deserto. O vigia dormia na guarita. Levou um susto ao me ver.

Keira não poderia ter saído, as portas de acesso estavam fechadas e ela não tinha um passe para abrir.

Pelo corredor que levava à grande biblioteca, acelerei o passo e o vigia me acompanhava.

Keira sequer notou nossa presença; por trás das portas de vidro eu podia vê-la, presa à leitura. De vez em quando tomava notas num caderno. Fiz barulho com a garganta para avisar que estava ali, ela olhou para mim e sorriu.

— Já é tarde? — perguntou, se espreguiçando.

— Ou cedo, depende, mas está amanhecendo.

— Acho que estou é morrendo de fome — disse, fechando o livro.

Arrumou as anotações que fizera e guardou o livro na estante. Pendurando-se no meu braço, perguntou se não a levaria para tomar um bom café da manhã.

Atravessar a cidade no silêncio das primeiras horas do dia é algo mágico. Passamos pela caminhonete de um leiteiro, começando o seu dia; nem tudo havia mudado em Londres.

Estacionei em Primrose Hill. A grade de aço de um salão de chá acabava de se erguer e a dona do lugar trazia as primeiras mesas para a varanda. Aceitou nos atender.

— O que tinha de tão extraordinário naquele livro, para que ficasse lendo a noite inteira?

— Lembrei que o padre não se referiu a pirâmides a serem descobertas, mas a pirâmides ocultas, o que não é a mesma coisa. Isso me deixou curiosa e consultei vários livros a respeito.

— Desculpe, não percebo a diferença.

— Há três lugares no mundo com pirâmides escondidas. Na América Central, alguns templos foram descobertos e logo depois esquecidos, a natureza voltou a cobri-los; na Bósnia, imagens de satélite revelaram a presença de pirâmides, não se sabe quem as construiu nem por quê. Mas na China há uma história bem diferente.

— Há pirâmides na China?

— Centenas. Eram completamente desconhecidas do mundo ocidental até os anos 1910. A maioria delas se encontra na província de Shaanxi, num raio de 100 quilômetros ao redor da cidade de Xian. As primeiras foram descobertas em 1912, por Fred Meyer Schroder e Oscar Maman, outras em 1913, pela missão Segalen. Em 1945, um piloto militar americano, em voo entre a Índia e a China, passando pelos montes Qinling, fez uma foto aérea de algo que ele chamou de pirâmide branca. Nunca se conseguiu, depois disso, situá-la com precisão, mas seria maior do que a pirâmide de Quéops. Um artigo a respeito dela foi publicado pelo *New York Sunday News* na primavera de 1947.

"De maneira inversa à de suas primas maias e egípcias, as pirâmides chinesas, em sua maioria, não foram construídas com pedras, mas com terra e argila. Sabemos que, como no Egito, elas serviram de sepultura para imperadores e famílias das grandes dinastias.

"As pirâmides sempre fascinaram as mentes e deram origem a inúmeras hipóteses extravagantes. Por milhares de anos foram os maiores edifícios já construídos na Terra, fosse a pirâmide vermelha da necrópole de Dahshur, na margem oeste do Nilo, ou a pirâmide de Quéops, a única das Sete Maravilhas do mundo antigo a ainda existir. Um detalhe, no entanto, impressiona: todas as pirâmides foram erguidas mais ou menos na mesma época, sem que ninguém entenda como civilizações tão distantes umas das outras tenham reproduzido um modelo arquitetônico tão similar."

— Pode ser que, naquela época, viajassem mais do que imaginamos — arrisquei-me a sugerir.

— Justamente, talvez o que está dizendo não seja tão absurdo assim. Consultei a *Encyclopedia Britannica* de 1911. Os laços entre o Egito e a Etiópia remontam à 22ª dinastia dos faraós. A partir da 25ª dinastia, os dois países inclusive estiveram sob a mesma autoridade, com a capital de ambos os impérios situada então em Napata, no norte do atual Sudão. As primeiras referências às relações entre a Etiópia e o Egito são ainda mais antigas. Três mil anos antes da nossa época, comerciantes se referem ao país de Pount, nas terras ao sul da Núbia. A primeira viagem conhecida a essa região aconteceu sob o reino do faraó Sahuré. Mas, ouça bem isso, afrescos do século XV antes de Cristo, encontrados no santuário de Deir el-Bahari, descrevem um grupo de nômades levando incenso, ouro, marfim, ébano e, o mais importante, mirra. Bom, sabemos que, desde as primeiras dinastias, os egípcios apreciavam a resina de mirra. O que nos permite supor que as trocas com a Etiópia remetem às mais antigas épocas do Egito.

— Que relação tem tudo isso com as pirâmides chinesas?

— Ainda chego lá. O que queremos estabelecer é a relação que pode existir entre esse texto e o meu pingente. O escrito em ge'ez antigo se refere a pirâmides. Lembre-se da terceira frase do texto: *Que ninguém saiba onde o apogeu se encontra, a noite de uma é guardiã do prelúdio*. Como Max disse, não se trata, nesse caso, de fazer uma tradução literal, mas interpretar o texto. A palavra "prelúdio" pode significar "origem". O que resultaria na seguinte frase: *Que ninguém saiba onde o apogeu se encontra, a noite é guardiã da origem.*

— Fica, de fato, mais bonito. Lamento dizer, porém, que continuo sem saber aonde quer chegar.

— Meu pingente foi encontrado no meio de um lago, a poucos quilômetros do triângulo de Ilemi, o famoso país de Pount, a fronteira entre a Etiópia, o Quênia e o Sudão. Sabe como os egípcios chamavam o país de Pount?

Como eu não tinha a menor ideia, Keira me olhou toda prosa e se aproximou de mim.

— Chamavam "Ta Neteru", que significa "Terra dos Deuses", ou ainda "país da origem". É também nessa região que se encontra o Nilo Azul, a nascente do Nilo. Basta descer o rio para chegar à primeira e mais antiga das pirâmides egípcias, a pirâmide de Djoser, em Saqqara. Talvez por essa via navegável meu pingente tenha chegado ao meio do lago Turcana. Agora, vamos à China, onde passei a segunda metade da noite. Se o que o piloto americano disse for verdade, pois a própria existência dessa pirâmide branca é controversa, a que ele fotografou chegaria a mais de 300 metros e, nesse caso, seria a mais alta do mundo.

— Está querendo ir à China, aos montes Qinling?

— Pode ser o que sugere o texto escrito em ge'ez. As pirâmides ocultas... América Central, Bósnia ou China! Opto pela mais alta de todas, é um palpite, uma chance em três! Mas 33% de chance, para um pesquisador, já é ótimo. Além disso, confio muito no meu instinto.

Não conseguia entender aquela reviravolta no comportamento de Keira. Pouco tempo antes, ela não parava de repetir, sempre que surgia a ocasião, o quanto sentia falta da Etiópia. Eu sabia que muitas vezes tinha se controlado para não se comunicar com Éric, o colega que a substituía na equipe. Quanto mais se passavam os dias, mais eu temia o momento em que ela anunciaria tudo ter voltado ao normal no vale do Omo e que estava, então, voltando para lá. De repente, porém, propunha se afastar ainda mais de sua querida África e das escavações.

A perspectiva de um périplo com ela pela China devia me deixar contente, com o mesmo entusiasmo, mas ouvindo a sugestão da viagem, o projeto me preocupou por múltiplas razões.

— Você há de reconhecer — disse — que é procurar agulha num palheiro. E um palheiro que se encontra na China!

— O que deu em você? Não é obrigado a ir, Adrian; se preferir continuar com seus alunos, fique em Londres, vou compreender. Afinal, sua vida é aqui.

— O que quer dizer com isso, "a minha vida é aqui"?

— Quer dizer que falei com Éric por telefone, ontem, e que a polícia etíope foi ao acampamento. Por agora, se eu puser os pés por lá, vou ter que me apresentar ao juiz, num tribunal. Significa que, graças àquela simples ida e volta ao lago Turcana, em que tive a infeliz ideia de te acompanhar, acabo de ser expulsa das minhas escavações pela segunda vez em menos de um ano! Estou desempregada, sem ter para onde ir, e dentro de alguns meses vou ter que prestar contas a essa fundação que me repassou uma fortuna. Que outra alternativa me propõe? Ficar em Londres fazendo faxina e esperando que você chegue do trabalho?

— Seu apartamento foi invadido em Paris, nosso quarto de hotel arrombado na Alemanha, assassinaram um padre à nossa frente e não venha me dizer que não se interroga sobre a morte do chefe de aldeia. Não acha que temos tido problemas demais, desde que nos interessamos por esse maldito pingente? E se quem levasse um tiro daquele assassino fosse você? Se o atropelador de Nebra tivesse conseguido o que queria? Está sendo tão inconsciente quanto Walter!

— Minha profissão conta muito com o acaso, Adrian, precisamos assumir riscos o tempo todo. Acha que o grupo que encontrou o esqueleto de Lucy dispunha de um mapa do cemitério ou de coordenadas de GPS caídas do céu? É claro que não! — respondeu, se irritando. — O instinto é em que se baseia a raça dos descobridores, como o faro para os bons detetives.

— Mas você não é detetive nem policial, Keira.

— Faça o que quiser, Adrian; se está com medo, vou sozinha. Se conseguirmos provar que meu pingente realmente tem 400 milhões de anos, pode se dar conta do alcance dessa descoberta? Não percebe o que isso implica? As reviravoltas que provocaria? Estou disposta a vasculhar todos os palheiros da Terra para isso, se tiver a oportunidade. Lembre que foi você que me falou da hipótese de se acrescentarem 385 milhões de anos à busca das nossas origens. E agora vai querer que eu desista? E você, perderia o primeiro instante do universo somente porque o telescópio a permitir isso se encontra num lugar de difícil acesso? Quase se arrebentou a 5 mil metros de altitude pela esperança de ver mais de perto as estrelas de que tanto gosta. Fique nessa sua cidade chuvosa e sem riscos, é um direito seu; a única coisa que peço é uma ajuda financeira para a viagem, mas prometo pagar tudo de volta, um dia.

Estava furioso demais para responder, furioso por tê-la metido naquela história, furioso com o fato de me sentir culpado por ela ter perdido o trabalho e também por ser incapaz de protegê-la dos perigos que pressentia. Cem vezes, depois disso, revi essa briga terrível, cem vezes repensei naquele momento em que tive medo de perdê-la por decepcioná-la. Fico ainda mais furioso hoje do que ontem, com essa minha covardia.

Procurei Walter como se procura um amigo para pedir ajuda. Se não conseguisse convencer Keira a não fazer a viagem, talvez encontrasse com ele as palavras para que a voz da razão se fizesse ouvir. Daquela vez, porém, ele negou ajuda. Estava até contente que deixássemos Londres. Pelo menos, disse, ninguém pensaria em nos procurar na China. E achava legítimo o ponto de vista de Keira, acrescentando ainda a provocação de perguntar se eu havia então perdido completamente o gosto pela aventura. Não tinha assumido riscos consideráveis no planalto de Atacama? Era só o que faltava!

— Concordo, mas era eu a correr os riscos, e não ela!

— Pare de bancar um cachorro são-bernardo nas montanhas, Adrian; Keira já é bem grandinha! Nem o conhecia e estava morando em plena África, cercada de leões, tigres, leopardos e sei lá mais o quê! E sem ser devorada! Esse seu lado "tudo isso me preocupa", então, pode ficar bem para a sua mãe, mas para um cara da sua idade é meio, como dizer, um tanto cedo!

Comprei as passagens. A agência que Walter indicou, a mesma que tinha preparado a viagem dele à Grécia tão bem, nos avisou ser preciso pelo menos dez dias para a obtenção dos vistos. Esperei que o prazo me desse tempo de fazer Keira desistir, mas fomos chamados logo dois dias depois; era uma sorte incrível, mas a embaixada da China tinha rapidamente dado seguimento aos pedidos e os nossos passaportes já estavam à disposição. Realmente, que sorte!

*

Londres

O almoço já chegava ao fim e Vackeers havia passado momentos agradáveis na companhia do colega, mas se indagava se não havia arranhado o bom gosto, convidando-o a um restaurante chinês. Mas era, afinal, um dos mais famosos de Londres, e Pequim parecia ter apreciado muito.

— Manteremos uma vigilância de perto, mas discreta — garantiu. — Que os outros não se preocupem com nada, somos muito eficazes nisso.

Vackeers não tinha a menor dúvida quanto a isso; quando era jovem, havia trabalhado, por alguns anos, na fronteira birmanesa e sabia que a discrição dos vizinhos estava longe de ser apenas uma lenda. Os grupos de ataque chineses faziam incursões em território estrangeiro sem que ninguém os ouvisse chegar nem partir. Somente os corpos das vítimas, deixados para trás, comprovavam a visita.

— O mais engraçado — disse Pequim — é que vou estar no mesmo voo que os nossos dois cientistas. E, ao passar por nossa alfândega, as bagagens serão inspecionadas por pura formalidade e da maneira mais complacente, mas com isso vamos poder colocar microfones em alguns dos pertences. Grampeamos também o GPS do carro que alugaram e que lhes será entregue ao chegar. Fizeram o necessário, da parte que lhes cabia?

— O tipo de favor que Sir Ashton ficou bem contente de prestar — explicou Vackeers. — Ele teme essa operação a um ponto que me surpreende; seria capaz de mandar roubar as joias da rainha, se fosse a melhor maneira de não perder de vista os dois cientistas. As coisas vão acontecer da seguinte maneira: quando chegar a vez deles, os portões de segurança de Heathrow serão ajustados pelo mais alto nível de sensibilidade. Para atravessar sem disparar o alarme, o astrofísico vai ser obrigado a colocar todos os seus objetos pessoais no tapete rolante da máquina de raios X. Enquanto estiver sendo revistado por um agente, que será meticuloso ao extremo, outros funcionários de Sir Ashton vão grampear o seu relógio.

— E a arqueóloga? Não corremos o risco de que perceba alguma coisa?

— Também vai estar bem ocupada durante todo esse tempo. Assim que tiverem sido "preparados", Sir Ashton passará a vocês a frequência dos emissores. O que igualmente me preocupa um pouco, confesso, uma vez que, com isso, ele também vai tê-la.

— Fique tranquilo, Amsterdã, esse tipo de aparelho é de curto alcance. Sir Ashton pode ter os meios para subornar todos os funcionários que quiser, em território inglês, mas assim que os dois cientistas chegarem a meu país, não creio que possa obter qualquer informação. Contem conosco, os relatórios sobre as atividades deles chegarão diariamente a toda a organização, sem que Sir Ashton possa obtê-los antes.

O telefone de Vackeers emitiu dois curtos sinais estridentes. Ele leu a mensagem encaminhada e se desculpou com o convidado, pois tinha outro encontro.

Vackeers tomou o primeiro táxi e pediu que o levasse a South Kensington. O carro deixou-o em Bute Street, diante da vitrine da pequena livraria francesa. Na calçada em frente, como a mensagem o havia informado, uma jovem mulher lia o jornal *Le Monde*, tomando um café, na varanda de um armazém-bar.

Vackeers se acomodou na mesa ao lado, pediu um chá e abriu um jornal. Ficou ali por uns momentos, pagou a sua conta e foi embora, esquecendo em cima da mesa o que estava lendo.

Keira percebeu, pegou o jornal, chamou o homem que se afastava, mas ele já tinha virado a esquina adiante. Vackeers tinha cumprido o que prometera a Ivory, voltaria naquela noite mesmo a Amsterdã.

Colocando de volta o jornal na mesa, Keira notou uma carta, passando entre as folhas. Puxou-a um pouco para fora e se assustou ao ver seu nome no envelope.

Querida Keira,

Perdoe-me não entregar em mãos essas poucas palavras, mas, por motivos que seriam cansativos de explicar, é melhor que eu não seja visto com você. Não escrevo para preocupá-la, mas sim pelo contrário, para parabenizar e dar notícias que vão deixá-la satisfeita. Fico feliz de descobrir que a lenda de Tikkun Olamu, de que lhe falei no meu escritório, acabou despertando a sua curiosidade. Sei que chegou a pensar, quando conversávamos em Paris, que estou velho demais para ter ainda pleno juízo. Mesmo lamentando os acontecimentos pelos quais passou nessas últimas semanas, eles pelo menos têm o mérito, quem sabe, de fazê-la rever essa sua opinião a meu respeito.

Prometi boas notícias, e vou passar. Soube que um texto muito antigo cruzou o seu caminho, saiba que eu sabia da sua existência, mas, graças a você e ao seu pingente, pude avançar na compreensão desse escrito que por muito tempo me surpreendeu. Aliás, ainda prossigo nessa transcrição. A respeito disso, acrescento que o documento de que dispõe está incompleto, faltando nele uma linha, que foi apagada do manuscrito. Consegui essa pista numa biblioteca muito antiga do Egito, consultando uma tradução de que lhe poupo a leitura, pois não tem boa qualidade. Mesmo sem poder estar ao seu lado como gostaria, não vou resistir ao prazer de ajudá-la sempre que puder.

A frase que falta diz o seguinte: "O leão dorme sobre a pedra do conhecimento."

Tudo isso continua bem misterioso, não é? Para mim também. Mas meu instinto diz que essa informação pode ser valiosa um dia. Muitos leões dormem ao pé de pirâmides, não esqueça que alguns são mais selvagens que outros, mais sedentos de liberdade. Os mais solitários vivem longe do bando; imagino não estar ensinando nada de novo, pois está habituada aos leões, já que conhece a África tão bem. Seja cautelosa, querida amiga, não é a única a se apaixonar pela lenda de Tikkun Olamu. E mesmo que não passe de uma lenda... sei que certos sonhos, muitas vezes os mais loucos, levam às descobertas mais surpreendentes. Tenha uma boa viagem. Fico feliz que a faça.

Seu amigo dedicado, Ivory

P.S.: Não comente com ninguém esta carta, nem com seus próximos. Releia para não esquecer e a destrua.

Keira fez como Ivory pediu. Releu duas vezes a carta e não contou a ninguém, nem a mim, ou pelo menos por muito tempo. Em vez de destruí-la, porém, voltou a dobrar o papel e enfiou-o no bolso.

Dissemos adeus a Walter e, me lembro daquela sexta-feira como se fosse ontem, embarcamos num voo de longa duração que decolava às 20h35 para Pequim.

Passar pelo controle de segurança foi um inferno. Prometi a mim mesmo evitar, sempre que puder, viajar partindo de Heathrow. Furiosa com o tratamento que nos impunham os funcionários superzelosos, Keira acabou se irritando. Consegui acalmá-la quando chegamos ao ponto máximo, pouco antes que nos mandassem nos despirmos obrigatoriamente dos pés à cabeça, para um exame ainda mais minucioso.

O voo decolou no horário e, uma vez no alto, Keira conseguiu relaxar. Aproveitei as dez horas no ar para tentar aprender algumas palavras do vocabulário que me permitissem dizer bom-dia, adeus, por favor e obrigado. A quem diria bom-dia? Obrigado por quê? Não tinha ideia.

Desisti rapidamente das aulas-relâmpago de chinês e mergulhei em leituras mais compatíveis com meus gostos.

— O que está lendo? — perguntou Keira, já no meio da viagem.

Mostrei a capa e disse o título do livro: *Tratado sobre a emissão de partículas na periferia das galáxias.*

Ela murmurou algo como "*humm*", que não percebi direito o que significava.

— O quê?

— Parece superinteressante — disse —, ouvi dizer que o filme foi melhor ainda, vão até fazer uma continuação...

E se virou para o lado, apagando a luzinha do seu assento.

*

Pequim

Chegamos no início da tarde, exaustos tanto pela viagem quanto pelo fuso horário. As formalidades da alfândega transcorreram sem problema, um rápido controle de rotina, feito por funcionários mais simpáticos do que os de Londres. Por intermédio da agência de viagem, tínhamos reservado numa locadora um veículo de fabricação local, com tração nas quatro rodas. O contrato em nosso nome já estava pronto no guichê da empresa, no hall do aeroporto, e um carro novo em folha nos esperava no estacionamento.

Felizmente era equipado com um GPS, pois não era nada fácil dirigir na China, com os nomes das ruas ilegíveis para os ocidentais. Entrei com as coordenadas do hotel em que tinha reservado um quarto e precisei apenas seguir a flechinha que me guiou ao centro da cidade.

Com um trânsito denso, de repente vimos, à direita, o muro da Cidade Proibida. Um pouco mais adiante, à esquerda, erguia-se o Memorial do Guia do Povo e, mais à frente ainda, a praça Tian'anmen, evocando tristes lembranças. Acabávamos de passar pela cúpula do Teatro Nacional, cuja modernidade arquitetônica chamava a atenção na paisagem urbana.

— Está cansado? — perguntou Keira.

— Nem tanto.

— E se partíssemos diretamente para Xian?

Estava igualmente impaciente, mas mil quilômetros nos separavam do destino e uma noite em Pequim cairia muito bem.

Era impossível estar tão perto da Cidade Proibida e não fazer a visita. Demos uma parada rápida no hotel para trocar de roupa. No quarto, ouvi a água correr no banheiro, com Keira no chuveiro, e esse barulho me deixou subitamente feliz, desfazendo a tensão que quase me fizera desistir de viajar com ela.

— Está aí? — perguntou, através da porta fechada.

— Estou, por quê?

— Por nada...

Tive medo de nos perdermos no labirinto de ruas, todas elas parecidas. Um táxi nos deixou no parque de Jingshan.

Nunca tinha visto roseiral tão bonito. À nossa frente, uma ponte de pedra atravessava um laguinho. Como cem outros turistas naquele dia, passamos por ela e, como cem outros turistas, passeamos pelas aleias do parque. Keira me segurou o braço.

— Estou feliz de estar aqui — disse.

Se fosse possível fazer o tempo parar, eu o congelaria nesse exato momento. Se fosse possível voltar atrás, seria para ali que eu voltaria, à frente de uma roseira branca, numa aleia do parque de Jingshan.

Entramos na Cidade Proibida pela Porta Norte. Precisaria preencher cem páginas deste caderno para descrever todas as belezas que se ofereciam à vista; os pavilhões antigos em que tantas dinastias se sucederam, o jardim imperial em que outrora passeavam cortesãs, o Templo Vermelho de miríades de primaveras, os telhados com ondulações absurdas. Dragões de ouro pareciam procurar alguma coisa, as garças reais de bronze olhavam para o céu, paralisadas em sua eternidade, a escadaria de mármore, cinzelada como renda. Sentado num banco, perto de uma enorme árvore, um casal de chineses muito velhos ria, não sabíamos por que, descontroladamente. Não compreendíamos palavra alguma do que diziam nem o motivo do riso, somente os olhares nos faziam adivinhar a cumplicidade que os unia.

Gosto de pensar que, ainda hoje, em plena Cidade Proibida, eles se sentam naquele mesmo banco e riem.

O cansaço finalmente falou mais forte. Keira não se aguentava mais em pé e eu não estava em muito melhor estado. Voltamos ao hotel.

Dormimos sem nos impormos horário. Tomamos um café da manhã rápido e deixamos Pequim. Um longo caminho nos esperava e dificilmente um único dia bastaria para, de uma só vez, fazer todo o périplo.

À cidade sucedeu o campo, com uma planície que parecia não ter fim, e as montanhas vistas no horizonte nunca se aproximavam. Trezentos quilômetros já se estendiam às nossas costas, de vez em quando passávamos por cidades industriais surgidas no meio de lugar nenhum, mas pelo menos quebravam a monotonia do relevo. Paramos em Shijiazhuang para encher o tanque. No posto, Keira quis comprar um sanduíche, vagamente inspirado no cachorro-quente, com a única diferença de ser totalmente impossível identificar que tipo de salsicha havia ali dentro. Não quis nem provar, e Keira engoliu cada mordida com um prazer claramente exagerado. Cinquenta quilômetros depois, vendo minha passageira com uma coloração bem estranha, estacionei às pressas no acostamento. Dobrada ao meio, Keira correu para trás de uma moita. Voltou dez minutos depois, proibindo que eu fizesse qualquer comentário.

Para esquecer o enjoo, sobre cuja causa prometi me calar, ela assumiu o volante. Chegando a Yangquan, estávamos no quilômetro 400 e Keira viu, no alto de uma colina, um vilarejo de pedras que parecia abandonado. Insistiu que deixássemos a estrada e tomou o desvio de terra se dirigindo para lá. Já estava cansado do asfalto e achei ser hora de a tração nas quatro rodas do nosso carro servir para alguma coisa.

Um caminho esburacado nos levou até a entrada do lugar. Keira estava certa, ninguém mais vivia ali, a maior parte das casas estava em ruínas, mesmo que em algumas ainda restasse o telhado. A atmosfera macabra do lugar não chegava a ser convidativa, mas Keira foi entrando pelas ruelas antigas e não pude senão segui-la pelo vilarejo fantasma. No centro do que antigamente devia ter sido a praça principal, havia um bebedouro para animais e uma construção em madeira que parecia ter resistido melhor à devastação do tempo. Keira se sentou nos degraus.

— O que é? — perguntei.

— Um antigo templo confuciano. Eram muitos os discípulos de Confúcio na China antiga, a sabedoria do mestre guiou várias gerações.

— Entramos? — propus.

Keira se pôs de pé e se aproximou da porta. Bastou empurrar de leve para que ela se abrisse.

— Entramos! — respondeu.

O interior estava vazio, algumas pedras no chão repousavam no mato que crescia.

— O que pode ter acontecido para que o vilarejo tenha ficado deserto?

— A fonte d'água pode ter se esgotado ou uma epidemia dizimou os moradores, não sei. O lugar deve ter, pelo menos, mil anos, que pena ter ficado nesse estado.

Um pequeno quadrado na terra ao fundo do templo chamou a atenção de Keira. Ela se ajoelhou e começou a cavar com delicadeza, usando as mãos nuas. Com a direita, retirou as pedras meticulosamente, empurrando-as para o lado com a mão esquerda. Eu poderia recitar todos os preceitos de Confúcio, na ordem enunciada por ele, que ela nem mesmo ouviria.

— Posso saber o que está fazendo?

— Talvez daqui a pouco você descubra.

De repente, no meio da terra que tinha sido revirada, surgiu a fina curvatura de uma taça de bronze. Keira mudou de posição e, com as pernas cruzadas, passou quase uma hora soltando a lama endurecida que mantinha o objeto preso. Depois, como num passe de mágica, ergueu a taça e me mostrou.

— Pronto — disse, radiante e feliz.

Eu estava assombrado, não somente pela beleza já visível do objeto ainda sujo, mas pela magia que o fizera daquela maneira ressurgir do esquecimento.

— Como fez isso? Como soube que estaria ali?

— Tenho um dom muito particular para encontrar agulha em palheiros — disse, endireitando-se —, inclusive quando o palheiro se encontra na China. Deveria se sentir mais tranquilo com isso, não?

Precisei insistir muito até que aceitasse revelar o segredo. No lugar em que tinha escavado, o mato estava menor, com vegetação mais escassa e bem menos verde que nos outros lugares.

— É o que, em geral, acontece quando tem algum objeto enfiado na terra — confiou.

Limpou um pouco a taça.

— Não é nada recente — disse, colocando-a delicadamente em cima de uma pedra.

— Vai deixá-la aí?

— Não nos pertence, é a história da gente desse vilarejo que se inscreveu nela. Alguém vai encontrar e fazer o que bem entender com ela. Bom, vamos embora, temos outros palheiros a vasculhar!

Em Linfem, a paisagem mudou; a cidade é uma das mais poluídas do mundo, e o céu ganhou bruscamente uma coloração âmbar, com uma nuvem nauseante e tóxica o encobrindo. Relembrei a clareza das noites no planalto de Atacama; como aqueles dois lugares podiam pertencer ao mesmo planeta? Qual tipo de loucura atinge o homem para que ele altere seu meio ambiente de tal maneira? Dessas duas atmosferas, a de Atacama e a de Linfem, qual vai se impor um dia? Tínhamos fechado as janelas, Keira tossia a cada cinco minutos e, à frente, a estrada parecia instável, de tanto que os meus olhos ardiam.

— Esse cheiro é infernal — reclamou Keira, em mais um acesso de tosse.

Virou-se para o banco de trás, remexendo na bagagem à procura de alguma roupa de algodão para improvisar uma máscara. De repente, deu um pequeno grito.

— O que foi? — perguntei.

— Nada, alguma coisa no forro da minha sacola me espetou. Uma agulha, provavelmente, ou um ganchinho.

— Está sangrando?

— Um pouco — disse, ainda debruçada sobre a sacola.

Estava dirigindo e a visibilidade era pouquíssima para não manter as duas mãos na direção.

— Dê uma olhada no porta-luvas, tem uma caixa de primeiros socorros, vai achar um curativo.

Keira fez o que eu disse, abriu a caixa em questão e pegou uma tesoura.

— Se machucou tanto assim?

— Não, nem um pouco, mas quero saber que droga é essa que me espetou. Numa bolsa que custou uma fortuna!

E lá estava ela, fazendo verdadeira ginástica para revirar toda a sacola.

— Posso saber o que está fazendo? — perguntei, num momento em que acabava de receber uma joelhada nas costelas.

— Estou descosturando.

— Descosturando o quê?

— Essa porcaria de forro, cale a boca e dirija.

Ouvi Keira resmungar:

— O que pode ser esse troço?

Precisou se agitar para todo lado, até poder voltar a se sentar direito. Quando finalmente conseguiu, segurava nos dedos um pequeno broche de metal, que exibiu de maneira triunfante.

— É uma agulha e tanto — disse.

A coisa parecia muito uma dessas plaquinhas publicitárias de se espetar na roupa, só que cinza e sem nada escrito.

Keira observou-a mais de perto e vi que empalideceu.

— O que foi?

— Nada — respondeu, com uma expressão que demonstrava o contrário. — Parece uma espécie de agulha que esqueceram no forro da sacola.

E fez sinal para que eu não falasse e, em seguida, que parasse o carro no acostamento, assim que possível.

Estávamos nos afastando da periferia de Linfem. A estrada começava a ter curvas fechadas, à medida que ganhávamos altura, ao longo da montanha. A 300 metros de altitude, deixamos para trás a camada de poluição e, de repente, como se tivéssemos atravessado uma nuvem, voltamos a ter algo se assemelhando a um céu azul.

Na saída de uma curva, uma pequena área de lazer me permitiu estacionar. Keira deixou o broche em cima do painel, saiu do carro e fez sinal para que a seguisse.

— Está um tanto estranha — disse eu, chegando até ela.

— Estranho mesmo é ter uma droga de uma escuta na minha sacola.

— Uma o quê?

— Não é uma agulha de tricô, sei do que estou falando, é um microfone.

Nunca tive muita experiência em matéria de espionagem e foi difícil acreditar no que ouvia.

— Vamos voltar para o carro, você dá uma olhada de perto e vai constatar por si mesmo.

Fiz isso. Keira estava certa, era de fato uma pequena escuta. Voltamos a sair do carro para conversar longe dos ouvidos indiscretos.

— Tem alguma ideia — perguntou Keira — sobre o que levou alguém a esconder um microfone na minha sacola?

— As autoridades chinesas são ávidas de informações a respeito dos estrangeiros que circulam no seu território, quem sabe fazem isso normalmente com os turistas? — sugeri.

— Deve haver 20 milhões de visitantes entrando por ano na China, acha mesmo que colocariam tanto microfone assim na bagagem de todo mundo?

— Vai saber, talvez de maneira aleatória.

— Ou não! Se fosse esse o caso, nós não seríamos os primeiros a descobrir e a mídia ocidental já estaria divulgando algo assim.

— Pode ser coisa bem recente.

Eu disse isso para tranquilizar, mas, intimamente, achava aquela situação tão estranha quanto incômoda. Tentei recordar as conversas que tínhamos tido dentro do carro e não me lembrei de nada que pudesse nos pôr numa situação embaraçosa qualquer, a não ser as considerações de Keira sobre o mau cheiro predominante nas cidades industriais que havíamos atravessado e também sobre o sanduíche suspeito comido ao meio-dia.

— Bom, agora que encontramos essa coisa, vamos abandoná-la aqui e tranquilamente voltar à estrada — propus.

— Não, vamos deixar que ouçam, basta dizer o contrário do que pensamos, mentir com relação ao caminho a tomar e, com isso, damos pista falsa a quem nos espiona.

— E nossa intimidade, nisso tudo?

— Adrian, não é boa hora para voltar a ser tão inglês. À noite vamos conferir também a sua sacola; se grampearam a minha, não tem por que não terem feito o mesmo com você.

Fui rápido até o carro, esvaziei diretamente no porta-malas a pouca bagagem que tinha e joguei longe a sacola, o que certamente deixaria feliz a primeira pessoa a passar. Voltei a me sentar ao volante e joguei o grampo pela janela.

— Se tiver vontade de dizer o quanto gosto dos seus peitos, não quero nenhum tarado da polícia secreta chinesa se aproveitando disso!

Dei partida sem deixar que Keira pudesse responder o que fosse.

— Tinha mesmo essa intenção de dizer que gosta dos meus peitos?

— Exatamente!

Os 50 quilômetros seguintes foram percorridos em profundo silêncio.

— E se um dia eu precisar tirar um deles, ou os dois?

— Passo minhas fantasias para o umbigo, e não disse ser só dos peitos que eu gosto!

Mais 50 quilômetros foram percorridos no mesmo silêncio.

— Faria uma lista de tudo que gosta em mim? — voltou Keira.

— Faço, mas não agora.

— Quando?

— Quando for a hora certa.

— E quando vai ser essa hora certa?

— Quando eu fizer a lista de tudo que gosto em você!

Começava a escurecer e eu sentia o cansaço tomar conta de mim. O localizador indicava que ainda faltavam mais de 150 quilômetros para chegar a Xian. As pálpebras pesavam e era difícil manter os olhos abertos. Keira não estava em melhor forma e, com a cabeça encostada no vidro da janela, dormia profundamente. Numa curva, o carro derrapou um pouco. Basta um segundo de desatenção para revirar sua vida de cabeça para baixo, e a minha passageira era importante demais para mim, o que me tirava a vontade de assumir qualquer risco. Estávamos em busca de algo que eu não sabia bem o que era, mas isso podia esperar mais uma noite. Estacionei à margem de um pequeno caminho que cruzava a estrada, desliguei o motor e dormi quase imediatamente.

*

Londres

O Jaguar azul-marinho atravessou a ponte de Westminster, passou pela frente do edifício do Tesouro Público e bifurcou na direção de St. James Park. O motorista parqueou ao lado de uma pista equestre, o passageiro desceu e caminhou na direção do parque.

Sir Ashton se sentou num banco junto ao lago, perto de um pelicano bebendo água. Um homem ainda jovem foi até ele e se sentou ao lado.

— Quais são as novidades? — perguntou Sir Ashton.

— Passaram uma noite em Pequim e estão agora a 150 quilômetros de Xian, para onde aparentemente estão se dirigindo. Até sair do escritório e vir aqui, pareciam estar dormindo, o carro não se movia fazia duas horas.

— Aqui são 17 horas, 22 horas lá; então, é bem provável. Descobriu o que vão fazer em Xian?

— Até agora não. Uma ou duas vezes mencionaram uma pirâmide branca.

— Isso pode explicar o motivo de estarem nessa província, mas duvido que a encontrem.

— Do que se trata?

— Invenção de um piloto americano, nossos satélites nunca localizaram a tal pirâmide. Tem algo mais a contar?

— Os chineses perderam duas escutas.

— Como assim, perderam?

— Deixaram de funcionar.

— Acha que eles descobriram?

— É possível, senhor, mas nosso contato local acha mais provável um defeito do material. Espero ter outras informações amanhã.

— Volta para o escritório?

— Agora mesmo, senhor.

— Envie em meu nome uma mensagem a Pequim. Agradeça e diga que a discrição será mantida. Ele vai compreender. Para terminar, providencie o que for preciso caso eu tenha de ir rapidamente à China. Se for necessário, é melhor estar tudo pronto.

— Devo cancelar seus compromissos da semana?

— De jeito nenhum!

Ele então se despediu de Sir Ashton e se afastou por uma alameda.

Sir Ashton ligou para o mordomo e pediu que preparasse uma mala, com o necessário para uma viagem de dois ou três dias.

*

Província de Shaanxi

Assustei-me com as batidas na janela do carro, vendo em plena noite o rosto de um velho com uma trouxa pendurada no ombro, sorrindo. Baixei o vidro, o homem inclinou o lado da face sobre as duas mãos juntas e conseguiu me fazer entender estar pedindo que o deixasse entrar no carro. Estava frio e o andarilho batia os dentes; lembrei-me daquele etíope que, certa noite, me dera abrigo. Empurrei para o piso nossas coisas que estavam no banco de trás e abri a porta. O homem agradeceu e se sentou à vontade. Desenrolou a trouxa que trazia e ofereceu dividir comigo uns biscoitos que pareciam ser o seu jantar. Aceitei um, pois visivelmente isso lhe causava um real prazer. Não conseguimos trocar uma palavra, mas nossos olhares bastavam. Indicou que pegasse mais um biscoito, para Keira. Ela dormia profundamente e eu o deixei em cima do painel do carro. O homem pareceu ficar feliz. Tendo compartilhado a magra refeição, ele se encostou e fechou os olhos. Fiz o mesmo.

A claridade ainda fraca do dia me despertou antes de todos. Keira se espreguiçou e fiz sinal para que não fizesse barulho, pois tínhamos um hóspede no banco de trás.

— Quem é? — ela cochichou.

— Não faço a menor ideia. Pode ser um mendigo, andava sozinho na estrada, e fazia frio.

— Fez muito bem em oferecer o quarto de hóspedes. Onde estamos?

— Mais ou menos em lugar nenhum e a 150 quilômetros de Xian.

— Estou com fome — disse Keira.

Mostrei o biscoito. Ela pegou, cheirou, pensou um pouco e o pôs inteiro na boca.

— Continuo com fome — disse. — Gostaria de um banho e de um café da manhã de verdade.

— Ainda é muito cedo, mas com certeza vamos encontrar um lugar onde comer alguma coisa, na estrada.

O homem acordou. Ajeitou um pouco a roupa e cumprimentou Keira, juntando as duas mãos. Ela fez o mesmo.

— Seu burro, é um monge budista — disse ela. — Deve estar em peregrinação.

Ela tentou, então, se comunicar com nosso passageiro, fazendo, ambos, uma série de sinais. Keira se virou para mim, satisfeita, sem que eu visse por quê.

— Pé na tábua, vamos levá-lo.

— Está querendo dizer que ele deu o endereço do lugar para onde vai e você imediatamente compreendeu?

— Siga em frente por esse caminho e acredite em mim.

O 4x4 balançava para todo lado, subindo na direção do alto de uma colina. O campo era bonito, Keira parecia procurar alguma coisa. Chegando ao topo, o caminho se dividiu em dois, descendo para um bosque de pinheiros e de lárix. Na saída, a pista desapareceu. O homem sentado atrás de mim fez sinal para que eu parasse o carro e desligasse o motor. Devíamos andar. No final de uma trilha, descobrimos um riacho, ao longo do qual o homem nos fez caminhar, para depois atravessá-lo num trecho bem raso, uma centena de metros mais adiante. Subimos a encosta de outra colina e, de repente, surgiu à nossa frente o telhado de um monastério.

Seis monges vieram até nós. Inclinaram-se diante do nosso guia e pediram que os seguíssemos.

Fomos levados a uma sala grande, de paredes brancas, sem qualquer mobiliário. Apenas tapetes cobriam o chão de terra. Trouxeram chá, arroz e mantús, uns pãezinhos de farinha de trigo.

Os monges deixaram isso tudo para nós e se retiraram, ficando, Keira e eu, a sós.

— Pode me dizer o que estamos fazendo aqui? — perguntei.

— Queríamos um café da manhã, não queríamos?

— Eu tinha pensado num restaurante e não num monastério — disse baixinho.

Nosso guia entrou na sala. Tinha abandonado os trapos que usava e vestia agora uma longa toga vermelha, cintada por uma faixa de seda finamente bordada. Os seis monges que nos haviam recebido o seguiam e se sentaram de pernas cruzadas, atrás dele.

— Obrigado por terem me acompanhado — disse, se inclinando.

— Não tinha dito que fala um francês tão perfeito — espantou-se Keira.

— Não me lembro de ter dito o que quer que fosse, ontem à noite nem esta manhã. Dei a volta ao mundo e estudei a sua língua — respondeu a Keira.

— O que procuram por aqui? — perguntou o homem.

— Somos turistas, visitando a região — respondi.

— É mesmo? É verdade que a província de Shaanxi tem muitas maravilhas a serem descobertas. Há mais de mil templos nessa região. A época do ano é boa para o turismo. Os invernos são muito duros. A neve é bonita, mas torna tudo mais difícil. Sejam bem-vindos. Tem uma sala de águas à disposição, se quiserem se lavar. Meus discípulos estenderam esteiras no cômodo ao lado, descansem e aproveitem a manhã. Serviremos uma refeição ao meio-dia; eu vejo vocês mais tarde, preciso prestar contas da minha viagem e meditar.

O homem se espreguiçou. Os seis monges se levantaram e saíram com ele.

— Será que ele é o chefe? — perguntei a Keira.

— Não é bem o termo exato, acho. Para os budistas, a hierarquia é mais espiritual do que formal.

— Na estrada, no entanto, parecia um simples mendigo.

— A privação é uma prática habitual para os monges, nada possuir além do próprio pensamento.

Depois de nos lavarmos, fomos andar um pouco pelo campo ao redor. Junto de um salgueiro, ficamos impressionados com a suavidade que reinava ali, fora do tempo e longe da civilização.

O dia inteiro se passou. À noite, mostrei a Keira as estrelas que apareciam no céu. Nosso monge veio até nós e se sentou bem perto.

— É um apaixonado por astronomia, então — disse.

— Como sabe?

— Simples observação. No crepúsculo, as pessoas em geral se interessam pelo sol que se põe atrás da linha do horizonte e você olhava o céu. É um assunto que também me apaixona. O caminho da sabedoria é difícil, se não considerarmos a grandeza do universo e nos interrogarmos com relação ao infinito.

— Não sou alguém que se possa dizer sábio, mas faço essas perguntas desde a infância.

— Na infância, vivia em sabedoria — disse o monge — e, como adulto, é ainda a voz da criança que o guia, fico feliz que lhe dê ouvidos.

— Onde estamos? — perguntou Keira.

— Num eremitério, um lugar privado e que os protege.

— Não estamos em perigo — respondeu Keira.

— Não foi o que eu disse — replicou o monge. — Porém, em caso contrário, estariam em segurança aqui, à condição de respeitarem nossas regras.

— Quais?

— Nem são tantas assim, não se preocupem. Entre elas, porém, levantar-se antes do dia amanhecer, lavrar a terra para merecer o que ela oferece, não atentar contra qualquer forma de vida, humana ou animal, mas não imagino que tenham intenções assim. Ah, já ia esquecendo, não mentir.

O monge se voltou para Keira.

— Seu companheiro, então, é astrônomo, e você, como preenche a sua vida?

— Sou arqueóloga.

— Uma arqueóloga e um astrônomo, isso forma um belo encontro.

Olhei para Keira, que parecia inteiramente concentrada nas palavras do monge.

— E essa viagem turística que fazem permitiu que descobrissem coisas novas?

— Não somos turistas — confessou Keira.

Lancei para ela um olhar de censura.

— Foi o combinado, nada de mentiras aqui! — disse, para em seguida continuar. — Somos principalmente...

— Exploradores? — perguntou o monge.

— É, de certa maneira.

— E o que procuram?

— Uma pirâmide branca.

O monge deu uma gargalhada.

— O que tem isso de tão engraçado? — perguntou Keira.

— E acharam essa tal pirâmide branca? — indagou o monge, com os olhos ainda iluminados pelo riso.

— Não, temos que ir até Xian, acreditamos que se encontra bem à frente, no nosso caminho.

O monge riu ainda mais forte.

— O que estou dizendo de tão engraçado?

— Tenho minhas dúvidas de que encontrem essa pirâmide em Xian, mas não estão totalmente errados, está, de fato, no caminho, bem à frente — acrescentou o monge, achando ainda mais graça nisso tudo.

— Tenho a impressão de que está debochando de nós — disse Keira, olhando para mim e começando a se irritar com a situação.

— De jeito nenhum, juro — garantiu o monge.

— Pode me dizer, então, por que ri toda vez que abro a boca?

— Por favor, não deixem que meus discípulos saibam que me diverti tanto na companhia de vocês. Quanto ao restante, prometo explicar tudo amanhã. Preciso me retirar para a meditação. Eu os vejo ao amanhecer. Não se atrasem.

O monge se levantou, despediu-se e, ao vê-lo se afastar, podíamos imaginar que continuava a rir, no caminho que levava ao monastério.

*

Dormimos profundamente. Keira me interrompeu um sonho.

— Vamos — disse —, está na hora, estou ouvindo os monges no pátio, o dia não vai demorar a começar.

À entrada do cômodo que nos serviu de quarto, haviam deixado alimentos para a manhã. Um discípulo nos guiou até a sala de águas, deixando claro, com uns poucos gestos, que lavássemos nossas mãos e o rosto antes de tocarmos na refeição oferecida. Depois disso, propôs que nos sentássemos para saborear, em recolhimento, o que tínhamos à disposição para comer.

Deixamos o recinto do eremitério e seguimos pelo campo, até o salgueiro em que tínhamos marcado o encontro. O monge já nos esperava.

— Espero que a noite tenha sido boa.

— Dormi como um anjo — respondeu Keira.

— Então procuram uma pirâmide branca? O que sabem a respeito?

— Pelas informações que temos — disse Keira —, chega a mais de 300 metros de altura, o que faria dela a maior pirâmide do mundo.

— É, inclusive, bem mais alta do que isso — disse o monge.

— Ela existe mesmo, então? — perguntou Keira.

O monge sorriu.

— Sim, de certa maneira, existe.

— Onde?

— Como vocês mesmo disseram ontem, está bem à frente.

— Desculpe, não sou boa em adivinhações. Se você puder nos dar uma pista nesse caso, ficaria muito grata.

— O que veem no horizonte? — perguntou o monge.

— Montanhas.

— É a cadeia dos montes Qinling. Sabem como se chama a mais importante montanha, aquela que vemos ali, bem em frente?

— Não tenho ideia — respondeu Keira.

— Hua Shan. É bonita, não acham? É uma das cinco montanhas que temos. Sua história é repleta de ensinamentos. Há pouco mais de 2 mil anos, um templo taoista foi construído na base da vertente oeste. Sábios viveram nesse templo, na crença de que o deus dos mundos ocultos habitava no topo. Ku Quianzhi, um monge do século V, fundador da Ordem Celeste do Norte, jurava ter feito uma descoberta maior, ter tido uma revelação — dizia. — O monte Hua tem cinco picos, leste, oeste, norte, sul e o pico central, mas como descreveriam a forma geral?

— Pontuda — respondeu Keira.

— Peço que abram os olhos, fixem o Hua Shan e pensem um pouco mais.

— É triangular — eu disse ao monge.

— De fato, é o que ele é. E no início do mês de dezembro, o cume mais alto se cobre com um magnífico manto de neve. Antigamente, eram neves eternas, mas, hoje em dia, derretem no final da primavera, só voltando no inverno. É pena que não possam ficar por mais tempo, para descobrir o monte Hua nessa estação; a paisagem que oferece é de incomparável beleza. Agora, uma última pergunta, qual é a cor da neve?

— Branca... — murmurou Keira, começando a perceber o que o monge procurava tão insistentemente nos fazer compreender por conta própria.

— A pirâmide branca que procuram está bem à frente de vocês. Entendem melhor por que ri tanto, ao ouvi-los ontem?

— Precisamos muito ir até lá! — disse Keira.

— É uma montanha particularmente perigosa — retomou o monge. — De fato existe o caminho sagrado, que é um caminho aberto na rocha, ao longo de cada vertente. Leva ao cume mais alto, não apenas do monte Hua, mas também das cinco montanhas sagradas da China, que chamamos Pilar das Nuvens.

— Disse pilar? — espantou-se Keira.

— Disse, é como chamavam esse pico antigamente. Vocês têm certeza que querem ir até lá? O caminho sagrado é perigoso.

Bastou olhar para Keira e compreendi que, quaisquer que fossem os riscos, subiríamos ao alto do monte Hua. Estava mais resolvida do que nunca. O monge descreveu, sem nos poupar detalhes, tudo que nos esperava. Quinze quilômetros de escadas talhadas na montanha levavam a uma primeira aresta, de onde passarelas fixadas na muralha de pedra ajudavam a atravessar precipícios e a contornar as diferentes vertentes. O caminho sagrado permitia aos mais temerários, aos mais determinados, àqueles que, conduzidos por fé inquebrantável, o tomavam, finalmente alcançar o templo de Deus, construído a 2.600 metros de altitude, no topo do pico norte.

— O menor passo em falso, o menor tropeço é fatal. Tomem cuidado com o gelo que, mesmo nesta estação, sempre cobre os degraus de pedra mais altos. Prestem atenção para não escorregar, em poucos lugares terão algum apoio onde se agarrar. Se um dos dois cair, o outro não deve se arriscar tentando salvar, porque seriam dois caindo no abismo.

O monge preveniu, mas de maneira alguma procurou nos desanimar. Disse que mudássemos de roupa e que podíamos deixar lá mesmo nossas coisas. Com relação ao carro, também não havia problema algum que permanecesse onde estava, na orla do bosque. No meio da manhã, embarcamos numa charrete puxada por um burro. O discípulo que tinha as rédeas nos levou até a estrada. Fez sinal para uma caminhonete que passava, falou com o condutor e indicou que subíssemos na traseira. Uma hora depois, o veículo parou, a meia altura da encosta da montanha. O motorista apontou para uma passagem no meio de uma floresta de pinheiros.

Partimos bosque adentro. Keira viu de longe os degraus de que o monge havia falado. As três horas seguintes foram bem mais cansativas do que pensei. Quanto mais subíamos, os degraus pareciam mais altos e isso não era uma impressão; a subida, de fato, ficava mais íngreme. Rapidamente a escada deixou de ser um plano inclinado, passando a meras saliências que subiam quase na vertical. Olhar para baixo seria pura loucura, e a única forma de avançar era manter os olhos nos cimos.

A primeira etapa da ascensão nos levou aos Degraus do Paraíso. Ao longo de uma crista, os tais degraus tinham voltado a uma base quase horizontal, mas se tornava óbvio o motivo daquele nome: quem escorregasse ali ia diretamente ao paraíso.

— Essa minha ideia não foi realmente muito boa — disse Keira, se agarrando à parede.

— Qual?

— Ter feito você vir até aqui. Devia ter ouvido o monge, ele bem que nos avisou do perigo.

— Que eu saiba, dei ouvidos tanto quanto você e, além disso, não é um bom momento para discussões, lembre o que ele disse, a menor distração é fatal; trate de se concentrar.

Estávamos chegando à plataforma de Canglong. Alguns para-sóis-da-china cresciam esparsamente pela montanha, mas desapareceram todos quando atravessamos a garganta de Jinsud.

— Pelo menos sabe, vagamente, o que estamos procurando? — perguntei a Keira.

— Não, mas vou saber quando for a hora certa.

A musculatura toda doía e eu não sentia mais minhas pernas; por três vezes quase despencamos e as três vezes nos reequilibramos no último instante. O sol estava a pico e, no final da garganta, duas vias se ofereceram a nós. Uma levando ao pico oeste e a outra ao norte. Tábuas fixadas em cima de grampos no paredão permitiam que se continuasse subindo. Como havia dito o monge, nada senão nossas próprias mãos nos segurava.

— A paisagem é maravilhosa, mas, por favor, não olhe para baixo — suplicou Keira.

— Não tinha mesmo a intenção.

Nesse ponto da escalada, senti o perigo mais presente do que nunca. O vento começara a soprar, nos forçando a nos encolhermos para que não nos empurrasse no vazio. Por quanto tempo teríamos que ficar daquele jeito? Não tinha ideia, mas se as condições meteorológicas piorassem, não havia a menor chance de sair dali antes de a noite vir.

— Quer voltar? — perguntou Keira.

— Não, a essa altura não. Além disso, se te conheço bem, vai querer tentar de novo amanhã, e eu não faria esse caminho novamente por nada no mundo.

— Então vamos esperar a ventania acalmar.

Keira e eu estávamos agarrados um ao outro. Uma reentrância da rocha oferecia um abrigo precário. O vento não era constante e, lá longe, podíamos ver o alto dos pinheiros se curvar toda vez que um sopro mais forte açoitava a montanha.

— Tenho certeza que essa porcaria de vento vai acabar parando — disse Keira.

Eu não podia imaginar que pudesse ser aquele o nosso fim, com algum jornal, em Londres e em Paris, mencionando em poucas linhas a morte de dois turistas imprudentes, em caminhada no monte Hua. Podia ainda escutar a voz de Walter, lamentando o quanto sou desajeitado, e não poderia reclamar, naquele exato momento, se ouvisse dele a mesma observação. Keira começou a sentir as pernas dormentes, com a dor ficando insuportável.

— Não estou aguentando mais, preciso me levantar — disse e, sem que eu tivesse tempo de perceber o que estava acontecendo, o pé dela escorregou. Ela deu um grito curto e despencou no abismo. Dei um pulo e, até hoje não sei como, por qual milagre, mantive o equilíbrio. Agarrei-a pela gola do casaco e pude lhe segurar o braço. Ela estava dependurada no vazio. O vento soprou com força redobrada, nos sacudindo com violência. Ainda posso ouvi-lo urrar.

— Adrian, não me solte!

Por mais que eu tentasse puxá-la com todas as minhas forças, o vento impedia. Ela se agarrou à parede. Deitado na beirada da passarela, ainda tentei trazê-la pela roupa.

— Precisa ajudar um pouco — gritei. — Procure apoiar os pés!

Era uma manobra perigosa. Para ter alguma possibilidade de êxito, ela precisava ter coragem para largar uma das mãos e se agarrar a mim.

Se o deus dos mundos ocultos de fato existe, ele ouviu nossas súplicas. O vento parou.

Keira relaxou os dedos da mão direita, se balançou no vazio e pôde se agarrar a mim. Consegui, afinal, içá-la até a passarela.

Precisamos de boa meia hora para recuperar alguma calma. O medo não tinha ido embora, mas voltar a descer, àquela hora, era tão assustador quanto continuar subindo. Keira se endireitou lentamente e me ajudou a fazer o mesmo. Descobrindo o precipício que nos esperava, o medo voltou ainda mais forte. Como fui tão estúpido, não tendo aceitado, pouco antes, a sugestão para voltar? Precisava ser completamente inconsequente para nos embarcar numa aventura tão maluca. Keira devia estar pensando a mesma coisa, pois ergueu a cabeça e avaliou a distância que nos separava ainda do topo. O templo que, a princípio, se encontrava no alto do pico estava ainda bem longe. Uma escada de barras de metal subia verticalmente. Se tudo não fosse tão escorregadio, se o vale não se estendesse 2 mil metros abaixo de nós, seria, de fato, uma simples escada, é verdade que com umas quinhentas barras. A salvação estava a 150 metros da nossa cabeça. O importante era manter o sangue-frio. Keira perguntou se eu podia recitar a tal lista de coisas que eu gostava nela.

— Seria mesmo o bom momento — disse. — Qualquer coisa que puder me fazer mudar as ideias será bem-vinda.

Se me sentisse capaz, bem que eu gostaria, pois a lista seria longa o bastante para mantê-la ocupada até chegarmos ao maldito templo. No entanto, prestar atenção onde pôr as mãos e me agarrar já preenchia toda a minha aptidão. Continuamos a escalada no mais profundo silêncio.

Não tínhamos chegado ao fim das dificuldades. Havia ainda uma comprida passarela a atravessar, com não mais do que um pé de largura.

Eram quase seis horas, o crepúsculo se aproximava e mostrei a Keira que, se o monastério não fosse visto em meia hora, precisaríamos pensar seriamente em procurar um abrigo para a noite. O que acabava de dizer era um absurdo, já que percorríamos um abismo sem abrigo nenhum, nem à frente nem atrás.

Keira começava a controlar melhor a vertigem. Os gestos se tornavam mais naturais, ganhando agilidade. Talvez conseguisse diminuir o medo de forma melhor que eu.

Finalmente, porém, atrás da vertente que escalávamos, surgiu a comprida crista que se estendia até a extrema ponta da montanha. Em seguida, um planalto dominava o vale e nele se erguia, como num sonho, um monastério de telhado vermelho.

Exausta, Keira se ajoelhou na suave inclinação, à sombra dos grandes pinheiros. O ar era tão puro que nos queimava a garganta.

O templo era impressionante. Tinha a base entalhada na rocha, uma fachada de dois andares, com seis amplas janelas. Uma escada levava à entrada. Diante de um pátio estreito havia ainda um pagode, cujo telhado prolongado oferecia sombra. Recordei toda a dificuldade do caminho para chegar até ali, me perguntando por qual milagre o homem fora capaz de construir algo daquele jeito naquele lugar? O madeiramento que ornava as aberturas teria sido esculpido ali mesmo, antes de ser aplicado?

— Chegamos — disse Keira, com os olhos cheios de lágrimas.

— É verdade, chegamos.

— Olhe atrás de você — disse ela.

Virei-me e vi uma escultura de pedra, um estranho dragão com uma espessa crina no alto da cabeça.

— É um leão — disse —, um leão solitário e, sob a pata... esse globo!

Keira chorava, tomei-a nos braços.

— De que está falando?

Ela tirou uma carta do bolso, desdobrou e leu: *O leão dorme sobre a pedra do conhecimento.*

Aproximamo-nos da estátua. Keira se debruçou para examinar melhor. Olhou com atenção a esfera em que o leão repousava a pata, como um guarda altivo.

— Vê alguma coisa?

— Riscos finos em torno do globo, nada mais, mas não devo estar percebendo o essencial. A pedra foi gasta pela erosão.

Vi o sol descendo no horizonte. Evidentemente, era tarde demais para ainda pensar em descer. Teríamos de passar a noite ali. O templo nos abrigaria do frio, mas estava aberto ao vento e achei que congelaríamos à noite. Deixei Keira debruçada sobre o tal globo que prendia toda a sua atenção e me aventurei pelos pinheiros crescendo ao redor. Recolhi, perto das raízes, todos os galhos mortos que pude juntar e algumas pinhas que exalavam o perfume da resina. De volta ao pátio, comecei a preparar uma fogueira.

— Estou muito cansada — disse Keira, vindo para perto de mim. — Além disso, estou com frio — acrescentou, esfregando as mãos para as primeiras chamas. — Se disser ainda que trouxe algo para comer, caso com você!

Com todo o cuidado, eu havia guardado biscoitos secos que o monge tinha enfiado no meu bolso, antes de nos despedirmos. Esperei um pouco e ofereci um.

Tínhamos nos abrigado num cômodo mais protegido do vento. Estávamos exaustos com toda aquela caminhada e foi preciso um bom tempo para conseguir pegar no sono.

O grito de uma águia nos acordou logo às primeiras horas do dia. Congelávamos. Meus bolsos estavam tão vazios quanto os nossos estômagos, a sede começava a marcar presença. O caminho seria tão perigoso na volta quanto na vinda, mas agora teríamos a força da gravidade ao nosso favor. Keira queria erguer a pata do leão e confiscar o globo, para poder estudá-lo à vontade. Mas a fera, imóvel, guardava-o como a um tesouro.

Não restavam grandes coisas da fogueira da véspera, precisaríamos de lenha para reavivar o fogo, mas a harmonia do lugar era tão perfeita que eu não quis arrancar galho algum. Keira olhou para as cinzas. Correu de repente até elas e se ajoelhou, afastando as brasas ainda incandescentes.

— Ajude um pouco a conseguir uns pedaços desse carvão vegetal que ainda não estejam queimando, preciso de uns dois ou três.

Pegou um, justamente do tamanho de um carvão de desenho, e voltou correndo para a estátua. Depois começou a cobrir de preto a pedra redonda que o leão defendia ferozmente. Eu a olhava, hesitante, incomodado com o que me fazia prever um ato de vandalismo. Mais até do que simplesmente incomodado, que bicho podia tê-la mordido para que fosse pichar daquele jeito a pedra tão antiga?

— Nunca colou no colégio? — perguntou, olhando para mim.

Não seria eu quem faria esse tipo de confissão primeiro, era o cúmulo, ainda por cima levando em consideração as circunstâncias do nosso primeiro encontro.

— Devo entender com isso que finalmente está admitindo? — perguntei, retomando minha expressão de monitor de escola.

— De jeito nenhum, não é de mim que estou falando.

— Não, nunca fui a favor de fraudes. E mesmo que já tivesse colado, está muito enganada se acha que contaria.

— Bom, um dia troco minha confissão pela famosa lista das coisas que gosta em mim. Mas, por agora, pega um carvão e vem me ajudar a cobrir essa pedra.

— Que brincadeira é essa?

Com Keira aplicando meticulosamente o pó preto na pedra, repentinamente vi surgir uma série de traços. Era como a brincadeira que fazíamos na escola. Gravavam-se letras numa folha de papel com a ponta do compasso, depois se passava a ponta de um lápis macio para ver as palavras incrustadas no papel.

— Veja — disse Keira, mais exaltada do que nunca.

Sobre o fundo negro, vimos aparecer uma série de algarismos entrecruzados por linhas e pontos. A pedra tão preciosamente guardada pelo leão era uma espécie de esfera armilar, que comprova o incrível saber astronômico de quem a tinha produzido, muitos séculos antes da nossa era.

— Sabe o que é?

— Uma espécie de mapa-múndi. Só que, em vez de representar a Terra, retrata uma esfera celeste, ou seja, resumindo, é a representação de dois céus acima da nossa cabeça, o que se vê no hemisfério norte e o que é visível no hemisfério sul.

A descoberta que Keira acabava de fazer era magnífica e eu precisava explicar a ela cada detalhe.

— Ao redor dessa linha mediana que está vendo, esse grande círculo é a interseção do plano equatorial com a esfera, é chamado equador celeste e divide a esfera em duas partes: norte e sul. É possível projetar qualquer ponto da Terra na esfera celeste; todos os astros podem ser representados nela, inclusive o Sol.

Mostrei, em determinado ponto, os dois círculos polares, os trópicos, a eclíptica, o caminho percorrido pelo Sol, salpicado de constelações zodiacais. Em outro ponto, as interseções dos solstícios e dos equinócios.

— Quando o Sol cruza o plano equatorial, quer dizer, no momento dos equinócios, a duração do dia é igual à duração da noite. O outro círculo que se vê ali é a projeção da trajetória do Sol sobre a esfera. Aqui temos Ursa Menor, a estrela alfa, mais conhecida pelo nome de Estrela Polar; está tão próxima do polo norte celeste que parece imóvel no céu. Esse outro círculo grande é um meridiano celeste.

A representação era tão completa que confessei nunca ter visto outra igual. As primeiras esferas armilares foram concebidas pelos gregos, já no século III antes de Cristo, mas as incrustações gravadas naquela pedra pareciam bem mais antigas.

Keira usou o papel da carta que tinha no bolso, reproduzindo no verso as inscrições impressas na esfera. Tinha um ótimo traço com o lápis.

— O que está fazendo? — disse, levantando o rosto do desenho.

Mostrei uma pequena máquina fotográfica que tinha, escondida no bolso, desde a nossa chegada à China. Não sei por que, até então não me arriscara a dizer que queria imortalizar alguns momentos da viagem.

— O que é isso? — perguntou, apesar de saber muito bem.

— Foi ideia de minha mãe... uma máquina dessas descartáveis.

— O que sua mãe tem a ver com isso? Está no seu bolso há muito tempo?

— Comprei em Londres, antes de partir. Considere como acessório de camuflagem. Onde já se viu turista sem máquina fotográfica?

— Já usou?

Minto tremendamente mal, era melhor então confessar logo.

— Tirei duas ou três fotos suas, dormindo, e quando passou mal, à beira da estrada. E todas as vezes que você não estava prestando atenção. Não faça essa cara, queria só ter algumas lembranças.

— E quantas fotos ainda pode tirar?

— Na verdade, é a segunda máquina, já usei uma. Nesta, o filme está virgem.

— E quantos desses negócios descartáveis você comprou?

— Quatro... talvez cinco.

Estava bem envergonhado e procurei terminar o mais rápido possível aquela conversa. Aproximei-me do leão e comecei a fotografar a pedra redonda, fazendo várias imagens dos detalhes.

Reunimos material suficiente para poder reconstituir o conjunto de informações gravado na pedra. Medi as dimensões com o cinto da minha calça, para ter um relatório de escala quando não estivéssemos mais ali. Juntando as fotos que acabava de fazer e os desenhos de Keira, mesmo sem a peça original, teríamos à disposição uma cópia fiel. Era hora de deixar a montanha sagrada. Medindo a posição do Sol, estimei que devessem ser umas dez horas da manhã; se a descida se passasse sem problemas, estaríamos de volta ao monastério antes do fim do dia.

*

Chegamos arrasados. Os discípulos tinham preparado tudo de que pudéssemos precisar. Água quente para nos lavarmos, uma refeição à base de caldo para nos reidratar e arroz em quantidade para recuperar as forças. O monge não veio nos ver naquela noite. Os discípulos explicaram que estava em meditação e não podia ser incomodado.

Estivemos com ele na manhã seguinte. Tirando alguns arranhões, bolhas nas mãos e nos pés, estávamos perfeitamente em forma.

— Estão satisfeitos com o passeio à pirâmide branca? — perguntou o monge, se aproximando de nós. — Acharam o que procuravam?

Keira me interrogou com os olhos, devíamos colocá-lo a par do segredo? Na véspera da nossa excursão, ele havia demonstrado interesse por astronomia. Como deixá-lo fora daquela fascinante descoberta? Talvez pudesse inclusive nos esclarecer mais. Então, contei que descobrimos algo ainda mais incrível do que havíamos imaginado. Ficou realmente curioso, mas, para compreender melhor do que se tratava, eu precisaria revelar as fotos que, elas sim, mostrariam algo bem mais interessante do que qualquer explicação.

— Me deixou intrigado de verdade — respondeu. — Mas terei paciência e vou esperar que tenham as fotografias que querem mostrar. Os discípulos vão acompanhar vocês até o carro. Tomem a direção leste e, a 70 quilômetros, terão Lingbao; é uma dessas cidades modernas que cresceram como mato nos últimos anos, encontrarão tudo que for necessário.

A charrete nos levou até o 4x4. Duas horas depois de termos deixado o monge, chegamos ao centro de Lingbao. Na avenida principal de comércio, as lojas de aparelhagem eletrônica se sucediam, destinadas a chineses e a turistas.

Escolhemos uma delas ao acaso. Entreguei a máquina fotográfica descartável ao vendedor da seção que tratava disso e, 15 minutos depois, ele nos entregou, pelo preço de cem yuans, o jogo das 24 imagens fotografadas no monte Hua, assim como o pequeno cartão eletrônico em que tinham sido digitalizadas.

— Poderia ter aproveitado e mandado revelar as que tirou enquanto eu dormia ou vomitava na beira da estrada... para o seu álbum.

— Pois saiba que nem pensei nisso — respondi, em tom igualmente irônico.

Um estranho aparelho chamou minha atenção. Tinha uma tela, um teclado e fendas de diferentes tamanhos, em que podíamos inserir o tipo de cartão que o vendedor nos entregara. Enfiando algumas moedas, era possível enviar as fotografias, via internet, a qualquer lugar do mundo. A Ásia realmente, é cheia de coisas engenhosas no campo tecnológico.

Pedi que Keira me acompanhasse e, em poucos minutos, enviei e-mail a dois amigos, Erwan, em Atacama, e Martyn, na Inglaterra. Pedi que observassem as imagens com toda a atenção e me fizessem o favor de dizer o que pensavam e quais conclusões eventualmente tiravam delas. Keira não tinha o que enviar a Jeanne e se limitou a umas poucas palavras, como se estivesse no vale do Omo, dizendo que tudo estava bem e que sentia saudades.

Aproveitamos estar na cidade para comprar alguns produtos de primeira necessidade. Keira estava atrás de um xampu e levamos uma hora procurando a marca que queria. Fiz a observação de que uma hora, só para um xampu, era um tanto exagerado, mas ela respondeu que, se não me tivesse puxado pelo braço, ainda estaríamos na loja de aparelhagem eletrônica!

Achamos também já ter preenchido nossa cota de arroz, caldo e pão ázimo; nem Keira nem eu resistimos diante de um fast-food em que serviam hambúrgueres de verdade, com batata frita e queijo derretido.

— Quinhentas calorias cada um — disse ela, mas lembrando se tratar de quinhentas calorias de puro prazer.

Depois desse almoço, voltamos diretamente ao monastério. Nosso monge dessa vez não se encontrava em sessão de meditação e parecia até impaciente, esperando a nossa volta.

— E então, as tais fotos? — perguntou.

Mostrei as imagens e expliquei o que tínhamos feito para que surgisse a esfera celeste, incrustada na pedra.

— De fato, é uma impressionante descoberta que fizeram. Lembraram de deixar a pedra no mesmo estado de antes?

— Fizemos isso — disse Keira —; limpamos bem, com folhas que estavam tão molhadas quanto nós pelo orvalho da manhã.

— Sábia decisão. Como chegaram até esse leão? — perguntou o monge.

— É uma longa história, uma história tão longa quanto essa viagem.

— E qual será a próxima etapa?

— Onde estiver o pedaço gêmeo desse aqui — disse Keira, mostrando o pingente ao monge. — E achamos que a esfera celeste descoberta no monte Hua deve nos ajudar a localizá-lo. De que maneira? Não sabemos ainda. Com um pouco de tempo, no entanto, provavelmente vamos acabar enxergando um pouco melhor.

— Qual é a verdadeira função desse belíssimo objeto? — perguntou o monge, olhando de perto o pingente de Keira.

— É o fragmento de um mapa do céu estabelecido há muito mais tempo que a esfera celeste que encontramos sob a pata do leão.

O monge nos fitou os dois, diretamente nos olhos.

— Venham comigo — disse, nos levando para fora do monastério.

Levou-nos até o salgueiro, ao pé do qual nós três já havíamos conversado, e pediu que nos sentássemos. Aceitaríamos, em troca da hospitalidade, contar aquela longa história que tanto o interessava? Sentíamo-nos gratos a ele e aceitamos, de boa vontade, fazer o que pedia.

— Se entendi direito — concluiu —, o objeto que tem pendurado no pescoço é um mapa do céu, do mesmo jeito que ele era há 400 milhões de anos; algo que, precisam concordar, parece impossível. Acham que devem existir outras partes desse mapa, atualmente incompleto, e que, se os reunirem, provarão sua autenticidade?

— Exatamente.

— E têm certeza de ser a única coisa que estariam provando? Não pensaram nas implicações dessa descoberta, na quantidade de verdades desse mundo já estabelecidas e que seriam automaticamente questionadas?

Confessei que não vínhamos tendo muito tempo para fazer um inventário de tudo, mas que se a reunião dos fragmentos permitisse, de fato, o esclarecimento de um maior número de dados sobre a origem da humanidade e, quem sabe, até sobre o nascimento do universo, a descoberta seria realmente inestimável.

— Têm tanta certeza assim? — perguntou o monge. — Já se perguntaram alguma vez por que a natureza preferiu apagar de nossa memória todas as lembranças da primeira infância? Por que ignoramos tudo a respeito dos nossos primeiros instantes na Terra?

Keira e eu não nos sentíamos capazes de responder à pergunta do monge.

— Não têm a menor ideia das dificuldades que enfrenta uma alma para se unir a um corpo e dar nascimento à vida, sob a forma que conhecemos? Você que é astrônomo e que imagino o quanto se entusiasma com a criação do universo, com os primeiros instantes, com o famoso Big Bang, essa explosão fenomenal de energia que fez nascer a matéria, acha que são diferentes os primeiros instantes de uma vida? Não seria apenas uma questão de escala? O universo infinitamente grande, e nós, infinitamente pequenos. E se esses dois nascimentos forem, por certos aspectos, similares? Por que o homem sempre procura tão longe o que está tão perto?

"Talvez a natureza tenha preferido apagar a lembrança dos nossos primeiros instantes e nos proteger, proibindo a lembrança dos sofrimentos passados no percurso para a posse da vida. Quem sabe, também, não foi para que a gente não possa trair o segredo desses primeiros instantes? Muitas vezes me pergunto o que seria da humanidade se compreendêssemos realmente esse processo. O homem se acharia um deus? O que nos impediria de destruir tudo, se a gente soubesse criar a vida como bem entendêssemos? Que respeito teríamos pela vida, desvendado o mistério da sua criação?

"Não cabe a mim lhes dizer que acabem com essa viagem, como não posso julgar o que fazem. Talvez nosso encontro não tenha sido casual. Esse universo que os inspira tanto tem qualidades inimagináveis e ainda estamos longe de ter a menor ideia do que realmente é o acaso. Peço somente que pensem, no decorrer do caminho, no que realmente estão fazendo. Se essa viagem já fez os dois se encontrarem, talvez essa seja a principal motivação, talvez seja mais sábio parar por aí."

O monge nos devolveu as fotografias. Levantou-se, despediu-se e voltou para o monastério.

No dia seguinte, fomos a Lingbao. Tínhamos visto um bar em que poderíamos nos conectar à internet e ler nossos respectivos e-mails. Keira teve notícias da irmã e eu dos meus amigos astrofísicos, ambos pedindo que lhes telefonasse o mais rapidamente possível.

Telefonei primeiro para Erwan.

— Não sei o que está preparando dessa vez — disse ele —, mas começa realmente a me deixar curioso. Também não sei por que passo tantas horas trabalhando para você, que não me dá a menor satisfação, mas imagino ser como se tratam os amigos. Dito isto, estou aqui, impassível, esperando suas explicações. E também me deve um bom jantar num restaurante, pela segunda noite consecutiva que passo em claro por sua causa.

— O que você descobriu, Erwan?

— Essa sua esfera celeste está regulada num eixo preciso. Fiz uma triangulação, cruzei as coordenadas equatoriais, o equador e o meridiano da sua esfera armilar para determinar a ascensão direita e a declinação. Passei horas e horas procurando qual estrela se assinalava, mas nada encontrei, meu amigo. Vi que pediu também a outro amigo, Martyn, e pode ser que ele tenha descoberto alguma coisa. Pessoalmente, não consegui grandes coisas.

Depois de me despedir de Erwan, liguei para Martyn. Ele ainda estava acordando e me desculpei por incomodar assim tão cedo.

— É uma tremenda charada isso que me enviou, cara. Se achou que ia me pegar, se deu mal.

Deixei que falasse, sentindo meu coração bater mais forte a cada instante.

— Sem ter as coordenadas horárias para medir os ângulos — continuou Martyn —, me perguntei que tipo de jogo era esse seu. É um sublime modelo de esfera armilar. A mais completa que já vi e, o que é mais importante, exata. Aliás, incrivelmente precisa. Bom, vamos ao que interessa. Me perguntei qual estrela ela assinalava, até compreender do que se tratava. Não é no céu que a esfera nos indica um ponto, mas, ao contrário, indica um ponto na Terra a partir do céu. O único problema: dei entrada com as coordenadas horárias atuais e, pelos meus cálculos, o ponto se encontra num fim de mundo, em pleno mar de Andaman, ao sul da Birmânia.

— Teria como refazer os cálculos modificando as coordenadas horárias de maneira a que tenham cerca de 3.500 anos?

— Por que essa data, exatamente? — perguntou Martyn.

— Porque é a idade da pedra em que encontrei essas coordenadas.

— Precisaria refazer o cálculo de muitos parâmetros, vou tentar ter um computador livre, mas não posso prometer, me dê até amanhã para isso.

Agradeci ao amigo por todo esse trabalho e liguei de novo para Erwan, para informá-lo e pedir o mesmo exercício que já havia pedido a Martyn. Erwan reclamou um pouco, mas fazia parte dele sempre reclamar um pouco, e acabou também prometendo dar notícia no dia seguinte.

Informei Keira desses progressos obtidos em tão pouco tempo. Lembro o quanto estávamos felizes, o quanto estávamos entusiasmados, ambos embriagados pela promessa que nos aguardava. Não demos ouvidos aos avisos do monge. Só a ciência importava, e a necessidade de alimentar o apetite de descoberta era mais forte do que tudo.

— Não tenho a menor vontade de voltar ao nosso mosteiro que só serve pra dormir e comer — disse Keira. — Não que o nosso hospedeiro seja desagradável, pelo contrário, mas aquelas lições de moral acabam sendo muito chatas. Já que temos que esperar até amanhã, que tal a gente bancar os turistas? Estamos perto do rio Amarelo, vamos até lá, você vai poder tirar umas fotos, mesmo que eu não esteja distraída, pois se encontrar um canto tranquilo qualquer para um mergulho, vou prestar toda a atenção, muito mais do que imagina.

Naquela tarde, tomamos banho de rio, nus. Keira estava feliz e eu tanto quanto ela. Tinha esquecido o planalto de Atacama, Londres e a tranquilidade do meu bairro quando a chuva desce pelos telhados de Primrose Hill, esqueci Hydra, minha mãe, tia Elena, Kalibanos e seus burros de duas velocidades. Esqueci ter provavelmente perdido qualquer chance de dar aulas no ano seguinte, na Academia, mas nada disso tinha a menor importância. Keira estava nos meus braços, fazíamos amor nas águas claras do rio Amarelo e todo o resto era pouco.

*

Não voltamos para o monastério, resolvemos pegar um quarto de hotel em Lingbao. Keira sonhava com um bom banho e eu com um bom jantar.

Uma noite de namorados em Lingbao; escrever isso ainda me faz sorrir. Andamos pelas ruas daquela cidade improvável. Keira tinha entrado na brincadeira das fotos. À beira do rio, quase terminamos o filme de uma das máquinas e Keira comprou outra, para nos fotografar nas ruas da cidade. Preferiu que não as revelássemos lá mesmo, ia estragar o prazer que teríamos revendo aqueles instantes já em Londres, foi o que disse.

Na varanda do restaurante, Keira perguntou se eu não ia, enfim, recitar a lista do que gostava nela. Perguntei se concordava, enfim, em dizer se tinha ou não colado na sala de provas em que nos vimos pela primeira vez. Disse que não e, assim sendo, respondi que então a famosa lista continuaria secreta.

O conforto da cama do quarto de hotel nos fez esquecer a dureza das esteiras do monastério. Mas não dormimos muito durante a noite.

Doze horas nos separavam do Chile. Eram dez horas da manhã em Lingbao, dez horas da noite em Atacama. Liguei para Erwan.

Havia mais um problema num telescópio e entendi que estava atrapalhando, no meio de uma operação de manutenção. Mesmo assim atendeu o chamado e explicou que, enquanto eu levava uma vida boa na China, ele estava deitado numa passarela de metal, brigando com um parafuso teimoso. Ouvi um berro e um monte de palavrões. Acabava de cortar o dedo e estava furioso.

— Fiz os cálculos — disse —, não sei por que perco tempo assim, vou logo avisando, é a última vez! As coordenadas continuam no mar de Andaman, mas com as correções que fiz, desta vez, vai estar em terra firme. Tem papel e lápis?

Peguei uma caneta e uma folha e confirmei, nervoso, que a esferográfica estava funcionando.

— 13° 26' 50" de latitude norte, 94° 15' 52" de longitude leste. Já olhei para você, é a ilha de Narcondam, tem 4 quilômetros por 3 e nenhuma alma viva. Quanto à posição exata das coordenadas, vão levá-lo ao buraco de um vulcão, mas guardei a boa notícia para o fim: ele está extinto! E agora, tenho mais o que fazer, deixo você com seu arroz e pauzinhos.

Erwan desligou, sem que eu nem pudesse agradecer. Olhei meu relógio, Martyn sempre trabalhava à noite, a impaciência era tanta que resolvi correr o risco de acordá-lo.

Ele me comunicou as mesmas coordenadas.

Keira me esperava no carro. Contei tudo das conversas que tinha tido ao telefone. Quando perguntou para onde íamos, digitei de brincadeira no aparelho de navegação do painel de bordo os algarismos que Erwan e Martyn haviam me comunicado: 13° 26' 50" N, 94° 15' 52" E, para depois revelar nossa escala seguinte, ao sul da Birmânia, numa ilha batizada de Poço do Inferno.

A ilha de Narcondam se situa a dez horas de barco da ponta sul da Birmânia. Havíamos estudado num mapa os diferentes meios para chegar até lá, mas nem todos os caminhos levam a Rangum. Entramos numa agência de viagens para pedir ajuda a um funcionário que falava um inglês relativamente bom.

Com duas horas de estrada, chegaríamos a Xian, a tempo de pegar o avião da noite para Hanói e esperar o voo regular, dois dias depois, que se dirigia a Rangum duas vezes por semana. Uma vez no sul da Birmânia, precisaríamos encontrar um barco. Se tudo desse muito certo, levaríamos três ou quatro dias para chegar à ilha.

— Tem que haver um meio mais simples e mais rápido. Quem sabe, se voltarmos a Pequim?

O agente de viagem não perdia uma palavra da nossa conversa. Debruçou-se no balcão e perguntou se tínhamos dinheiro estrangeiro. Há muito tempo aprendi a viajar sempre com dólares no bolso. Muitos são os países no mundo em que algumas notas verdinhas com a efígie de Benjamin Franklin resolvem vários problemas. O sujeito disse ter um amigo, ex-piloto de caça da Força Aérea chinesa, que tinha comprado um Lisunov velho do ex-patrão.

O piloto em questão oferecia seus serviços a turistas que desejassem emoções fortes. Esses batismos aéreos, naquela versão russa do DC3, na verdade encobria um tráfico de mercadorias de todo tipo.

No sul da Ásia, eram frequentes as companhias clandestinas que empregavam ex-pilotos reformados da Aeronáutica, que achavam suas pensões um tanto magras. Droga, álcool, armas e divisas transitavam debaixo dos narizes e barbas das autoridades alfandegárias, entre a Tailândia, a China, a Malásia e a Birmânia. Os aviões fazendo esses voos não respondiam a nenhuma norma em vigor, mas quem se preocupa com esse tipo de coisa? O agente de viagem garantiu que o tal amigo podia nos resolver o problema. Bem melhor do que aterrissar em Rangum, onde ainda teríamos que atravessar o mar por mais dez horas de barco, no mínimo, tanto para ir quanto para voltar, o camarada piloto podia nos levar a Porto Blair, capital das ilhas Andaman e Nicobar. De Porto Blair, a ilhota a que queríamos ir estava a apenas 70 milhas náuticas. Um cliente entrou na agência, nos permitindo alguns minutos para pensar.

— Quase deixamos a pele naquela montanha, vai querer tentar de novo a sorte numa lata velha voadora? — perguntei a Keira.

— Também podemos ser otimistas e ver o lado bom das coisas: se não quebramos o pescoço, pendurados daquele jeito, como dois imbecis, a 2.500 metros no vazio, que risco vamos correr num avião, por mais capenga que seja?

O ponto de vista de Keira realmente demonstrava certo otimismo exagerado, mas não era totalmente sem sentido. Viajar daquela maneira apresentava diversos perigos: não tínhamos a menor ideia da carga que iria conosco nem a que riscos nos expúnhamos se nosso transporte fosse interceptado pela guarda costeira indiana. Porém, na hipótese de tudo dar certo, estaríamos na ilha de Narcondam já na noite do dia seguinte.

O cliente tinha ido embora da agência e ficamos a sós com o homem mais uma vez. Entreguei a ele duzentos dólares a título de garantia; ele olhava o tempo todo o meu relógio e entendi que isso pagaria a sua comissão. Tirei-o do pulso e ele o colocou imediatamente no seu próprio, louco de alegria. Prometi dar ao amigo piloto tudo que eu tinha no bolso, se ele nos levasse e trouxesse seguros. A metade na ida e o restante na volta.

Concluímos o acordo. Ele fechou a porta da agência e saímos todos pelos fundos da loja. Uma motocicleta estava estacionada numa área interna, ele subiu nela, Keira se sentou no meio e para mim sobrou um restinho de banco e o bagageiro, para apoiar as mãos. A moto deu uns pipocos no pátio e acabamos saindo da cidade para, 15 minutos depois, atravessarmos a todo o vapor uma estradinha de campo. O pequeno aeródromo de onde devíamos decolar não passava de uma pista de terra batida, aberta no meio do mato, com um hangar velho e enferrujado, onde dormiam dois teco-tecos. O maior era o nosso.

O piloto tinha uma cara de pirata trapaceiro. Eu podia imaginá-lo perfeitamente atuando em *O canhoneiro do Yang-Tsé*. O rosto era muito marcado e com uma grande cicatriz, fazendo-o realmente parecer um pirata dos mares do Sul. Nosso agente de viagens — de tipo um tanto particular — conversou com ele. O homem ouviu sem qualquer reação, veio até mim e estendeu a mão para que eu pagasse o devido. Satisfeito, apontou para umas dez caixas no fundo do hangar, dando a entender que, se eu quisesse que decolássemos, era melhor que o ajudasse. Toda vez que eu passava para ele um dos volumes e o via desaparecer na traseira do avião, tentava não pensar que tipo de mercadoria nos acompanharia a bordo.

Keira assumiu o assento do copiloto e eu o do navegador. De maneira quase simpática, nosso piloto-flibusteiro se debruçou na direção de Keira e contou, num inglês rudimentar, que a nave em que voaríamos era do pós-guerra. Nem Keira nem eu tivemos a cara de pau de perguntar de qual guerra!

Pediu que apertássemos os cintos e precisei me desculpar por não respeitar a norma de segurança, pois o cinto que devia existir na minha poltrona havia desaparecido. O painel de bordo se iluminou, ou melhor, alguns relógios, enquanto em outros as agulhas permaneceram inertes. O piloto puxou dois manetes, apertou uma série de botões — ele parecia realmente saber o que fazia — e os dois motores Pratt & Whitney — a marca estava escrita no capô — cuspiram uma fumaça espessa. Uma língua de fogo lambeu o ar e as hélices começaram a girar. O rabo do avião deslizou como se estivéssemos no gelo, e nos alinhamos na pista. O barulho na cabine ficou infernal e tudo tremia. Olhei pelo vidro e vi nosso agente de viagens fazendo efusivos gestos de adeus. Nunca odiei tanto uma pessoa quanto aquele sujeito. Sacolejados como um pé de ameixeira, fomos ganhando velocidade. Senti a cauda do avião se erguer; estávamos, finalmente, no ar. Tenho certeza de que passamos a centímetros do cimo das árvores que deixamos para trás, mas, a cada minuto, nossa altitude aumentava.

O piloto explicou que não voaríamos muito alto, para não entrar no raio de cobertura dos radares. Como o aviso veio acompanhado de um sorriso, deduzi que não devíamos nos preocupar com isso.

Na primeira hora de voo, sobrevoamos uma planície; o piloto subia um pouco a cada ligeiro relevo que surgia à frente e, duas horas mais tarde, estávamos a nordeste do Yunnan. Mudamos a direção e nos dirigimos mais ao sul. O caminho seria maior, mas a melhor maneira para deixar a China era pela fronteira do Laos, onde a vigilância aérea quase inexistia. Não posso dizer que, até ali, o voo tivesse sido confortável, mas tudo era muito pouco, em comparação com o que aconteceu ao entrarmos numa zona de turbulência, sobrevoando o Mekong. Aproximando-se do rio, o piloto embicou o nariz do avião para voar rente à água. Keira achou isso o máximo. Talvez a paisagem de fato fosse, não sei, já que meus olhos estavam pregados no altímetro. E me pergunto por que, pois toda vez que o piloto dava umas pancadinhas nele a agulha balançava e voltava a cair. Sobrevoamos o Laos por 15 minutos e entramos em território birmanês. Dois outros relógios prendiam toda a minha atenção, os que marcavam o consumo de combustível. Pelo que eu via, os tanques estavam a somente um quarto da capacidade total. Perguntei a nosso piloto em quanto tempo pensava chegar. Cheio de orgulho, ele ergueu dois dedos e dobrou o terceiro ao meio. Levando em consideração tudo que os motores tinham bebido desde a decolagem, se faltassem realmente duas horas e meia, era lógico que íamos ficar sem gasolina antes de chegar ao destino. Compartilhei com Keira minhas deduções aritméticas e ela se limitou a dar de ombros. Eu via apenas montanhas, sem nenhum lugar em que pudéssemos pousar para um eventual reabastecimento. Não lembrei que o amigo do agente de viagem, segundo o agente, era um ex-piloto de caça. Passando entre duas gargantas, o avião se inclinou e deu uma caída de asa que nos revirou o estômago. Os motores reclamaram, o avião tremeu demais, até voltar a uma posição quase normal, e vimos surgir diante da carlinga algo parecido com uma estrada, ao longo de um arrozal. Keira fechou os olhos; o avião tocou o chão, leve como uma flor, e parou. O piloto desligou a ignição, soltou o cinto e pediu-me que o acompanhasse. Fomos até a traseira da nave, ele soltou as correias que prendiam dois bujões grandes e me fez entender que eu devia ajudá-lo, rolando-os pelo chão, até as asas. Não havia realmente o que dizer, o serviço de bordo era dos mais criativos! Eu rolava meu galão na direção da asa direita, quando percebi um rastro de poeira se erguendo na ponta da estrada. Dois jipes se dirigiam a nós. Chegando, quatro homens desembarcaram. Trocaram algumas palavras com o piloto e lhe passaram um maço de notas que não tive tempo para identificar de qual país eram e, em poucos minutos, descarregaram as caixas que tínhamos levado muito mais tempo a embarcar. Da mesma maneira como tinham surgido se foram, sem nos cumprimentar nem ajudar com o combustível.

A operação de encher os tanques foi feita com a ajuda de uma pequena bomba elétrica e levou pelo menos meia hora. Keira aproveitou para esticar um pouco as pernas. Levamos de volta os bujões vazios para os fundos do avião, pois seriam úteis na volta, e cada um tomou seu lugar a bordo. Mesma nuvem de fumaça preta, mesmas labaredas, as hélices voltaram a girar e subimos aos ares, passando por um triz entre as duas gargantas por onde havíamos embicado pouco antes.

Sobrevoar a Birmânia não teve problemas, a uma altitude mais baixa ainda, para evitar os controles. O piloto indicou que chegaríamos à costa em pouco tempo e logo depois vimos a imensidão azul do mar de Andaman. O avião apontou mais para o sul. Voávamos junto às ondas. A guarda costeira indiana era bem mais vigilante que os vizinhos birmaneses. Keira mostrou um ponto no horizonte. O piloto averiguou o GPS portátil pendurado por uma fita ao painel de bordo, um modelo mais forte e mais preciso do que os usados para equipar os automóveis.

— Terra — gritou o piloto na cabine.

O rumo foi alterado mais uma vez para contornar a costa leste da ilha e, depois de fazer uma primeira passagem rente ao chão, o avião pousou com suavidade no meio de um campo.

Porto Blair estava a dez minutos de caminhada pelo mato. O piloto juntou suas coisas e foi conosco. Conhecia um albergue que alugava quartos. Tínhamos o resto do dia para nossa excursão marítima, o voo de volta seria na manhã seguinte. O piloto queria, de maneira autoritária, atravessar a fronteira chinesa ao meio-dia, quando os encarregados dos radares almoçavam e não olhavam as telas de controle.

*

Porto Blair

Estávamos nos recuperando da viagem, na mesa de varanda de uma sorveteria, para onde convidamos também o piloto.

No início do século XIX, Porto Blair se tornou um ponto de ancoragem para os navios de guerra da Marinha Real, que desembarcavam os soldados para a frente da primeira guerra anglo-birmanesa. As tripulações dos navios que acostavam eram regularmente atacadas pelos nativos da ilha, que se rebelavam contra o invasor. Quando o império colonial inglês começou a se desmanchar, as rebeliões indianas forneceram ao governo de Sua Majestade mais prisioneiros do que as prisões podiam suportar. Uma penitenciária então foi construída acima do porto onde estávamos. Quantas punições meus compatriotas não tinham dado aos habitantes da ilha e quantos maus-tratos não impuseram aos presos? Torturas, tratamentos cruéis e forca constituíam o lote diário dos presos da penitenciária, a maioria deles ali unicamente por motivos políticos. A independência da Índia acabou com aquelas abominações. Bem no meio do mar de Andaman, Porto Blair se tornou um lugar de lazer para turistas indianos. À nossa frente, duas crianças se regalavam com uma casquinha de sorvete, enquanto as respectivas mães escarafunchavam lojas, procurando um chapéu ou uma toalha de praia. Olhando para as muralhas da penitenciária, que ainda se erguiam dominando o porto, me perguntei quem ainda se lembraria dos que tinham morrido ali em nome da liberdade.

No final do lanche, nosso piloto nos ajudou a encontrar um barco que nos levasse até Narcondam. Conseguimos que nos alugassem uma lancha rápida. Por sorte, aceitavam também cartões de crédito. Keira, com toda a razão, me fez notar que, naquele ritmo, a viagem acabaria me arruinando.

Antes de ganhar o largo, perguntei a nosso piloto se me emprestaria o aparelho de navegação, alegando não conhecer a região e temendo que o giroscópio de bordo não fosse suficiente. A ideia de emprestar o GPS não lhe agradava nada; ele explicou que, se o perdesse, não conseguiríamos voltar à China. Prometi tomar todo o cuidado.

A meteorologia estava ideal, como um mar de almirante; graças aos dois motores de popa de 300 cavalos que equipavam nossa lancha, chegaríamos à ilha do Poço do Inferno em, no máximo, duas horas.

Keira estava sentada à proa. Com uma perna para fora da grade de proteção, aproveitava o sol e a suavidade do vento. A poucas milhas da costa, o mar ficou mais agitado e ela foi obrigada a se juntar a mim, na barra do leme. O barco seguia bem, saltando no alto das ondas. Eram 18 horas pelo sol, quando vimos surgir o litoral de Narcondam. Contornei a minúscula ilhota e percebi uma praia no fundo de uma enseada, onde pude levar a lancha até a areia.

Na base do vulcão, foi Keira quem abriu a marcha. Precisaríamos ainda subir 700 metros no meio do mato, até chegarmos ao topo. Nada era tão fácil assim. Acionei o GPS e digitei as coordenadas que Erwan e Martyn tinham dado.

*

Londres

13° 26' 50" N, 94° 15' 52" L.

Sir Ashton voltou a dobrar o papel que o assistente lhe havia entregado.

— O que significa?

— Não sei, mas confesso que não há muito a se compreender. O carro deles está parado numa rua de Lingbao, no norte da China, e não se mexeu desde a manhã de ontem. Eles simplesmente registraram essas coordenadas no GPS de bordo, mas não acho que tenham se dirigido a esse destino pela estrada.

— E por quê?

— Porque isso os levaria a uma pequena ilha situada no meio do mar de Andaman; nem com tração nas quatro rodas chegariam de carro.

— O que essa ilha tem de particular?

— É exatamente a isso que me refiro, senhor: nada. Trata-se de uma minúscula ilhota vulcânica, totalmente inabitada, à exceção de uns poucos pássaros.

— E o vulcão ainda está ativo?

— Extinto, senhor, sem erupção há mais de 4 mil anos.

— Eles deixaram a China para ir a essa ilhota infeliz?

— Ainda não, senhor. Verificamos junto a todas as empresas aéreas, sem nenhuma pista deles. Além disso, pelo emissor que colocamos no relógio do astrofísico, eles continuam no centro de Lingbao.

Sir Ashton empurrou a cadeira e se levantou.

— Essa brincadeira está indo longe demais! Reserve um lugar para mim no primeiro voo para Pequim. Que um carro e dois ajudantes me esperem na chegada. Já é tempo de dar um fim a tudo isso, antes que seja tarde demais.

Sir Ashton puxou o talão de cheques da gaveta da escrivaninha e uma caneta do bolso do paletó.

— Pague minha passagem com seu cartão de crédito, deixo que preencha o cheque com a quantia que devo lhe reembolsar. Prefiro que não saibam aonde vou. Se me procurarem, anote a mensagem e diga que estou doente, descansando no campo, na casa de amigos.

*

Ilha do Poço do Inferno

Eu havia calculado que a noite cairia em quatro horas. Preferia não voltar ao mar no escuro, o que não nos deixava muito tempo disponível. Keira foi a primeira a chegar lá em cima.

— Rápido com isso, é magnífico — exclamou.

Apertei o passo para chegar até ela. Não tinha sido nenhum exagero, uma vegetação exuberante cobria a cratera. Um tucano que havíamos incomodado ganhou os ares. Verifiquei meu aparelho de navegação, que tinha uma precisão da ordem de cinco metros. O ponto que piscava se aproximava do centro da tela, estávamos bem perto da meta.

Olhei a paisagem abaixo e descobri que nem precisava do GPS que peguei emprestado do piloto. Bem no meio do vulcão, distinguia-se uma pequena área de terra em que o mato não havia crescido.

Keira correu para lá, não tive o direito de me aproximar.

Ajoelhada, ela alisou a terra. Pegou uma pedra mais aguda, traçou um quadrado e começou a cavar. Seus dedos reviraram a poeira, sem parar.

Uma hora se passou, sem que Keira nunca parasse de cavar. Um montinho de terra se formara ao lado dela, que parecia exausta, com suor pingando da testa. Pedi que me deixasse cavar no seu lugar, mas ela mandou que eu ficasse longe. De repente, gritou meu nome, com toda a força.

* * *

Em suas mãos brilhava o fragmento de uma matéria tão lisa e dura quanto o ébano; sua forma triangular tinha também a mesma cor dessa madeira. Keira tirou o colar que tinha pendurado no pescoço, aproximou o pingente, os dois pedaços se atraíram e se uniram, formando uma só peça.

Eles imediatamente mudaram de cor e, do negro do ébano, passaram ao azul da noite. De repente começaram a cintilar, na superfície dos fragmentos reunidos, milhões de pontos, milhões de estrelas, tais como estavam no céu, há 400 milhões de anos.

Eu sentia nos dedos o calor do objeto. Os pontos brilhavam cada vez mais e, entre eles, um mais do que os outros. Seria a estrela do primeiro dia, aquela que eu procurava desde a infância, aquela que procurei me exilando nos altos planaltos chilenos?

Keira colocou o objeto no chão delicadamente. Apertou-me nos braços e me beijou. O dia ainda era claro e, mesmo assim, aos nossos pés brilhava a mais bela noite que já havíamos visto.

Não foi fácil separar novamente os fragmentos. Por mais que puxássemos com toda a força cada um dos pedaços, era inútil.

Depois o cintilar diminuiu de intensidade e desapareceu. Nesse momento, bastou um ligeiro esforço e eles se dissociaram.

Keira colocou o colar de volta no pescoço e guardei o outro pedaço no bolso.

Olhávamos um para o outro, cada qual se perguntando o que aconteceria se, um dia, conseguíssemos reunir os cinco fragmentos.

*

Lingbao, China

O Lisunov pousou na pista e seguiu até o hangar. O piloto ajudou Keira a descer da cabine. Dei a ele meus últimos dólares e agradeci por ter nos levado e trazido, sãos e salvos. Nosso agente de viagens nos esperava de motocicleta. Ele nos deixou em nosso carro, perguntando se tínhamos gostado da viagem. Prometi que recomendaria sempre a sua agência. Muito feliz, ele se curvou com muita graça, nos cumprimentando, e voltou para a loja.

— Ainda se sente capaz de dirigir? — perguntou Keira, num bocejo.

Não tive coragem de confessar que tinha cochilado, sobrevoando o Laos.

Virei a chave e dei partida ao motor do 4x4.

Precisávamos pegar algumas coisas que tínhamos deixado no monastério e, ao mesmo tempo, agradecer a hospitalidade do monge. Passaríamos mais uma noite com ele, retomando, no dia seguinte, a estrada para Pequim. Era grande a vontade de voltar a Londres, impacientes para ver a imagem que o novo fragmento projetaria, exposto à luz de um laser. Quais constelações descobriríamos?

Dirigindo ao longo do rio Amarelo, eu pensava nas verdades que aquele estranho objeto nos revelaria. Tinha já algumas ideias na cabeça, mas antes de compartilhá-las com Keira, preferia estar em Londres e constatar o fenômeno com meus próprios olhos.

— Amanhã ligo para Walter — disse a Keira. — Vai ficar tão empolgado quanto nós.

— Preciso também me lembrar de telefonar para Jeanne — ela respondeu.

— Por quanto tempo, no máximo, ficou sem dar notícia?

— Três meses! — admitiu Keira.

Um automóvel grande e de luxo surgiu colado à nossa traseira. O motorista fazia chamadas de farol, pedindo passagem, mas a estrada sinuosa era estreita demais. De um lado havia a muralha da montanha, do outro o rio Amarelo. Fiz sinal com a mão, avisando que me encostaria à direita assim que pudesse.

— O fato de não telefonar não significa que não pensamos na pessoa — continuou Keira.

— Por que, então, não telefonar? — perguntei.

— Às vezes a distância impede que se encontrem as palavras certas.

*

Paris

Ivory gostava desse momento da semana em que ia à feira de Aligre. Conhecia cada um dos comerciantes: Annie, da padaria; Marcel, dos queijos; Étienne, o açougueiro; o sr. Gérard, do bazar que, havia vinte anos, conseguia sempre alguma novidade sensacional. Ivory gostava de Paris, da ilha em que morava, no meio do Sena, e também da feira, na praça de Aligre, com sua estrutura em forma de casco invertido de navio.

Chegando em casa, deixou o cesto em cima da mesa da cozinha, guardou meticulosamente as poucas compras e foi para a sala, mastigando uma cenoura. O telefone tocou.

— Preciso contar algo que me contraria — avisou Vackeers.

Ivory deixou o pedaço de cenoura em cima da mesa de centro e ouviu o que disse seu companheiro de jogo de xadrez.

— Tivemos uma reunião na manhã de hoje, nossos dois cientistas estão deixando toda a comunidade muito intrigada. Estão em Lingbao, uma cidade pequena na China, há vários dias sem se movimentar. Ninguém entende direito o que foram fazer lá, mas deram entrada, no GPS, de coordenadas no mínimo estranhas.

— Quais? — perguntou Ivory.

— As de uma pequena ilha, sem grandes interesses, no meio do mar de Andaman.

— Tem um vulcão nessa ilha? — perguntou Ivory.

— De fato, tem, como sabe?

Ivory não respondeu.

— O que o contraria, Vackeers?

— Sir Ashton não acompanhou a reunião, mandou dizer que está doente. Não sou o único a quem isso preocupa, todos sabem de sua hostilidade contra a moção votada em assembleia.

— Teria por que achar que ele está mais bem-informado do que nós?

— Sir Ashton tem muitos amigos na China — respondeu Vackeers.

— Lingbao, foi o que disse?

Ivory agradeceu Vackeers pela informação. Voltou a se apoiar no parapeito da varanda e ficou lá pensando por uns momentos. A refeição que havia programado preparar teria que esperar. Foi até o quarto e se sentou à frente do monitor do computador. Fez a reserva de um assento no voo que partia para Pequim às 19 horas e, em seguida, uma conexão para Xian. Depois, preparou uma maleta e chamou um táxi.

*

Estrada de Xian

— Deixe que ele ultrapasse a gente.

Era o que eu queria, mas o carro que nos seguia vinha rápido demais para que eu freasse e a estrada continuava estreita para que pudesse passar. O motorista impaciente teria que esperar mais um pouco, pois resolvi ignorar a insistência da buzina. Na saída de uma curva, com a estrada em aclive, ele se aproximou de maneira perigosa e vi a frente cromada do automóvel crescer no meu retrovisor.

— Coloque o cinto — eu disse a Keira —, esse idiota vai acabar nos jogando para fora da estrada.

— Diminua a velocidade, Adrian, por favor.

— Não posso, está colado na nossa traseira!

Keira se virou e olhou pelo vidro de trás.

— São doidos de andar desse jeito!

Os pneus cantaram e o 4x4 deu uma derrapada. Consegui controlar a direção e, acelerando, tentei me livrar daqueles malucos.

— Não acredito, estão fazendo de propósito — disse Keira —, o sujeito que está dirigindo acaba de fazer um gesto bem claro.

— Pare de ficar olhando e se segure. Afivelou o cinto?

— Afivelei.

O meu mesmo não estava afivelado, mas não podia, naquele momento, largar o volante.

Um choque violento nos projetou à frente. Quem nos perseguia parecia estar querendo brincar de bate-bate; a traseira do carro saiu de lado e o paredão da montanha arranhou a porta de Keira, que se agarrava tão forte à alça de segurança que as falanges dos dedos estavam brancas. O 4x4 conseguia, bem ou mal, se manter no caminho e, lá dentro, éramos arremessados de um lado para outro a cada curva. Uma nova pancada forte nos deixou quase atravessados na estrada. Quem nos perseguia finalmente ficou mais para trás no retrovisor, mas, mal consegui miraculosamente nos endireitar na pista, o automóvel voltou a se aproximar. O cretino ganhava terreno. O ponteiro do meu velocímetro passava de 110 quilômetros, uma velocidade impraticável naquela estrada de montanha, tão sinuosa. Nunca iríamos fazer a próxima curva.

— Freie, Adrian, por favor.

A terceira pancada foi a mais violenta, o para-lama direito bateu na pedra, o farol se espatifou com o impacto. Keira afundou na poltrona. O 4x4 ficou de lado e depois saiu avançando de ré. Vi a proteção da estrada explodir quando a atingimos em cheio; por um instante, tive a impressão de que nos erguíamos do chão, que estávamos imóveis, suspensos no ar, e depois as rodas dianteiras mergulharam no precipício. Uma primeira capotagem nos lançou ao teto, o carro descia ao longo da encosta, na direção do rio. Batemos numa pedra, uma nova capotagem nos pôs de volta sobre as rodas, o teto havia afundado e a queda para o abismo prosseguia, sem que eu pudesse fazer qualquer coisa. O tronco de um pinheiro se aproximava a toda a velocidade, o 4x4 voltou a ficar de lado, evitando a árvore por um triz; nada parecia poder nos parar. Estávamos indo na direção de uma fenda, a frente do capô se ergueu para o céu, o veículo planou e eu ouvi um enorme barulho surdo, seguido de violenta sacudida. O 4x4 acabava de mergulhar nas águas do rio Amarelo.

Virei-me de imediato para Keira, que tinha um corte feio na testa. Estava sangrando, mas consciente. O carro boiava, certamente por pouco tempo mais, pois a água já engolia o capô.

— Precisamos sair daqui — gritei para Keira.

— Estou presa, Adrian.

Com o choque, o assento dela tinha saído dos trilhos, o mecanismo para o cinto de segurança estava inacessível. Puxei com toda a força, sem nada conseguir. Provavelmente eu tinha partido uma costela, pois a cada respiração uma violenta dor se espalhava pelo peito, tudo doía muito, mas a água estava subindo e eu precisava soltar Keira daquela prisão.

A água continuava a subir, já a sentíamos nos pés, o para-brisa começou a desaparecer.

— Vá embora você, Adrian, vá enquanto é tempo.

Virei-me tentando encontrar algo com que arrebentar o maldito cinto de segurança. A dor foi tremenda, estava sem fôlego, mas desistir não me passava pela cabeça. Deitei-me por cima dos joelhos de Keira para tentar abrir o porta-luvas. Ela colocou a mão na minha nuca e alisou meus cabelos.

— Não sinto mais as pernas, não vai conseguir me tirar daqui — ela murmurou. — Precisa ir embora.

Peguei a cabeça dela nas mãos e nos beijamos. Nunca vou poder esquecer o gosto daquele beijo.

Keira olhou para o pingente e sorriu.

— Pegue-o — disse. — Não tivemos esse trabalho todo para isso.

Não quis que ela o tirasse do pescoço, não iria embora sem ela, ficaria ali.

— Gostaria de ver Harry pela última vez — disse.

A água continuava a invadir a cabine, a correnteza lentamente nos carregava.

— Naquela sala de exames, eu não estava colando — disse ela. — Foi só para chamar sua atenção, porque já gostava de você. Depois, em Londres, já estava voltando, quando cheguei ao final da sua rua; se um táxi não tivesse passado naquele momento, eu teria voltado para me deitar de novo ao seu lado. Mas tive medo, medo de estar apaixonada, porque, deve saber, já era muito apaixonada por você.

Ficamos abraçados. O carro continuava a afundar. A luz do dia acabou desaparecendo. A água já chegava aos nossos ombros. Keira estremeceu, o medo cedera vez à tristeza.

— Tinha prometido uma lista, precisa correr para dizê-la agora.

— Amo você.

— É uma lista muito bonita, não teria como melhorar.

Vou estar com você, meu amor; até o final fiquei com você e mesmo depois. Nunca a deixei. Beijei-a com as águas do rio Amarelo nos afogando, dei a você meu último suspiro. O ar que restava nos meus pulmões seria seu. Você fechou os olhos quando a água cobriu nossos rostos; mantive os meus abertos até o último instante. Eu tinha ido buscar resposta para minhas perguntas de criança na profundeza do universo, nas mais distantes estrelas, e você estava ali, ao meu lado. Você sorriu, seus braços se agarraram a meus ombros e não senti mais dor alguma, meu amor. O abraço se desfez e foram meus últimos momentos com você, minhas últimas lembranças, meu amor. Perdi os sentidos ao perdê-la.

*

Hydra

Preencho as páginas deste caderno em Hydra, sentado na varanda, de onde fico olhando o mar.

Acordei num hospital de Xian, cinco dias depois do acidente. Só então, soube que pescadores tinham salvado minha vida, me tirando no último minuto do 4x4 que tinham visto cair no rio. O carro seguiu à deriva; o corpo de Keira não foi encontrado. Isso tudo foi há três meses e não se passa um dia sem que eu pense nela. Noite alguma sem que eu feche os olhos e ela esteja ao meu lado. Nunca na vida passei por dor maior do que esta, da sua ausência. Minha mãe não se preocupa com mais nada, como se percebesse não precisar acrescentar coisa alguma à tristeza que invadiu nossa casa. À noite, jantamos juntos nesta varanda em que escrevo. Escrevo por ser a maneira que me resta de fazer Keira reviver. Escrevo porque toda vez que falo dela, ela está presente, como uma sombra fiel. Não sentirei mais o cheiro da sua pele, dormindo colada a mim, não ouvirei mais sua risada, zombando da minha falta de jeito, não a verei mais escavando a terra em busca de algum tesouro, nem comendo docinhos que ela engolia como se estivessem prestes a lhe serem arrancados das mãos, mas tenho mil lembranças dela e mil lembranças nossas. Basta fechar os olhos para que ela reapareça.

De vez em quando, tia Elena vem nos visitar. A casa tem estado vazia e os vizinhos discretos. De tempos em tempos, Kalibanos passa pela frente do nosso terreno, a pretexto de ver como está o seu asno, mas sei que não é verdade. Ele também amou, há muito tempo. Nenhum rio da China tragou a mulher dele, foi apenas a doença, mas nossa dor é a mesma e percebo, em seu silêncio, que ele ainda a ama.

Amanhã Walter chega de Londres, ele telefona a cada semana, desde que estou aqui. Não pude voltar a Londres. Andar na minha ruela, onde posso ainda ouvir os passos de Keira, abrir a porta da casa, a do quarto em que dormimos, está acima das minhas forças. Ela estava certa, o menor detalhe desperta a dor.

Keira foi uma pessoa deslumbrante, decidida, às vezes teimosa, devorava a vida com um apetite inigualável. Gostava da profissão que escolhera e respeitava quem trabalhava com ela. Tinha um instinto infalível e imensa humildade. Foi amiga, amante, a mulher que amei. Contei os dias que passamos juntos e, mesmo não tendo sido tantos, sei que bastam para preencher o resto da minha vida. Quero, agora, que o tempo passe bem rápido.

À noite, olho o céu e o vejo diferente. Talvez uma nova estrela tenha nascido, numa constelação distante. Voltarei, um dia, a Atacama e vou encontrá-la, na lente do telescópio grande. Onde quer que esteja na imensidão do céu, vou encontrá-la e dar o nome de Keira.

Vou escrever para você aquela lista, meu amor, mas mais tarde, pois vou precisar da vida inteira.

Walter chegou na barca de meio-dia. Fui buscá-lo no porto. Abraçamo-nos e choramos como duas crianças. Tia Elena estava à porta da loja e, quando o dono do bar ao lado lhe perguntou o que tínhamos, os dois, ela respondeu que fosse cuidar dos clientes, mesmo que suas mesas estivessem vazias.

Walter nada havia esquecido da arte de montar num burro. Caiu duas vezes no caminho e a primeira delas, realmente, não foi culpa dele. Quando chegamos, mamãe o recebeu como se um segundo filho entrasse em casa. Cochichou-lhe no ouvido, achando que eu não via, que ele bem que podia ter contado antes. Walter perguntou a que se referia. Ela deu de ombros e murmurou o nome de Keira.

Walter é um cara realmente engraçado. Tia Elena veio enquanto estávamos à mesa, no jantar, e ele a fez rir tanto que acabei também sorrindo. Esse simples sorriso reanimou o rosto de minha mãe, com as cores da vida. Ela se levantou, a pretexto de tirar a mesa e, passando por mim, alisou-me a face.

Na manhã seguinte, e pela primeira vez desde a morte do meu pai, ela me falou da tristeza que sentiu.

Ela também nunca terminou de escrever a sua lista. Mas, em seguida, disse uma frase que nunca vou esquecer. Perder uma pessoa que a gente amou é horrível, mas pior ainda seria não tê-la conhecido.

*

Caiu a noite em Hydra. Tia Elena dorme no quarto de hóspedes, mamãe se recolheu no seu próprio e preparei o sofá da sala para Walter. Bebemos um pouco de ouzo na varanda.

Ele perguntou como eu estava e respondi que, da melhor maneira que podia, mantendo-me vivo. Walter disse o quanto estava feliz de me ver. E disse também ter algo para mim, um pacote enviado em meu nome, para a Academia. Vinha da China.

Era uma caixa grande de papelão, postada no correio de Lingbao. Tinha dentro coisas que havíamos deixado no monastério. Um pulôver que Keira usava, uma escova de cabelos, alguns pertences e dois envelopes de fotografias.

— Havia duas máquinas descartáveis — explicou Walter, hesitante. — Tomei a liberdade de mandar revelar. Não sabia também se devia lhe entregar logo tudo isso, talvez seja ainda muito cedo.

Abri o primeiro envelope. Como Keira tinha dito, o menor detalhe reaviva a dor. Walter teve a delicadeza de me deixar sozinho. Foi se deitar. Passei grande parte da noite olhando aquelas lembranças que Keira e eu havíamos programado ver quando chegássemos a Londres. Entre as fotos, estavam as do dia em que tomamos banho nus no rio Amarelo.

No dia seguinte, levei Walter ao porto. As fotos estavam comigo e, na varanda do bar, mostrei-as a ele. Precisava contar a história de cada uma delas. A história que Keira e eu tínhamos vivido, de Pequim até a ilha de Narcondam.

— Então acabaram descobrindo o segundo fragmento.

— O terceiro — completei. — Os que assassinaram Keira também têm um.

— Acha mesmo que foram eles os causadores do acidente?

Peguei o objeto no meu bolso e mostrei.

— Que coisa incrível — ele murmurou. — Quando tiver ânimo para voltar a Londres, vai precisar estudá-lo.

— Não, não serviria para mais nada, vai sempre faltar um, que se encontra no fundo de um rio.

*

Walter pegou as fotos e olhou cada uma delas, com todo o cuidado. Colocou duas lado a lado em cima da mesa e fez uma pergunta estranha.

Nas duas imagens, Keira estava no rio, eu reconhecia o lugar. Numa delas, Walter apontou, a sombra das árvores à beira do rio se alongava para o lado direito, na outra, para o lado esquerdo. Na primeira, o rosto de Keira estava intacto, na segunda, tinha uma grande cicatriz na testa. Meu coração parou.

— Você disse que o carro foi levado pelo rio e que não encontraram o corpo dela, não foi? Não quero então despertar esperanças que podem se tornar cruéis, mas acho, mesmo assim, que você deveria partir imediatamente para a China — disse baixinho Walter.

Preparei minha mala naquela manhã mesmo. A barca para Atenas partia ao meio-dia e conseguimos pegá-la no último minuto. Encontrei um voo para Pequim no final da tarde. Eu partiria para a China e Walter para Londres, quase no mesmo horário.

No aeroporto, ele me fez prometer que telefonaria assim que soubesse alguma coisa.

Já nos despedindo no corredor, ele procurou o cartão de embarque. Revirou os bolsos e olhou para mim com um ar estranho.

— Ah — exclamou —, estava esquecendo! Um entregador deixou isso para você na Academia. Realmente, banquei o carteiro até o fim. Pelo menos vai ter o que ler a bordo.

Entregou-me um envelope lacrado em meu nome e insistiu para que eu corresse, se não quisesse perder o avião.

*

Segundo caderno

O comissário de bordo acabava de nos autorizar a soltar o cinto de segurança. A comissária empurrava o carrinho no corredor, servindo bebidas aos passageiros das primeiras filas.

Peguei no bolso a carta que Walter tinha entregado e rasguei o lacre.

Querido Adrian,

Não tivemos oportunidade de nos conhecer de verdade e lamento isso, assim como lamento os trágicos acontecimentos vividos na China. Tive a sorte de ter estado perto de Keira. Era uma pessoa formidável e imagino o quanto é grande a sua aflição. Não foram pescadores que o socorreram, mas monges que se banhavam no rio, no momento em que o carro de vocês caiu no rio. Está se perguntando como sei? Não pode se lembrar, pois estava ainda inconsciente, mas fui visitá-lo no hospital. Tomei as providências para o seu repatriamento da China, assim que o seu estado de saúde permitiu. Por quê? Por me sentir um pouco responsável pelo que aconteceu. Sou um homem velho e, como você, em outra época me apaixonei pelas buscas que vocês dois fizeram. Procurei ajudar Keira o quanto pude, tentando convencê-la a não desistir e imagino que, sem ela, você esteja disposto a parar com tudo. Sei que ela gostaria que continuasse. É preciso, Adrian. Seria injusto o sacrifício da vida dela por nada. O que vai descobrir ultrapassa muito o âmbito da sua existência e, tenho certeza, acabará respondendo às perguntas que sempre se fez.

No decorrer desses muitos anos de pesquisa, descobri outro texto que talvez se relacione com a busca que fazem. Trata-se de um escrito que poucas pessoas puderam consultar.

Se eu não tiver conseguido fazê-lo mudar de ideia, não leia a folha que juntei à minha carta, por favor. É algo que não deixa de apresentar certo risco. Conto com a sua palavra, que sei ser fiel. Em caso contrário, sei que um dia vai compreender.

A vida tem bem mais imaginação do que todos nós juntos, ela às vezes produz alguns pequenos milagres, tudo é possível, basta acreditar com todas as nossas forças.

Boa estrada, Adrian,

Seu amigo

Ivory.

Abri novamente o envelope de fotos para ver mais uma vez aquela que alimentava em mim a louca esperança de Keira estar viva.

Desdobrei a página em anexo da carta de Ivory...

"Certa lenda diz que a criança, na barriga da mãe, conhece todo o mistério da Criação, da origem do mundo até o fim dos tempos. Ao nascer, um mensageiro passa pelo seu berço e encosta o dedo nos seus lábios, para que ela nunca revele o segredo que lhe foi confiado, o segredo da vida. Esse dedo que apaga para sempre a memória da criança deixa uma marca. Essa marca, todos nós temos acima do lábio superior, exceto eu.

No dia em que nasci, o mensageiro esqueceu de vir me ver e eu me lembro de tudo."

Voltando a dobrar a carta de Ivory, me lembrei de uma conversa com Keira, numa noite ao ar livre, na estrada para Cornualha.

— Adrian, você nunca se perguntou de onde viemos? Nunca sonhou descobrir se a vida é fruto do acaso ou da mão de Deus? Que sentido dar à nossa evolução? Será que não passamos de uma etapa, rumo a outra civilização?

— E você, Keira, nunca sonhou saber onde começa a aurora?

*

O voo decolando de Atenas com destino a Londres tinha uma boa hora de atraso. A passarela foi enfim retirada. Um telefone tocou. A aeromoça reclamou com o passageiro da primeira classe que recebia a chamada, mas ele prometeu que seria bem rápida.

— Como ele reagiu ao ver as fotos?

— Como reagiria no lugar dele?

— Entregou a carta?

— Entreguei; neste momento, ele deve estar lendo.

— Posso concluir então que ele partiu. Eu fico muito agradecido, Walter, fez um ótimo trabalho.

— Por favor, Ivory, para mim foi uma honra colaborar.

*

O mar Egeu desaparecia sob as asas do meu avião, em dez horas estaria chegando à China...

Leia agora o primeiro capítulo
da continuação deste livro,
A primeira noite

Quarto 307. A primeira vez que dormi aqui, não prestei a menor atenção na vista; estava feliz naquela época e a felicidade deixa as pessoas distraídas. Estou sentado diante da escrivaninha, em frente à janela, Pequim se estende adiante e nunca me senti tão perdido em toda a minha vida. A simples ideia de olhar para a cama é insuportável. Sua ausência entrou em mim como um germe de morte que não para de abrir caminho. Uma dor corroendo meu ventre. Bem que tentei quebrar sua ação, anestesiá-la regando sem parar a refeição da manhã com *baijiu*, mas nem esse álcool de arroz surtiu efeito.

Após dez horas de avião sem fechar os olhos, preciso dormir para poder pegar a estrada. Tudo que peço é um instante de inconsciência, um momento de abandono, sem ver desfilar tudo que vivemos aqui.

Você está aí?

Você fez essa pergunta por trás da porta do banheiro, há poucos meses. Agora ouço apenas os pingos de uma torneira que fecha mal, batendo na louça desgastada de uma pia decrépita.

Empurro a cadeira, visto o sobretudo e saio do hotel. Um táxi me deixa no parque Jingshan. Atravesso o roseiral e pego a ponte de pedras que cruza o laguinho.

Estou feliz de estar aqui.

Eu achava o mesmo. Se tivesse ideia do destino em que nos lançávamos, inconscientes, com sede de descobertas. *Se fosse possível fazer o tempo parar, eu o congelaria nesse exato momento. Se fosse possível voltar atrás, seria para ali que eu voltaria...*

Fui ao lugar onde tinha pensado isso, diante de uma roseira branca, numa alameda do parque de Jingshan. Mas o tempo não havia parado.

Entro na Cidade Proibida pelo portão norte e me encaminho pelas aleias tendo como guia apenas algumas lembranças suas.

Procuro um banco de pedra perto de uma árvore grande, um lugar bem particular onde, há não tanto tempo, um casal de chineses idosos estava sentado. Quem sabe, se os encontrar, consigo me acalmar, pois achava ter visto no sorriso deles a promessa do nosso futuro; mas talvez rissem simplesmente do que nos aguardava?

Acabei encontrando o banco, vazio. Deitei nele. Os galhos de um salgueiro balançam ao vento e essa dança suave me tranquilizou. Com os olhos fechados, o seu rosto surge intacto e pego no sono.

Um policial me acorda, pedindo que eu deixe o parque. Já começa a escurecer, os visitantes têm que se retirar.

De volta ao hotel e ao quarto. As luzes da cidade impedem que o quarto fique às escuras. Arranco a colcha da cama, estendo-a diretamente no piso e me deito. Os faróis dos carros desenham estranhas manchas que se movem no teto. Para que perder tempo? Não vou mesmo conseguir dormir.

Peguei minhas coisas, paguei a conta na recepção e me encaminhei para o carro, no estacionamento do hotel.

O GPS de bordo indica a direção de Xian. Nas proximidades das cidades industriais, a noite se desfaz, só reaparecendo na escuridão dos campos.

Parei em Shijiazhuang para encher o tanque de combustível, sem comprar comida. Você teria me chamado de covarde e provavelmente com razão, mas estou sem fome, então para que provocar o diabo?

Cem quilômetros adiante, lá está o vilarejo no alto de uma colina. Tomo o caminho esburacado, decidido a ver o sol se levantar no vale. Dizem que os lugares conservam a lembrança dos instantes vividos pelos que ali se amaram; pode ser uma fantasia, mas, naquela manhã, eu precisava acreditar nisso.

Percorro as ruas desertas e passo pelo tanque da praça principal, com o bebedouro para animais. A taça que você desenterrou nas ruínas do templo confuciano já desapareceu. Como previu, alguém a encontrou e lhe deu outro destino.

Sento-me numa pedra à beira do penhasco e espero o amanhecer de um dia que será longo. Depois volto à estrada.

A travessia de Linfem continua tão asquerosa quanto na primeira viagem, e uma nuvem espessa de poluição me queima a garganta. Pego no bolso o pedaço de pano com que você havia improvisado para nós uma máscara. Encontrei-o no pacote que foi expedido e chegou às minhas mãos na Grécia. Não resta o menor traço do seu perfume, mas, colocando-o na boca, revejo todos os seus gestos.

Atravessando Linfem, você reclamou:

Esse cheiro é infernal!

... mas você reclamava de tudo. E agora, como eu gostaria de ouvir suas queixas.

Foi passando por aqui que, remexendo sua bolsa, espetou o dedo e descobriu um microfone escondido. Naquela noite, eu devia ter decidido voltar imediatamente; não estávamos preparados para o que nos aguardava, não somos dois aventureiros, mas apenas cientistas se comportando como crianças imprudentes.

A visibilidade continua péssima e preciso afastar esses pensamentos ruins para me concentrar na estrada.

Lembro que, saindo de Linfem, parei à beira da estrada e me limitei a jogar fora o microfone, sem me preocupar com o perigo que representava, vendo naquilo apenas uma intromissão na nossa intimidade. Foi quando confessei o quanto a desejo e me neguei a dizer tudo que gosto em você, por pudor e não por jogo.

Estou perto do lugar em que ocorreu o acidente, onde os assassinos nos empurraram de um barranco, e minhas mãos tremem.

Deixe que ele ultrapasse a gente.

Brota suor na minha testa.

Diminua a velocidade, Adrian, por favor.

Os olhos me incomodam.

Não acredito, estão fazendo de propósito.

Afivelou o cinto?

E você respondeu sim a essa pergunta que, na verdade, era uma ordem. O primeiro choque nos empurrou à frente. Vejo seus dedos apertando a alça da porta, tão forte que os nós dos dedos ficam esbranquiçados. Quantos choques nós recebemos antes, até as rodas baterem na mureta e cairmos no abismo?

Beijei você enquanto afundávamos nas águas do Rio Amarelo, mergulhei nos seus olhos, certo de que nós íamos nos afogar, meu amor, e fiquei com você até o último instante.

As curvas fechadas se sucedem e a cada uma me esforço para controlar meus gestos nervosos, corrigindo a trajetória do carro na estrada. Será que passei da saída com a trilha que leva até o monastério? Desde que peguei o avião para a China, esse lugar ocupa meu pensamento. O monge que nos deu hospedagem é a única pessoa que conheço nessas terras estranhas. Quem, além dele, pode me dar uma informação que alimente a mínima esperança de que você ainda esteja viva? Uma fotografia sua com uma cicatriz na testa não chega a ser uma prova inquestionável, apenas um simples pedaço de papel que retiro do bolso cem vezes por dia. Reconheço, à direita, a entrada do caminho. Freio tarde demais, o carro derrapa e sou obrigado a dar marcha à ré.

As rodas tracionadas do carro se enfiam na lama típica do outono. Choveu a noite toda. Estaciono na orla do bosque e continuo a pé. Se minhas lembranças estão certas, devo atravessar a parte rasa do riacho e subir o caminho de uma segunda colina; do alto verei o telhado do monastério.

Precisei de uma hora de caminhada para chegar. Nessa estação do ano, o riacho está mais cheio e atravessá-lo não foi tão fácil. Pedras grandes arredondadas mal apareciam nas águas agitadas e estavam escorregadias. Se você me visse naquela posição deselegante, tenho certeza de que teria rido de mim.

Essa lembrança me deu coragem para continuar.

A lama grudenta prende meus passos e a sensação que tenho é a de recuar, mais do que avançar. Foi preciso muito esforço para chegar ao topo. Encharcado, enlameado, devo estar parecendo algum andarilho perdido e me pergunto como os três monges que vêm em minha direção vão me receber.

Sem uma palavra, fazem sinal para que os siga. Chegamos ao portão do monastério, e o monge que parecia me vigiar durante todo o caminho, com medo de que eu fugisse, me levou a uma sala pequena, parecida com aquela em que dormimos. Faz sinal para que me sente, enche uma vasilha de barro com água limpa, se ajoelha à minha frente, lava as minhas mãos, pés e rosto. Depois oferece uma calça de linho, uma camisa limpa, e deixa a sala. Não o vi mais naquela tarde.

Um pouco depois, outro monge trouxe alimentos e estendeu uma esteira no chão. Entendi que aquela sala era também meu quarto para pernoitar.

O sol já se põe e, finalmente, quando os últimos raios somem no horizonte, aparece quem vim encontrar.

— Não sei o que o traz aqui, mas quero que vá embora amanhã mesmo, a menos que tenha a intenção de se retirar. Tivemos já muitos transtornos por sua causa.

— Sabem alguma coisa de Keira, a moça que estava comigo? Você voltou a vê-la? — perguntei ansioso.

— Sinto muito pelo que aconteceu com vocês, mas, se alguém o fez acreditar que sua amiga sobreviveu àquele terrível acidente, mentiu. Não digo que sei tudo que ocorre na região, mas eu teria sido informado de algo assim.

— Não foi um acidente! Sua religião proíbe a mentira; volto então a fazer a pergunta: tem certeza de que está morta?

— Erguer o tom da voz nada muda neste lugar, não causa o menor efeito em mim nem em meus discípulos. Como posso ter certeza? O rio não devolveu o corpo, é só o que sei. Com a velocidade e profundidade das águas, não chega a surpreender. Desculpe insistir em detalhes assim, imagino que são difíceis de ouvir, estou apenas respondendo suas perguntas.

— O carro foi encontrado?

— Se a pergunta for muito importante, deve ser feita às autoridades, mas não é algo que eu aconselhe.

— Por quê?

— Como disse, tivemos transtornos, mas isso não parece lhe interessar muito.

— Como assim, transtornos?

— Acha que o acidente não teve consequências? A polícia especial investigou. O desaparecimento de uma cidadã estrangeira em território chinês não é algo sem gravidade. E como as autoridades não gostam dos monastérios, tivemos visitas bem desagradáveis. Os monges foram interrogados de forma rude e dissemos que hospedamos vocês, pois não podemos mentir. Então, é compreensível que nossos discípulos não vejam a sua volta com bons olhos.

— Keira está viva, precisa acreditar e me ajudar.

— É o seu coração que fala, entendo a necessidade de se agarrar a essa esperança, mas recusar a realidade vai levá-lo a um sofrimento que consome por dentro. Se sua amiga tivesse sobrevivido, teria reaparecido em algum lugar e saberíamos disso. Tudo se sabe nessas montanhas. Infelizmente, eu acho que o rio a tomou como prisioneira. Lamento sinceramente e me solidarizo com sua tristeza. Vejo agora por que fez a viagem e me sinto confuso, por ter que trazer você de volta à razão. O luto é ainda mais difícil sem ter um corpo para enterrar, sem um túmulo junto ao qual se recolher, mas a alma de sua amiga o acompanha e continuará com você enquanto se sentir querida.

— Ah, por favor, poupe-me dessas bobagens! Não acredito em Deus nem em nada além do que temos.

— É seu pleno direito, mas, para alguém sem essa luz divina, você frequenta o monastério com muita assiduidade.

— Se o seu Deus existisse, nada disso teria acontecido.

— Se tivesse me escutado quando aconselhei a não fazer aquele passeio ao Monte Hua Shan, poderia ter evitado esse drama que o abate. Como não veio para um retiro, é inútil ficar mais tempo aqui. Descanse esta noite e vá embora. Não estou expulsando você, não tenho esse poder, mas peço que não abuse de nossa hospitalidade.

— Se ela tiver sobrevivido, onde pode estar?

— Volte para casa!

O monge se retirou.

Passei quase a noite inteira de olhos abertos, procurando uma solução. Aquela fotografia não podia mentir. Nas dez horas de voo entre Atenas e Pequim, não parei de olhá-la e continuei a fazer isso, à luz de uma vela. Essa cicatriz na sua testa é uma prova que considero irrefutável. Sem conseguir dormir, me levantei sem fazer barulho e abri a divisória corrediça em folha de arroz que servia de porta. Uma luzinha fraca me guiou e avancei por um corredor, até uma sala onde seis monges dormiam. Um deles deve ter pressentido minha presença, pois se revirou onde estava deitado e respirou fundo, felizmente sem acordar. Continuei em frente, passei com cuidado por cima dos corpos no chão e cheguei ao pátio do monastério. Estávamos em lua crescente a três quartos e fui me sentar à beira do poço que há no centro.

Um ruído me assustou, mas a mão de alguém se colou a minha boca, para que eu não fizesse barulho. Reconheci o lama, que fez um gesto e eu o segui. Deixamos o monastério e caminhamos até o grande salgueiro. Ele se virou para mim e ficamos frente a frente.

Mostrei a fotografia de Keira.

— Quando vai entender que está nos colocando em perigo e, principalmente, a si mesmo? Precisa ir embora, já provocou muito estrago.

— Quais estragos?

— Não disse que o acidente foi proposital? Por que o trouxe para longe do monastério? Não posso mais confiar em ninguém. Quem atacou vocês não deixará de repetir a agressão, se tiver oportunidade. Como não é discreto, tenho medo de que já tenham percebido que você está por aqui; o contrário disso seria um milagre. Espero que o milagre dure o bastante para que volte a Pequim e tome um avião.

— Não irei a lugar algum até encontrar Keira.

— Deveria tê-la protegido antes, agora é tarde. Não sei o que descobriram, sua amiga e você, nem quero saber, mas por favor vá embora!

— Dê alguma indicação, por menor que seja, uma pista a seguir e prometo que parto antes do amanhecer.

O monge me olhou fixamente e se calou. Deu meia-volta e tomou a direção do templo. Fui atrás. Chegando ao pátio, sem dizer uma palavra, me acompanhou ao quarto.

* * *

O sol já está alto, o fuso horário e o cansaço da viagem acabaram se impondo. Já devia ser quase meio-dia quando o monge entrou no cômodo com uma tigela de arroz e um caldo, numa tábua de madeira.

— Se me virem servindo o café da manhã na cama, serei acusado de estar querendo transformar esse lugar de orações em pensão — disse, com um sorriso. — Alimente-se antes de retomar a estrada. Pois fará isso ainda hoje, não é?

Concordei com a cabeça. Era inútil insistir, pois nada mais conseguiria ali.

— Boa viagem, então — disse o lama, se retirando.

Erguendo a tigela de caldo, vi embaixo um papel dobrado. Instintivamente eu o escondi na mão e discretamente o enfiei no bolso. Fiz a refeição às pressas e me vesti. Estava impaciente para ler o que o monge havia escrito, mas dois discípulos me esperavam e me levaram até a orla do bosque.

Antes de irem embora, me entregaram um embrulho em papel pardo, amarrado com barbante de cânhamo. Já ao volante, esperei que os monges se afastassem para desdobrar o bilhete e ler.

Caso não siga minhas recomendações, saiba que ouvi dizer que um jovem monge entrou para o monastério de Garther, poucas semanas após o seu acidente. É possível que isso não esteja relacionado à sua busca, mas é muito raro que esse templo receba novos discípulos. Veio aos meus ouvidos que o jovem não parece tão satisfeito com o retiro. Ninguém sabe dizer quem ele é. Se quiser teimar e continuar com essa investigação pouco prudente, tome a direção de Chengdu. Chegando lá, aconselho deixar seu carro. A região para onde vai é muito pobre, e o veículo chamará atenção de uma forma que é melhor evitar. Em Chengdu, vista as roupas que lhe mandei entregar, elas ajudarão a passar mais despercebido entre os moradores do vale. Pegue um ônibus, na direção do Monte Yala. Não sei o que mais aconselhar; para um estrangeiro, é impossível entrar no monastério de Garther, mas, quem sabe, a sorte lhe sorria.

Tome cuidado, não está sozinho. Antes de qualquer coisa, queime este papel.

Estou a 800 quilômetros de Chengdu, preciso de nove horas para chegar.

A mensagem do monge não abre grandes expectativas, pode perfeitamente ter sido escrita com a finalidade exclusiva de me afastar, mas não o imagino capaz de tanta crueldade. Quantas vezes, no caminho até Chengdu, voltarei a essa pergunta...?

À esquerda, a cadeia de montanhas estende suas sombras assustadoras pelo vale cinzento e empoeirado. A estrada atravessa a planície de leste a oeste. À frente, as chaminés de dois altos-fornos se impõem no meio da paisagem.

Liuzhizhen, mineração a céu aberto, céu escuro sobre lotes de terra, terra de extração mineral, paisagens de tristeza sem fim, vestígios de antigas fábricas desativadas.

Chove, não para de chover e os limpadores de para-brisa mal conseguem afastar a água que corre. A estrada está escorregadia. Ao ultrapassar algum caminhão, os motoristas me olham curiosos. Não deve haver muitos turistas circulando nessa região.

Já percorri 200 quilômetros e ainda tenho seis horas de estrada pela frente. Gostaria de telefonar para Walter, pedir que venha me fazer companhia; a solidão me oprime, não aguento mais. Perdi o egoísmo da juventude nas águas turvas do Rio Amarelo. Com uma olhada no retrovisor, vejo que meu rosto mudou. Walter diria ser o cansaço, mas sei que passei por uma etapa, sem possibilidade de volta. Seria bom ter conhecido Keira mais cedo, não ter perdido tanto tempo achando que a felicidade estava no que faço. No que se refere à felicidade, a coisa é bem mais simples: se encontra no outro.

Chegando ao final da planície, ergue-se à frente uma barreira de montanhas. Uma placa indica, em escrita ocidental, faltarem ainda 660 quilômetros para Chengdu. Um túnel, a autoestrada penetra na rocha, passo a não poder mais ouvir o rádio, mas pouco importa, aquelas músicas pop asiáticas são insuportáveis. As pontes atravessando profundos cânions quase se emendam uma na outra por 250 quilômetros. Paro num posto de gasolina em Guangyuan.

O café não estava tão ruim.

Com um pacote de biscoitos no banco ao lado, retomo a estrada.

Toda vez que entro em um vale estreito, descubro minúsculos vilarejos. Já passa das 20 horas quando chego a Mia yang. Nesse centro de ciência e tecnologia, a modernidade impressiona, à beira de um rio, com altos arranha-céus de vidro e aço. Cai a noite, e o cansaço se faz sentir. Deveria parar para dormir e recuperar as forças. Vejo o mapa: depois de Chengdu, chegar ao monastério de Garther de ônibus vai me tomar várias horas. Mesmo com a maior boa vontade do mundo, não vou conseguir chegar esta noite.

Encontrei um hotel. Deixei o carro e andei ao longo do caminho de cimento que margeia o rio. A chuva parou. Alguns restaurantes servem o jantar em varandas úmidas, aquecidas a gás.

A comida é um tanto gordurosa. Longe, um avião decola com um barulho ensurdecedor; passa por cima da cidade e toma a direção sul. Provavelmente o último voo da noite. Para onde vão esses passageiros atrás das janelinhas iluminadas? Londres e Hydra estão tão longe. Sinto-me deprimido. Se Keira estiver viva, por que esse silêncio? Por que não deu sinal algum? O que pode ter acontecido para que tenha desaparecido assim? O monge talvez esteja certo, essa ilusão pode ser loucura minha. A falta de sono exagera as ideias sombrias, e o escuro da noite influencia. Minhas mãos estão úmidas e a mesma umidade se insinua pelo corpo todo. Sinto que tremo, não sei se de calor ou de frio; o garçom se aproxima e imagino que esteja perguntando se estou bem. Gostaria de responder, mas não consigo articular a menor palavra. Continuo a passar o guardanapo na nuca, o suor me escorre pelas costas e a voz do garçom parece cada vez mais distante. A luz da varanda fica clara demais e tudo gira ao redor. O vazio.

O escuro se dissipa, pouco a pouco surge uma claridade e ouço vozes: duas, três? Falam numa língua que não compreendo. Algo fresco encosta no meu rosto, preciso abrir os olhos. Vejo uma velha. Ela me alisa o rosto, querendo me fazer entender que o pior já passou. Umedece meus lábios e murmura palavras que imagino serem tranquilizadoras.

Sinto um formigamento, o sangue volta a circular em minhas veias. Tive um mal-estar. O cansaço, uma doença encubada ou algo que eu não deveria ter comido, estou fraco demais para pensar. Deitaram-me num sofá de forro macio, nos fundos do restaurante. Um homem se juntou à velha senhora que me ajuda; era seu marido. Também sorri para mim e tem o rosto ainda mais enrugado que o dela.

Gostaria de dizer alguma coisa, agradecer.

O velho aproxima uma taça da minha boca e me força a beber. O líquido é amargo, mas a medicina chinesa tem virtudes inesperadas, então aceito.

O casal de chineses se parece tanto com o que Keira e eu vimos, um dia, no parque Jingshan, são idênticos, e essa impressão me tranquiliza. Minhas pálpebras se fecham, sinto o sono tomar conta de mim.

Dormir, recuperar energia, é o que de melhor tenho a fazer, então espero.

*

Meus agradecimentos a

Pauline.
Louis.

Susanna Lea e Antoine Audouard.

Emmanuelle Hardouin.
Raymond e Danièle Levy.

Nicole Lattès, Leonello Brandolini, Antoine Caro, Élisabeth Villeneuve, Élisabeth Franck, Arié Sberro, Sylvie Bardeau, Tine Gerber, Lydie Leroy, Joël Renaudat, e todo o pessoal das Edições Robert Laffont.

Pauline Normand, Marie-Ève Provost.

Léonard Anthony, Romain Ruetsch, Danielle Melaconian, Katrin Hodapp, Marion Millet, Marie Garnero, Mark Kessler, Laura Mamelok, Lauren Wendelken, Kerry Glencorse.

Brigitte e Sarah Forissier.

Kamel, Carmen Varela.

Frédéric Lenoir, autor de *Petit traité d'histoire des religions* (Plon), que inspirou os argumentos de Ivory, nas páginas 80 e 81.

Conheça mais sobre nossos livros e autores no site
www.objetiva.com.br

Disque-Objetiva: (21) 2233-1388

Este livro foi impresso na
LIS GRÁFICA E EDITORA LTDA.
Rua Felício Antônio Alves, 370 – Bonsucesso
CEP 07175-450 – Guarulhos – SP
Fone: (11) 3382-0777 – Fax: (11) 3382-0778
lisgrafica@lisgrafica.com.br – www.lisgrafica.com.br